诗经译注

周振甫◎译注

国民阅读经典

中華書局

图书在版编目(CIP)数据

诗经译注/周振甫译注. —北京:中华书局,2023. 11
(国民阅读经典:典藏版)
ISBN 978-7-101-16322-3

Ⅰ. 诗… Ⅱ. 周… Ⅲ. ①《诗经》-译文②《诗经》-注释
Ⅳ. I222. 2

中国国家版本馆 CIP 数据核字(2023)第 156226 号

书　　名　诗经译注
译 注 者　周振甫
丛 书 名　国民阅读经典(典藏版)
责任编辑　李若彬
责任印制　陈丽娜
出版发行　中华书局
　　　　　(北京市丰台区太平桥西里 38 号　100073)
　　　　　http://www.zhbc.com.cn
　　　　　E-mail:zhbc@zhbc.com.cn
印　　刷　北京中科印刷有限公司
版　　次　2023 年 11 月第 1 版
　　　　　2023 年 11 月第 1 次印刷
规　　格　开本/880×1230 毫米　1/32
　　　　　印张 19　插页 2　字数 504 千字
印　　数　1-8000 册
国际书号　ISBN 978-7-101-16322-3
定　　价　76.00 元

出版说明

在二十一世纪的当代中国，国民的阅读生活中最迫切的事情是什么？我们的回答是：阅读经典！

在倡导素质教育，提高全社会文明程度的今天，我们要阅读经典；当碎片化阅读充斥人们的生活，侵占深度思考的时间时，我们要阅读经典；当要坚定文化自信，建设中华民族现代文明时，我们更要阅读经典。

经典是我们知识体系的根基，是精神世界的家园，是深化文明交流互鉴，创建人类文明新形态的起点。这就是我们编选这套《国民阅读经典》丛书的缘起，也因此决定了这套丛书的几个特点：

首先，入选的经典是指古今中外人文社科领域的名著。世界的眼光、历史的观点和中国的根基，是我们编选这套丛书的三个基本的立足点。

第二，入选的经典，不是指某时某地某一专业领域之内的重要著作，而是指历经岁月的淘洗、汇聚人类最重要的精神创造和知识积累的基础名著，都是人人应读、必读和常读的名著。

第三，入选的经典，我们坚持优中选优的原则，尽量选择最好的版本，选择最好的注本或译本。

我们真诚地希望，这套经典丛书能够进入你的生活，相伴你的左右。

中华书局编辑部

二〇二三年九月

目录

引　言

《诗经》是我国第一部诗歌总集，先秦时代称为《诗》，都称有三百多首。孔子称为“《诗》三百”（《论语·为政》），又称“诵《诗》三百”（《论语·子路》）；《墨子·公孟》里有“诵《诗》三百，弦《诗》三百，歌《诗》三百，舞《诗》三百”。大概当时传的《诗》就只有三百零五首，举成数说，只说三百首了。到了汉朝，尊称《诗》为经，才有《诗经》的称呼，如班固的《汉书·艺文志》称“《诗经》二十八卷，鲁、齐、韩三家”。

这部《诗》是谁编的？司马迁《史记·孔子世家》里说：“古者诗三千余篇，及至孔子，去其重，取可施于礼义，上采契、后稷，中述殷、周之盛，至幽、厉之缺，始于衽席，故曰：‘《关雎》之乱以为《风》始，《鹿鸣》为《小雅》始，《文王》为《大雅》始，《清庙》为《颂》始。’三百五篇，孔子皆弦歌之，以求合《韶》《武》《雅》《颂》之音，礼乐自此可得而述。”这是把删诗说是孔子，把三百零五篇诗的删定说是孔子，把三百零五篇诗配上音乐说是孔子，把三百零五篇诗中的《关雎》《鹿鸣》《文王》《清庙》四首诗作为《风》《小雅》《大雅》《颂》的开始，认为这四首诗有关于王道的开始，也始于孔子，把一切有关于《诗经》的事都归到孔子身上。其实孔子没有说过诗三千余篇的话，没有说过删诗的话。《诗》到孔子手里，只有三百余篇。这三百篇都已配上音乐，音乐也不是孔子配的。后来孔子周游列国，回到鲁国，那时《诗》的《雅》《颂》上原配的音乐已经散乱了，这时孔子才加以整理，所以说孔子给《诗》配上音乐是不对的。把《诗》中的《关雎》《鹿鸣》《文王》《清庙》作为《国风》《小雅》《大雅》《颂》的开始，是编《诗》的人这样安排的。《诗》既不是孔子编的，这样安排也不是孔子的。把这样安排称为“四始”，说是有他的用意，是《毛诗》的话，也不出于孔子。因此，司马迁讲的话，都是不对的。

到了宋朝，朱熹写《诗集传·序》说：“孔子生于其时，既不得位，无以行帝王劝惩黜陟之政，于是特举其籍而讨论之。去其重复，正其纷乱，而其善之不足以为法，恶之不足以为戒者，则亦刊而去之，以从简约，示久远，使夫学者即是而有以考其得失，善者师之而恶者改焉，是以其政虽不足以行于一时，而其教实被于万世，是则《诗》之所以为教者然也。曰：‘然则《国风》《雅》《颂》之体，其不同若是，何也？’曰：吾闻之，凡《诗》之所谓《风》者，多出于里巷歌谣之作，所谓男女相与咏歌，各言其情者也。惟《周南》《召南》，亲被文王之化以成德，而人皆有以得其性情之正，故其发于言者，乐而不过于淫，哀而不及于伤，是以二篇独为《风诗》之正经。自《邶》而下，则其国之治乱不同，人之贤否亦异，其所感而发者，有邪正是非之不齐，而所谓先王之风者，于此焉变矣。若夫《雅》《颂》之篇，则皆成周之世，朝廷郊庙乐歌之词，其语和而庄，其义宽而密，其作者往往圣人之徒，固所以为万世法程而不可易者也。至于《雅》之变者，亦皆一时贤人君子，闵时病俗之所为，而圣人取之，其忠厚恻怛之心、陈善闭邪之意，尤非后世能言之士所能及之。此《诗》之为经，所以人事浃于下，天道备于上，而无一理之不具也。”朱熹讲的话，结合他的认识，实际上同司马迁的推重孔子是一样的。司马迁讲孔子删《诗》，朱熹也讲孔子删《诗》。司马迁讲孔子用《诗》作为王者政治的开始，朱熹也有这个意思。朱熹说“而圣人取之”，就是说孔子取之，实际上是说《诗》是孔子编定的，只是不提孔子罢了。朱熹在《诗集传》上讲到《商颂》时，说：“至孔子编《诗》而又亡其七篇。”是说《商颂》本十二篇，“亡其七篇”，只剩了五篇，这里明确地提了“孔子编《诗》”，承认《诗》是孔子编的。

两次编《诗》

孔子有没有删《诗》，有没有编《诗》呢？清方玉润《诗经原始·自序》说：“且孔子未生以前，《三百》之编已旧，孔子既生而后，《三百》之名未更。吴公子季札来鲁观乐，《诗》之篇次悉与今同（惟《豳》次《齐》，《秦》又次《豳》，小异），其时孔子年甫八岁。迨杏坛设教，恒雅言《诗》，一则曰‘《诗》三百’，再则曰‘诵《诗》三百’，未闻有‘三千’说也。厥后自卫反鲁，年近七十。乐传既久，未免残缺失次，不能不与乐官师挚辈审其音而定正之，又何尝有删《诗》说哉？”孔子既没有删《诗》，也没有编《诗》，那末《诗经》是谁编的呢？说《诗》是谁编的，已无法考证，只能考《诗》是哪个机关编的。当时是鲁襄公二十九年，吴公子季札到鲁国来聘问，他知道周朝把周乐送给鲁国，就向鲁国大夫叔孙穆子请求一观周乐。周乐用《诗》的《风》《雅》《颂》作为歌辞，所以季札听了周乐，也听了《诗》的《风》《雅》《颂》。编周乐的周朝大乐官也把《诗》编成《风》《雅》《颂》，他是按照《风》《小雅》《大雅》《颂》的次序排列的。《风》是十五国，他把十五国的歌谣排在第一，这是很难得的。当时周朝有采诗的官，周朝可以派他到十五个诸侯国去采集歌谣。像鲁国，只是一个诸侯国，就不能派官到各个诸侯国去采集了。所以说孔子编《诗》是不对的。方玉润《诗经原始》谈《邶风》说：“武王克商，分自纣城朝歌而北谓之邶，南谓之鄘，东谓之卫，以封诸侯。邶、鄘始封及后何时并入于卫，诸家均未详。”“惟邶、鄘地既入卫，诗多卫诗，而犹系其故国之名，且编之卫国前，《序》与《传》都莫名其故。……范氏处义曰：‘先《邶》而后《鄘》者，岂以其亡之先后欤？’”季札听了邶、鄘、卫诗，曰："美哉，渊乎，忧而不困者也！吾闻卫康叔武公之德如是，是其《卫风》乎？"原来邶、鄘已并入卫，已没有了。可是周代编《诗》的乐官不承认卫国并吞了邶、鄘，还写明是《邶风》《鄘风》。

再看方玉润论《唐风》："周成王以封弟叔虞为唐侯。南有晋水，至子燮乃改国号曰晋。……十七传至晋侯缗，为曲沃武公所并。然武公能灭晋之宗而不能灭唐之号，能冒晋之号而不能继唐之统。君子欲绝武公于晋而不可，故总名其诗为唐以寓意焉。"

再看方玉润讲《商颂》："愚谓颂之体始于商而盛于周。……而乃先周而后商者，何哉？盖先周者，尊本朝，后商者，溯诗源，编《诗》体例应如是耳。"

从吴公子季札观周乐就听到许多诗看，从方玉润论邶、鄘风诗及《唐风》、《商颂》诗看，知第一组编《诗》的人就是编周乐的周朝乐官。从季札观周乐看，季札在听到《齐风》后，就听《豳风》，他听了《豳风》说："美哉，荡乎，乐而不淫，其周公之东乎？"大概季札听的《豳风》，只有《七月》一首诗，下面的《鸱鸮》诗他没有听到。《鸱鸮》诗说："予室翘翘，风雨所漂摇，予维音哓哓。"倘季札听到这诗，谈不上"乐"了。倘季札听《豳风》，只听见《七月》一首诗，那把它放在《齐风》后面，没有不合。不过鲁国的乐官听了，一定很不满意，把相传周公作的诗附在后面，成了方玉润讲的《豳风》。方玉润说："案《豳》仅《七月》一篇，所言皆农桑稼穑之事，非躬亲陇亩久于其道者，不能言之亲切有味也如是。周公生长世胄，位居冢宰，岂暇为此？且公刘世远，亦难代言。此必古有其诗，自公始陈王前，俾知稼穑艰难并王业所自始，而后人遂以为公作也。至《鸱鸮》《东山》二诗，乃为公作。《伐柯》《破斧》《九罭》《狼跋》则又众人为公而作之诗。以其无所系属，故并附《七月》后，而统而名之曰《豳》，凡以为公故也。……且诗以《风》名，有正不能无变，既漓又当返淳。天下淳风，无过农民，此《七月》之诗所以必居变风之末者也。”这是又一次编《诗》，当出于鲁乐官之手。孔子在季札观周乐时只有八岁，未必参与第二次改编的事。第一次编《诗》的本子既到了鲁国，鲁国的乐官听了季札的评《豳风》，一定很不满意，把相传周公作和他人为周公作的诗，附在《七月》后，按照方玉润说的道理，把《豳风》放在十二国风最后，可能是出于鲁国乐师之手。这是第二次的改编。

孔子论《诗》

孔子以《诗》教人，《论语·为政》：“子曰：‘《诗》三百，一言以蔽之，曰思无邪。’”朱熹注：“言三百者，举大数也。蔽犹盖也。‘思无邪’，《鲁颂·駉》篇之辞，凡《诗》之言，善者可以感发人之善心，恶者可以惩创人之逸志，其用归于使人得其情性之正而已。然其言微婉，且或各因一事而发，求其直指全体，盖未有若此之明且尽者，故夫子言《诗》三百篇，而惟此一言足以尽盖其义，其示人之意亦深切矣。”

《论语·子路》：“子曰：‘诵《诗》三百，授之以政，不达，使于四方，不能专对，虽多，亦奚以为？’”朱熹注：“《诗》本人情，该物理，可以验风俗之盛衰，见政治之得失。其言温厚和平，长于风谕，故诵之者，必达于政而能言也。”孔子教儿子孔鲤学《诗》，说：“不学《诗》，无以言。”当时的外交官，都用念《诗》来表达自己的意思。所以不念《诗》，在外交上不能说话，念《诗》可以供外交上发言之用。

《论语·阳货》：“子谓伯鱼曰：‘女（汝）为《周南》、《召南》矣乎？人而不为《周南》《召南》，其犹正墙面而立也欤？’”朱熹注：“《周南》《召南》，《诗》首篇名，所言皆修身齐家之事。正墙面而立，言即其至近之地，而一物无所见，一步不可行。”说明孔子极看重《周南》《召南》。孔子所以看重二南，因为二南的诗，是接受周文王教化的。周文王的教化，是实行王道的。可见孔子讲《诗》，是从实行王道来的。

《论语·阳货》：“子曰：‘小子何莫学夫《诗》？《诗》可以兴（感发志意），可以观（考见得失），可以群（和而不流），可以怨（怨而不怒）。迩之事父，远之事君（人伦之道，《诗》无不备，二者举重而言），多识于鸟兽草木之名（其绪余又足以资多识）。’”朱熹注：“学《诗》之法，此章尽之。读是经者，所宜尽心也。”

《论语·卫灵公》：“颜渊问为邦，子曰：‘……放郑声，远佞人。郑声淫，佞人殆。’”朱熹注：“放谓禁绝之。郑声，郑国之音。佞人，卑谄辩给之人。殆，危也。”《论语正义》说：“郑国之俗有溱洧之水，男女聚会，讴歌相感，故云‘郑声淫’。……非谓郑诗皆是如此。”

《论语·子罕》：“子曰：‘吾自卫反鲁，然后乐正，《雅》《颂》各得其所。’”朱熹注：“鲁哀公十一年冬，孔子自卫反鲁，是时周礼在鲁，然《诗》乐亦颇残缺失次。孔子周流四方，参互考订，以知其说。晚知道终不行，故归而正之。”

孔子论“放郑声”“郑声淫”，《论语正义》以郑声指郑国之俗，而不以指郑国之诗，极善，是孔子非放逐郑诗也。孔子之正《雅》《颂》，是在《雅》《颂》放废以后。孔子不言四始，则司马迁论孔子言四始及弦歌三百五篇皆非其实矣。

三家《诗》与《毛诗》

汉时言《诗》有鲁、齐、韩三家《诗》，后又有《毛诗》。三家《诗》，据《史记·儒林列传》说：“言《诗》于鲁则申培公，于齐则辕固生，于燕则韩太傅。”又称：“申公者，鲁人也。……归鲁，退居家教，终身不出门，复谢绝宾客。独王（鲁恭王）命召之，乃往。弟子自远方至受业者百余人。申公独以《诗经》为训以教，无传疑，疑者则缺不传。……弟子为博士者十余人。”“清河王太傅辕固生者，齐人也，以治《诗》，孝景时为博士。……久之，病免。今上初即位，复以贤良征固，诸谀儒多疾毁固，曰：‘固老。’罢归之。时固已九十余矣。……自是之后，齐言《诗》皆本辕固生也。诸齐人以《诗》显贵，皆固之弟子也。”“韩生者（名婴），燕人也。孝文帝时为博士，景帝时为常山王太傅。韩生推《诗》之意而为内外传数万言，其语颇与齐鲁间殊，然其归一也。……自是之后，而燕赵间言《诗》者由韩生。韩生孙商为今上博士。”

《汉书·儒林传》：“毛公，赵人也。治《诗》，为河间献王博士。”郑玄《诗谱》：“鲁人大毛公为《诂训传》于其家，河间献王得而献之，以小毛公为博士。”陆玑《毛诗草木鸟兽虫鱼疏》：“孔子删《诗》授卜商，商为之《序》，以授鲁人曾申，申授魏人李克，克授鲁人孟仲子，仲子授根牟子，根牟子授赵人荀卿，荀卿授鲁国毛亨，亨作《训诂传》，以授赵国毛苌。时人谓亨为大毛公，苌谓小毛公。”

这样，西汉讲《诗经》的有《鲁诗》《齐诗》《韩诗》三家，都列于学官。三家的书，是用今文写的，即用汉朝通行的隶书写的。还有《毛诗》，没有立于学官，是用古文写的，即用周代的文字写的。清王先谦《诗三家义集疏·序例》说：“《诗》则鲁、齐、韩三家立学官，独毛以古文鸣。献王以其为河间博士也，颇左右之。刘子骏（歆）名好古文，尝欲兼立《毛诗》，然其《移太常书》，仅《左氏春秋》、《古文尚书》、《逸礼》三事而已。东汉之季，古文大兴，康成（郑玄）兼通今古，为毛作笺，遂以翼毛而凌三家。盖毛之诂训，非无可取，而当大同之世，敢立异说，疑误后来，自谓子夏所传，以掩其不合之迹，而据为独得之奇，故终汉世少尊信者。魏晋以降，郑学盛行，读郑笺者必通毛传。其初，人以信三家者疑毛，继则以宗郑者暱毛，终且以从毛者屏三家，而三家亡矣。众煦漂山，聚蚊成雷，乃至学问之途，亦与人事一辙。君子观于古今盛衰兴亡之故，可不为长太息哉！”那末，王先谦讲《毛诗》突出的不同于三家《诗》而错误的是什么呢？他说：“《毛传》巨谬，在伪造周召二南新说，羼入《大序》之中。……二南疆域，三家具存其义，若如毛说，是十五《国风》不全也。”《毛诗》在《诗大序》中插入一段说：“然则《关雎》、《麟趾》之化，王者之风，故系之周公，南言化自北而南也。《鹊巢》、《驺虞》之德，诸侯之风也，先王之所以教，故系之召公。《周南》《召南》，正始之道，王化之基。”原来从《关雎》到《麟之趾》十一篇诗叫《周南》，从《鹊巢》到《驺虞》十四篇诗叫《召南》。《周南》是指周公领导的南国，《召南》是指召公领导的南国，所以成为两个南国，占十五《国风》之二。照《毛诗》的讲法，不作为两个南国，就少了两国，成为十三《国风》，就不对了。《毛诗》第一句话，像《羔裘》，《毛诗序》说：“刺朝也。”《女曰鸡鸣》，《毛诗序》说：“刺不说德也。”《鸤鸠》，《毛诗序》说：“刺不壹也。”《楚茨》，《毛诗序》说：“刺幽王也。”《信南山》，《毛诗序》说：“刺幽王也。”《甫田》，《毛诗序》说：“刺幽王也。”《瞻彼洛矣》，《毛诗序》说：“刺幽王也。”……“《楚茨》以下诸篇，毛以为‘刺幽王’者，篇中皆无刺义。”这是《毛诗序》的不可信的第二点。又称：“《关雎》之为刺，三家《诗》说并同。《琴操》

《驺虞》《鹿鸣》诸篇，亦与众说相应，无一家独自立异者，虽旧文散落，大致尚堪寻绎。而毛于《关雎》、《驺虞》别创新说，又以《驺虞》配《麟趾》为《鹊巢》之应，私意牵合，一任自为，其居心实为妄缪，宜刘子骏不敢以之责太常也。”这是说《毛诗》别创新说，私意牵合，实不可信，三也。又说：“《毛诗》则诡名子夏，而传授茫昧，姓名参错，其大旨与三家歧异者凡数十，即与古书不合者亦多，徒以古文之故，为郑偏好。诸家既废，苟欲读《诗》，舍毛无从。抚今者溯往事而不平，望古者睹遗文而长叹，是以穷经之士讨论三家遗说者，不一其人，而侯官陈氏，最为详洽。”从后面的文章看，他是讲陈乔枞。这样看来，不论是陈乔枞或王先谦，研究三家《诗》的，都想纠正《毛诗》的误解，求得三家《诗》的解释，以求正确解《诗》。

朱熹和方玉润

研究三家《诗》的人想借三家《诗》来纠正《毛诗》的错误，但三家《诗》有的同《毛诗》一样错了，怎么办？这时有朱熹来纠正。但朱熹也有错的，怎么办？就靠方玉润来纠正。方玉润也有不明白的，只好靠其他人了。比方《周南》的《卷耳》诗，第一章说：“采采卷耳，不盈顷筐。嗟我怀人，寘（置）彼周行。”“我”指妇人，这个妇人拿着顷筐采卷耳，不满顷筐，因为怀人，把顷筐放在大路上。可是《鲁诗》说：

“思古君子官贤人，置之列位也。”把“怀人”解作“思古君子”，把“彼”指“贤人”，把“周行”解作周朝的官的行列，说成“置之列位”，说明《鲁诗》全错了。朱熹把“周行”解作“大道”，对了。但诗的第二章说：“陟彼崔嵬，我马虺隤。我姑酌彼金罍，维以不永怀。”朱熹说：“此又托言欲登此崔嵬之山，以望所怀之人而往从之，则马罢（疲）病而不能进，于是且酌金罍之酒，而欲其不至于长以为念也。”第二章里有两个“我”字，朱熹把第二章的两个“我”字说成即第一章的“我”，认为妇人上山，错了。方玉润说：“故愚谓此诗当是妇人念夫行役而悯其劳苦之作。……则求贤官人之意，亦无不可通也。”方玉润认为是“妇人念夫行役”，则诗第二章中的两个“我”指丈夫说的，纠正了朱熹的错误。但说“则求贤官人之意，亦无不可通也”，这是回到第一章说“周行”是周朝官的行列，又错了。“周行”指大路，是朱熹的正确解释。即朱熹对诗的第一章解释对了，对第二章的两个“我”字解错了。方玉润对第二章解释对了，对第一章解释错了。只有钱锺书先生在《管锥编》中对《卷耳》的解释，认为“花开两朵，各表一枝”，第一章写妇人，第二章写丈夫，讲得正确。因此，我的解释，先用《毛诗》的解释，因为《诗经》只有《毛诗》传下来，不能不引用它；再引用三家《诗》或朱熹的评论《毛诗》，因为三家《诗》或朱熹确实能批评《毛诗》的不足；再引用方玉润，因为他确能指出《毛诗》和朱熹的不足来。凡是《毛诗序》讲的同三家《诗》一样的，我用“又”，称“又三家

《诗》”，或“又朱熹论”。倘《毛诗序》讲的同三家《诗》不同，称“一是《毛诗序》，二是三家《诗》”，或“一是《毛诗序》，二是朱熹《诗》”。我就是这样注释的。至于方玉润的不足处，为了节省篇幅，不可能作细致的批评，只能简略地指一下谁对而已。有的不指出，让读者自己判断，因为看了诗注，再看了《毛诗序》和别的解释，必能自己作出判断，来节省我的批判了。

卷一

国风

周　南

“周，国名。南，南方诸侯之国也。周国本在《禹贡》雍州境内岐山之阳，后稷十三世孙古公亶父始居其地。传子王季历至孙文王昌，辟国寖广，于是徙都于丰，而分岐周故地以为周公旦、召公奭之采邑。……于是德化大成于内，而南方诸侯之国，江沱汝汉之间，莫不从化。……至子武王发，又迁于镐，遂克商而有天下。武王崩，子成王诵立，周公相之，制作礼乐，乃采文王之世风化所及民俗之诗……杂以南国之诗，而谓之《周南》，言自天子之国而被于诸侯。”（朱熹《诗集传》）

关　雎

关关雎鸠，[1]	鱼鹰关关对着唱，
在河之洲。	停在河中沙洲上。
窈窕淑女，[2]	漂亮善良好姑娘，
君子好逑。[3]	该是君子好对象。
参差荇菜，[4]	或长或短的荇菜，
左右流之。[5]	或左或右把它采。
窈窕淑女，	漂亮善良好姑娘，
寤寐求之。[6]	睡里梦里求怎样。
求之不得，	求她总是得不到，

寤寐思服。[7]　　睡里梦里想更牢。
悠哉悠哉，[8]　　长啊长啊长想念，
辗转反侧。[9]　　翻来覆去睡不好。

参差荇菜，　　或长或短的荇菜，
左右采之。　　或左或右把它采。
窈窕淑女，　　漂亮善良好姑娘，
琴瑟友之。[10]　　弹琴鼓瑟把她爱。

参差荇菜，　　或长或短的荇菜，
左右芼之。[11]　　或左或右把它采。
窈窕淑女，　　漂亮善良好姑娘，
钟鼓乐之。[12]　　敲钟鼓使她开怀。

【注释】　1. 关关：雌雄两鸟的和鸣声。雎鸠（jū jiū 居究）：一种水鸟。2. 窈窕（yǎo tiǎo 咬挑）：娴静漂亮。淑女：贤德的女子。　3. 好：男女相悦。逑（qiú 求）：通"仇"，配偶。　4. 参差（cēn cī 岑刺）：高低不齐。荇（xìng 杏）菜：水中植物，叶浮在水面上，根茎可吃。　5. 流：捋取。　6. 寤寐（wù mèi 物妹）：犹言日夜。睡醒为"寤"，睡着为"寐"。　7. 思：语助词。服：思念。　8. 悠：长久。　9. 辗转反侧：翻来覆去，睡不着觉。10. 友：亲爱。　11. 芼（mào 冒）：采。　12. 乐：愉悦。

【评析】　这诗的解释有二：一是《毛诗序》："《关雎》，后妃之德也，《风》之始也，所以风天下而正夫妇也。……是以《关雎》乐得淑女以配君子，忧在进贤不淫其色，哀窈窕，思贤才，而无伤善之心焉。是《关雎》之义也。”二是方玉润《诗经原始》：“《小序》以为‘后妃之德’，《集传》又谓‘宫人之咏大（太）姒、文王’，皆无确证。诗中亦无一语及宫闱，况文王、大（太）姒耶？窃谓风者，皆采自民间者也，若君妃，则以颂体为宜。”

葛　覃

葛之覃兮，[1]	葛藤长又长，
施于中谷，[2]	山沟里延伸，
维叶萋萋。[3]	叶儿密密层层。
黄鸟于飞，[4]	黄莺飞成群，
集于灌木，[5]	聚集在灌木丛中，
其鸣喈喈。[6]	叽叽叽叽叫不停。
葛之覃兮，	葛藤长又长，
施于中谷，	山沟里延伸，
维叶莫莫。[7]	叶儿密密层层。
是刈是濩，[8]	割啊煮啊忙不停，
为絺为绤，[9]	织成粗布和细布，
服之无斁。[10]	穿上了它多舒服。
言告师氏，[11]	我向女师告个假，
言告言归。[12]	要回娘家。

薄污我私，[13]	脏了的内衣搓一搓，
薄澣我衣。[14]	脏了的外衣涮一涮。
害澣害否？[15]	哪件该洗哪件不该洗？
归宁父母。[16]	急着要见爹妈。

【注释】 1. 葛：一种多年生蔓草，纤维可织布。覃（tán 弹）：延长。 2. 施（yì 义）：蔓延。中谷：山谷中。 3. 维：发语词。萋萋：茂盛貌。 4. 黄鸟：黄莺，一说黄雀。于：语助词。 5. 集：群鸟栖息在树上。 6. 喈喈（jiē jiē 皆皆）：鸟鸣声。 7. 莫莫：茂盛貌。 8. 刈（yì 义）：割。濩（huò 获）：煮。 9. 絺（chī 吃）：细葛布。绤（xì 细）：粗葛布。 10. 服：服用，指穿。斁（yì 译）：厌恶。 11. 言：语助词。下同。师氏：女师。《传》："师，女师也。古者女师教以妇德、妇言、妇容、妇功。" 12. 告归：告假回父母家。 13. 薄：语助词。污：洗去污垢。私：内衣。一说指日常所穿的衣服。 14. 澣（huàn 患）：同"浣"，洗。衣：外衣。一说礼服。 15. 害（hé 何）：通"何"。 16. 归宁：归问父母安。

【评析】 这诗的解释有二：一是《毛诗序》："《葛覃》，后妃之本也。后妃在父母家，则志在于女功之事；躬俭节用，服澣濯之衣；尊敬师傅，则可以归安父母，化天下以妇道也。"二是方玉润《诗经原始》："《小序》以为'后妃之本'，《集传》遂以为'后妃所自作'，不知何所证据，以致驳之者云：'后处深宫，安得见葛之延于谷中，以及此原野之间鸟鸣丛木景象乎？'愚谓后纵勤劳，岂必亲手'是刈是濩'？后即节俭，亦不至归宁尚服澣衣。纵或有之，亦属矫强，非情之正，岂得为一国母仪乎？盖此亦采之民间，与《关雎》同为房中乐，前咏初昏，此赋归宁耳。"

卷　耳

采采卷耳，[1]	采啊采啊采卷耳，
不盈顷筐。[2]	卷耳装不满浅筐。
嗟我怀人，[3]	一心思念出门人，
寘彼周行。[4]	搁下浅筐大路旁。
陟彼崔嵬，[5]	登上高高的峻岭，
我马虺隤。[6]	我的马儿腿发软。
我姑酌彼金罍，[7]	且把壶酒来斟满，
维以不永怀。[8]	喝上一杯心稍安。
陟彼高冈，	登上高高的山岗，
我马玄黄。[9]	我的马儿眼花昏。
我姑酌彼兕觥，[10]	且把壶酒来斟满，
维以不永伤。[11]	宽慰自己不忧伤。
陟彼砠矣，[12]	登上高高的石山，
我马瘏矣，[13]	我的马儿要趴下，
我仆痡矣，[14]	我的仆人快累垮，
云何吁矣！[15]	这份忧伤何时了啊！

【注释】　1. 卷耳：草本植物名，嫩苗可食，也可药用。　2. 盈：满。顷筐：

斜口筐，后高前倾。 3. 我：采者女子自称。怀：思念。 4. 寘：同“置”。周行（háng 杭）：大道。 5. 陟（zhì 治）：登。崔嵬：山高峻。 6. 我：思妇代远行丈夫的自称。下同。虺隤（huī tuí 灰颓）：马疲不能升高之病。7. 姑：姑且。金罍（léi 雷）：饰金的酒器，大肚小口。 8. 维：发语词。永怀：常想念。 9. 玄黄：马生病而变色。闻一多《诗经通义》：“眼花亦谓之玄黄。” 10. 兕觥（sì gōng 四宫）：用犀牛角做的酒器。 11. 永伤：永久伤痛。 12. 砠（jū 居）：有土的石山。 13. 瘏（tú 涂）：劳累过度致病。14. 痡（pū 铺）：疲困不能行走。 15. 云：语助词。吁（xū 需）：忧叹。

【评析】 这诗的解释有三：一是《毛诗序》：“《卷耳》，后妃之志也。又当辅佐君子求贤审官，知臣下之勤劳，内有进贤之志，而无险诐私谒之心，朝夕思念，至于忧勤也。”《笺》：“谒，请也。”又《诗三家义集疏》：“鲁说曰：‘思古君子官贤人，置之列位也。’《淮南子·俶真训》云：‘《诗》云：“采采卷耳，不盈顷筐。嗟我怀人，寘彼周行。”以言慕远世也。’高注：‘言采易得之菜，不满易盈之器，以言君子为国执心不精，不能以成其道。……“嗟我怀人，寘彼周行”，言我思古君子官贤人，置之列位也。诚古之贤人，各得其行列，故曰慕远也。’此鲁说。”这首诗，以“嗟我怀人”为怀古人，“寘彼周行”为置贤人于周官的行列。是《鲁诗》讲错了，《毛诗》也跟着错。二是朱熹《诗集传》解“嗟我怀人，寘彼周行”为“心适念其君子（指丈夫），故不能复采而置之大道之旁也”。把“周行”解作“大道”，是对的。把二章的“我马虺隤，我姑酌彼金罍”的两个“我”，说成即是第一章的“嗟我怀人”的“我”，即是妇人，又错了。三是钱锺书先生《管锥编》解《诗经》的《卷耳》，以先写妇人，后写丈夫，即“花开两朵，各表一枝”的写法，是对的。

樛 木

南有樛木，[1]	南山有棵弯腰树，
葛藟累之。[2]	野葛到来缠住它。
乐只君子，[3]	有这快乐的君子，
福履绥之。[4]	幸福到来安定他。
南有樛木，	南山有棵弯腰树，
葛藟荒之。[5]	野葛到来掩盖它。
乐只君子，	有这快乐的君子，
福履将之。[6]	幸福到来扶助他。
南有樛木，	南山有棵弯腰树，
葛藟萦之。[7]	野葛到来萦绕它。
乐只君子，	有这快乐的君子，
福履成之。[8]	幸福到来成就他。

【注释】 1. 樛（jiū 鸠）木：树木向下弯曲。 2. 葛藟（lěi 垒）：藟似葛，有茎可以缠树。累：缠，挂。 3. 只：语助词。 4. 福履：犹福禄。绥：安。 5. 荒：掩盖。 6. 将：扶助。 7. 萦：缠绕。 8. 成：成就。

【评析】 这诗的解释有二：一是《毛诗序》："《樛木》，后妃逮下也。言能逮下而无嫉妒之心焉。"《笺》："后妃能和谐众妾，不嫉妒。其容貌恒以善，言逮下而安之。" 指后逮下。二是《诗三家义集疏》："《文选》班孟坚《幽通赋》：‘葛绵绵于樛木兮，咏南风以为绥。’李注引曹大家曰：‘《诗·周南·国风》曰：“南有樛木，葛藟累之。乐只君子，福履绥之。”此是安乐之象也。’”曹大家用齐义而说此诗，不及后妃逮下，只用君子，较合。

螽 斯

螽斯羽，[1]	螽儿的翅膀，
诜诜兮。[2]	发出沙沙响。
宜尔子孙，	应该您的子孙，
振振兮。[3]	多得无可量。
螽斯羽，	螽儿的翅膀，
薨薨兮。[4]	飞得翁翁响。
宜尔子孙，	应该您的子孙，
绳绳兮。[5]	相继无可量。
螽斯羽，	螽儿的羽翼，
揖揖兮。[6]	发出响唧唧。
宜尔子孙，	应该您的子孙，
蛰蛰兮。[7]	多得称密集。

【注释】 1. 螽（zhōng 终）：蝗虫的一种，身长色青，叫声从翅膀里发出。斯：的。羽：翅膀。 2. 诜诜（shēn shēn 深深）：和顺的响声。 3. 振振（zhēn zhēn 真真）：众盛貌。 4. 薨薨（hōng hōng 轰轰）：众多。 5. 绳

绳：不绝貌。 6. 揖揖（jī jī 积积）：聚集。 7. 蛰蛰（zhí zhí 执执）：和集。

【评析】 《毛诗序》："《螽斯》，后妃子孙众多也。言若螽斯不妒忌，则子孙众多也。"《笺》："忌有所讳恶于人。"

桃 夭

桃之夭夭，[1]	桃树年轻枝正好，
灼灼其华。[2]	花开红红开得妙。
之子于归，[3]	这个姑娘来出嫁，
宜其室家。[4]	适宜恰好成了家。
桃之夭夭，	桃树年轻枝正好，
有蕡其实。[5]	结的果儿大得妙。
之子于归，	这个姑娘来出嫁，
宜其家室。	适宜恰好成一家。
桃之夭夭，	桃树年轻长得好，
其叶蓁蓁。[6]	叶儿茂密密得妙。
之子于归，	这个姑娘来出嫁，
宜其家人。	适宜一家人都好。

【注释】 1. 夭夭：指树还年轻长得好。 2. 灼灼（zhuó zhuó 酌酌）：指红红。 3. 之子：这个姑娘。子也可指女的。于归：出嫁。归指嫁。 4. 室

家：家庭。 5. 蕡（fén 坟）：大。 6. 蓁蓁（zhēn zhēn 真真）：茂盛。

【评析】 这诗的解释有二：一是《毛诗序》："《桃夭》，后妃之所致也。不妒忌则男女以正，婚姻以时，国无鳏民也。"二是方玉润《诗经原始》："《桃夭》不过取其色以喻'之子'，且春华初茂，即芳龄正盛时耳，故以为比。……伪传又以为美后妃而作……且呼后妃为'之子'，恐诗人轻薄亦不至猥亵如此之甚耳！"

兔 罝

肃肃兔罝，[1]	严肃认真结兔网，
椓之丁丁。[2]	柱子敲打响丁当。
赳赳武夫，[3]	赳赳武夫真勇猛，
公侯干城。[4]	公侯要他做屏障。
肃肃兔罝，	严肃认真结兔网，
施于中逵。[5]	放在大路的中央。
赳赳武夫，	赳赳武夫真勇猛，
公侯好仇。[6]	公侯用做好伴当。
肃肃兔罝，	严肃认真结兔网，
施于中林。	放在树林的中央。
赳赳武夫，	赳赳武夫真勇猛，
公侯腹心。	公侯认做腹心样。

【注释】 1. 肃肃：严肃认真。兔：野兔。罝（jū 居）：网。 2. 椓（zhuó 酌）：敲击。丁丁（zhēng zhēng 争争）：伐木声。 3. 赳赳（jiū jiū 纠纠）：健壮威武。 4. 干城：垣城，城墙，犹屏障。 5. 施：加到。中逵：逵中，九达之道，四通八达的大路。 6. 仇：同“逑”，配偶，这里指伴当、帮手。

【评析】 这诗的解释有二：一是《毛诗序》：“《兔罝》，后妃之化也。《关雎》之化行，则莫不好德，贤人众多也。”二是《诗三家义集疏》：“韩说曰：殷纣之贤人退处山林，网禽兽而食之。文王举闳夭、泰颠于罝网之中。”二说较合。

芣 苢

采采芣苢，[1]	采呀采呀车前子，
薄言采之。[2]	赶些快快来采它。
采采芣苢，	采呀采呀车前子，
薄言有之。	赶些快快占有它。
采采芣苢，	采呀采呀车前子，
薄言掇之。[3]	赶些快快拾取它。
采采芣苢，	采呀采呀车前子，
薄言捋之。[4]	赶些快快捋取它。
采采芣苢，	采呀采呀车前子，
薄言袺之。[5]	翻过衣襟装着它。
采采芣苢，	采呀采呀车前子，

薄言襭之。[6]	插好衣襟藏着它。

【注释】 1. 采采：采了又采。芣苢（fú yǐ 浮以）：车前子，多年生草本，叶自根际丛生，广椭圆形。开淡紫小花，结果。诗称捋之，当指捋果实。叶可供食用，实可供药用。 2. 薄言：发语词。 3. 掇（duō 多）：拾取。 4. 捋（luō 啰）：用手握物而脱取。 5. 袺（jié 结）：手执衣襟以承物。 6. 襭（xié 协）：翻动衣襟插于腰带以承物。

【评析】 这诗的解释有三：一是《毛诗序》："《芣苢》，后妃之美也。和平则妇人乐有子矣。"《笺》："天下和，政教平也。" 二是《诗三家义集疏》："鲁说曰：'蔡人之妻者，宋人之女也。既嫁于蔡而夫有恶疾，其母将改嫁之。女曰："夫不幸，乃妾之不幸也，奈何去之？适人之道，壹与之醮，终身不改。不幸遇恶疾，不改其意。且夫采采芣苢之草，虽其臭恶，犹将始于捋采之，终于怀撷之，浸以益亲，况于夫妇之道乎？彼无大故，又不遣妾，何以得去！" 终不听其母，乃作《芣苢》之诗。君子曰：宋女之意，甚贞而壹也。'" 三是方玉润《诗经原始》："夫佳诗不必尽皆征实，自鸣天籁，一片好音，尤足令人低回无限，若实而按之，兴会索然矣。读者试平心静气，涵泳此诗，恍听田家妇女，三三五五，于平原绣野、风和日丽中群歌互答，余音袅袅，若远若近，忽断忽续，不知其情之何以移而神之何以旷。则此诗可不必细绎而自得其妙焉。"

汉　广

南有乔木，[1]	南方有棵高高树，
不可休思。[2]	树下少荫不可休。

汉有游女，[3] 汉水之上有游女，
不可求思。 女虽好游不可求。
汉之广矣， 汉水太广太直流，
不可泳思。 汉水上面不可游。
江之永矣，[4] 长江的水长又长，
不可方思。[5] 航行不用小船舫。

翘翘错薪，[6] 高高杂草做柴好，
言刈其楚。[7] 割草首要割荆条。
之子于归， 这个姑娘要出嫁，
言秣其马。[8] 喂她的马为了她。
汉之广矣， 汉水太广太直流，
不可泳思。 汉水之上不可游。
江之永矣， 长江之水长又长，
不可方思。 航行不用小船舫。

翘翘错薪， 高高杂草做柴好，
言刈其蒌。[9] 割草先要割芦蒿。
之子于归， 这个姑娘要出嫁，
言秣其驹。 喂饱马驹为了她。
汉之广矣， 汉水太广太直流，
不可泳思。 汉水上面不可游。
江之永矣， 长江之水长又长，

不可方思。　　　　航行不用小船舫。

【注释】 1. 乔木：高树。树高则树荫少。 2. 思：语助词。 3. 汉：汉水。游女：爱游的女子，不必指为仙女。 4. 江：指长江。永：水流长。 5. 方：《鲁诗》方作舫，小舟。 6. 翘翘（qiáo qiáo 桥桥）：如鸟尾上长羽的高起。错薪：错杂为薪。 7. 楚：牡荆。 8. 秣（mò 末）：用草喂马。 9. 蒌（lóu 楼）：蒌蒿，多年生草本，多生水滨，高四五尺，叶互生，羽状深裂。叶嫩时可食，老则为薪。

【评析】 这诗的解释有二：一是《毛诗序》："《汉广》，德广所及也。文王之道被于南国，美化行乎江汉之域，无思犯礼，求而不可得也。"《笺》："纣时淫风遍于天下，维江汉之域先受文王之教化。"《诗三家义集疏》："鲁说曰：'江妃二女者，不知何所人也。出游江汉之湄，逢郑交甫。见而悦之，不知其神人也，谓其仆曰："我欲下请其佩。"仆曰："此间之人皆习于辞，不得，恐罹悔焉。"交甫不听，遂下与之言曰："二女劳矣。"二女曰："客子有劳，妾何劳之有。"交甫曰："橘是柚也，我盛之以笥，令附汉水将流而下，我遵其傍，采其芝而茹之，以知我为不逊也。愿请子之佩。"……遂手解佩与交甫。交甫悦，受而怀之中当心。趋去数十步，视佩，空怀无佩；顾二女，忽然不见。'"总说江汉之女，受文王教化，非礼不可求。二是方玉润《诗经原始》："其词大抵男女相赠答，私心爱慕之情"，"愚意此诗，亦必当时诗人歌以付樵"，"所谓樵唱是也"。

汝　坟

遵彼汝坟，[1]　　　　顺那汝水走上大堤岸，

伐其条枚。[2]	砍那树枝再砍树干。
未见君子，	没有看见那位君子，
惄如调饥。[3]	如同早上没吃饭。
遵彼汝坟，	顺那汝水上大堤，
伐其条肄。[4]	砍那新生的树枝。
既见君子，	既然看到那君子，
不我遐弃。[5]	还好不把我抛弃。
鲂鱼赪尾，[6]	鲂鱼劳累尾巴红，
王室如燬。[7]	王朝像火烧相同。
虽则如燬，	虽则像火烧那样，
父母孔迩。[8]	父母很近要供奉。

【注释】 1. 遵：沿着。汝：汝水，源出河南嵩县西南天息山，东南流入淮水。坟：河堤。 2. 条：树枝。枚：树干。 3. 惄（nì 匿）如：饥困貌。调：通“朝”，早晨。 4. 条肄（yì 异）：新生的枝条。 5. 遐：远。 6. 鲂（fáng 房）鱼：一名鳊鱼，细鳞，鱼之美者。赪（chēng 称）：赤色。 7. 燬（huǐ 毁）：火。 8. 孔迩：很近。

【评析】 《毛诗序》：“《汝坟》，道化行也。文王之化行乎汝坟之国，妇人能闵其君子，犹勉之以正也。”《笺》：“言此妇人被文王之化，厚事其君子。”又《诗三家义集疏》：“鲁说曰：‘周南之妻者，周南大夫之妻也。大夫受命平治水土，过时不来，妻恐其懈于王事，盖与其邻人陈素所与大夫言。国家多难，惟勉强之，无有谴怨，遗父母忧。昔舜耕于历山，渔于雷泽，陶于河滨，非舜之事而舜为之者，为养父母也。家贫亲老，不择官而仕。亲操井臼，不择妻而娶。故父母在，当与时小同，无亏大义，不罹患害而已。夫凤鸟不离于罻罗，麒麟不入于陷阱，蛟龙不及于枯泽。鸟兽之智，犹知避害，而况于人乎？生于乱世，不得道理而迫于暴虐，不得行义，然而仕者，为父母在也。乃作诗曰："鲂鱼赪尾，王室如燬。虽则如燬，父母孔迩。"盖不得已也。君子是以知周南之妻能匡夫也。'"这诗的意义，数家相近。

麟之趾

麟之趾，[1]	不踏生物的麟脚趾，
振振公子。[2]	好比仁厚的公子。
于嗟麟兮！	值得赞美的麟啊！
麟之定，[3]	不顶人的麟额头，
振振公姓。[4]	好比公孙多仁厚。
于嗟麟兮！	值得赞美的麟啊！
麟之角，	不触人的麟头角，
振振公族。[5]	好比仁厚的公族。
于嗟麟兮！	值得赞美的麟啊！

【注释】 1. 麟：《广雅·释兽》："麒麟行步中规，折还中矩，不履生虫，不折生草。" 2. 振振（zhēn zhēn 真真）：仁厚貌。 3. 定：额。严粲《诗缉》：

“有额者宜抵，唯麟之额，可以抵而不抵。”“有角者宜触，唯麟之角，可以触而不触。” 4. 公姓：公孙。 5. 公族：族人。

【评析】 《毛诗序》:“《麟之趾》,《关雎》之应也。《关雎》之化行，则天下无犯非礼，虽衰世之公子，皆信厚如《麟趾》之时也。”《笺》:“《关雎》之时，以麟为应。后世虽衰，犹存《关雎》之化者，君之宗族犹尚振振然，有似麟应之时，无以过也。”《诗三家义集疏》:“韩说曰：‘《麟趾》，美公族之盛也。’”

召　南

召，地名，与周邑皆在岐山阳。武王得天下后，封姬奭于召。在今陕西岐山县西南。周成王时，与周公旦分陕而治，自陕而西，召公主之，自陕而东，周公主之。召南，指自陕以西的南方诸侯国之地。《召南》与《周南》近，地同俗同，诗之音亦略同，故与《周南》同为《国风》之正。

鹊　巢

维鹊有巢，	喜鹊树上有个窠，
维鸠居之。[1]	斑鸠飞来居住它。
之子于归，	这个姑娘要出嫁，
百两御之。[2]	百辆车子侍候她。
维鹊有巢，	喜鹊树上有个窠，
维鸠方之。[3]	斑鸠飞来占有它。
之子于归，	这个姑娘要出嫁，
百两将之。[4]	百辆车子来送她。
维鹊有巢，	喜鹊树上有个窠，
维鸠盈之。[5]	斑鸠飞来占满它。
之子于归，	这个姑娘要出嫁，
百两成之。[6]	百辆车子成就她。

【注释】 1. 鸠：斑鸠，布谷鸟，占有其他鸟的巢。 2. 御：侍候。 3. 方：占有。 4. 将：送。 5. 盈：满。古时诸侯嫁女，有陪嫁的媵女，以侄娣陪嫁，所以诸侯一娶九女。 6. 成：成就，即成礼。

【评析】 这诗的解释有二：一是《毛诗序》："《鹊巢》，夫人之德也。国君积行累功，以致爵位。夫人起家而居有之，德如鳲鸠，乃可以配焉。"《笺》："起家而居有之，谓嫁于诸侯也。夫人有均壹之德如鳲鸠然，而后可配国君。"又《诗三家义集疏》："齐说曰：'鹊以复至之月始作室家，鳲鸠因成事，天性如此也。'"二是姚际恒《诗经通论》："愚意大抵文王公族之女，往嫁于诸大夫之家，诗人见而美之，与《桃夭》篇略同。"

采 蘩

于以采蘩，[1]	什么地方采白蒿，
于沼于沚。[2]	水边洲上和湖沼。
于以用之，	什么地方能用到，
公侯之事。	公侯的事祭祖考。
于以采蘩，	什么地方采白蒿，
于涧之中。	山涧中间能找到。
于以用之，	什么地方能用到，
公侯之宫。	公侯宫里祭祖庙。
被之僮僮，[3]	首饰佩戴得丰崇，

夙夜在公。	早夜祭祀在从公。
被之祁祁，[4]	首饰佩戴得多众，
薄言还归。	祭祀完毕回家中。

【注释】 1. 于以：问词。蘩：白蒿，生陂泽中，叶似嫩艾，茎或赤或白。2. 沼：沼泽。沚：小洲。 3. 被：通“髲”（bì 币），首饰。僮僮：盛。4. 祁祁（qí qí 其其）：繁盛。

【评析】 《毛诗序》：“《采蘩》，夫人不失职也。夫人可以奉祭祀，则不失职矣。”《笺》：“奉祭祀者，采蘩之事也。不失职者，夙夜在公也。”

草虫

喓喓草虫，[1]	喓喓只听草虫叫，
趯趯阜螽。[2]	蚱蜢只会拍拍跳。
未见君子，	没有看见君子人，
忧心忡忡。[3]	心里忧愁咚咚跳。
亦既见止，[4]	既然看见他，
亦既觏止，[5]	既然交好他，
我心则降。	我的心平不再跳。
陟彼南山，	登那南山路不缺，
言采其蕨。[6]	为采山中那个蕨。

未见君子，	没有看见君子人，
忧心惙惙。[7]	心里忧愁好惶惑。
亦既见止，	既然看见他，
亦既觏止，	既然会见他，
我心则说。[8]	我的心儿才喜悦。

陟彼南山，	登那南山路不奇，
言采其薇。[9]	为采山中那个薇。
未见君子，	没有看见君子人，
我心伤悲。	我的心里又悲凄。
亦既见止，	既然看见他，
亦既觏止，	既然会见他，
我心则夷。[10]	我心才能得欣喜。

【注释】 1. 喓喓（yāo yāo 腰腰）：虫声。 2. 趯趯（tì tì 惕惕）：跳跃。阜螽：蚱蜢。 3. 忡忡（chōng chōng 冲冲）：心跳。 4. 止：语助词。 5. 觏（gòu 构）：相会。 6. 蕨（jué 厥）：羊齿类植物，地下茎很长，春季长嫩叶，可吃。 7. 惙惙（chuò chuò 绰绰）：惶惑。 8. 说：同"悦"。 9. 薇（wēi 微）：野菜，叶子一种绿色，一种褐色，嫩的可吃。 10. 夷：平。

【评析】 这诗的解释有三：一是《毛诗序》："《草虫》，大夫妻能以礼自防也。"二是《诗三家义集疏》："鲁说曰：'孔子对鲁哀公曰："恶恶道不能甚，则其好善道亦不能甚；好善道不能甚，则百姓亲之也亦不能甚。"《诗》云："未见君子，忧心惙惙。亦既见止，亦既觏止，我心则说。"诗人之好善道也如此。’” 王先谦认为这是《鲁诗》说，他从刘向《说苑·君道》中引来，认为它与《毛诗序》异。三是朱熹《诗集传》：“诸侯大夫行役在外，其妻独居，感时物之变，而思其君子如此。亦若《周南》之《卷耳》也。”

采　蘋

于以采蘋，[1]	什么地方采浮萍，
南涧之滨。	在那南涧的水滨。
于以采藻，[2]	什么地方采浮藻，
于彼行潦。[3]	在那流水的沟边好。
于以盛之，	什么东西装得好，
维筐及筥。[4]	只有方筐圆篓好。
于以湘之，[5]	什么器具能煮好，
维锜及釜。[6]	三足釜和釜煮得好。
于以奠之，	什么地方祭献它，
宗室牖下。[7]	宗室里头南窗下。
谁其尸之，[8]	什么人来主这事，
有齐季女。[9]	有个斋戒的少女娃。

【注释】　1. 蘋：浮萍，蕨类植物，生浅水中。　2. 藻（zǎo 早）：藻类植物，没有根茎叶的区分，用细胞分裂繁殖，生浅水中。　3. 行潦（háng lǎo 杭老）：流的水沟，流的积水。　4. 筥（jǔ 举）：圆竹器。　5. 湘：烹煮。

6. 锜（qí 其）：三足釜。釜：炊具。 7. 牖（yǒu 有）：窗子。 8. 尸：主持。古代祭祀用人作神，称尸。 9. 齐：同“斋”，沐浴以示敬。季：排行第四。

【评析】 《毛诗序》：“《采蘋》，大夫妻能循法度也。能循法度，则可以承先祖，共祭祀矣。”《笺》：“女子十年不出，姆教，婉娩听从。执麻枲，治丝茧，织纴组紃，学女事以供衣服。观于祭祀，纳酒浆、笾豆、菹醢，礼相助奠。十有五而笄，二十而嫁。此言能循法度者。今既嫁为大夫妻，能循其为女之时所学、所观之事，以为法度。”

甘　棠

蔽芾甘棠，[1]	茂盛的棠梨树，
勿翦勿伐，	不剪不砍它，
召伯所茇。[2]	召伯曾留在树下。
蔽芾甘棠，	茂盛的棠梨树，
勿翦勿败，[3]	不剪不坏它，
召伯所憩。	召伯曾休息在树下。
蔽芾甘棠，	茂盛的棠梨树，
勿翦勿拜，[4]	不剪不弯它，
召伯所说。[5]	召伯曾经住过夜。

【注释】 1. 蔽芾（fèi 费）：茂盛。甘棠：棠梨树，落叶乔木，开花白的叫甘

棠，果实圆而小，味甜。 2. 召伯：召公奭为诸侯的长，称伯。茇（bá 拔）：草舍，止于其下以自蔽，犹草舍。 3. 败：败坏。 4. 拜：弯，弯枝向下如人拜。 5. 说：通“税”，舍，休憩。

【评析】 《毛诗序》：“《甘棠》，美召伯也。召伯之教，明于南国。”《笺》：“召伯，姬姓，名奭，食采于召，作上公，为二伯，后封于燕。此美其为伯之功，故言伯云。”又《诗三家义集疏》：“鲁说曰：‘召公之治西方，甚得兆民和。召公巡行乡邑，有棠树，决狱政事其下。自侯伯庶人各得其所，无失职者。召公卒，而民思召公之政，怀甘棠不敢伐，歌咏之，作《甘棠》之诗。’”

行 露

厌浥行露，[1]	沾湿是路上的露，
岂不夙夜，[2]	难道清早不走路，
谓行多露。[3]	怕的是路上多露。
谁谓雀无角，	谁说雀儿没有角，
何以穿我屋？	怎么啄穿我的屋？
谁谓女无家，	谁说女儿没婆家，
何以速我狱？[4]	怎么催我进牢狱？
虽速我狱，	虽然催我进牢狱，
室家不足！[5]	成室的道理还不足。
谁谓鼠无牙，[6]	谁说老鼠没长牙，

何以穿我墉？	怎么穿透我的墙？
谁谓女无家，	谁说女儿没婆家，
何以速我讼？	怎么催迫告我状？
虽速我讼，	虽然催迫告我状，
亦不女从！	也不从你告我状！

【注释】 1. 厌浥（yè yì 夜义）：沾湿。行：路。 2. 夙夜：早夜，夜未尽天未明时。 3. 谓：通“畏”。 4. 速：催，加快。 5. 室家：成室成家，即婚姻。 6. 牙：牙比齿长。说鼠只有齿无牙。

【评析】 《毛诗序》：“《行露》，召伯听讼也。衰乱之俗微，贞信之教兴，强暴之男，不能侵陵贞女也。”《笺》：“衰乱之俗微，贞信之教兴者，此殷之末世，周之盛德，当文王与纣之时。”又《诗三家义集疏》：“鲁说曰：‘召南申女者，申人之女也。既许嫁于酆，夫家礼不备而欲迎之。女与其人言，以为夫妇者人伦之始也，不可不正。’《传》曰：‘正其本则万物理，失之毫厘，差之千里，是以本立而道生，源始而流清。故嫁娶者，所以传重承业，继续先祖，为宗庙主也。夫家轻礼违制，不可以行，遂不肯往。夫家讼之于理，致之于狱。女终以一物不具、一礼不备，守节持义，必死不往。……君子以为得妇道之宜，故举而扬之，传而法之，以绝无礼之求，防淫泆之行。’”

羔 羊

羔羊之皮，	羔羊的皮需要缝，
素丝五纥。[1]	白丝交错来细缝。
退食自公，[2]	退朝进食亦自公，

委蛇委蛇。[3]	委曲前进态从容。

羔羊之革，[4]	羔羊的革需要缝，
素丝五緎。[5]	白丝交错来细缝。
委蛇委蛇，	委曲前进态从容，
自公退食。	退朝进食亦自公。

羔羊之缝，[6]	羔羊的皮需要缝，
素丝五总。[7]	白丝交错来细缝。
委蛇委蛇，	委曲前进态从容，
退食自公。	朝朝进食亦自公。

【注释】 1. 五纮（tuó 驼）：陈奂《传疏》：五当读为交午之午。严粲《诗缉》："纮，缝也。"闻一多《通义》："缝之义亦交午也。""五纮"即"午纮"，丝线交午缝制的意思。 2. 退食自公：退朝进食出自公家，是公家供食。 3. 委蛇（yí 夷）：委曲自得之貌。 4. 革：犹皮。 5. 五緎：犹五纮。 6. 缝：革。 7. 五总：犹五纮。

【评析】 《毛诗序》："《羔羊》，《鹊巢》之功致也。召南之国，化文王之政，在位皆节俭正直，德如羔羊也。"《笺》："《鹊巢》之君积行累功，以致此《羔羊》之化。在位卿大夫竞相切化，皆如此《羔羊》之人。"又《诗三家义集疏》："齐说曰：'羔羊皮革，君子朝服。辅政扶德，以合万国。'韩说曰：'诗人贤仕为大夫者，言其德能称，有洁白之性、屈柔之行，进退有度数也。'"

殷其雷

殷其雷，[1]	殷殷的雷声。
在南山之阳。[2]	在南山的南边啊。
何斯违斯？[3]	何以在此又离开此呀？
莫敢或遑。[4]	没有敢休息啊。
振振君子，	诚厚的君子，
归哉归哉！	归来啊归来啊！
殷其雷，	殷殷的雷声，
在南山之侧。	在南山的旁边啊。
何斯违斯？	何以在此又离开此呀？
莫敢遑息。	没有敢休息啊。
振振君子，	诚厚的君子，
归哉归哉！	归来啊归来啊！
殷其雷，	殷殷的雷声，
在南山之下。	在南山的下边啊。
何斯违斯？	何以在此又离开此呀？
莫或遑处。[5]	没有敢闲暇呀。
振振君子，	诚厚的君子，
归哉归哉！	归来啊归来啊！

【注释】 1. 殷（yǐn 引）：雷声。 2. 阳：指山的南方。 3. 何斯：斯指此人。违斯：违，离开；斯，指此地。 4. 或：有。遑（huáng 皇）：暇。5. 处：居。

【评析】 《毛诗序》："《殷其雷》，劝以义也。召南之大夫远行从政，不遑宁处，其室家能闵其勤劳，劝以义也。"《笺》："'召南大夫'，召伯之属。'远行'，谓使出邦畿。"

摽有梅

摽有梅，[1]	落下的有梅子，
其实七兮。	枝头留下梅子七成。
求我庶士，[2]	追求我的众士人，
迨其吉兮。[3]	及到这是好时辰。
摽有梅，	落下的有梅子，
其实三兮。	枝头留下梅子三成。
求我庶士，	追求我的众士人，
迨其今兮。	及到今朝是好时辰。
摽有梅，	落下的有梅子，
顷筐塈之。[4]	尽这筐来取它。
求我庶士，	追求我的众士人，
迨其谓之。[5]	及时说话就得成。

【注释】 1. 摽（biào 俵）：落下。 2. 求：追求。庶：众。 3. 迨：及。 4. 顷筐：同“倾筐”。塈（jì 既）：取。 5. 谓：说话。

【评析】 《毛诗序》：“《摽有梅》，男女及时也。召南之国，被文王之化，男女得以及时也。”

小 星

嘒彼小星，[1]	微光的是那小星，
三五在东。[2]	三颗五颗在东方的是大星。
肃肃宵征，[3]	急急忙忙夜里行，
夙夜在公，	从早到夜都从公，
寔命不同。[4]	实在命运各不同。
嘒彼小星，	微光的是那小星，
维参与昴。[5]	参宿与昴宿是大星。
肃肃宵征，	急急忙忙夜里行，
抱衾与裯，[6]	被子帐子自己抱，
寔命不犹。[7]	实在命运不如人。

【注释】 1. 嘒（huì 诲）：微光。 2. 三五：参宿三星，昴宿五星。 3. 肃肃：急忙。征：行。 4. 寔：实。 5. 参（shēn 申）昴（mǎo 卯）：二十八宿中的二宿。 6. 衾（qīn 亲）：被子。裯（chóu 稠）：床帐。 7. 犹：如。

【评析】 这诗的解释有二：一是《毛诗序》："《小星》，惠及下也。夫人无妒忌之行，惠及贱妾，进御于君，知其命有贵贱，能尽其心矣。"《笺》："以色曰妒，以行曰忌。命，谓礼命贵贱。"《诗三家义集疏》："齐说曰：'旁多小星，三五在东。早夜晨行，劳苦无功。'" 二是方玉润《诗经原始》："《大序》谓'夫人无妒忌，惠及贱妾，进御于君，知其命有贵贱，能尽其心矣'。《集传》亦谨守其说而不敢背。然诗中词意唯衾裯句近闺词，余皆不类。不知何所见而云然也。""姚氏际恒解此诗，……以为小臣行役作。""夫'肃肃宵征'者，远行不逮，继之以夜也。'夙夜在公'者，勤劳王事也。'寔命不同'，则大小臣工之不一，而朝野劳逸之悬殊也。"

江有汜

江有汜，[1]	大江也有水倒流，
之子归。	这个男人归来正时候。
不我以，[2]	他不用我，
不我以，	他不用我，
其后也悔。	他的懊悔在后头。
江有渚，[3]	大江也有小的洲，
之子归。	这个男人归来正时候。
不我与，	他不同我好，
不我与，	他不同我好，
其后也处。[4]	他的发愁在后头。

江有沱，[5] 大江也会有支流，
之子归。 这个男人归来正时候。
不我过，[6] 他不到我处，
不我过， 他不到我处，
其啸也歌。 他把哭当歌在后头。

【注释】 1. 汜（sì 四）：由主流分出而复汇合的河流。 2. 以：用。 3. 渚：水中的小洲。 4. 处：闻一多《诗经新义》：训忧。 5. 沱（tuó 驼）：江的支流。 6. 不我过：不至我处。

【评析】 这诗的解释有三：一是《毛诗序》："《江有汜》，美媵也。勤而无怨，嫡能悔过也。文王之时，江沱之间，有嫡不以其媵备数，媵遇劳而无怨，嫡亦自悔也。"《笺》："勤者以己宜媵而不得，心望之。"二是《诗三家义集疏》："齐说曰：'江水沱汜，思附君子，伯仲爰归，不我肯顾，侄娣恨悔。'"三是方玉润《诗经原始》："殊知妾妇称夫，亦曰'之子'，如《有狐》诗云'之子无裳''之子无带'之类，不必定妇人而后称之。然则归也者，还归之归，非于归之归也，又明矣。此必江汉商人远归梓里，而弃其妾不以相从，始则不以备数，继则不与偕行，终且望其庐舍而不之过。妾乃作此诗以自叹而自解耳。"

野有死麕

野有死麕，[1] 野地里有死獐子，
白茅包之。 用白茅草包裹它。
有女怀春， 有个姑娘动了心，

吉士诱之。[2]	吉祥的人引诱她。
林有朴樕，[3]	树林里有小树，
野有死鹿。	野地里有死鹿。
白茅纯束，[4]	白茅草搓纯来捆着它，
有女如玉。	有个女儿美如玉。
舒而脱脱兮，[5]	缓缓地慢慢来啊，
无感我帨兮，[6]	不要动我的围裙啊，
无使尨也吠。[7]	不要使狗叫啊。

【注释】 1. 麕（jūn 军）：獐子。 2. 吉士：男子的美称，当指青年猎人。 3. 朴樕（sù 速）：小树。 4. 纯束：捆扎。 5. 舒：缓缓。脱脱（duì duì 兑兑）：慢慢。 6. 感：通“撼”。帨（shuì 税）：围裙。 7. 尨（máng 忙）：多毛狗。

【评析】 这诗的解释有三：一是《毛诗序》：“《野有死麕》，恶无礼也。天下大乱，强暴相陵，遂成淫风。被文王之化，虽当乱世，犹恶无礼也。”《笺》：“‘无礼’者，为不由媒妁，雁币不至，劫胁以成昏，谓纣之世。”二是《诗三家义集疏》：“韩说曰：‘平王东迁，诸侯侮法，男女失冠昏之节，《野麕》之刺兴焉。’”三是朱熹《诗集传》：“言美士以白茅包死麕而诱怀春之女也。”认为是情诗。余冠英先生《诗经选》：“这诗写丛林里一个猎人获得獐和鹿，也获得了爱情。”也认为是一首情诗。

何彼襛矣

何彼襛矣？[1]	怎么那么繁盛？
唐棣之华。[2]	郁李开的花。
曷不肃雍？[3]	何以不严肃雍容？
王姬之车。	那是王姬的车。
何彼襛矣？	怎么那么繁盛？
华如桃李。	花像桃和李。
平王之孙，[4]	那是平王的外孙，
齐侯之子。	是齐侯的好女。
其钓维何？	她的钓鱼用什么？
维丝伊缗。[5]	用丝线做钓绳。
齐侯之子，	是齐侯的好女，
平王之孙。	是平王的外孙。

【注释】 1. 襛（nóng 农）：繁盛。 2. 唐棣（dì 第）：郁李，落叶灌木，高五六尺，春开花，夏结实。 3. 曷：何。肃雍：严肃雍容。 4. 平王：东周第一代君主，名宜臼。 5. 缗（mín 民）：纶，捻丝成纶，即钓丝。

【评析】 这诗的解释有二：一是《毛诗序》："《何彼襛矣》，美王姬也。虽则王姬，亦下嫁于诸侯。车服不系其夫，下王后一等，犹执妇道，以成肃雍之德也。"《笺》："'下王后一等'，谓车乘厌翟，勒面缋緫，服则褕翟。"二是

《诗三家义集疏》："三家说曰：'言齐侯嫁女，以其母王姬始嫁之车远送之。'" 诗说"曷不肃雝"，是讥讽齐侯之女肃雝不够。

驺虞

彼茁者葭，[1]	那茁壮的芦苇做箭干，
壹发五豝，[2]	一箭发射到五母猪啊，
于嗟乎驺虞。[3]	正好样的猎人啊。
彼茁者蓬，[4]	那茁壮的蓬蒿做箭干，
壹发五豵，[5]	一箭发射到五小猪啊，
于嗟乎驺虞。	正好样的猎人啊。

【注释】 1. 茁（zhuó 浊）：壮实。葭（jiā 家）：芦苇。 2. 豝（bā 巴）：牝猪。 3. 驺（zōu 邹）虞：天子掌鸟兽之官，即官家的猎人。 4. 蓬：蓬蒿。 5. 豵（zōng 宗）：小猪。

【评析】 这诗的解释有三：一是《毛诗序》："《驺虞》，《鹊巢》之应也。《鹊巢》之化行，人伦既正，朝廷既治，天下纯被文王之化，则庶类蕃殖，蒐田以时。仁如驺虞，则王道成也。"《笺》："应者，应德，自远而至。" 二是《诗三家义集疏》："鲁说曰：'《驺虞》者，邵国之女所作也。古者圣王在上，君子在位，役不逾时，不失嘉会。内无怨女，外无旷夫。及周道衰微，礼义废弛，强陵弱，众暴寡，万民骚动，百姓愁苦，男怨于外，女伤于内，内外无主，内迫情性，外逼礼仪，叹伤所说，而不逢时，于是援琴而歌。'" 三是姚际恒《诗经通论》："此为诗人美驺虞之官克称其职也。"

卷二

国风

邶　风

邶鄘卫：三国名。周武王克商以后，夺商王纣都朝歌，即今河南淇县东北。朝歌而北谓之邶，在今河南汤阴县东南；南谓之鄘，在今河南汲县东北；东谓之卫，即朝歌，后卫有邶鄘。文公迁楚丘，在河南滑县东。成公迁帝丘，在河南濮阳西南，后还有濮阳。但邶鄘地既入卫，其诗皆为卫事，而犹系其故国之名，当为编《诗》者不同意卫之并邶鄘，特于《诗》中注名《邶风》《鄘风》欤？

柏　舟

汎彼柏舟，[1]	柏木船儿随水流，
亦汎其流。[2]	也是随波顺着流。
耿耿不寐，[3]	心内不安难入睡，
如有隐忧。[4]	像有深切的忧愁。
微我无酒，[5]	不是我没有酒，
以敖以游。[6]	用来到处游。
我心匪鉴，[7]	我的心不是镜子，
不可以茹。[8]	不可以照。
亦有兄弟，	也有兄弟，
不可以据。	不可以靠。
薄言往愬，[9]	说是去诉苦，

逢彼之怒。	碰上他们在发怒。
我心匪石，	我的心不是磨石，
不可转也。	不可以转。
我心匪席，	我的心不是席子，
不可卷也。	不可以卷。
威仪棣棣，[10]	我的尊严面子，
不可选也。[11]	不可退让自止。
忧心悄悄，[12]	心内忧愁不了，
愠于群小。[13]	成群小人憎恨不少。
觏闵既多，[14]	遭到痛苦既已多，
受侮不少。	受的侮辱也不少。
静言思之，	静静地想它，
寤辟有摽。[15]	交互抚心只扰扰。
日居月诸，[16]	太阳啊月亮啊，
胡迭而微。[17]	为啥轮流不放光。
心之忧矣，	心内的忧愁除不了，
如匪澣衣。	好像没洗脏内衣。
静言思之，	静静地想想它，
不能奋飞。	不能奋翅起高飞。

【注释】 1. 汎（fàn 泛）：随水流动。 2. 流：中流。 3. 耿耿（gěng gěng 梗梗）：不安貌。 4. 隐：深。 5. 微：非。 6. 敖：游。 7. 鉴：镜子。 8. 茹（rú 如）：容纳。 9. 愬：同“诉”。 10. 威仪：庄严容止。棣棣：雍容娴雅。 11. 选：屈挠退让。 12. 悄悄：忧貌。 13. 愠（yùn 运）：怨恨。 14. 闵（mǐn 敏）：忧伤。 15. 寤：交互。辟（pì 劈）：捶击。摽（piào 票）：抚心。 16. 居、诸：语助。 17. 迭：更动。微：隐微，无光。

【评析】 这诗的解释有二：一是《毛诗序》：“《柏舟》，言仁而不遇也。卫顷公之时，仁人不遇，小人在侧。”《笺》：“‘不遇’者，君不受己之志也。君近小人，则贤者见侵害。”二是《诗三家义集疏》：“鲁说曰：‘卫宣（《御览》四百四十一引作寡）夫人者，齐侯之女也。嫁于卫，至城门而卫君死，保母曰：“可以还矣。”女不听，遂入。持三年之丧毕。弟立，请曰：“卫，小国也，不容二庖，愿请同庖。”终不听。卫君使人诉于齐兄弟，齐兄弟皆欲与君，使人告女，女终不听，乃作诗曰：“我心匪石，不可转也。我心匪席，不可卷也。”厄穷而不悯，劳辱而不苟，然后能自致也。……君子美其贞壹，故举而列之于《诗》也。’”

绿 衣

绿兮衣兮，[1]	绿啊上衣啊，
绿衣黄里。[2]	绿上衣啊黄里衣。
心之忧矣，	心里的忧啊，
曷维其已。[3]	何时它才止哩。
绿兮衣兮，	绿啊上衣啊，

绿衣黄裳。[4] 绿上衣啊黄下衣。
心之忧矣， 心里的忧啊，
曷维其亡。[5] 何时它才消失哩。

绿兮丝兮， 绿啊丝呀，
女所治兮。 女人所做的呀。
我思古人，[6] 我想念古代人，
俾无訧兮。[7] 使我没有过错啊。

絺兮绤兮，[8] 葛布不论粗或细，
凄其以风。 穿上身凉风凄凄。
我思古人， 我想念古代人，
实获我心。 实在获得我心意。

【注释】 1. 衣：指上衣。 2. 里：指上衣的衬里，黄布来衬里。 3. 曷：何时。 4. 裳：下衣，即裤子。 5. 亡：止。 6. 古人：一说“古人”即“故人”，改字，不从。 7. 俾：使。訧：同“尤”，过错。 8. 絺（chī 痴）：细葛布。绤（xì 隙）：粗葛布。

【评析】 《毛诗序》：“《绿衣》，卫庄姜伤己也。妾上僭，夫人失位而作是诗也。”《笺》：“庄姜，庄公夫人，齐女，姓姜氏。妾上僭者，谓公子州吁之母，母嬖而州吁骄。”又《诗三家义集疏》：“齐说曰：‘黄里绿衣，君服不宜。淫湎毁常，失其宠光。’”

燕燕

燕燕于飞，	燕子展开翅膀飞，
差池其羽。[1]	翅膀展开不整齐。
之子于归，	这个妇人要大归，
远送于野。	远远送她到郊区。
瞻望弗及，	睁眼望她望不见，
泣涕如雨。	哭泣眼泪落如雨。
燕燕于飞，	燕子展开翅膀飞，
颉之颃之。[2]	忽上忽下望见它。
之子于归，	这个妇人要大归，
远于将之。	远远出来往送她。
瞻望弗及，	睁眼望她望不见，
伫立以泣。[3]	久立哭泣想着她。
燕燕于飞，	燕子展开翅膀飞，
下上其音。	下下上上发呢喃。
之子于归，	这个妇人要大归，
远送于南。[4]	远远送她去向南。
瞻望弗及，	睁眼望她望不见，
实劳我心。	实在劳我心不安。

仲氏任只，[5] 仲氏你姓任，
其心塞渊。 你心想得远又深。
终温且惠， 终于温柔又惠爱，
淑慎其身。 善良谨慎及你身。
先君之思，[6] 你还想念到先君，
以勖寡人。[7] 用来勉励我寡人。

【注释】 1. 差（cī）池：不整齐。 2. 颉颃（jié háng 杰杭）：飞而上下。 3. 伫（zhù 住）：久。 4. 南：南方。 5. 仲：第二。氏：姓氏。任：姓任。 6. 先君：已死的君主。 7. 寡人：寡德之人，庄姜自称。

【评析】 这诗的解释有二：一是《毛诗序》："《燕燕》，卫庄姜送归妾也。"据《左传》隐公三及四年的纪事，卫庄公夫人庄姜无子，以庄公妾陈女戴妫之子完为己子。庄公死，完即位，为州吁所杀。戴妫以子被杀归陈，此是大归，即归而不再回卫，庄姜相送而作。二是《诗三家义集疏》引《鲁诗》说："卫姑定姜者，卫定公之夫人，公子之母也。公子既娶而死，其妇无子，毕三年之丧，定姜归其妇。"又称诗作"先君之思，以畜寡人"。郑注："定姜无子，立庶子衎，是谓献公。畜，孝也。献公无礼于定姜，定姜作诗，言献公当思先君定公，以孝于寡人。"按就本诗说，"先君之思"，指仲氏之思，与他人之思不同，当以《毛诗序》所说为准。

日　月

日居月诸，[1] 太阳啊月亮啊，
照临下土。 照亮下面的疆土。

乃如之人兮，	是这样的人啊，
逝不古处。[2]	不用古道和我相处。
胡能有定，	怎么能够有一定，
宁不我顾。[3]	岂有不把我照顾。
日居月诸，	太阳啊月亮啊，
下土是冒。[4]	下面的土地是光照。
乃如之人兮，	是这样的人啊，
逝不相好。	不和我相好。
胡能有定，	怎么能够有一定，
宁不我报。[5]	岂有不向我回报。
日居月诸，	太阳啊月亮啊，
出自东方。	出来从东方。
乃如之人兮，	是这样的人啊，
德音无良。[6]	好话完全变样。
胡能有定，	怎么能有一定，
俾也可忘。[7]	使我也可以把他忘。
日居月诸，	太阳啊月亮啊，
东方自出。	出来从东方。
父兮母兮，	父亲啊母亲啊，
畜我不卒。[8]	对我为啥不终养。

胡能有定，	怎么能够有一定，
报我不述。	回报我的话不好讲。

【注释】 1. 居、诸：语助词。 2. 逝：语助词。古：古道。 3. 宁：岂。 4. 冒：覆盖。 5. 报：回答。 6. 德音：好话。 7. 俾：使。 8. 畜：养育。

【评析】 《毛诗序》："《日月》，卫庄姜伤己也。遭州吁之难，伤己不见答于先君，以至困穷之诗也。" 又《诗三家义集疏》："鲁说曰：'宣姜者，齐侯之女，卫宣公之夫人也。初，宣公夫人夷姜生伋子，以为太子。又娶于齐，曰宣姜，生寿及朔。夷姜既死，宣姜欲立寿，乃与寿及朔谋构伋子。公使伋子之齐，宣姜乃阴使力士待之界上而杀之，曰："有四马白旄至者，必要杀之。"寿闻之，以告太子，曰："太子其避之。" 伋子曰："不可，夫弃父之命，则恶用子也。" 寿度太子必行，乃与太子饮，夺之旄而行，盗杀之。伋子醒，求旄不得，遽往追之，寿已死矣，伋子痛寿为己死，乃谓盗曰："所欲杀者乃我也，此何罪？请杀我！" 盗又杀之。二子既死，朔遂立为太子。宣公薨，朔立，是为惠公，竟终无后，乱及（五）三世，至戴公而后宁。《诗》曰："乃如之人兮，德音无良。" 此之谓也。'" 庄姜即宣姜，二说相同。

终　风

终风且暴，[1]	整天刮风又狂暴，
顾我则笑。	看见了我就好笑。
谑浪笑敖，	戏谑狂浪又讪笑，
中心是悼。	我的心中是伤悼。

终风且霾，[2]	整天刮风又扬土，
惠然肯来。	惠爱那样肯光顾。
莫往莫来，	如果不去不来问，
悠悠我思。	老是令我把他想。
终风且曀，[3]	整天刮风又阴沉，
不日有曀。	不定那天有天阴。
寤言不寐，[4]	卧时醒着不能睡，
愿言则嚏。[5]	愿他想我打喷嚏。
曀曀其阴，	黑沉沉是天阴，
虺虺其雷。[6]	豁轰轰是天打雷。
寤言不寐，	卧着不能入睡，
愿言则怀。	愿他能对我长怀。

【注释】 1. 终风：整天刮风。 2. 霾（mái 埋）：阴尘。 3. 曀（yì 翳）：阴沉。 4. 寤（wù 悟）：睡醒。 5. 嚏（tì 替）：打喷嚏。 6. 虺虺（huǐ huǐ 毁毁）：打雷声。

【评析】 《毛诗序》："《终风》，卫庄姜伤己也。遭州吁之暴，见侮慢而不能正也。"《笺》："'正'，犹止也。" 又《诗三家义集疏》："《易林·颐之升》：'终风东西，散涣四分。终日至暮，不见子懽。' 此齐义。" 即认为《齐诗》说。

击　鼓

击鼓其镗，[1]	敲击大鼓堂堂响，
踊跃用兵。[2]	士兵跳跃弄刀枪。
土国城漕，[3]	为国土功，为漕建城墙，
我独南行。	我独向南走一趟。
从孙子仲，	跟从统帅公孙子仲，
平陈与宋。[4]	交好与国陈和宋。
不我以归，	不许我归来，
忧心有忡。[5]	心里忧苦有忡忡。
爰居爰处，[6]	在哪里定我的住处，
爰丧其马。	在哪里失掉他的马。
于以求之，	在哪里去找它，
于林之下。	在树林的下。
死生契阔，[7]	死活和契合远隔，
与子成说。[8]	同您成功相说。
执子之手，	握着您的手，
与子偕老。	同您到老不脱。
于嗟阔兮，	可叹如今远隔啊，

不我活兮。	不许我还活啊。
于嗟洵兮，[9]	可叹我的信用啊，
不我信兮。[10]	不能使我伸说啊。

【注释】 1. 镗（tāng 汤）：堂堂，击鼓声。 2. 踊跃：跳跃，表高兴。兵：兵器。 3. 土国：为国家兴土功。城漕：在漕地筑城。一说漕在河南滑县东。 4. 平：和好。陈与宋：陈国和宋国。 5. 忡（chōng 冲）：状忧愁。6. 爰（yuán 元）：于何。 7. 契阔：契合疏阔。 8. 成说：成约，约定。9. 洵（xún 旬）：信用。 10. 信：古“伸”字。

【评析】 《毛诗序》：“《击鼓》，怨州吁也。卫州吁用兵暴乱，使公孙文仲将而平陈与宋，国人怨其勇而无礼也。”《笺》：“将者，将兵以伐郑也。平，成也。将伐郑，先告陈与宋，以成其伐事。《春秋传》曰：‘宋殇公之即位也，公子冯出奔郑，郑人欲纳之。及卫州吁立，将修先君之怨于郑，而求宠于诸侯，以和其民。使告于宋曰：“君若伐郑，以除君害，君为主，敝邑以赋与陈蔡从，则卫国之愿也。”宋人许之。于时陈蔡方睦于卫，故宋公、陈侯、蔡人、卫人伐郑。’”伐郑在鲁隐四年。又《诗三家义集疏》：“齐说曰：‘击鼓合战，士怯叛亡。威令不行，败我成功。’”

凯　风

凯风自南，[1]	和风来从南方了，
吹彼棘心。[2]	吹那酸枣树还小。
棘心夭夭，[3]	酸枣树小小，
母氏劬劳。[4]	母亲勤累又辛劳。

凯风自南，	和风来从南方了，
吹彼棘薪。	吹那酸枣成柴薪。
母氏圣善，	母亲圣明又善良，
我无令人。[5]	我们没有善人怎么好。
爰有寒泉，	有寒冷的泉水，
在浚之下。[6]	在浚城下面围绕。
有子七人，	有儿子七个人，
母氏劳苦。	母亲还是勤苦辛劳。
睍睆黄鸟，[7]	好看的黄鸟，
载好其音。	传来好听的叫声。
有子七人，	有儿子七个人，
莫慰母心。	没有能安慰母亲的心。

【注释】 1. 凯风：和风。 2. 棘心：酸枣小树。酸枣树枝上多刺，初生即有刺，心指刺，棘心指小酸枣。酸枣为落叶灌木，开黄绿色小花，结枣味酸。 3. 夭夭：指树小小，未长大。 4. 劬（qú 渠）：辛勤。 5. 令人：善人。 6. 浚（jùn 俊）：卫国地名。 7. 睍睆（xiàn huǎn 现缓）：好看。

【评析】 这诗的解释有二：一是《毛诗序》："《凯风》，美孝子也。卫之淫风流行，虽有七子之母，犹不能安其室，故美七子能尽其孝道，以慰其母心而成其志尔。"《笺》："'不安其室'，欲去嫁也。'成其志'者，成言孝子自责之意。"又《诗三家义集疏》："齐说曰：'凯风无母，何恃何怙？幼孤弱子，为人所苦。'”二是当是一首儿子自责、怜爱母亲的诗篇，诗无一涉其母“不能安其室”之词，所谓“淫风流行”不确。

雄雉

雄雉于飞，	雄的野鸡展翅飞，
泄泄其羽。[1]	展开翅膀慢慢飞。
我之怀矣，	我的怀念啊，
自诒伊阻。[2]	独留阻隔忧伤啊。
雄雉于飞，	雄的野鸡展翅飞，
下上其音。	或下或上传它的音。
展矣君子，[3]	诚实的君子啊，
实劳我心。	确实劳苦我的心。
瞻彼日月，	眼看日月向人催，
悠悠我思。	长长思念积成堆。
道之云远，	道路又说这么远，
曷云能来。	何时说他能回来。
百尔君子，[4]	众多的君子们，
不知德行。	不知什么叫德行。
不忮不求，[5]	不去害人不贪富，

何用不臧。[6]　　　　怎么不善都可行。

【注释】 1. 泄泄（yì yì 意意）：慢慢。《传》："雄雉见雌雉飞，而鼓其翼泄泄然。"比喻丈夫想念她，精神萎靡。 2. 诒（yí 夷）：留。伊：语辞。阻：忧。 3. 展：诚实。 4. 百尔：指众多。 5. 忮（zhì 至）：害。 6. 臧（zāng 赃）：善。

【评析】 《毛诗序》："《雄雉》，刺卫宣公也。淫乱不恤国事，军旅数起，大夫久役，男女怨旷，国人患之而作是诗。"《笺》："淫乱者，荒放于妻妾，烝于夷姜之等。国人久处军役之事，故男多旷，女多怨也。男旷而苦其事，女怨而望其君子。"

匏有苦叶

匏有苦叶，[1]　　　　葫芦叶子味道苦，
济有深涉，[2]　　　　济水深处也得渡。
深则厉，[3]　　　　水深连带衣裳过，
浅则揭。[4]　　　　水浅提起衣裳过。

有弥济盈，[5]　　　　茫茫水满济河充，
有鹭雉鸣。[6]　　　　雌野鸡叫声不穷。
济盈不濡轨，[7]　　　　济河水不浸车轴头，
雉鸣求其牡。　　　　雌野鸡叫着求那雄。

雝雝鸣雁，[8]	和谐叶声是雁子，
旭日始旦。	初升太阳东方红。
士如归妻，	你如有心来娶妻，
迨冰未泮。[9]	过河切莫解冰封。

招招舟子，	船夫招招开渡船，
人涉卬否。[10]	人来摆渡我则否。
人涉卬否，	人来摆渡我则否，
卬须我友。	我是须要我的友。

【注释】 1. 匏（páo 袍）：葫芦。 2. 济：水名，源出河南济源王屋山，古时与黄河并入海，今下游古道为黄河所夺。 3. 厉：以衣涉水。 4. 揭（qì 气）：提起衣裳渡水。 5. 弥：水满。 6. 鷕（wěi 尾）：雌野鸡叫声。 7. 轨：车轴头。 8. 雝雝（yōng yōng 拥拥）：雁鸣声。 9. 泮（pàn 判）：冰解。 10. 卬（áng 昂）：我。

【评析】 这诗的解释有二：一是《毛诗序》："《匏有苦叶》，刺卫宣公也。公与夫人并为淫乱。"《笺》："'夫人'，谓夷姜。"二是余冠英先生《诗经选》："一个女子正在岸边徘徊，她惦着住在河那边的未婚夫。"是女子盼望迎娶的诗篇。

谷　风

习习谷风，[1]	豁啦啦吹来山里风，

以阴以雨。　　又是阴天又下雨。
黾勉同心，[2]　　同心合意来生活，
不宜有怒。　　不该对我来发怒。
采葑采菲，[3]　　采了萝卜采蔓菁，
无以下体。　　不要不用它的根。
德音莫违，　　好话不要来违反，
及尔同死。　　说是同你一同死。

行行迟迟，　　出门走走走得慢，
中心有违。[4]　　心中有恨走不快。
不远伊迩，[5]　　不远很近难回去，
薄送我畿。[6]　　你只送我大门坎。
谁谓荼苦，[7]　　谁说荼菜味道苦，
其甘如荠。[8]　　它的甜味像荠菜。
宴尔新婚，　　你的新婚多快乐，
如兄如弟。　　像兄像弟加成对。

泾以渭浊，　　泾水因为渭水浑，
湜湜其沚。[9]　　泾水停下也清澄。
宴尔新婚，　　你的新婚多快乐，
不我屑以。　　不屑与我来相亲。
毋逝我梁，[10]　　不要放开我鱼梁，
毋发我笱。[11]　　不要打开我鱼筐。

我躬不阅，[12] 我身尚且不相容，
遑恤我后。[13] 难忧我后终无穷。

就其深矣， 就它的水深啊，
方之舟之。[14] 用并船或船来渡它。
就其浅矣， 就它的水浅啊，
泳之游之。 用游泳来渡它。
何有何亡， 什么有什么没有，
黾勉求之。 没有的勉力去相求。
凡民有丧， 凡是人家有丧亡，
匍匐救之。[15] 走不动也要爬着去救。

不我能慉，[16] 不再爱我，
反以我为雠。[17] 反而以我为仇。
既阻我德， 既然掩盖我的好处，
贾用不售。[18] 好比卖货不能售。
昔育恐育鞫，[19] 从前生活恐惧又潦倒，
及尔颠覆。 同你一起倾覆颠倒。
既生既育， 现在生活过得好，
比予于毒。 你却把我比做毒蝨。

我有旨蓄， 我有好的积蓄，
亦以御冬。 也可用来抵御过冬。

宴尔新婚，	你新婚很快乐，
以我御穷。	用我来抵御困穷。
有洸有溃，[20]	又动武又发怒，
既诒我肄。	既已让我劳苦。
不念昔者，	从前的恩情你不睬，
伊余来塈。[21]	我昔来时曾相爱。

【注释】 1. 习习：风声。谷风：山谷里来的风。 2. 黾（mǐn 敏）勉：勉力。 3. 葑菲（fēng fēi 封非）：萝卜、蔓菁。 4. 违：恨。 5. 迩：近。 6. 畿（jī 机）：门槛。 7. 荼（tú 途）：苦菜。 8. 荠（jì 祭）：荠菜。 9. 湜湜（shí shí 食食）：水清。沚（zhǐ 止）：水停止。 10. 梁：鱼梁，筑堤以捕鱼。开梁则鱼皆游去。 11. 笱（gǒu 狗）：捕鱼竹笼，鱼能进不能出。 12. 阅：容纳。 13. 恤（xù 序）：忧。 14. 方：并船。 15. 匍匐（pú fú 蒲服）：爬行。 16. 慉（xù 畜）：好，爱。 17. 雠：同"仇"。 18. 贾（gǔ 古）：经商。 19. 鞫（jū 居）：穷困。 20. 洸（guāng 光）：武貌。溃（kuì 愧）：怒貌。 21. 塈（xì 戏）：爱。

【评析】 《毛诗序》："《谷风》，刺夫妇失道也。卫人化其上，淫于新昏而弃其旧室，夫妇离绝，国俗伤败焉。"《笺》："'新昏'者，新所与为昏礼。"

式　微

式微式微，[1]	衰微啊衰微，
胡不归？	为什么不归？
微君之故，[2]	不是君主的缘故，

胡为乎中露？[3]	为什么身上受露？

式微式微，	衰微啊衰微，
胡不归？	为什么不归？
微君之躬，	不是为了您的身体，
胡为乎泥中？	为什么滚在泥巴里？

【注释】 1. 式：发语辞。微：衰落。 2. 微：非，不是。 3. 中露：露户。

【评析】 这诗的解释有二：一是《毛诗序》："《式微》，黎侯寓于卫，其臣劝以归也。"《笺》："黎侯为狄人所逐，弃其国而寄于卫，卫处之以二邑，因安之。可以归而不归，故其臣劝之。" 二是《诗三家义集疏》："齐说曰：'式微式微，忧祸相绊，隔以岩山，室家分散。'"

旄　丘

旄丘之葛兮，[1]	土山上的葛茎啊，
何诞之节兮？[2]	怎么长的茎啊？
叔兮伯兮，	叔啊伯啊，
何多日也？	怎么多天不来行？

何其处也？	怎么安处啊？
必有与也。	一定有相与的人。
何其久也？	怎么这样久啊？

必有以也。	一定有它的原因。

狐裘蒙戎，[3]	狐皮的毛乱纷纷，
匪车不东。[4]	不是车子不东行。
叔兮伯兮，	叔啊伯啊，
靡所与同。[5]	没有同情结成群。

琐兮尾兮，[6]	小啊微啊，
流离之子。[7]	流亡的人。
叔兮伯兮，	叔啊伯啊，
褎如充耳。[8]	微笑着充耳不闻。

【注释】 1. 旄（máo 毛）丘：前高后低的土山。 2. 诞之节：长的茎，葛茎较长。 3. 蒙戎：龙茸，多毛。 4. 匪：同“非”。 5. 靡：无。同：同情。 6. 琐：小。尾：微。 7. 流离：流亡。 8. 褎（xiù 袖）如：多笑貌。充耳：耳旁挂的塞物，挂在帽上。

【评析】 《毛诗序》：“《旄丘》，责卫伯也。狄人迫逐黎侯，黎侯寓于卫，卫不能修方伯连率之职，黎之臣子以责于卫也。”《笺》：“卫康叔之封爵称侯，今曰伯者，时为州伯也。周之制，使伯佐牧。《春秋传》曰：五侯九伯。侯为牧也。”《诗三家义集疏》：“齐说曰：‘阴阳隔塞，许嫁不答。旄丘新台，悔往叹息。’”

简兮

简兮简兮，[1]	选择啊选择啊，
方将万舞。[2]	刚要开场的《万舞》。
日之方中，	太阳刚在中间，
在前上处。	他在前面的上处。
硕人俣俣，[3]	高大的人身体魁梧，
公庭万舞。	在公的院子内跳《万舞》。
有力如虎，	有力量像老虎，
执辔如组。[4]	拿着缰绳像柔轻的带组。
左手执籥，[5]	拿笛吹奏指挥的靠左手，
右手秉翟。[6]	拿野鸡尾舞蹈的靠右手。
赫如渥赭，[7]	脸红得像深色的赭石，
公言锡爵。[8]	公说赐他一杯酒。
山有榛，[9]	山上有榛栗，
隰有苓。[10]	湿地长苦苓。
云谁之思，	说在想哪一个，
西方美人。	想西方来的漂亮人。
彼美人兮，	那个漂亮人啊，
西方之人兮。	是西方来的人啊。

【注释】 1. 简：选择。 2. 将：大。万舞：一种舞名。合武舞与文舞称万舞，武舞用干（盾牌），文舞用野鸡尾。诗里讲执籥，不讲执干，可能又改了。 3. 硕（shuò 朔）：高大。俣俣（yǔ yǔ 与与）：大而美。 4. 辔：马缰绳。驾车的，一车四马，一马两绳，四马八绳，两绳系车上，六绳执驾车人手。组：丝带。 5. 籥（yuè 跃）：乐器，可吹。 6. 翟（dí 敌）：野鸡尾。 7. 赫：红色。渥（wò 沃）：厚。赭（zhě 者）：赤褐色。 8. 锡：赐。爵：酒器。 9. 榛（zhēn 真）：榛树所结的果，称榛子。 10. 隰（xí 席）：湿地。苓（líng 伶）：一种苦的药。

【评析】 这诗的解释有二：一是《毛诗序》："《简兮》，刺不用贤也。卫之贤者，仕于伶官，皆可以承事王者也。"《笺》："伶官，乐官也。伶氏世掌乐官而善焉。"二是余冠英先生《诗经选》："这诗写卫国公庭的一场《万舞》。着重在赞美那高大雄壮的舞师。这些赞美似出于一位热爱那舞师的女性。"

泉水

毖彼泉水，[1]	涓涓流的那泉水，
亦流于淇。[2]	也流到淇水。
有怀于卫，	有心想到卫国，
靡日不思。	没有一天不想念。
娈彼诸姬，[3]	诸位姓姬的好女，
聊与之谋。	姑且和她们商议。
出宿于泲，[4]	出门住宿在泲，
饮饯于祢。	亲朋饯行在祢。

女子有行，[5]	姑娘要出嫁，
远父母兄弟。	远远离开父母兄弟。
问我诸姑，	回家问候众位姑姑，
遂及伯姊。	还连到大姊。

出宿于干，	出门住宿在干，
饮饯于言。	亲朋饯行在言。
载脂载舝，[6]	油脂涂车安好轴，
还车言迈。[7]	调转车行远又快。
遄臻于卫，[8]	直到卫国多么快，
不瑕有害。[9]	何不问有什么害。

我思肥泉，[10]	我想到肥泉，
兹之永叹。	对此不免长叹息。
思须与漕，	想到须邑和曹邑，
我心悠悠。	我的心里长想念。
驾言出游，	驾车去出游，
以写我忧。	用来书写我的忧。

【注释】 1. 毖（bì 必）：水流貌。 2. 淇：水名，源出河南林州，流至淇县入卫河。 3. 诸姬：卫姓姬，卫女出嫁时有侄娣陪嫁亦姓姬。 4. 泲（jì 际）、祢（nǐ 你）、干、言：皆卫国地名。 5. 行：嫁。 6. 舝（xiá 侠）：车轴两头的金属键。 7. 迈：远。 8. 遄（chuán 传）：速。臻（zhēn 真）：到。

9. 瑕：何。 10. 肥泉：卫地名。

【评析】 《毛诗序》："《泉水》，卫女思归也。嫁于诸侯，父母终，思归宁而不得，故作是诗以自见也。"

北 门

出自北门，	我从北门出来，
忧心殷殷。[1]	心里忧愁意漫漫。
终窭且贫，[2]	既鄙陋又贫困，
莫知我艰。	没人知道我艰难。
已焉哉！	算了吧！
天实为之，	天实在这样安排，
谓之何哉！	说它什么啊！
王事适我，[3]	周王的事派给我，
政事一埤益我。[4]	公差一发加给我。
我入自外，	我从外面回家，
室人交遍谪我。	家人交互地责备我。
已焉哉！	算了吧！
天实谓之，	天实在这样安排，
谓之何哉！	说它什么啊！

王事敦我，[5]	周王的事逼迫我，
政事一埤遗我。	公差一发加给我。
我入自外，	我从外面回家，
室人交遍摧我。[6]	家人交相讽刺我。
已焉哉！	算了吧！
天实为之，	天实在这样安排，
谓之何哉！	说它什么啊！

【注释】 1. 殷殷：状忧貌。 2. 窭（jù 巨）：鄙陋不能备礼。 3. 适：派给。 4. 埤（pí 皮）：加。 5. 敦：逼迫。 6. 摧：挫折，讥刺。

【评析】 《毛诗序》："《北门》，刺士不得志也。言卫之忠臣不得其志尔。"《笺》："'不得其志'者，言君不知己志而遇困苦。"

北　风

北风其凉，	北风吹得冷，
雨雪其雱。[1]	下雪下得猛。
惠而好我，[2]	惠然爱好我，
携手同行。	握手一同走。
其虚其邪，[3]	慢慢又慢走，
既亟只且。[4]	既然急迫宜快走。

北风其喈，	北风吹得响，
雨雪其霏。	下雪下得猛。
惠而好我，	惠然爱好我，
携手同归。	握手同回一起走。
其虚其邪，	慢慢又慢走，
既亟只且。	既然急迫宜快走。

莫赤匪狐，	没有赤的不是狐，
莫黑匪乌。	没有黑的不是乌。
惠而好我，	惠然爱好我，
携手同车。	握手同乘一车走。
其虚其邪，	慢慢又慢走，
既亟只且。	既然急迫宜快走。

【注释】　1. 雱（páng 旁）：雪盛貌。　2. 惠而：惠然，爱好貌。　3. 虚：慢。邪：通“徐”，也是慢意。　4. 亟（jí 急）：急迫。只且（jū 居）：语助词。

【评析】　《毛诗序》：“《北风》，刺虐也。卫国并为威虐，百姓不亲，莫不相携持而去焉。”又《诗三家义集疏》：“齐说曰：‘北风寒凉，雨雪益冰。忧思不乐，哀悲伤心。’又曰：‘北风牵手，相从笑语。伯歌季舞，燕乐以喜。’”

静　女

静女其姝，[1]	幽静姑娘长得美，

俟我于城隅。[2]	等我在城角里。
爱而不见，[3]	隐蔽着看不见，
搔首踟蹰。[4]	搔着头立在那里。
静女其娈，[5]	幽静姑娘真美丽，
贻我彤管。[6]	送我彤管有用意。
彤管有炜，[7]	彤管有着红艳艳，
说怿女美。[8]	我是喜爱你的美。
自牧归荑，[9]	野外归来送我荑，
洵美且异。[10]	确实美丽又怪异。
匪女之为美，	不是认为荑美丽，
美人之贻。	因是美人的赠贻。

【注释】　1. 静：幽雅。姝（shū 殊）：美。　2. 城隅：城边隐蔽处。　3. 爱：隐。　4. 踟蹰（chí chú 池除）：徘徊不定。　5. 娈（luán 鸾）：美丽。　6. 彤（tóng 同）管：红管草。　7. 炜（wěi 伟）：光彩。　8. 说（yuè 悦）怿（yì 亦）：喜悦。　9. 牧：野外。荑（tí 提）：初生的茅。　10. 洵（xún 旬）：实在。

【评析】　这诗的解释有二：一是《毛诗序》："《静女》，刺时也。卫君无道，夫人无德。"《笺》："以君及夫人无道德，故陈静女贻我以彤管之法，德如是，可以易之，为人君之配。"又《诗三家义集疏》："齐说曰：'季姬踟蹰，结衿待时。终日至晚，百两不来。'又曰：'季姬踟蹰，望我城隅。终日至暮，不见齐侯。'"二是顾颉刚先生《古史辨》："这是一首情歌。"

新　台

新台有泚，[1]	新台照水倒影明，
河水瀰瀰。[2]	河水涨得与岸平。
燕婉之求，[3]	求的安顺夫婿好，
籧篨不鲜。[4]	嫁个蛤蟆不像人。
新台有洒，[5]	新台靠水造得高，
河水浼浼。[6]	河水涨满浪滔滔。
燕婉之求，	求的安顺夫婿好，
籧篨不殄。	嫁个蛤蟆不得了。
鱼网之设，	鱼网设备为捕鱼，
鸿则离之。[7]	蛤蟆入网空怜渠。
燕婉之求，	求的安顺夫婿好，
得此戚施。[8]	得这蛤蟆怎么了。

【注释】　1. 新台：卫宣公替世子伋（jí 级）娶齐女，听说齐女美，在河边造了一座新台，把齐女给自己娶来，称为宣姜。泚（cǐ 此）：鲜明貌。　2. 瀰瀰（mǐ mǐ 米米）：盛满貌。　3. 燕婉：安顺。　4. 籧篨（qú chú 渠除）：蛤蟆。鲜：善。　5. 洒（cuǐ 璀）：高峻貌。　6. 浼浼（měi měi 每每）：水盛貌。　7. 鸿：指蛤蟆。离：通"罹"。　8. 戚施：指蛤蟆。

【评析】　《毛诗序》："《新台》，刺卫宣公也。纳伋之妻，筑新台于河上而要之。国人恶之，而作是诗也。”《笺》：“伋，宣公之世子。”

二子乘舟

二子乘舟，[1]	两位公子去坐船，
泛泛其景。[2]	漂浮河上去得远。
愿言思子，	思念啊思念两公子，
中心养养。[3]	心里很是忧愁。
二子乘舟，	两位公子乘船来，
泛泛其逝。	漂浮河上去不还。
愿言思子，	思念啊思念两公子，
不瑕有害。	该不会有危害。

【注释】 1. 二子乘舟：卫宣公夺娶了世子伋的妻，生了寿和朔，想杀死伋，立寿做世子，派伋去坐船，叫船夫翻船淹死伋。寿知道了，就同伋一起去乘船，船夫因此不敢翻船。 2. 泛泛：浮水。景：同“憬”，远行貌。 3. 养养：忧貌。

【评析】 《毛诗序》：“《二子乘舟》，思伋、寿也。卫宣公之二子，争相为死，国人伤而思之，作是诗也。”《诗三家义集疏》：“鲁、韩说曰：‘卫宣公之子，伋也、寿也、朔也。伋，前母子也。寿与朔，后母子也。寿之母与朔谋，欲杀太子伋而立寿也，使人与伋乘舟于河中，将沉而杀之。寿知不能止也，固与之同舟，舟人不得杀伋。方乘舟时，伋傅母恐其死也，闵而作诗，《二子乘舟》之诗是也。’”

鄘　风

见《邶风》注。

柏　舟

泛彼柏舟，	浮荡水中柏木船，
在彼中河。	浮在河中水泱泱。
髧彼两髦，[1]	那人头发分两边，
实维我仪。[2]	实是我的好对象。
之死矢靡它！[3]	到死发誓没他心！
母也天只，[4]	母亲也像天那样，
不谅人只！	不体谅人呀怎么样！
泛彼柏舟，	浮荡水中柏木船，
在彼河侧。	在那河边好浮荡。
髧彼两髦，	那人头发分两边，
实维我特。[5]	实是我的好对象。
之死矢靡慝！[6]	到死发誓不变心！
母也天只，	母亲也像天那样，
不谅人只！	不体谅人啊怎么样！

【注释】 1. 髧（dàn 淡）：发垂貌。当时头发上戴帽，帽上挂两块耳塞，头发也分成两股。两髦（máo 毛）：即把头发分成两股。 2. 仪：配偶，对象。 3. 之：到。矢：誓。靡：无。 4. 只：语助词。 5. 特：同“仪”。 6. 慝（tè 特）：邪恶。

【评析】 这诗的解释有二：一是《毛诗序》：“《柏舟》，共姜自誓也。卫世子共伯早死，其妻守义，父母欲夺而嫁之，誓而弗许，故作是诗以绝之。”余冠英先生《诗经选》：“一个少女自己找好了结婚对象，誓死不改变主意。”

墙有茨

墙有茨，[1]	墙上有蒺藜草，
不可扫也。	不可以来扫。
中冓之言，[2]	宫中的话，
不可道也。	不可以向外传道。
所可道也，	如可以向外传道，
言之丑也。	说了使人害臊。
墙有茨，	墙上有蒺藜草，
不可襄也。[3]	不可以除掉。
中冓之言，	宫中的话，
不可详也。	不可以详细讲。
所可详也，	如可以详细讲，
言之长也。	说的内容也太长。

墙有茨，	墙上有蒺藜草，
不可束也。	不可以捆束。
中冓之言，	宫中的话，
不可读也。	不可以接触。
所可读也，	如可以接触，
言之辱也。	说来都是耻辱。

【注释】 1. 茨（cí 词）：蒺藜，一年生草本植物，果实有刺。 2. 中冓（gòu 构）：宫中。 3. 襄：除去。

【评析】 《毛诗序》："《墙有茨》，卫人刺其上也。公子顽通乎君母，国人疾之而不可道也。"《笺》："宣公卒，惠公幼，其庶兄顽烝于惠公之母，生子五人：齐子、戴公、文公、宋桓夫人、许穆夫人。"

君子偕老

君子偕老，[1]	宣公和你同到老，
副笄六珈。[2]	首饰玉簪加六宝。
委委佗佗，[3]	行走庄重态雍容，
如山如河。	思如河深貌山崇。
象服是宜，[4]	华服上身真充融，
子之不淑，	你的为人不善良，
云如之何。	说的又是怎么样。

玼兮玼兮，[5]	衣鲜艳啊真鲜艳，
其之翟也。	绣上雉毛真是艳。
鬒发如云，[6]	黑发如云何等美，
不屑髢也。[7]	不屑用那假发佩。
玉之瑱也，[8]	美玉耳环垂两边，
象之揥也，[9]	象牙发插发最妍，
扬且之皙也。[10]	额头宽广又白皙。
胡然而天也，	怎么好像个天仙，
胡然而帝也。	怎么好像天帝升上乾。

瑳兮瑳兮，[11]	美丽啊真美丽，
其之展也。[12]	她的礼服真美丽。
蒙彼绉絺，	罩上她的薄纹衣，
是绁袢也。[13]	是夏天穿的白内衣。
子之清扬，[14]	你的眉清目秀，
扬且之颜也。[15]	额角丰满是天授。
展如之人兮，[16]	诚像你这人啊，
邦之媛也。[17]	是国中的美人。

【注释】 1. 君子：指卫宣公。 2. 副：指首饰。笄（jī 鸡）：簪子，插在发中。六珈（jiā 家）：加在簪子上的珠宝。 3. 委委佗佗（tuó 驮）：庄重又雍容。 4. 象服：绘画的衣服。 5. 玼（cǐ 此）：鲜明。 6. 鬒（zhěn 诊）：黑发。 7. 髢（dí 狄）：假发。 8. 瑱（tiàn 掭）：垂在两耳旁的玉。 9. 揥（tì

替）：发钗类首饰。 10. 扬：眉上广。皙（xī 析）：白。 11. 瑳（cuō 搓）：鲜白。 12. 展：礼服。 13. 绁袢（xiè fán 屑烦）：夏天穿的白色内衣。 14. 扬：视清明。 15. 扬：额角。 16. 展：诚。 17. 媛：美女。

【评析】 《毛诗序》："《君子偕老》，刺卫夫人也。夫人淫乱，失事君子之道，故陈人君之德、服饰之盛，宜与君子偕老也。"《笺》："夫人，宣公夫人，惠公之母也。人君，小君也，或者'小'字误作'人'耳。"

桑 中

爰采唐矣，[1]	在什么地方采菟丝子，
沫之乡矣。[2]	在那个沫乡。
云谁之思？	说是想那个呢？
美孟姜矣。[3]	想的是美丽的孟姜。
期我乎桑中，[4]	她约我在桑中，
要我乎上宫，[5]	她邀我在上宫，
送我乎淇之上矣。[6]	她在淇水上把我送。
爰采麦矣，	在什么地方采麦，
沫之北矣。	在沫邑的北乡。
云谁之思？	说是想那个呢？
美孟弋矣。	想美丽的弋家大姑娘。
期我乎桑中，	她约我在桑中，
要我乎上宫，	她邀我在上宫，

送我乎淇之上矣。　　她在淇水上把我送。

爰采葑矣，[7]　　在什么地方采芜菁，
沬之东矣。　　在沬邑的沬乡东。
云谁之思？　　说想什么人呢？
美孟庸矣。　　想美丽的孟庸。
期我乎桑中，　　她约我在桑中，
要我乎上宫，　　她邀我到上宫，
送我乎淇之上矣。　　她在淇水上把我送。

【注释】　1. 爰：于何，在什么地方。唐：菟丝子，寄生蔓草，比喻女方依靠男方。　2. 沬（mèi 妹）：卫邑名。　3. 孟：兄弟姊妹中排行最长的。姜是齐国女。弋（yì 亦）：杞女。庸在沬东，孟庸，指庸族的长女，嫁给卫国的。　4. 桑中：地名。　5. 要（yāo 腰）：邀。上宫：地名。　6. 淇：水名，源出河南林州，流至淇县入卫河。　7. 葑：芜菁。

【评析】　《毛诗序》："《桑中》，刺奔也。卫之公室淫乱，男女相奔，至于世族在位，相窃妻妾，期于幽远，政散民流，而不可止。"《笺》："卫之公室淫乱，谓宣惠之世，男女相奔，不待媒氏以礼会之也。世族在位，取姜氏、弋氏、庸氏者也。窃，盗也。幽远，谓桑中之野。"

鹑之奔奔

鹑之奔奔，[1]　　雌鹑跟着雄鹑飞，

鹊之彊彊。[2] 雌鹊跟着雄鹊飞。
人之无良， 男人却是不良善，
我以为兄。 我为什么当作兄长看。

鹊之彊彊， 雌鹊跟着雄鹊飞，
鹑之奔奔。 雌鹑跟着雄鹑飞。
人之无良， 男人却是不良善，
我以为君。 我为什么当作君主看。

【注释】 1. 鹑（chún 淳）：鹌鹑。奔奔：指居有常匹，飞则相随貌。 2. 彊彊（jiāng jiāng 江江）：与“奔奔”相似。

【评析】 《毛诗序》：“《鹑之奔奔》，刺卫宣姜也，卫人以为宣姜鹑鹊之不若也。”认为是刺宣姜，即认为是刺卫宣公夫人，因为她与卫宣公庶子公子顽相通。但《诗三家义集疏》认为这诗不是刺宣姜，是刺卫宣公。《左传》襄二十七年：“郑伯亨赵孟于垂陇，……伯有赋《鹑之奔奔》，赵孟曰：‘床笫之言不逾阈，况在野乎？非使人之所得闻也。’”杜注：“卫人刺其君淫乱，鹑鹊之不若，义取‘人之无良，我以为兄’‘我以为君’也。”兄与君皆指男人，宣姜是女人，故三家诗以为刺卫宣公。就诗看，当以为刺卫宣公。

定之方中

定之方中，[1] 营室星儿正当中，
作于楚宫。[2] 十月造筑楚丘宫。

揆之以日，[3]	按照太阳定方向，
作于楚室。[4]	后造居室兴冲冲。
树之榛栗，	种的榛树兼有栗，
椅桐梓漆，[5]	还种椅桐和梓漆，
爰伐琴瑟。	于是好伐作琴瑟。

升彼虚矣，[6]	登那漕邑已成墟，
以望楚矣。	望见楚丘可定居。
望楚与堂，[7]	再望楚丘与堂邑，
景山与京。[8]	大山高丘相和集。
降观于桑，	下来观察那种桑，
卜云其吉，	占卜都说这里吉，
终然允臧。[9]	终于是善好居地。

灵雨既零，[10]	好雨既下水涓涓，
命彼倌人，[11]	命令那个驾车员，
星言夙驾，[12]	天晴早早把车驾，
说于桑田。[13]	把车停在种桑田。
匪直也人，[14]	不特劝农耕好田，
秉心塞渊，	用心充实又深远，
騋牝三千。[15]	七尺雌马繁殖到三千。

【注释】 1. 定：星名，叫营室。此星认为在夏历十月可以营造宫室。 2. 楚

宫：楚丘的宫。 3. 揆（kuí 葵）：度量太阳的出来和没落来定方向。 4. 楚室：整齐的房室，楚指整齐。 5. 榛、栗、椅、桐、梓、漆：皆树名。 6. 虚：指漕邑为墟，即荒废了。 7. 楚与堂：楚丘与堂邑。 8. 景山与京：大山与高丘。 9. 臧（zāng 赃）：善，好。 10. 灵雨：好雨。零：落下。 11. 倌（guān 官）人：驾车的人。 12. 星：晴。《韩诗》："星，精也。"精，晴明。夙：早。 13. 说（shuì 税）：通"税"，停止。 14. 匪直：不特。 15. 騋（lái 来）：七尺以上的马。牝（pìn 聘）：母马。

【评析】 《毛诗序》："《定之方中》，美卫文公也。卫为狄所灭，东徙渡河，野处漕邑。齐桓公攘戎狄而封之。文公徙居楚丘，始建城市而营宫室，得其时制，百姓说（悦）之，国家殷富焉。"《笺》："《春秋》闵公二年冬，狄人入卫，卫懿公及狄人战于荧泽而败，齐桓公迎卫之遗民渡河，立戴公，以庐于漕。戴公立一年而卒。鲁僖公二年，齐桓公城楚丘而封卫，于是文公立而建国焉。"

蝃 蝀

蝃蝀在东，[1]	彩虹出在东方啊，
莫之敢指。	没有人敢指点它。
女子有行，[2]	姑娘要出嫁，
远父母兄弟。	远远离开父母兄弟家。
朝隮于西，[3]	早上彩云出在西，
崇朝其雨。[4]	整个早晨在下雨。
女子有行，	姑娘要出嫁，

远兄弟父母。	远远离开兄弟父母家。

乃如之人也，	是这样的人呀，
怀昏姻也。	想念婚嫁呀。
大无信也，[5]	太没有信，
不知命也。[6]	不知道父母的命。

【注释】 1. 蝃蝀（dì dōng 帝东）：彩虹。 2. 行：指出嫁。 3. 隮（jī 鸡）：彩云。 4. 崇朝：终朝。 5. 无信：无媒妁之言。 6. 不知命：不知父母之命。

【评析】 《毛诗序》："《蝃蝀》，止奔也。卫文公能以道化其民，淫奔之耻，国人不齿也。"《笺》："不齿者，不与相长稚。" 又《诗三家义集疏》："韩序曰：'刺奔女也。'"《后汉书·杨赐传》："有虹蜺昼降于嘉德殿前，……乃书对曰：'……今殿前之气，应为虹蜺，皆妖邪所生，不正之象，诗人所谓蝃蝀者也。'"

相　鼠

相鼠有皮，	观察老鼠有皮，
人而无仪。[1]	人却没有威仪。
人而无仪，	人而没有威仪，
不死何为？	不死还干什么呢？

相鼠有齿，　　观察老鼠有齿，
人而无止。[2]　　人却没有行止。
人而无止，　　人而没有行止，
不死何俟？　　等待什么还不死？

相鼠有体，　　观察老鼠有体，
人而无礼。　　人却没有礼。
人而无礼，　　人而没有礼，
胡不遄死？[3]　　何不赶快死去？

【注释】 1. 仪：威仪，使人尊敬的仪表。 2. 止：容止，行动的所止，指遵守礼法。 3. 遄（chuán 船）：快。

【评析】 这诗的解释有二：一是《毛诗序》："《相鼠》，刺无礼也。卫文公能正其群臣，而刺在位，承先君之化，无礼仪也。"二是《诗三家义集疏》："鲁说曰：'妻谏夫也。'"《白虎通·谏诤》："妻得谏夫者，夫妇一体，荣耻共之。《诗》云：'相鼠有体，人而无礼。人而无礼，胡不遄死？'此妻谏夫之诗也。"

干　旄

孑孑干旄，[1]　　特出的干挂麾牛尾旗，
在浚之郊。[2]　　走在浚邑的郊区。

素丝纰之，[3]	用白丝线把旗边缝好，
良马四之。	用好马四匹做前驱。
彼姝者子，	那个美好的人呀，
何以畀之。[4]	拿什么来送给他呀。

孑孑干旟，[5]	特出的干挂画隼鸟旗，
在浚之都。	走在浚邑的都市里。
素丝组之，	用白丝线把旗边缝好，
良马五之。	用好马五匹做前驱。
彼姝者子，	那个美好的人呀，
何以予之。	拿什么来送给他呀。

孑孑干旌，[6]	特出的干挂鸟羽旗，
在浚之城。	走在浚邑的城区。
素丝祝之，[7]	用白丝线把旗边缝好，
良马六之。	用好马六匹做前驱。
彼姝者子，	那个美好的人呀，
何以告之。	拿什么来告诉这个人呀。

【注释】 1. 孑孑（jié jié 杰杰）：特出貌。干：旗杆。旄（máo 毛）：旄牛尾做旗，旄牛即为犛牛。 2. 浚（jùn 峻）：卫地名。 3. 纰（pí 皮）：把旗的边上用线缝好。 4. 畀（bì 闭）：给与。 5. 旟（yú 鱼）：画有鹰隼的旗。 6. 旌（jīng 精）：上用野鸡毛装饰的旗。 7. 祝：连结。

【评析】 《毛诗序》:“《干旄》,美好善也。卫文公臣子多好善,贤者乐告以善道也。”《笺》:“贤者,时处士也。”

载 驰

载驰载驱,	赶车赶马快些走,
归唁卫侯。[1]	回来吊问失国的卫侯。
驱马悠悠,[2]	赶着马儿走远路,
言至于漕。	走到漕邑还不留。
大夫跋涉,	大夫赶来阻止我,
我心则忧。	使我心里发忧愁。
既不我嘉,[3]	既然对我不赞成,
不能旋反。[4]	要我回去我不能。
视尔不臧,	看你想法都不好,
我思不远。	我的想法岂不深。
既不我嘉,	既然对我不赞成,
不能旋济。[5]	要我转回我不能。
视尔不臧,	看你想法都不好,
我思不閟。[6]	我的想法岂不慎。
陟彼阿丘,[7]	登上那个阿丘,
言采其蝱。[8]	采点贝母来解忧。

女子善怀，	女人善于怀想，
亦各有行。[9]	也各有主张。
许人尤之，[10]	许国大夫责备我，
众稚且狂。[11]	既是幼稚又发狂。

我行其野，	我走到卫国的原野，
芃芃其麦。[12]	看见麦子正猛长。
控于大邦，	我求大国来相帮，
谁因谁极？[13]	靠谁谁能急着来帮？
大夫君子，	大夫君子们，
无我有尤。	不要指责我有过错。
百尔所思，	百种法子是你们所想，
不如我所之。	不如我所亲自所往。

【注释】 1. 唁（yàn 厌）：吊问失国。 2. 悠悠：遥远。 3. 嘉：好。 4. 旋：转车。 5. 济：止。 6. 閟（bì 必）：同“毖”，慎。 7. 阿丘：有一边高的山丘。 8. 蝱（méng 萌）：贝母药。 9. 行：道路，指主张。 10. 尤：指过错。 11. 众：通“终”，既是。 12. 芃芃（péng péng 蓬蓬）：茂盛。 13. 极：急。

【评析】 这诗的解释有二：一是《毛诗序》：“《载驰》，许穆夫人作也。闵其宗国颠覆，自伤不能救也。卫懿公为狄人所灭，国人分散，露于漕邑。许穆夫人闵卫之亡，伤许之小，力不能救，思归唁其兄，又义不得，故赋是诗也。”二是《诗三家义集疏》：“鲁说曰：‘许穆夫人者，卫懿公之女，许穆公之夫人也。初，许求之，齐亦求之，懿公将与许。女因其傅母而言曰："古者诸侯之有女子也，所以苞苴玩弄，系援于大国也。今者许小而远，齐大而近，若今之世，强者为雄，如使边境有寇戎之事，惟是四方之故，赴告大国，妾在不犹愈乎？今舍近而就远，离大而附小，一旦有车驰之难，孰可与虑社稷？"卫侯不听，而嫁之于许。其后翟人攻卫，大破之，而许不能救。卫侯遂奔走涉河，而南至楚丘。齐桓往而存之，遂城楚丘以居，卫侯于是悔不用其言。当败之时，许夫人驰驱而吊唁卫侯，因疾之而作诗云……君子善其慈惠而远识也。'"

卫风

见《邶风》注。

淇奥

瞻彼淇奥，[1]	看那淇水弯曲处，
绿竹猗猗。[2]	绿竹美盛有秩序。
有匪君子，[3]	这个文雅的君子人，
如切如磋，[4]	如切如磋治骨器，
如琢如磨。[5]	如雕玉石美如许。
瑟兮僩兮，[6]	庄严啊宽大啊，
赫兮咺兮。[7]	煊赫啊威仪啊。
有匪君子，	这个文雅的君子人，
终不可谖兮。[8]	终于教人不可忘掉他。

瞻彼淇奥，	看那淇水弯曲处，
绿竹青青。	绿竹青青有秩序。
有匪君子，	这个文雅的君子人，
充耳琇莹，[9]	耳瑱美玉光莹莹，
会弁如星。[10]	帽缝宝玉有如星。
瑟兮僩兮，	庄严啊宽大啊，

赫兮咺兮。	煊赫啊威仪啊。
有匪君子，	这个文雅的君子人，
终不可谖兮。	终于不可忘掉他。
瞻彼淇奥，	看那淇水弯曲处，
绿竹如箦。[11]	绿竹郁积有秩序。
有匪君子，	这个文雅的君子人，
如金如锡，	像金像锡般贵重，
如圭如璧。	像圭像璧美如许。
宽兮绰兮，[12]	宽广啊阔绰啊，
猗重较兮。[13]	像依靠车子重较啊。
善戏谑兮，[14]	善于对人们作戏谑，
不为虐兮。	不去对人们作暴虐。

【注释】　1. 奥：弯曲处。　2. 猗猗：长而美。　3. 匪：通“斐”，文采。　4. 切磋：治骨曰切，治象牙曰磋。　5. 琢磨：治玉曰琢，治石曰磨。6. 瑟：庄严貌。僩（xiàn 现）：宽大貌。　7. 赫：威严貌。咺（xuān 喧）：威仪。　8. 谖（xuān 宣）：忘。　9. 琇（xiù 秀）：宝石。莹：光彩。　10. 会弁（biàn 便）：鹿皮帽接合处。如星：会合处缀上宝石如星。　11. 箦（zé 则）：积，郁积。　12. 绰：旷达。　13. 猗：通“倚”。重较：相重复的车厢横木。14. 戏谑：开玩笑。

【评析】　《毛诗序》：“《淇奥》，美武公之德也。有文章，又能听其规谏，以礼自防，故能入相于周，美而作是诗也。”

考 槃

考槃在涧，[1]	快乐成就在涧中，
硕人之宽。[2]	高大人儿心宽松。
独寐寤言，[3]	独睡独醒独自语，
永矢弗谖。	永远发誓不忘记。
考槃在阿，[4]	快乐成就在山阿，
硕人之薖。[5]	高大人儿快活多。
独寐寤歌，	独睡独醒独唱歌，
永矢弗过。	永远发誓不错过。
考槃在陆，	快乐成就在平陆，
硕人之轴。[6]	高大人儿心快乐。
独寐寤宿，	独睡独醒独自卧，
永矢弗告。	永远发誓不告诉。

【注释】 1. 考：成就。槃（pán 盘）：快乐。 2. 宽：放松。 3. 寐：睡。寤：睡醒。 4. 阿：山的曲隅。 5. 薖（kē 科）：快活。 6. 轴：宽舒。

【评析】 《毛诗序》："《考槃》，刺庄公也。不能继先公之业，使贤者退而穷处。"《笺》："穷，犹终也。"

硕　人

硕人其颀，[1]	高大美人实在高，
衣锦褧衣。[2]	身穿锦衣布衣罩。
齐侯之子，	是齐侯的女儿，
卫侯之妻，	又是卫侯的妻，
东宫之妹，[3]	是齐太子的亲妹妹，
邢侯之姨，	邢国侯的小姨，
谭公维私。[4]	谭公是她的妹婿。
手如柔荑，[5]	手指像初生的柔荑，
肤如凝脂，	皮肤像凝结的白脂，
领如蝤蛴，[6]	头颈像白而长的蝤蛴，
齿如瓠犀，[7]	牙齿整齐得像那瓠瓜子，
螓首蛾眉。[8]	方正前额细弯眉。
巧笑倩兮，[9]	巧妙笑时酒窝好，
美目盼兮。[10]	美目盼时眼波俏。
硕人敖敖，[11]	高大美人面貌妙，
说于农郊。	车子停止在近郊。
四牡有骄，	四匹雄马气势骄，
朱幩镳镳，[12]	红色带子马勒飘，
翟茀以朝。[13]	手拿雉羽来上朝。

大夫夙退，	大夫可以早退朝，
无使君劳。	不要使君主多辛劳。

河水洋洋，	黄河流水满洋洋，
北流活活，[14]	向北流势波泱泱，
施罛濊濊，[15]	鱼网撒在水中央，
鳣鲔发发，[16]	鳣鱼鲔鱼忙乱跳，
葭菼揭揭。[17]	芦苇荻梗正猛长。
庶姜孽孽，[18]	庶姜陪嫁盛饰忙，
庶士有朅。[19]	庶士护送也逞强。

【注释】 1. 硕人：高大的美人。颀（qí 其）：指高。 2. 褧（jiǒng 炯）：布罩衣。穿锦衣的人，要穿布罩衣。 3. 东宫：指齐国的太子宫。 4. 私：古时女子称姊妹之丈夫为私。 5. 荑：茅草芽。 6. 蝤蛴（qiú qí 囚齐）：天牛红虫，色白身长。 7. 瓠犀：瓠瓜的子，白而整齐。 8. 螓（qín 秦）：似蝉而小，头宽广正方。蛾眉：蚕蛾的触角，细长而曲。 9. 倩：笑靥美好貌。10. 盼：望，指眼波流动。 11. 敖敖：身高貌。 12. 幩（fén 坟）：帛绢，用在马口上，使不汗。镳镳（biāo biāo 标标）：马嚼子。马衔两旁的铁饰称镳。指盛美貌。 13. 翟茀（fú 弗）：野鸡毛羽作车后的装饰。 14. 活活（guō guō 郭郭）：水流声。 15. 罛（gū 孤）：大鱼网。濊濊（huò huò 或或）：撒网入水声。 16. 鳣（zhān 毡）：鳇鱼。鲔（wěi 委）：鲟鱼。发发（bō bō 波波）：鱼跳跃声。 17. 葭菼（jiā tǎn 家坦）：初生芦苇和荻。揭揭（jiē jiē 孑孑）：长貌。 18. 孽孽（niè niè 聂聂）：盛饰貌。 19. 朅（qiè 怯）：勇武貌。

【评析】　这诗的解释有三：一是《毛诗序》："《硕人》，闵庄姜也。庄公惑于嬖妾，使骄上僭，庄姜贤而不答，终以无子，国人闵而忧之。"二是《诗三家义集疏》："鲁说曰：'傅母者，齐女之傅母也。女为卫庄公夫人……有冶容之行、淫佚之心，傅母见其妇道不正……砥厉女之心以高节……女遂感而自修。君子善傅母之防未然也。'"三是方玉润《诗经原始》："《硕人》，颂卫庄姜美而贤也。""诗之不咏其贤者，诗之所以善咏乎贤者也。……诗发端不曰'硕人其颀'乎？夫所谓硕人者，有德之尊称也。曾谓妇之不贤而可谓之硕人乎？故题眼既标，下可从旁摹写，极意铺陈，无非为此硕人生色。"

氓

氓之蚩蚩，[1]	那人前来笑嘻嘻，
抱布贸丝。	抱着布匹来换丝。
匪来贸丝，	不是真的来换丝，
来即我谋。	来前找我谈婚辞。
送子涉淇，	送你渡过淇水去，
至于顿丘。[2]	到了顿丘分别伊。
匪我愆期，[3]	不是我误了婚期，
子无良媒。	是你没有请好媒。
将子无怒，[4]	请你不要生怒气，
秋以为期。	清秋时节是佳期。
乘彼垝垣，[5]	登上那坏墙头，
以望复关。[6]	用来望那复关。

不见复关，	没有看见复关，
泣涕涟涟。[7]	哭泣得眼泪接连。
既见复关，	既然看见复关，
载笑载言。[8]	又是笑来又发言。
尔卜尔筮，[9]	你已卜吉又请筮，
体无咎言。[10]	卦上没有不祥话。
以尔车来，	用你的车子来，
以我贿迁。[11]	把我嫁妆运一回。
桑之未落，	桑叶没有落下时，
其叶沃若。[12]	叶儿润泽又繁盛。
于嗟鸠兮，	可叹那小斑鸠啊，
无食桑葚。[13]	不要吃那桑葚。
于嗟女兮，	可叹那姑娘啊，
无与士耽。[14]	不要同男人爱过分。
士之耽兮，	男人的爱过分，
犹可说也。[15]	要摆脱还可以讲。
女之耽兮，	姑娘的爱过分，
不可说也。	要摆脱不可以讲。
桑之落兮，	桑树的叶儿落了啊，
其黄而陨。[16]	叶儿枯黄往下掉。
自我徂尔，[17]	自从我到你家来，

三岁食贫。	三年贫困过不少。
淇水汤汤，[18]	当年淇水满洋洋，
渐车帷裳。[19]	打湿车里帷子和下裳。
女也不爽，[20]	我的心思不变样，
士贰其行。[21]	你的行为却两样。
士也罔极，[22]	男人心思不可测，
二三其德。	三心两意也算德。
三岁为妇，	三年做个媳妇了，
靡室劳矣。	没有家事不辛劳。
夙兴夜寐，	早起晚睡过惯了，
靡有朝矣。	没有一天息过朝。
言既遂矣，	说是既经遂心了，
至于暴矣。	你的态度变凶暴。
兄弟不知，	兄弟对此不知道，
咥其笑矣。[23]	看见我时只是笑。
静言思之，	静静地细细想一回，
躬自悼矣。	自身独个儿自伤悼。
及尔偕老，	原想和你同到老，
老使我怨。	老使我怨终不断。
淇则有岸，	淇水洋洋有个岸，
隰则有泮。[24]	漯水长长也有岸。

总角之宴，[25]	我们小时的快乐，
言笑晏晏。[26]	说说笑笑是一贯。
信誓旦旦，[27]	山盟海誓岂不算，
不思其反。[28]	不想从前多灿烂。
反是不思，	从前灿烂你不想，
亦已焉哉。[29]	也是罢了莫再讲。

【注释】 1. 氓（méng）：民。蚩蚩（chī chī 吃吃）：戏笑貌。 2. 顿丘：卫地名。 3. 愆（qiān 千）：错过。 4. 将：请。 5. 垝（guǐ 诡）垣：毁坏的墙。 6. 复关：地名，氓所居地。 7. 涟涟（lián lián 连连）：眼泪连接貌。 8. 载：则。 9. 筮（shì 是）：用蓍草占吉凶。 10. 体：卜卦的征兆。咎言：不吉的话。 11. 贿（huì 悔）：财物，指嫁妆。 12. 沃若：润泽貌。 13. 葚（shèn 慎）：桑树所结果实。 14. 耽（dān 单）：乐过其节，极爱。 15. 说：通"脱"，摆脱。 16. 陨（yǔn 允）：落下。 17. 徂（cú 殂）：往。 18. 汤汤（shāng shāng 商商）：水多貌。 19. 渐（jiān 尖）：沾湿。 20. 爽：失，差。 21. 贰：有二心。 22. 罔极：不可测。 23. 咥（xì 戏）：大笑貌。 24. 隰（xí 席）：水名，即漯（luò 洛）河。泮（pàn 判）：岸。 25. 总角：古时儿童两边梳辫，如双角，指童年。宴：欢乐。 26. 晏晏：和柔。 27. 旦旦：诚恳貌。 28. 反：反覆。 29. 已：止。

【评析】 这诗的解释有二：一是《毛诗序》："《氓》，刺时也。宣公之时，礼义消亡，淫风大行，男女无别，遂相奔诱。华落色衰，复相弃背，或乃困而自悔，丧其妃耦，故序其事以风焉。美反正，刺淫泆也。"二是《诗三家义集疏》称齐说曰："弃妇自悔恨之词。"二说较合。

竹竿

籊籊竹竿，[1]	钓鱼竹竿长又尖，
以钓于淇。	用来垂钓淇水边。
岂不尔思，	岂有不是这样想，
远莫致之。	莫能达到道路长。
泉源在左，[2]	泉水源头在左边，
淇水在右。	淇水河流在右边。
女子有行，	姑娘自从出嫁后，
远兄弟父母。	远离兄弟父母前。
淇水在右，	淇河水流在右边，
泉源在左。	泉水源头在左边。
巧笑之瑳，[3]	巧妙笑时齿鲜白，
佩玉之傩。[4]	佩玉行动声接连。
淇水滺滺，[5]	淇河之水长长流，
桧楫松舟。	桧树做楫松做舟。
驾言出游，	坐着轻舟来出游，
以写我忧。	用来抒写心中忧。

【注释】 1. 籊籊（dí dí 狄狄）：长而尖貌。 2. 泉：指百泉，在卫的西北，

东南流入淇水。 3. 瑳（cuō 磋）：玉色鲜白。 4. 傩（nuó 挪）：有节奏。 5. 滺滺（yóu yóu 由由）：水流貌。

【评析】 《毛诗序》：“《竹竿》，卫女思归也。适异国而不见答，思而能以礼者也。”又《诗三家义集疏》的编者王先谦说：“愚案：古之小国数十百里，虽云异国，不离淇水流域。前三章卫之淇水，末章则异国之淇水也。”又方玉润《诗经原始》：“《竹竿》，卫女思归也。”“无端而念旧，……盖其局度雍容，音节圆畅，而造语之工，风致嫣然，自足以擅美一时。”

芄　兰

芄兰之支，[1]	芄兰的枝，
童子佩觿。[2]	像童子佩戴的象锥。
虽则佩觿，	虽则像象锥，
能不我知。	能够不同我相知。
容兮遂兮，[3]	有容仪啊有成就啊，
垂带悸兮。[4]	带子下垂都有样啊。

芄兰之叶，	芄兰的叶子，
童子佩韘。[5]	像童子佩戴的象钩。
虽则佩韘，	虽则像象钩，
能不我甲。[6]	能够不同我亲狎。
容兮遂兮，	有容仪啊有成就啊，
垂带悸兮。	带子下垂都有样啊。

【注释】 1. 芄（wán 丸）兰：植物名，一名萝藦，蔓生。支：枝条。2. 觿（xī 希）：解结的用具，用象骨制，形如锥。 3. 容：容仪。遂：成就。 4. 悸：带下垂貌。 5. 韘（shè 涉）：钩弦用具，射箭时用，象骨制。6. 甲：一作“狎”。

【评析】 这诗的解释有二：一是《毛诗序》：“《芄兰》，刺惠公也。骄而无礼，大夫刺之。”《笺》：“惠公以幼童即位，自谓有才能而骄慢于大臣，但习威仪，不知为政以礼。”二是方玉润《诗经原始》：“《芄兰》，讽童子以守分也。”“此诗不过刺童子之好躐等而进，诸事骄慢无礼，以见先进恂恂退让之风无复存者。”

河　广

谁谓河广，[1]	谁说黄河太宽广，
一苇杭之。[2]	一束芦苇可以航。
谁谓宋远，	谁说宋国太遥远，
跂余望之。[3]	踮起脚来可以望。
谁谓河广，	谁说黄河太宽广，
曾不容刀。[4]	竟然容不下一小舠。
谁谓宋远，	谁说宋国太遥远，
曾不崇朝。[5]	竟然不到一终朝。

【注释】 1. 河：指黄河。 2. 一苇：指黄河的广，一束芦苇可以航行。杭：

通“航”。 3. 跂（qì 气）：踮起脚尖。 4. 刀：通“舠”，指小船。 5. 崇朝：终朝，来回不过一个早晨。

【评析】 《毛诗序》：“《河广》，宋襄公母归于卫，思而不止，故作是诗也。”《笺》：“宋桓公夫人，卫文公之妹，生襄公而出。襄公即位，夫人思宋，义不可往，故作诗以自止。”宋桓公夫人，被出，出妇只能回娘家卫，不能归宋。

伯 兮

伯兮朅兮，[1]	老大啊勇武啊，
邦之杰兮。	是国内的英杰啊。
伯也执殳，[2]	老大拿着丈二棒，
为王前驱。	为了周王当前锋。
自伯之东，[3]	自从老大亲往东，
首如飞蓬。[4]	我的头发像飞蓬。
岂无膏沐，[5]	难道没有脂和油，
谁适为容？[6]	为谁修饰为谁容？
其雨其雨，	该下雨该下雨，
杲杲日出。[7]	一轮红日高高出。
愿言思伯，	愿意说是念老大，
甘心首疾。	头脑发病甘受害。

焉得谖草，[8]　　怎么得到忘忧草，
言树之背。[9]　　说是种在北堂好。
愿言思伯，　　愿意说是念老大，
使我心痗。[10]　　使我心里受病害。

【注释】 1. 伯：老大。朅（qiè 妾）：威武。 2. 殳（shū 书）：古兵器，杖类，长丈二而无刃。 3. 之：往。 4. 飞蓬：乱飞的蓬草。 5. 膏沐：化妆用的油脂。 6. 谁适为容：为谁修饰打扮。 7. 杲杲（gǎo gǎo 搞搞）：阳光强烈貌。 8. 谖（xuān 萱）草：即萱草，亦称忘忧草。 9. 背：指北堂。 10. 痗（mèi 妹）：病。

【评析】 《毛诗序》："《伯兮》，刺时也。言君子行役，为王前驱，过时而不反焉。"《笺》："卫宣公之时，蔡人、卫人、陈人从王伐郑伯也。为王前驱久，故家人思之。"按陈、蔡皆小国，周王又弱，而所伐郑伯，当时称强，而伯又为王前驱，故思之也。思伯，又忧覆败也。

有狐

有狐绥绥，[1]　　有只狐狸独自走，
在彼淇梁。[2]　　在那淇水桥边头。
心之忧矣，　　我的心里直发愁，
之子无裳。[3]　　这人裤儿也没有。

有狐绥绥，　　有只狐狸独自走，

在彼淇厉。[4] 在那淇水摆渡口。
心之忧矣， 我的心里直发愁，
之子无带。 这人带子也没有。

有狐绥绥， 有只狐狸独自走，
在彼淇侧。 在那淇水旁边头。
心之忧矣， 我的心里直发愁，
之子无服。 这人衣服也没有。

【注释】 1. 狐：一说狐比喻男性。绥绥：指独自行走。 2. 梁：桥。 3. 裳：下裳，指裤子。 4. 厉：河水深，摆渡处。

【评析】 《毛诗序》："《有狐》，刺时也。卫之男女失时，丧其妃耦焉。古者国有凶荒，则杀礼而多婚，会男女之无夫家者，所以育人民也。"《笺》："育，生长也。"

木　瓜

投我以木瓜，[1] 他送我用木瓜，
报之以琼琚。[2] 用美玉报答他。
匪报也， 不是答报，
永以为好也。 是永远作为相好。

投我以木桃，[3]	他送我用木桃，
报之以琼瑶。	报答他用琼瑶。
匪报也，	不是答报，
永以为好也。	是永远作为相好。

投我以木李，[4]	他送我用木李，
报之以琼玖。	报答他用琼玖。
匪报也，	不是答报，
永以为好也。	是永远作为相好。

【注释】 1. 木瓜：植物名，落叶灌木或乔木，果实秋成熟，椭圆，有香气，经蒸煮或蜜渍后供食用。 2. 琼琚（jū 居）：指美玉。 3. 木桃：指楂子。楂子似梨而酸涩。因此一说木桃即指桃子，因生于桃树，故称木。 4. 木李：即榠楂，与木瓜相似，比木瓜大而色黄。因此有人即以木李为李子，因生在李树上，故加木。

【评析】 这诗的解释有二：一是《毛诗序》："《木瓜》，美齐桓公也。卫国有狄人之败，出处于漕，齐桓公救而封之，遗之车马器服焉。卫人思之，欲厚报之而作是诗也。"二是朱熹《诗集传》："言人有赠我以微物，我当报之以重宝，而犹未足以为报也，但欲其长以为好而不忘耳。疑亦男女相赠答之词，如《静女》之类。"

王　风

周公建立洛邑，是谓东都。后来幽王失掉西周，他的儿子东迁洛邑，是谓东周。东周已经同诸侯相似了。所以迁居洛邑王城的诗称为王风，即王国的诗，同诸侯国的诗一样。

黍　离

彼黍离离，[1]	那个黍子长成行列，
彼稷之苗。[2]	那个高粱正在长苗。
行迈靡靡，[3]	走路慢慢地走，
中心摇摇。[4]	心里头不安地摇摇。
知我者谓我心忧，	知道我的人说我心在发愁，
不知我者谓我何求。	不知道我的人说我有什么要求。
悠悠苍天，	遥远的苍天啊，
此何人哉！	这是什么人造成的啊！

彼黍离离，	那个黍子长成行列，
彼稷之穗。	那个高粱正在抽穗。
行迈靡靡，	走路慢慢地走，
中心如醉。	心中像喝醉了酒。
知我者谓我心忧，	知道我的人说我心在发愁，
不知我者谓我何求。	不知道我的人说我有什么要求。

悠悠苍天，	遥远的苍天啊，
此何人哉！	这是什么人造成的啊！
彼黍离离，	那个黍子长成行列，
彼稷之实。	那个高粱正在结实。
行迈靡靡，	走路慢慢地走，
中心如噎。[5]	心中好像气逆发咽。
知我者谓我心忧，	知道我的人说我心发愁，
不知我者谓我何求。	不知道我的人说我有什么要求。
悠悠苍天，	遥远的苍天啊，
此何人哉！	这是什么人造成的啊！

【注释】 1. 黍（shǔ 暑）：黍子，草本植物，子实淡黄色，去皮后叫黄米，煮熟后有黏性。离离：行列貌。 2. 稷（jì 寂）：高粱。 3. 靡靡：行步迟缓貌。 4. 摇摇：心神不安。 5. 噎（yē 掖）：气逆不顺。

【评析】 《毛诗序》："《黍离》，闵宗周也。周大夫行役，至于宗周（西周），过故宗庙宫室，尽为禾黍，闵周室之颠覆，彷徨不忍去，而作是诗也。"《笺》："宗周，镐京也，谓之西周。周，王城也，谓之东周。幽王之乱而宗周灭，平王东迁，政遂微弱，下列于诸侯，其诗不能复《雅》，而同于《国风》焉。"

君子于役

君子于役，[1]	先生在服劳役，
不知其期，	不知他的期限，
曷至哉？	何时回来啊？
鸡栖于埘，[2]	鸡飞上窠，
日之夕矣，	太阳下了山，
羊牛下来。	羊牛下来。
君子于役，	先生在服劳役，
如之何勿思？	怎么不想一回？
君子于役，	先生在服劳役，
不日不月，	不讲日子不讲月，
曷其有佸？[3]	怎么能够求会合？
鸡栖于桀，[4]	鸡栖息在小木桩，
日之夕矣，	太阳下了山，
羊牛下括。[5]	牛羊下来。
君子于役，	先生在服劳役，
苟无饥渴！	愿他没有饥和渴！

【注释】 1. 役：服劳役。 2. 埘（shí 时）：墙上挖洞做鸡窠。 3. 佸（huó 活）：会合。 4. 桀：木桩。 5. 括（kuò 扩）：来。

【评析】　这诗的解释有二：一是《毛诗序》："《君子于役》，刺平王也。君子行役无期度，大夫思其危难以风焉。"二是《诗三家义集疏》编者王先谦按语："案：据诗文'鸡栖''日夕''牛羊下来'，乃室家相思之情，无僚友托讽之谊，所称'君子'，妻谓其夫，《序》说误也。"

君子阳阳

君子阳阳，[1]	先生喜洋洋，
左执簧，[2]	左手拿着笙簧，
右招我由房。[3]	右手招我去游逛。
其乐只且！	他的快乐无量！
君子陶陶，[4]	先生乐陶陶，
左执翿，[5]	左手拿着羽毛舞纛，
右招我由敖。	右手招我出游遨。
其乐只且！	他真快乐逍遥！

【注释】　1. 阳阳：快乐。　2. 簧：指笙，古代的乐器。笙以簧为舌。　3. 由房：通"游敖"，指游戏。　4. 陶陶：和乐貌。　5. 翿（dào 道）：即纛，羽毛做的舞具。

【评析】　这诗的解释有二：一是《毛诗序》："《君子阳阳》，闵周也。君子遭乱，相招为禄仕，全身远害而已。"《笺》："禄仕者，苟得禄而已，不求道行。"二是方玉润《诗经原始》："盖三代贤人君子，多隐仕于伶官，以其得节礼乐，可以陶情淑性而收和乐之功。故或处一房之中，或侍遨游之际，无不扬扬自得，陶陶斯咏，有以自乐。”

扬之水

扬之水，[1]	激扬翻腾的河水，
不流束薪。	一束薪不流去。
彼其之子，[2]	那个自己乡里的人，
不与我戍申。[3]	不同我去守申。
怀哉怀哉，	想念啊想念啊，
曷月予还归哉？	哪月我还能回去啊？
扬之水，	激扬翻腾的河水，
不流束楚。	一捆柴不流去。
彼其之子，	那个自己乡里的人，
不与我戍甫。	不同我守甫。
怀哉怀哉，	想念啊想念啊，
曷月予还归哉？	哪月我还能回去啊？
扬之水，	激扬翻腾的河水，
不流束蒲。	一捆蒲草不流去。
彼其之子，	那个自己乡里的人，
不与我戍许。	不同我守许。

怀哉怀哉，	怀念啊怀念啊，
曷月予还归哉？	哪月我还能回去啊？

【注释】 1. 扬：激扬。 2. 其：或作"己"，今按"己"译。 3. 戍：守卫。申、甫、许：皆地名。

【评析】 《毛诗序》："《扬之水》，刺平王也。不抚其民而远屯戍于母家，周人怨思焉。"《笺》："平王母家申国，在陈、郑之南，迫近强楚，王室微弱而数见侵伐，王是以戍之。"

中谷有蓷

中谷有蓷，[1]	谷中长有益母草，
暵其干矣。[2]	干燥它又再求干。
有女仳离，[3]	有女离弃伤心肝，
嘅其叹矣。[4]	感慨伤心又长叹。
嘅其叹矣，	感慨伤心又长叹，
遇人之艰难矣。	嫁个男人真艰难。
中谷有蓷，	谷中长有益母草，
暵其脩矣。[5]	干燥它又长求干。
有女仳离，	有女离弃伤心肝，
条其歗矣。[6]	长长的有她的痛苦。
条其歗矣，	长长的有她的痛苦，

遇人之不淑矣。　　嫁了个人真不妥。

中谷有蓷，　　谷中长有益母草，
暵其湿矣。[7]　　干燥它变湿力求干。
有女仳离，　　有女离弃伤心肝，
啜其泣矣。[8]　　呜咽哭泣伤心极。
啜其泣矣，　　呜咽哭泣伤心极，
何嗟及矣。　　怎么嗟叹来不及。

【注释】　1. 蓷（tuī 推）：益母草。　2. 暵（hàn 汉）：干燥。　3. 仳（pǐ 痞）离：离弃。　4. 嘅（kǎi 凯）：叹息。　5. 脩（xiū 休）：干肉，因指干。　6. 条：指长。歗（xiào 啸）：痛声。　7. 湿："㬤（qì 泣）"的假借，干。　8. 啜（chuò 辍）：哭泣时抽噎。

【评析】　这诗的解释有二：一是《毛诗序》："《中谷有蓷》，闵周也。夫妇日以衰薄，凶年饥馑，室家相弃尔。"二是朱熹《诗集传》："凶年饥馑，室家相弃，妇人览物起兴，而自述其悲叹之词也。"

兔　爰

有兔爰爰，[1]　　有兔脱网游不绝，
雉离于罗。[2]　　野鸡入网网不裂。
我生之初，　　我的生活开始时，
尚无为，[3]　　还是无为少磨折，

我生之后，	我的生活到后来，
逢此百罹。	碰到百种的磨折。
尚寐无吪！[4]	还是睡着无可说！
有兔爰爰，	有兔脱网好优游，
雉离于罦。[5]	野鸡入网无限愁。
我生之初，	我的生活开始时，
尚无造，[6]	还是无事少闯祸，
我生之后，	我的生活到后来，
逢此百忧。	碰到这样百种忧。
尚寐无觉！	还是睡着才算休！
有兔爰爰，	有兔脱网往前冲，
雉离于罿。[7]	野鸡陷在罗网中。
我生之初，	我的生活开始时，
尚无庸，[8]	还是无事少灾凶，
我生之后，	我的生活到后来，
逢此百凶。	碰到这样百种凶。
尚寐无聪！	还是睡着耳不聪！

【注释】 1. 爰爰：解网放纵。 2. 离：同“罹”，入网。罗：网。 3. 无为：无所作为。 4. 吪（é 俄）：说话。 5. 罦（fú 浮）：捕鸟网。 6. 造：造祸。 7. 罿（tóng 童）：捕鸟网。 8. 庸：用，与“造”同。

【评析】　这诗的解释有二：一是《毛诗序》：“《兔爰》，闵周也。桓王失信，诸侯皆叛，构怨连祸，王师伤败，君子不乐其生焉。”二是方玉润《诗经原始》：“诗人不幸遭此乱离，不能不回忆生初犹及见西京盛世，法制虽衰，纪纲未坏，其时尚幸无事也。迨东都既迁……而王纲愈坠，天下乃从此多故。……故不如长睡不醒之为愈耳。”

葛　藟

绵绵葛藟，[1]	长长的野葛茎，
在河之浒。[2]	在河的边上生。
终远兄弟，	终于远离兄弟们，
谓他人父。	叫他人父。
谓他人父，	叫他人父，
亦莫我顾。	也没有对我照顾。

绵绵葛藟，	长长的野葛茎，
在河之涘。[3]	在河的边上生。
终远兄弟，	终于远离兄弟们，
谓他人母。	叫他人娘。
谓他人母，	叫他人娘，
亦莫我有。[4]	也没有对我抚养。

绵绵葛藟，	长长的野葛茎，
在河之漘。[5]	在河的边上生。

终远兄弟，	终于远离兄弟们，
谓他人昆。	叫他人兄。
谓他人昆，	叫他人兄，
亦莫我闻。[6]	也没有对我问穷。

【注释】 1. 绵绵：长不断绝。葛藟（lěi 垒）：蔓草名，见《诗·周南·樛木》。 2. 浒（hǔ 虎）：水边。 3. 涘（sì 似）：水边。 4. 有：通“友”。 5. 漘（chún 唇）：水边。 6. 闻：与“问”通。

【评析】 这诗的解释有二：一是《毛诗序》：“《葛藟》，王族刺平王也。周室道衰，弃其九族焉。”《笺》：“九族者，据己上至高祖、下及玄孙之亲。”二是朱熹《诗集传》：“世衰民散，有去其乡里家族而流离失所者，作此诗以自叹。言绵绵葛藟，则在河之浒矣。今乃终远兄弟而谓他人为己父，己虽谓彼为父，而彼亦不我顾，则其穷也甚矣。”

采 葛

彼采葛兮，	那个采葛啊，
一日不见，	一天不见，
如三月兮。	好比隔了三个月啊。
彼采萧兮，[1]	那个采青蒿啊，
一日不见，	一天不见，
如三秋兮。[2]	好比隔了三个秋啊。

彼采艾兮，	那个采艾啊，
一日不见，	一天不见，
如三岁兮。	好比隔了三年啊。

【注释】 1. 萧：植物名，即青蒿，有香气。 2. 三秋：三个秋天，一个秋天三个月，三个秋天即九个月。

【评析】 这诗的解释有二：一是《毛诗序》："《采葛》，惧谗也。"《笺》："桓王之时，政事不明，臣无大小，使出者则为谗人所毁，故惧之。"二是方玉润《诗经原始》："夫良友情亲，如同夫妇，一朝远别，不胜相思，此正交情浓厚处，故有三月、三秋、三岁之感也。"

大 车

大车槛槛，[1]	槛槛发声是牛车，
毳衣如菼。[2]	车毡有似芦苇花。
岂不尔思，	岂有我不想念你，
畏子不敢。	怕你不敢成一家。

大车啍啍，[3]	牛车开得慢又重，
毳衣如璊。[4]	车毡颜色像玉红。
岂不尔思，	岂有我不想念你，
畏子不奔。	怕你出奔不相从。

穀则异室，[5]	活着住的不同房，
死则同穴。	死了同你在一坑。
谓予不信，	说我说话不可信，
有如皦日。[6]	有这高高的太阳。

【注释】 1. 大车：姚际恒说是牛车。槛槛（kǎn kǎn 砍砍）：指车声。 2. 毳（cuì 脆）衣：车上蔽风雨的毡子。菼（tǎn 毯）：初生的芦苇花。 3. 啍啍（tūn tūn 吞吞）：指车慢而笨重的声音。 4. 璊（mén 门）：赤色的玉。 5. 穀：活着。 6. 皦：同"皎"，光明。

【评析】 这诗的解释有三：一是《毛诗序》："《大车》，刺周大夫也。礼义陵迟，男女淫奔，故陈古以刺今，大夫不能听男女之讼焉。"二是《诗三家义集疏》："鲁说曰：'楚伐息，破之，虏其君，使守门，将妻其夫人而纳之于宫。楚王出游，夫人遂出见息君，谓之曰："人生要一死而已，何至自苦？妾无须臾而忘君也，终不以身更贰醮，生离于地上，何如死归于地下乎？"乃作诗曰："穀则异室，死则同穴。谓予不信，有如皦日。"息君止之，夫人不听，遂自杀。息君亦自杀，同日俱死。楚王贤其夫人守节有义，乃以诸侯之礼合而葬之。君子谓夫人说于行善，故序之于《诗》。夫义动君子，利动小人。息君夫人不为利动矣。'"三是《左传》鲁庄公十四年七月："……遂灭息，以息妫归，生堵敖及成王焉。"息妫即息夫人，息夫人与楚王生了二子，她没有死。

丘中有麻

丘中有麻，	土丘中间有苎麻，

彼留子嗟。[1]	他是留子嗟。
彼留子嗟，	他是留子嗟，
将其来施施。[2]	愿他高兴地来吧。

丘中有麦，	土丘中间有小麦，
彼留子国。	他是留子国。
彼留子国，	他是留子国，
将其来食。	愿他快来谋吃食。

丘中有李，	土丘中间有李树，
彼留之子。	他是留的子。
彼留之子，	他是留的子，
贻我佩玖。	他把美玉向我赠。

【注释】 1. 彼留子嗟：他是留子嗟，留子嗟是人名。 2. 将：请，愿。施施：高兴貌。

【评析】 这诗的解释有四：一是《毛诗序》："《丘中有麻》，思贤也。庄王不明，贤人放逐，国人思之而作是诗也。"《笺》："思之者，思其来，已得见之。"二是《诗三家义集疏》："称留为姓，一名留子嗟，二名留子国，三则姓留而不称名。"三是方玉润《诗经原始》："周衰，贤人放废，或越在他邦，或尚留本国，故互相招集，退处丘园以自乐。"四是以留子国、留子嗟、留什么为三人，有三女以三人为情人来幽会，与《静女》相似。

卷三

国风

郑　风

郑，国名。初本在西周畿内咸林之地，在今陕西华州，周宣王以封其弟友为采地。后为幽王司徒，死于犬戎之难，其子武公掘突，定平王于东都，亦为司徒。又得虢桧地，乃徙封于新邑，是为新郑，即河南开封府新郑县，即成皋、荥阳虎牢之地，岩险闻天下，密迩东周，故次于《王风》。

缁　衣

缁衣之宜兮，[1]	黑衣的适宜啊，
敝予又改为兮。[2]	破了我又替你改做啊。
适子之馆兮，[3]	到你的客馆中啊，
还予授子之粲兮。[4]	回来我送给你的饭啊。
缁衣之好兮，	黑衣的美好啊，
敝予又改造兮。	破了我又替你改造啊。
适子之馆兮，	到你的客馆中啊，
还予授子之粲兮。	回来我送给你的饭啊。
缁衣之蓆兮，[5]	黑衣的宽大啊，
敝予又改作兮。	破了我又替你改做啊。
适子之馆兮，	到你的客馆中啊，
还予授子之粲兮。	回来我送给你的饭啊。

【注释】 1.缁（zī资）衣：黑衣。 2.敝：破坏。改为：改做。 3.馆：客舍。 4.粲：为“餐”之假借字。 5.蓆：宽，大。

【评析】 这诗的解释有二：一是《毛诗序》：“《缁衣》，美武公也。父子并为周司徒，善于其职，国人宜之，故美其德，以明有国善善之功焉。”《笺》：“父谓武公父桓公也。司徒之职掌十二教，‘善善’者，治之有功也。郑国之人皆谓桓公、武公居司徒之官，正得其宜。”二是方玉润《诗经原始》：“美武公好贤，……不然‘改衣’‘适馆’‘授粲’，此岂臣下施于君上哉？无论郑人不宜为此言，即周人亦不当出此词。”又说：“卿士旦朝于王，服皮弁，不服缁衣。”

将仲子

将仲子兮，[1]	请仲子啊，
无逾我里，[2]	不要跨进我闾里，
无折我树杞。[3]	不要攀折我家的杞。
岂敢爱之，	难道我敢爱惜它，
畏我父母。	怕我爹娘要说话。
仲可怀也，	仲子是可以怀念，
父母之言，	爹娘的说话，
亦可畏也。	也是可以害怕。
将仲子兮，	请仲子啊，
无逾我墙，	不要跨过我家的墙，

无折我树桑。	不要攀折我家的桑。
岂敢爱之，	难道我敢爱惜它，
畏我诸兄。	怕我的众兄长说话。
仲可怀也，	仲子可以怀念，
诸兄之言，	众位兄长的说话，
亦可畏也。	也是可以害怕。
将仲子兮，	请仲子啊，
无逾我园，	不要跨进我家的园，
无折我树檀。[4]	不要攀折我家的檀。
岂敢爱之，	难道我敢爱惜它，
畏人之多言。	怕旁人多说话。
仲可怀也，	仲子可以怀念，
人之多言，	旁人的多说话，
亦可畏也。	也是可以害怕。

【注释】 1. 将：请。 2. 逾：跨过。里：闾里。 3. 杞（qǐ 起）：杞柳，落叶乔木，像柳树，木质坚实。 4. 树杞、树桑、树檀：即杞树、桑树、檀树，倒文来押韵。

【评析】 这诗的解释有三：一是《毛诗序》："《将仲子》，刺庄公也。不胜其母以害其弟，弟叔失道而公弗制，祭仲谏而公弗听，小不忍以致大乱焉。"《笺》："庄公之母谓武姜，生庄公及弟叔段。段好勇而无礼，公不早为之所而使骄慢。"二是朱熹《诗集传》从郑渔仲说，以为无与庄公、叔段事，是矣。

而又以为淫诗，亦非。三是方玉润《诗经原始》：“惟能以理制其心，斯能以礼慎其守。”非淫词。

叔于田

叔于田，[1]	叔在打猎，
巷无居人。	里巷内没有居住的人。
岂无居人，	难道没有居住的人，
不如叔也，	不像叔那样，
洵美且仁。	确实美好并且慈仁。
叔于狩，[2]	叔去冬天打猎，
巷无饮酒。	间巷没有人喝酒。
岂无饮酒，	难道没有人喝酒，
不如叔也，	不像叔那样，
洵美且好。	确实漂亮并且清秀。
叔适野，	叔在野外打猎，
巷无服马。[3]	间巷里没有人会驾马。
岂无服马，	难道没有人会驾马，
不如叔也，	不像叔那样，
洵美且武。	确实漂亮并且英武。

【注释】　1. 田：打猎。　2. 狩：冬天打猎。　3. 服马：用马驾车。

【评析】　这诗的解释有二：一是《毛诗序》："《叔于田》，刺庄公也。叔处于京，缮甲治兵，以出于田，国人说而归之。"《笺》："缮之言善也。甲，铠也。"二是朱熹《诗集传》："疑此亦民间男女相说之词也。"

大叔于田

叔于田，	叔在打猎，
乘乘马。[1]	乘着四匹马拉的车。
执辔如组，	手执缰绳像丝组，
两骖如舞。[2]	两匹旁马像在舞。
叔在薮，[3]	叔在泽地边，
火烈具举。	猎火完全举起。
襢裼暴虎，[4]	赤膊空拳捉猛虎，
献于公所。	献到公爷所。
将叔无狃，[5]	请叔不要再捉虎，
戒其伤女。	谨戒它会害你真不妥。

叔于田，	叔在打猎，
乘乘黄。	乘着拉车的四马毛色黄。
两服上襄，[6]	两匹服马在中央，
两骖雁行。	外面骖马像雁行。

叔在薮，	叔到草泽边，
火烈具扬。	猎火都上扬。
叔善射忌，	叔是善射的，
又良御忌，	又是好驾驶的，
抑磬控忌，[7]	还是骋马止马的，
抑纵送忌。[8]	还是发箭从禽的。
叔于田，	叔在打猎，
乘乘鸨。[9]	乘的四匹驾车的马毛色杂。
两服齐首，	中间两匹服马齐头，
两骖如手。	旁边两匹骖马像两手。
叔在薮，	叔在薮泽上，
火烈具阜。	猎火烧得旺。
叔马慢忌，	叔的马走得慢哩，
叔发罕忌，	叔的箭发少哩，
抑释掤忌，[10]	还是把箭放进箭袋里，
抑鬯弓忌。[11]	还是把弓放进弓袋里。

【注释】 1. 乘乘：乘坐四匹马拉的车，后乘字指四匹马。 2. 两骖（cān 参）：四匹马中外两匹叫骖马。 3. 薮（sǒu 叟）：沼泽地，有水草处。 4. 襢裼（tǎn xī 坦吸）：肉袒。暴虎：搏虎。 5. 狃（niǔ 纽）：复。 6. 两服：四匹马中间的两匹叫服马。上襄：并驾于前。 7. 磬控：骋马曰磬，止马曰控。 8. 纵送：发矢曰纵，从禽曰送。 9. 鸨（bǎo 保）：黑白杂色马。 10. 掤（bīng 兵）：箭筒盖。 11. 鬯（chàng 唱）：弓囊。

【评析】　这诗的解释有二：一是《毛诗序》："《大叔于田》，刺庄公也。叔多才而好勇，不义而得众也。"又方玉润《诗经原始》："案此诗与前篇同为刺庄公纵弟游猎之作，但前篇虚写，此篇实赋，前篇私游，此篇从猎，而愈矜其勇也。"二是姚际恒《诗经通论》："篇中绝无刺庄公之意。"余冠英先生《诗经选》："这诗赞美一个贵族勇猛善猎，精于射箭和御车。"

清　人

清人在彭，	清地的兵在彭地，
驷介旁旁。[1]	四匹马披甲很壮强。
二矛重英，[2]	两支矛饰着二重红羽，
河上乎翱翔。	在河上飞翔。
清人在消，	清地的兵在消地，
驷介麃麃。[3]	四匹马披着甲极其骁骁。
二矛重乔，[4]	两个矛上挂着二重野鸡毛，
河上乎逍遥。	在河上可以逍遥。
清人在轴，	清地的兵在轴地，
驷介陶陶。	四匹马披着甲乐陶陶。
左旋右抽，[5]	左边转车右拔刀，
中军作好。[6]	将军头头做得好。

【注释】　1. 驷介：四匹马披甲驾车。旁旁：强盛貌。　2. 重英：以二重朱羽

为矛饰。 3. 麃麃（biāo biāo 标标）：威武貌。 4. 乔：雉羽。 5. 旋：转车。抽：抽刀。 6. 中军：指军中统帅。

【评析】 《毛诗序》："《清人》，刺文公也。高克好利而不顾其君，文公恶而欲远之，不能，使高克将兵而御狄于竟。陈其师旅，翱翔河上，久而不召，众散而归。高克奔陈。公子素恶高克，进之不以礼，文公退之不以道。危国亡师之本，故作是诗也。"《笺》："好利不顾其君，注心于利也。御狄于竟，时狄侵卫。" 又《诗三家义集疏》："齐说曰：'清人高子，久屯外野。逍遥不归，思我慈母。'"

羔 裘

羔裘如濡，[1]	羔裘真是润泽，
洵直且侯。[2]	确是美好且顺直。
彼其之子，	那个是自己的人，
舍命不渝。[3]	舍弃性命不变实。
羔裘豹饰，	羔裘用豹皮装饰，
孔武有力。	显得勇武又有力。
彼其之子，	那个是自己的人，
邦之司直。	国中的主管是正直。
羔裘晏兮，[4]	羔裘真是鲜明啊，
三英粲兮。[5]	三道镶边真美啊。

彼其之子，	那个自己的人，
邦之彦兮。[6]	是国中的才彦啊。

【注释】 1. 濡（rú 儒）：润泽。 2. 侯：美。 3. 渝：变。 4. 晏：鲜明貌。 5. 三英：三次缝补。英指裘饰。 6. 彦：士的美称。

【评析】 《毛诗序》："《羔裘》，刺朝也。言古之君子以风其朝焉。"《笺》："言，犹道也。郑自庄公而贤者陵迟，朝无忠正之臣，故刺之。"又《诗三家义集疏》："《左传·昭十六年》：'郑六卿饯韩宣子于郊。……子产赋郑之《羔裘》，宣子曰："起不堪也。"'此诗言古君子立朝之义，故起辞不堪。"

遵大路

遵大路兮，	遵照大路走啊，
掺执子之祛兮。[1]	拉着你的袖口啊。
无我恶矣，	不要讨厌我啊，
不寁故也。[2]	不要很快抛弃旧情啊。
遵大路兮，	遵照大路走啊，
掺执子之手兮。	拉着你的手啊。
无我魗兮，[3]	不要嫌我丑啊，
不寁好也。	不要很快抛弃好朋友。

【注释】 1. 掺（shǎn 闪）：执。祛（qū 区）：袖口。 2. 寁（jié 捷）：速。

3. 魗（chǒu 丑）：丑。

【评析】 这诗的解释有三：一是《毛诗序》："《遵大路》，思君子也。庄公失道，君子去之，国人思望焉。"二是朱熹《诗集传》："淫妇为人所弃，故于其去也，揽其袪而留之曰：'子无恶我而不留，故旧不可以遽绝也。'宋玉赋有'遵大路兮揽子袪'之句，亦男女相说之辞也。"三是方玉润《诗经原始》："此诗当从《序》言为正，《集传》谓'淫妇为人所弃'者固非。……吕氏祖谦曰：'武公之朝，盖多君子矣。至于庄公，尚权谋，专武力，气象一变，左右前后无非祭仲、高渠弥、祝聃之徒也。君子安得不去乎？"不寁故也""不寁好也"，诗人岂徒勉君子迟迟其行也，感于事而怀其旧者亦深矣。'"

女曰鸡鸣

女曰鸡鸣，	女人说鸡叫，
士曰昧旦。[1]	男人说天刚刚亮。
子兴视夜，	你起来看夜空，
明星有烂。[2]	启明星有光亮。
将翱将翔，[3]	遨翔遨翔，
弋凫与雁。[4]	射野鸭与雁子不让。
弋言加之，[5]	射中了正好，
与子宜之。[6]	给你烹饪从早。
宜言饮酒，	应该用来下酒，
与子偕老。	同你活到老。

琴瑟在御，[7]	琴和瑟在弹奏，
莫不静好。	没有不安静和好。
知子之来之，[8]	知道你慰问我，
杂佩以赠之。[9]	送你杂佩不算宝。
知子之顺之，	知道你顺着我，
杂佩以问之。[10]	送你杂佩问你好。
知子之好之，	知道你恩爱我，
杂佩以报之。	送你杂佩用来报。

【注释】 1. 昧旦：天将亮时。 2. 明星：启明星。 3. 翱翔：鸟飞貌。 4. 弋（yì 亦）：用绳系在箭上射。 5. 加：射中。 6. 宜：《尔雅》："肴也。"作肴。 7. 御：奏。 8. 来：王引之《述闻》："读为劳来之来。"即慰劳。 9. 杂佩：各种佩玉，称杂佩。 10. 问：慰问。

【评析】 这诗的解释有二，一是《毛诗序》："《女曰鸡鸣》，刺不说德也。陈古义以刺今不说德而好色也。"《笺》："德，谓士大夫宾客有德者。"二是方玉润《诗经原始》："此诗人述贤夫妇相警戒之辞。"称"贤妇警夫以成德也"。

有女同车

有女同车，	有个同车的姑娘，
颜如舜华。[1]	脸色美得像木槿花样。
将翱将翔，[2]	遨翔遨翔，

佩玉琼琚。	她的玉佩是宝玉优良。
彼美孟姜，	她是美丽的孟姜，
洵美且都。[3]	确实美丽而且贤良。
有女同行，	有个姑娘同行，
颜如舜英。	脸色真像开花的木槿。
将翱将翔，	遨翔遨翔，
佩玉将将。	玉佩锵锵发声。
彼美孟姜，	她是美丽的孟姜，
德音不忘。[4]	她的德行不能忘。

【注释】 1. 舜华、舜英：皆指木槿花。英指华。 2. 将翱将翔：鸟飞貌，这里形容女子步态轻盈。 3. 都：娴静。 4. 德音：当指女子的德音。

【评析】 这诗的解释有二：一是《毛诗序》："《有女同车》，刺忽也。郑人刺忽之不昏于齐。太子忽尝有功于齐，齐侯请妻之齐女。贤而不取，卒以无大国之助至于见逐，故国人刺之。"二是方玉润《诗经原始》："然忽已辞昏，而诗仍存者，一为忽惜（失大国之援而见逐），一为忽幸（后文姜淫乱，几覆鲁国），而终以忽之辞昏为有见也，而又何刺乎？"

山有扶苏

山有扶苏，[1]	山上有桑树，
隰有荷华。	洼地有荷花。

不见子都，	没有看见漂亮的子都，
乃见狂且。[2]	却是看见丑陋的狂童。
山有乔松，	山上有高松，
隰有游龙。[3]	洼地有水红。
不见子充，	没有看见漂亮的子充，
乃见狡童。	却是看见坏小童。

【注释】 1. 扶苏：一说同于扶疏，指枝叶茂盛的大树，一作桑树。 2. 且（jū 拘）：指狂童。 3. 游龙：红草，亦名水红。

【评析】 这诗的解释有三：一是《毛诗序》："《山有扶苏》，刺忽也。所美非美然。"《笺》："言忽所美之人实非美人。"二是方玉润《诗经原始》："《小序》谓刺忽，无据。""然有时亦见狡童、狂且为美，而不见子都、子充之美者，则何以故？是非混则妍媸莫辨耳。""《山有扶苏》，刺世美非所美也。"三是朱熹《诗序辨说》："男女戏谑之词。"又余冠英先生《诗经选》："这诗写一个女子对爱人的俏骂。"

萚　兮

萚兮萚兮，[1]	树叶枯啊树叶枯啊，
风其吹女。	风在把你吹破。
叔兮伯兮，	老三啊老大啊，
倡予和女。[2]	你来唱我来和。

萚兮萚兮，	树叶枯啊树叶枯啊，
风其漂女。[3]	风在把你吹破。
叔兮伯兮，	老三啊老大啊，
倡予要女。[4]	你来唱我来和。

【注释】 1. 萚（tuò 托）：树叶枯。 2. 倡：唱。 3. 漂：飘。 4. 要：成也。凡乐节一终为一成，故要亦和。

【评析】 这诗的解释有三：一是《毛诗序》："《萚兮》，刺忽也。君弱臣强，不倡而和也。"《笺》："不倡而和，君臣各失其礼，不相倡和。"二是方玉润《诗经原始》："此诗解者虽多，要以严氏粲之言为近。曰：'此小臣有忧国之心，呼诸大夫而告之。言槁叶风吹不能久矣，岂可坐视，以为无与于己而不相与扶持之乎？叔伯诸大夫其亟图之。患无其倡，不患无和之者。'""《萚兮》，讽朝臣共扶危也。"三是余冠英先生《诗经选》："这是写女子要求爱人同歌。"

狡 童

彼狡童兮，	那个狡猾的顽童啊，
不与我言兮。	不同我言谈啊。
维子之故，[1]	因为你的缘故，
使我不能餐兮。	使我不能吃饭啊。
彼狡童兮，	那个狡猾的顽童啊，

不与我食兮。　　　　不同我吃饭啊。
维子之故，　　　　　因为你的缘故，
使我不能息兮。　　　使我不能够安顿啊。

【注释】　1. 维：因为。

【评析】　这诗的解释有二：一是《毛诗序》："《狡童》，刺忽也。不能与贤人图事，权臣擅命也。"《笺》："权臣擅命，祭仲专也。"二是《朱子语类》："当是男女相怨之诗。"

褰　裳

子惠思我，　　　　　你惠爱地想我，
褰裳涉溱。[1]　　　　我提裤和你淌溱河。
子不我思，　　　　　你不想我，
岂无他人。　　　　　难道没有别人。
狂童之狂也且。[2]　　你这狂童也太狂妄么。

子惠思我，　　　　　你惠爱地想我，
褰裳涉洧。[3]　　　　我提裤同你淌洧河。
子不我思，　　　　　你不想我，
岂无他士。　　　　　难道没有他人。
狂童之狂也且。　　　你这狂童也太狂妄么。

【注释】 1. 褰（qiān 牵）：揭起。溱（zhēn 真）：水名，出新密境，东北流至新郑，与洧水合。 2. 且：语助词。 3. 洧（wěi 委）：水名，出登封之北阳城山，东流至新郑，合溱水为双洎河。

【评析】 这诗的解释有三：一是《毛诗序》："《褰裳》，思见正也。狂童恣行，国人思大国之正己也。"《笺》："狂童恣行，谓突与忽争国，更出更入，而无大国正之。"二是方玉润《诗经原始》："子（孔子）在陈曰：'归与！归与！吾党之小子狂简，不知所以裁之。'是狂童者，后生有才而未知所裁之称。以其不知所裁，故思所以裁之，此名师益友之未可以一日无也。""《褰裳》，思见正于益友也。"三是言"子不我思，岂无他人"，是女方对男方之辞，当为男女间戏谑之辞。

丰

子之丰兮，[1]　　你的容貌丰满啊，
俟我乎巷兮。　　等我在里巷啊。
悔予不送兮。[2]　　懊悔我不和你走啊。

子之昌兮，[3]　　你的体魄壮健啊，
俟我乎堂兮。　　等我在堂屋啊。
悔予不将兮。[4]　　懊悔我不同你行啊。

衣锦褧衣，[5]　　穿着锦衣罩单衣，
裳锦褧裳。　　穿着锦裤罩单裤。

叔兮伯兮，[6]	叔啊伯啊，
驾予与行。[7]	驾车和我走同路。
裳锦褧裳，	穿着锦裤罩单裤，
衣锦褧衣。	穿着锦衣罩单衣。
叔兮伯兮，	叔啊伯啊，
驾予与归。[8]	驾车和我一同归。

【注释】 1. 丰：丰满。 2. 送：致女，即以女授婿。 3. 昌：壮健。 4. 将：送。 5. 褧（jiǒng 窘）：穿锦衣的罩单布衣。 6. 叔、伯：古代女子对丈夫或情人的称呼。 7. 行：指出嫁。 8. 归：指出嫁。

【评析】 这诗的解释有二：一是《毛诗序》：“《丰》，刺乱也。昏姻之道缺，阳倡而阴不和，男行而女不随。”二是《诗三家义集疏》：“戴震云：‘时俗衰薄，婚姻而卒有变志，非男女之情，乃其父母之惑也，故托为女子自怨之词以刺之。’”

东门之墠

东门之墠，[1]	东门的地真平坦，
茹藘在阪。[2]	茜草生长在山阪。
其室则迩，	她的房屋隔得近，
其人甚远。	她的人儿隔得远。

东门之栗，	东门栗树真可嘉，
有践家室。[3]	栗下成列有室家。
岂不尔思，	岂有我不想你透，
子不我即。[4]	你不前来把我就。

【注释】 1. 墠（shàn 扇）：平坦。 2. 茹藘（rú lǘ 如驴）：茜草，可染红色。阪（bǎn 板）：土坡。 3. 践：成行列。 4. 即：就。

【评析】 这诗的解释有二：一是《毛诗序》："《东门之墠》，刺乱也。男女有不待礼而相奔者也。"二是《诗三家义集疏》："齐说曰：'东门之墠，茹藘在阪。礼义不行，与我心反。'"则称女方主礼义者，与《毛诗序》称不待礼而相奔者相反。

风 雨

风雨凄凄，[1]	风雨寒冷地凄凄，
鸡鸣喈喈。[2]	鸡在喈喈地叫不已。
既见君子，	既然看见君子人，
云胡不夷。[3]	说什么不喜。

风雨潇潇，[4]	风雨猛烈地潇潇，
鸡鸣胶胶。	鸡在胶胶地叫。
既见君子，	既然看见君子人，
云胡不瘳。[5]	说什么病还不好。

风雨如晦，　　　　风雨像黑暗，
鸡鸣不已。　　　　鸡叫还不已。
既见君子，　　　　既然看见君子人，
云胡不喜。　　　　说什么不欢喜。

【注释】 1. 凄凄：寒凉。 2. 喈喈（jiē jiē 皆皆）：指鸡鸣声。 3. 夷：同“怡”，悦。 4. 潇潇：猛烈。 5. 瘳（chōu 抽）：病愈。

【评析】 《毛诗序》：“《风雨》，思君子也。乱世则思君子不改其度焉。”

子　衿

青青子衿，[1]　　　　青青是你的衣领，
悠悠我心。　　　　长长地挂在我的心。
纵我不往，　　　　纵然我还不能去，
子宁不嗣音？[2]　　　　你为什么不寄个音？

青青子佩，　　　　青青是你的佩带，
悠悠我思。　　　　长长地我在想念哉。
纵我不往，　　　　纵然我不能去，
子宁不来？　　　　你为什么不来？

挑兮达兮，[3]　　　　你轻快地往来啊，

在城阙兮。[4]	登在城楼上啊。
一日不见，	一天不看见你，
如三月兮。	如同隔了三个月啊。

【注释】 1. 衿（jīn 今）：衣领。 2. 嗣：寄。 3. 挑达（tà 踏）：往来轻快貌。 4. 城阙：指城楼。

【评析】 《毛诗序》："《子衿》，刺学校废也。乱世则学校不修焉。"又方玉润《诗经原始》："此盖学校久废不修，学者散处四方，或去或留，不能复聚如平日之盛，故其师伤之而作是诗。"

扬之水

扬之水，	激扬的水，
不流束楚。	一捆荆条流不去。
终鲜兄弟，	终于少个兄和弟，
唯予与女。	只有二人我和你。
无信人之言，	不要听信人家的言语，
人实迋女。[1]	人家确实在骗你。
扬之水，	激扬的水，
不流束薪。	一捆柴都流不去。
终鲜兄弟，	终于少个兄和弟，
维予二人。	只有二人我和你。

无信人之言，	不要听信人家的言语，
人实不信。	人家实在不说可信语。

【注释】　1. 迋（wàng 志）：诳骗。

【评析】　这诗的解释有二：一是《毛诗序》："《扬之水》，闵无臣也。君子闵忽之无忠臣良士，终以死亡，而作是诗也。"二是方玉润《诗经原始》："且忽兄弟甚多，不止二人，何以云'唯予与女'？……窃意此诗不过兄弟相疑，始因谗间，继乃悔悟，不觉愈加亲爱，遂相劝勉。"

出其东门

出其东门，	走出那东门，
有女如云。	有姑娘多得像云。
虽则如云，	虽则多得像云，
匪我思存。	不是我想念中人。
缟衣綦巾，[1]	只有那位白衣青巾，
聊乐我员。[2]	姑且是我喜爱的人。

出其闉阇，[3]	走出曲城的重门，
有女如荼。[4]	有姑娘多得像白茅花。
虽则如荼，	虽则多得像白茅花，
匪我思且。[5]	不是我牵挂中人。
缟衣茹藘，[6]	白衣红巾的那位，

聊可与娱。	姑且可以同她相配。

【注释】 1. 缟（gǎo 槁）衣：白色衣。綦（qí 脐）巾：青巾。 2. 员：同“云”，语助词。 3. 闉阇（yīn dū 因都）：城外曲城的重门。 4. 荼：白茅花。 5. 且：语助词。 6. 茹藘（lǘ 驴）：茜草，可染绛色，指绛色围巾。

【评析】 这诗的解释有三：一是《毛诗序》：“《出其东门》，闵乱也。公子五争，兵革不息，男女相弃，民人思保其室家焉。”《笺》：“公子五争者，谓突再也，忽、子亹、子仪各一也。”二是《诗三家义集疏》：“诗乃贤士道所见以刺时，而自明其志也。”三是姚际恒《诗经通论》：“《小序》谓闵乱，诗绝无此意。”余冠英先生《诗经选》：“东门游女虽则‘如云’‘如荼’，都不是我所属意的，我的心里只有那一位‘缟衣綦巾’、装饰朴陋的人儿罢了。”

野有蔓草

野有蔓草，	野地里有蔓延的草，
零露漙兮。[1]	落下的露水密且浓啊。
有美一人，	有美女一人，
清扬婉兮。[2]	清明委婉啊。
邂逅相遇，[3]	不约定而相遇，
适我愿兮。	适合我的愿望啊。
野有蔓草，	野地里有蔓延的草，

零露瀼瀼。[4]	落下的露水多而清。
有美一人，	有美女一人，
婉如清扬。[5]	委婉而清明。
邂逅相遇，	不约定而相遇，
与子偕臧。[6]	我与她相善。

【注释】 1. 漙（tuán 团）：露多。 2. 婉：柔美。 3. 邂逅：不约定而遇。 4. 瀼瀼（ráng ráng 瓤瓤）：露多。 5. 清扬：清明。 6. 臧：善，好。

【评析】 这诗的解释有二：一是《毛诗序》："《野有蔓草》，思遇时也。君之泽不下流，民穷于兵革，男女失时，思不期而会焉。"二是余冠英先生《诗经选》："这首诗写的是大清早上，草露未干，田野间一对情人相遇，欢喜之情，发于歌唱。"

溱　洧

溱与洧，	溱水和洧水，
方涣涣兮。[1]	方才满满啊。
士与女，	小伙子和姑娘，
方秉蕳兮。[2]	方才拿了兰草啊。
女曰："观乎？"	姑娘说："去看看吧？"
士曰："既且，	小伙子说："已经看过，
且往观乎？"	姑且去看看吧？"
洧之外，	洧水的外面，

洵讦且乐。[3]　　确实大而且快乐。
维士与女，　　只有男人和女人，
伊其相谑，　　他们互相戏谑，
赠之以勺药。[4]　　赠送的用勺药。

溱与洧，　　溱水和洧水，
浏其清矣。[5]　　多么清啊。
士与女，　　小伙子和姑娘，
殷其盈矣。[6]　　多得满满啊。
女曰：“观乎？”　　姑娘说：“去看看吧？”
士曰：“既且，　　小伙子说：“已经看过，
且往观乎？”　　姑且去看看吧？”
洧之外，　　洧水的外面，
洵讦且乐。　　确实大而且快乐。
维士与女，　　只有男人和女人，
伊其将谑，　　他们互相戏谑，
赠之以勺药。　　赠送的用勺药。

【注释】　1. 涣涣：水盛貌。　2. 秉：拿着。蕑（jiān 肩）：兰草，与兰花有别。　3. 讦（xū 虚）：大。　4. 勺药：香草名，蘼芜类，一名耳离，非今之芍药花。　5. 浏（liú 刘）：水清貌。　6. 殷：众多。

【评析】　这诗的解释有二：一是《毛诗序》：“《溱洧》，刺乱也。兵革不息，

男女相弃，淫风大行，莫之能救焉。”《笺》：“救犹止也。乱者，士与女合会溱洧之上。”二是《诗三家义集疏》：“韩说曰：‘溱与洧，说人也。郑国之俗，三月上巳之日，于两水上招魂续魄，拂除不祥，故诗人愿与所说者俱往观也。’”

齐 风

“齐，国名。本少昊时爽鸠氏所居之地，在《禹贡》为青州之域。周武王以封太公望，东至于海，西至于河，南至于穆陵，北至于无棣。太公，姜姓，本四岳之后，既封于齐，通工商之业，便鱼盐之利，民多归之，故为大国。今青、齐、淄、潍、德、棣等州是其地也。”（朱熹《诗集传》）今山东益都[①]以西至历城、聊城之间，北至河北景、沧诸县，东至海，南至穆陵（在临朐县南），皆其地。

鸡 鸣

“鸡既鸣矣，	“鸡已经叫了，
朝既盈矣。”[1]	朝堂上已经人满了。”
“匪鸡则鸣，	“不是鸡叫，
苍蝇之声。”	是苍蝇的声音。”
“东方明矣，	“东方亮了，
朝既昌矣。”[2]	朝堂上已经人多了。”
“匪东方则明，	“不是东方亮，
月出之光。”	是月亮出来的光。”

① 即今山东青州。——编者注

“虫飞薨薨，[3]	“虫子薨薨地飞，
甘与子同梦。”[4]	甘心和你一同做梦。”
“会且归矣，	“朝会将要回去了，
无庶予子憎。”[5]	庶几没有因我恨你。”

【注释】 1. 朝：朝堂，朝廷。 2. 昌：盛，人多。 3. 薨薨（hōng hōng 烘烘）：虫群飞声。 4. 甘：甘心。 5. 无庶予子憎：庶无予子憎，庶几没有因我恨你。

【评析】 这诗的解释有二：一是《毛诗序》：“《鸡鸣》，思贤妃也。哀公荒淫怠慢，故陈贤妃贞女，夙夜警戒相成之道焉。”二是方玉润《诗经原始》：“此正士夫之家，鸡鸣待旦，贤妇关心，常恐早朝迟误有累慎德。”

还

子之还兮，[1]	你的轻捷啊，
遭我乎猺之间兮。[2]	遭逢我在猺山中间。
并驱从两肩兮，[3]	并且赶走两只兽啊，
揖我谓我儇兮。[4]	向我作揖说我好转圜。
子之茂兮，[5]	你的秀美啊，
遭我乎猺之道兮。	遭逢我在猺山的路上啊。
并驱从两牡兮，	并且赶走两只雄兽啊，

揖我谓我好兮。　　对我作揖说我好猎啊。

子之昌兮，[6]　　你的骠悍啊，
遭我乎猺之阳兮。　　遭逢我在猺山的山南啊。
并驱从两狼兮，　　并且驱赶两只狼啊，
揖我谓我臧矣。[7]　　向我作揖说我善猎啊。

【注释】 1. 还（xuán 旋）：轻捷貌。 2. 猺（náo 挠）山：在泰山以东，临淄以南。 3. 从：逐。肩：三岁的兽。 4. 儇（xuān 喧）：灵利。 5. 茂：美满。 6. 昌：盛壮貌。 7. 臧：善，好。

【评析】 这诗的解释有二：一是《毛诗序》："《还》，刺荒也。哀公好田猎，从禽兽而无厌，国人化之，遂成风俗。习于田猎谓之贤，闲于驰逐谓之好焉。"《笺》："'荒'谓政事废乱。"二是方玉润《诗经原始》："《序》谓'刺哀公'，然诗无'君''公'字，胡以知其然耶？此不过猎者互相称誉，诗人从旁微哂，因直述其词，不加一语，自成篇章。"

著

俟我于著乎而，[1]　　他等我在门屏间，
充耳以素乎而，[2]　　瑱玉用白丝线挂两边，
尚之以琼华乎而。[3]　　上面以琼华加在帽沿。

俟我于庭乎而，　　他等我在院子间，

充耳以青乎而，　　　　填玉用青丝线挂两边，
尚之以琼莹乎而。　　　上面用琼莹加在帽沿。

俟我于堂乎而，　　　　他等我在堂屋间，
充耳以黄乎而，　　　　填玉用黄丝线挂两边，
尚之以琼英乎而。[4]　　上面用琼英加在帽沿。

【注释】　1. 俟：等待。婿往女家亲迎，等待新人上车。著：门屏间。乎而：语助词。　2. 充耳：用瑱玉充耳。用线缝瑱玉，挂在帽子上，下垂两耳旁充耳。　3. 尚：通“上”，用玉加在帽上。　4. 琼华、琼莹、琼英：皆指美玉。华、莹、英皆指玉的光彩。

【评析】　这诗的解释有二：一是《毛诗序》：“《著》，刺时也，时不亲迎也。”《笺》：“时不亲迎，故陈亲迎之礼以刺之。”二是余冠英先生《诗经选》：“这是女子记夫婿迎亲之诗。”无刺意。

东方之日

东方之日兮，　　　　东方的太阳啊，
彼姝者子，[1]　　　　那个美丽的姑娘，
在我室兮。　　　　　在我的房啊。
在我室兮，　　　　　在我的房啊，
履我即兮。[2]　　　　踩着我的步子走啊。

东方之月兮，	东方的月亮啊，
彼姝者子，	那个美丽的姑娘，
在我闼兮。[3]	在我的门旁啊。
在我闼兮，	在我的门旁啊，
履我发兮。[4]	踩我出发的脚步走啊。

【注释】 1. 姝（shū 书）：美女。 2. 履我即：踩我就，踩我行。 3. 闼（tà 榻）：门内。 4. 履我发：踩我出发，踩我出发的足迹。

【评析】 这诗的解释有二：一是《毛诗序》："《东方之日》，刺衰也。君臣失道，男女淫奔，不能以礼化也。"又《诗三家义集疏》："韩说曰：'诗人言所说者颜色盛美，如东方之日。'"二是朱熹《诗序辨说》："此男女淫奔者所自作，非有刺也。"这首诗讲一个美女，早上来相就，晚上主人公出发，她也跟随着。这个美女，大概是主人公的情人。此诗为一首情歌。"自作""非有刺"对，"淫奔"非。

东方未明

东方未明，	东方没有亮，
颠倒衣裳。	颠去倒来穿衣裳。
颠之倒之，	颠它倒它，
自公召之。	从公爷召见他。

东方未晞，[1]	东方没有光，

颠倒裳衣。	颠去倒来穿衣裳。
倒之颠之，	倒它颠它，
自公令之。	从公爷命令他。

折柳樊圃，[2]	攀折柳条作菜园的樊篱，
狂夫瞿瞿。[3]	狂妄的人睁眼看反。
不能辰夜，[4]	不能守住日夜，
不夙则莫。	不是太早就太晚。

【注释】 1. 晞（xī 希）：破晓。 2. 樊：樊篱。圃：菜园。 3. 狂夫：狂妄的人。瞿瞿（jù jù 巨巨）：惊顾貌。 4. 辰夜：管夜里时刻。

【评析】 《毛诗序》："《东方未明》，刺无节也。朝廷兴居无节，号令不时，挈壶氏不能掌其职焉。"《笺》："号令，犹召呼也。挈壶氏，掌漏刻者。"

南　山

南山崔崔，[1]	南山高高的，
雄狐绥绥。[2]	雄的狐狸找伴罢。
鲁道有荡，[3]	鲁国道路平坦，
齐子由归。	齐国女子从此出嫁。
既曰归止，	既然说是出嫁，
曷又怀止？[4]	怎么又想人过夜？

葛屦五两，[5]	葛鞋排列成双，
冠緌双止。[6]	帽带打结成双。
鲁道有荡，	鲁国道路平坦，
齐子庸止。[7]	齐国女子用此出嫁。
既曰庸止，	既然说用此出嫁，
曷又从止？[8]	怎么又从人过夜？
艺麻如之何？	种麻怎么样？
衡从其亩。[9]	或横或纵在田亩。
取妻如之何？	娶妻怎么样？
必告父母。	一定要告诉父母。
既曰告止，	既然说告诉父母，
曷又鞠止？[10]	怎么又对她宽宥？
析薪如之何？	斫柴怎么样？
匪斧不克。	不是斧头不能。
取妻如之何？	娶妻怎么样？
匪媒不得。	没有媒人不行。
既曰得止，	既然说娶了她，
曷又极止？[11]	怎么又极端放行？

【注释】 1. 崔崔：高貌。 2. 绥绥：求偶貌。 3. 荡：平坦。 4. 怀：思念。 5. 葛屦：用葛制成的鞋。五两：可以排列成双。 6. 緌（ruí 蕤）：帽

带。双止：带是成双为止。 7. 庸：用，用此道嫁给鲁侯。 8. 从：从齐侯。 9. 衡：横，东西为横。从：纵，南北为纵。 10. 鞠（jú 菊）：放任。 11. 极：放纵到极点。

【评析】 这诗的解释有二：一是《毛诗序》："《南山》，刺襄公也。鸟兽之行，淫乎其妹。大夫遇是恶，作诗而去之。"《笺》："襄公之妹，鲁桓公夫人文姜也。襄公素与淫通。及嫁公，谪之。公与夫人如齐，夫人诉之襄公，襄公使公子彭生乘公而搤杀之，夫人久留于齐，庄公即位后乃来。……齐大夫见襄公行恶如是，作诗以刺之，又非鲁桓公不能禁制夫人而去之。"二是方玉润《诗经原始》："故欲言襄公之淫，则以'雄狐'起兴；欲言文姜成耦，则以冠履之双者为兴；欲言鲁桓被祸，则先以'艺麻'兴'告父母'以临之，'析薪'兴媒妁以鼓之，而无如鲁桓之懦而无志也。"

甫 田

无田甫田，[1]	不要耕种那大田，
维莠骄骄。[2]	只有狗尾草长得高。
无思远人，	不要想念远去的人，
劳心忉忉。[3]	想念起来心里忧劳。

无田甫田，	不要耕种那大田，
维莠桀桀。[4]	只有狗尾草长得长。
无思远人，	不要想念远去的人，
劳心怛怛。[5]	想念起来心里悲伤。

婉兮娈兮，	婉转啊漂亮啊，
总角丱兮。[6]	小时梳两小辫啊。
未几见兮，	几时没有看见啊，
突而弁兮。[7]	突然戴上帽子啊。

【注释】 1. 甫田：大田。 2. 莠：狗尾草。骄骄：高大貌。 3. 忉忉（dāo dāo 刀刀）：忧劳貌。 4. 桀桀：高大貌。 5. 怛怛（dá dá 达达）：悲伤。 6. 丱（guàn 贯）：小孩梳两辫上翘，称总角。 7. 弁（biàn 辨）：冠。古时二十岁称成人，戴冠。

【评析】 这诗的解释有三：一是《毛诗序》："《甫田》，大夫刺襄公也。无礼义而求大功，不修德而求诸侯，志大心劳，所以求者非其道也。"二是朱熹《诗集传》："此又以明小之可大，迩之可远，能循其序而修之，则可以忽然而至其极。"三是《甫田》，一首怀念远人的诗，似不必再探求深解。

卢　令

卢令令，[1]	猎狗颈铃响令令，
其人美且仁。	那人漂亮并慈仁。
卢重环，[2]	猎狗颈铃是子母环，
其人美且鬈。[3]	那人漂亮并头发弯。
卢重𬭚，[4]	猎狗颈铃两大环，

其人美且偲。[5]　　那人漂亮又多才。

【注释】　1. 卢：猎狗。令令：猎狗头颈里铃的响声。　2. 重环：子母环。　3. 鬈（quán 拳）：头发弯曲。　4. 鋂（méi 眉）：一大环贯二小环。　5. 偲（cāi 猜）：多才。

【评析】　这诗的解释有二：一是《毛诗序》："《卢令》，刺荒也。襄公好田猎毕弋，而不修民事，百姓苦之，故陈古以风焉。"《笺》："毕，噣也。弋，缴射也。"噣指用箭射。弋指以绳系箭射。二是方玉润《诗经原始》："此诗与公无涉，亦无所谓'陈古以风'意。盖游猎自是齐俗所尚，诗人即所见以咏之，词若欢美，意实讽刺，与《还》略同。"

敝笱

敝笱在梁，[1]　　坏的鱼篓在鱼梁，
其鱼鲂鳏。[2]　　鲂鱼鳏鱼喜扬扬。
齐子归止，　　齐国的女子回国去，
其从如云。　　她的跟从像云样。

敝笱在梁，　　坏的鱼篓在鱼梁，
其鱼鲂鱮。[3]　　鲂鱼鲢鱼自游荡。
齐子归止，　　齐国的女子回国去，
其从如雨。　　她的跟从像雨样。

敝笱在梁，　　坏的鱼篓在鱼梁，
其鱼唯唯。[4]　　鱼儿顺序自来往。
齐子归止，　　齐国的女子回国去，
其从如水。　　她的跟从像水样。

【注释】 1. 笱（gǒu 狗）：鱼篓，捕鱼具，鱼可入鱼篓而不能出。今坏了，已不能捕鱼。 2. 鲂（fáng 防）：鳊鱼。鳏（guān 关）：黄颊鱼。这两种鱼都是大鱼，不能入笱。 3. 鱮（xù 序）：鲢鱼。这种鱼成群结队，也不入笱。 4. 唯唯：鱼相随行之貌，也不入笱。

【评析】 这诗的解释有二：一是《毛诗序》："《敝笱》，刺文姜也。齐人恶鲁桓公微弱，不能防闲文姜，使至淫乱，为二国患焉。"二是方玉润《诗经原始》："且桓公时，文姜已归齐，致公薨于齐，诗人不于此时刺桓公，岂待其子而后刺乎？"故曰："《敝笱》，刺鲁桓公不能防闲文姜也。"

载　驱

载驱薄薄，[1]　　车马快走拍拍响，
簟茀朱鞹。[2]　　竹席红皮挂车厢。
鲁道有荡，　　鲁国道路是平坦，
齐子发夕。[3]　　齐女黄昏把车上。

四骊济济，[4]　　四匹黑马多强壮，
垂辔沵沵。[5]　　马缰下垂亦舒畅。

鲁道有荡，	鲁国道路是平坦，
齐子岂弟。[6]	齐女乘车天初亮。
汶水汤汤，[7]	汶水流得自洋洋，
行人彭彭。[8]	行人走得自嚷嚷。
鲁道有荡，	鲁国道路是平坦，
齐子翱翔。[9]	齐国女子自遨翔。
汶水滔滔，[10]	汶水滔滔向前流，
行人儦儦。[11]	行人多得闹不休。
鲁道有荡，	鲁国道路是平坦，
齐子游敖。	齐国女子自遨游。

【注释】 1. 薄薄：车快走声。 2. 簟（diàn 电）：竹席。茀（fú 扶）：车帘。朱鞹（kuò 扩）：染红的去毛兽皮，作为覆蔽。 3. 发夕：晚上出发。 4. 骊（lí 离）：黑色马。济济：强壮。 5. 沵沵（nǐ nǐ 你你）：柔貌。指驾驶得好。 6. 岂（kǎi 恺）弟：犹开明，始明。 7. 汤汤（shāng shāng 伤伤）：水大貌。 8. 彭彭：多貌。 9. 翱翔：鸟飞貌，这里形容遨游。 10. 滔滔：水浩荡貌。 11. 儦儦（biāo biāo 标标）：众多貌。

【评析】 这诗的解释有二：一是《毛诗序》："《载驱》，齐人刺襄公也。无礼义，故盛其车服，疾驱于通道大都，与文姜淫，播其恶于万民焉。"二是方玉润《诗经原始》："案《春秋》鲁庄公二年，'夫人姜氏会齐侯于禚'。四年，'夫人姜氏享齐侯于祝丘'。五年，'夫人姜氏如齐师'。七年，夫人姜氏

'会齐侯于防'，又'会齐侯于穀'。盖至是，而夫人之如齐肆无忌惮矣。诗曰'发夕'，曰'岂弟'，曰'翱翔'，曰'游敖'，正其时也。""《载驱》，刺文姜如齐无忌也。"

猗嗟

猗嗟昌兮，[1]	阿呀壮盛啊，
颀而长兮。[2]	个子高而长啊。
抑若扬兮，[3]	额角丰满而美啊，
美目扬兮。	美的眼睛上扬啊。
巧趋跄兮，[4]	巧妙的行动有节度啊，
射则臧兮。	箭射得好啊。
猗嗟名兮，[5]	阿呀漂亮啊，
美目清兮。	美的眼睛清亮啊。
仪既成兮。[6]	仪容既经成就啊。
终日射侯，[7]	整天射箭靶，
不出正兮。[8]	不出红心啊。
展我甥兮。[9]	真是我的好外甥啊。
猗嗟娈兮，	阿呀美好啊，
清扬婉兮。	眼睛清秀柔婉啊。
舞则选兮，[10]	舞蹈合节拍啊，

射则贯兮，[11]　　射箭便中靶心啊，
四矢反兮，[12]　　四支箭都中靶心啊，
以御乱兮。　　用来抵御叛乱啊。

【注释】　1. 猗（yī 伊）嗟：赞美词。昌：盛。　2. 颀（qí 其）：长貌。3. 抑：通“懿”，美貌。扬：额角丰满。　4. 趋跄（qiāng 枪）：行走有节奏。5. 名：目上为名，指眉眼间。　6. 仪：容仪。成：成就。　7. 侯：箭靶。8. 正：箭靶中心。　9. 展：诚。　10. 选：正其舞位。　11. 贯：中而穿革。12. 反：复也。指箭射中原处。

【评析】　这诗的解释有二：一是《毛诗序》：“《猗嗟》，刺鲁庄公也。齐人伤鲁庄公有威仪技艺，然而不能以礼防闲其母，失子之道。人以为齐侯之子焉。”二是方玉润《诗经原始》：“愚于是诗不以为刺而以为美，非好立异，原诗人作诗本意盖如是耳。”“《猗嗟》，美鲁庄公材艺之美也。”

魏风

“魏，国名。本舜禹故都，在《禹贡》冀州雷首之北，析城之西，南枕河曲，北涉汾水。其地狭隘，而民贫俗俭，盖有圣贤之遗风焉。周初以封同姓，后为晋献公所灭，而取其地。今河中府解州即其地也。苏氏曰：‘魏地入晋久矣，其诗疑皆为晋而作，故列于《唐风》之前，犹《邶》《鄘》之于《卫》也。’今按篇中‘公行’‘公路’‘公族’皆晋官，疑实晋诗。又恐魏亦尝有此官，盖不可考矣。”（朱熹《诗集传》）

“案晋至献公，国已强大，政渐奢侈。而魏诗每刺其君俭勤，与晋气象迥乎不侔，必非晋诗无疑。且《邶》《鄘》之咏卫事，其诗确有可指，此则不著时君世系，亦不得比《邶》《鄘》之于《卫》，殆亦《桧》《郑》例耳。然则何以编之《齐》《秦》间乎？继齐而霸，先秦而强者，晋也。魏既入晋，则为晋地，故与《唐》同居《齐》《秦》之间。且其地为舜禹故都，与他国不同，先之所以见圣帝遗风犹未尽泯，霸图盛业于此方新云耳。”（方玉润《诗经原始》）

葛屦

纠纠葛屦，[1]	缠绕编制葛鞋良，
可以履霜。	穿了可以去踩霜。
掺掺女手，[2]	纤细巧妙女人手，
可以缝裳。	可以缝制新衣裳。
要之襋之，[3]	先缝腰围再衣领，
好人服之。	贵人试穿新衣裳。

好人提提，[4] 贵人态度有傲状，
宛然左辟，[5] 回身就避向左方，
佩其象揥。[6] 发上新插象牙钗。
维是褊心，只是褊心没度量，
是以为刺。因此作刺成诗章。

【注释】 1. 纠纠：缠绕。 2. 掺掺（xiān xiān 仙仙）：纤巧。 3. 要：同“腰”。襋（jí 及）：衣领。 4. 好人：贵人。提提：傲慢。 5. 宛然：回转貌。 6. 揥（tì 替）：古首饰，可插头。

【评析】 这诗的解释有二：一是《毛诗序》：“《葛屦》，刺褊也。魏地狭隘，其民机巧趋利，其君俭啬褊急，而无德以将之。”二是朱熹《诗集传》：“此诗疑即缝裳之女所作。”是缝衣女刺贵妇人之诗。

汾沮洳

彼汾沮洳，[1] 那个汾水的润湿地，
言采其莫。[2] 我采那个酸模佐食事。
彼其之子，他是我自己的人，
美无度。[3] 美好得没有节度可云。
美无度，美好得没有节度可云，
殊异乎公路。[4] 超过管公家车的将军。

彼汾一方，那个汾水的一处地方，

言采其桑。	我采那里的桑。
彼其之子，	他是我自己的人，
美如英。	美得像花英。
美如英，	美得像花英，
殊异乎公行。[5]	超过管公家战车的将军。

彼汾一曲，	那个汾水的弯曲处，
言采其蕢。[6]	我采泽泻好积贮。
彼其之子，	他是我自己的人，
美如玉。	美得像玉一样。
美如玉，	美得像玉一样，
殊异乎公族。[7]	超过管公家属车的大将。

【注释】 1. 汾：水名。源出山西宁武县管涔山，流入黄河。沮洳（jù rù 具褥）：低湿地。汾水之低湿地，在汾水入河处。 2. 莫（mù 暮）：指酸模，根叶花似羊蹄，但叶小味酸为异。采酸模佐食，表魏民崇俭。 3. 美无度：指美不可度量。 4. 殊异：优异出众。公路：管公家的车子的将军。 5. 公行（háng 杭）：管公家的战车的将军。 6. 蕢（xù 续）：泽泻，药用植物。7. 公族：管公家的属车的将军。

【评析】 这诗的解释有二：一是《毛诗序》："《汾沮洳》，刺俭也。其君俭以能勤，刺不得礼也。"二是《诗三家义集疏》："《韩诗外传》二：'君子有主善之心，而无胜人之色，德足以君天下而无骄肆之容，行足以及后世而不以一言非人之不善。故曰：君子盛德而卑，虚己以受人，旁行不流，应物而不穷。

虽在下位，民愿戴之。虽欲无尊，得乎哉！《诗》曰：“彼己之子，美如英。美如英，殊异乎公行。”’”

园有桃

园有桃，	园中有桃，
其实之殽。[1]	它的桃子可做菜肴。
心之忧矣，	心里忧伤了，
我歌且谣。[2]	我唱歌并且唱谣。
不知我者，	不知道我的，
谓我士也骄。	说我士子太骄傲。
彼人是哉，	那个人说得对吗，
子曰何其？	你说怎么样好？
心之忧矣，	心里忧愁了，
其谁知之？	有什么人知道？
其谁知之，	有什么人知道，
盖亦勿思。[3]	为什么不想到。

园有棘，	园中有枣，
其实之食。	枣子可以吃好。
心之忧矣，	心里忧伤了，
聊以行国。	姑且在国内走各条道。
不知我者，	不知道我的，

谓我士也罔极。[4]	说我士子太偏激。
彼人是哉，	那个人说得对吗，
子曰何其？	你说怎么样好？
心之忧矣，	心里忧伤了，
其谁知之？	有什么人知道？
其谁知之，	有什么人知道，
盖亦勿思。	为什么不想到。

【注释】 1. 殽（yáo 姚）：同“肴”。 2. 谣：徒歌，不用乐器伴奏的歌。 3. 盖（hé 河）：曷，何。 4. 罔极：无中正之道。

【评析】 这诗的解释有二：一是《毛诗序》：“《园有桃》，刺时也。大夫忧其君，国小而迫，而俭以啬，不能用其民，而无德教，日以侵削，故作是诗也。”二是姚际恒《诗经通论》：“此贤者忧时之诗。”

陟 岵

陟彼岵兮，[1]	登上那座青山啊，
瞻望父兮。	看望爸啊。
父曰：“嗟！予子行役，	爸说：“唉！我儿去服役，
夙夜无已。	早晚不休止。
上慎旃哉，[2]	还是谨慎些吧，
犹来无止。”[3]	可以回来不要留滞。”

陟彼屺兮，[4]	登上那座光山啊，
瞻望母兮。	看望娘啊。
母曰："嗟！予季行役，	娘说："唉！我的老四服役，
夙夜无寐。	早晚没有睡觉。
上慎旃哉，	还是谨慎些吧，
犹来无弃。"	可以回来不要弃掉。"

陟彼冈兮，	登上那座山冈啊，
瞻望兄兮。	看望兄啊。
兄曰："嗟！予弟行役，	兄说："唉！我弟服役，
夙夜必偕。[5]	早晚必定在一起。
上慎旃哉，	还是谨慎些吧，
犹来无死。"	可以回来不要去死。"

【注释】 1. 岵（hù 户）：山多草木。 2. 上：通"尚"。旃（zhān 毡）：之。 3. 犹：可。 4. 屺（qǐ 起）：山无草木。 5. 必偕：指与同行者一起作息，不得自如。

【评析】 《毛诗序》："《陟岵》，孝子之行役，思念父母也。国迫而数侵削，役乎大国，父母兄弟离散，而作是诗也。"《笺》："役乎大国者，为大国所征发。"

十亩之间

十亩之间兮，	十亩的中间啊，
桑者闲闲兮，[1]	采桑的悠闲啊，
行与子逝兮。[2]	将同你回去啊。
十亩之外兮，	十亩的外啊，
桑者泄泄兮，[3]	采桑的弛缓自在啊，
行与子逝兮。	将同你回去啊。

【注释】 1. 闲闲：宽闲貌。 2. 行：且，将。 3. 泄泄（yì yì 意意）：弛缓貌。

【评析】 这诗的解释有三：一是《毛诗序》："《十亩之间》，刺时也。言其国削小，民无所居焉。"二是方玉润《诗经原始》："盖隐者必挈眷偕往，不必定招朋类也。贤者既择地偕隐，则当指桑茂密处，妇女之勤于蚕事者相为邻里，然后能妥其室家，以成一代淳风。""《十亩之间》，夫妇偕隐也。"三是余冠英先生《诗经选》："这是采桑者劳动将结束时呼伴同归的歌唱。"

伐　檀

坎坎伐檀兮，[1]	坎坎砍檀树啊，
寘之河之干兮。[2]	放它在河的岸啊。
河水清且涟猗。[3]	河水清并且起微波啊。

不稼不穑，[4]	不耕种又不收获，
胡取禾三百廛兮？[5]	怎么取禾三百束啊？
不狩不猎，[6]	不上山去打猎，
胡瞻尔庭有县貆兮？[7]	怎么看你庭内挂貆肉啊？
彼君子兮，	那个君子啊，
不素餐兮！[8]	不白吃饭啊！

坎坎伐辐兮，[9]	坎坎砍树做车辐啊，
寘之河之侧兮。	放在河的边侧啊。
河水清且直兮。	河水清并且波平啊。
不稼不穑，	不耕种又不收获，
胡取禾三百亿兮？[10]	怎么取禾三百束啊？
不狩不猎，	不上山去打猎，
胡瞻尔庭有县特兮？[11]	怎么看你庭里有挂兽肉啊？
彼君子兮，	那个君子啊，
不素食兮！	不白吃饭啊！

坎坎伐轮兮，	坎坎砍树做车轮啊，
寘之河之漘兮。[12]	放在河的水滨啊。
河水清且沦猗。[13]	河水清并且起小波啊。
不稼不穑，	不耕种又不收获，
胡取禾三百囷兮？[14]	怎么取禾三百束啊？
不狩不猎，	不上山去打猎，

胡瞻尔庭有县鹑兮？	怎么看你庭中挂鹌鹑肉啊？
彼君子兮，	那个君子啊，
不素飧兮！[15]	不白吃饭啊！

【注释】 1. 坎坎：伐木声。 2. 干：河岸。 3. 涟：风吹水成纹。猗（yī 衣）：语助词。 4. 稼：种谷。穑：收谷。 5. 廛（chán 蝉）：束。 6. 狩：冬天打猎。 7. 尔：是小人，贪得无厌，无功受禄，白吃饭。下文的“彼”，是君子，有功才肯受禄，是不白吃饭的。诗人肯定“彼”，否定“尔”。县：同“悬”，挂。貆（huán 还）：幼貉。 8. 素餐：白吃饭。 9. 辐（fú 福）：车轮中直木。 10. 亿：束。 11. 特：三岁的兽。12. 漘（chún 纯）：河岸。 13. 沦：小波。 14. 囷（qūn 逡）：束。15. 飧（sūn 孙）：晚餐。

【评析】 《毛诗序》：“《伐檀》，刺贪也。在位贪鄙，无功而受禄，君子不得进仕尔。”《笺》云：“彼君子者斥伐檀之人，仕有功乃肯受禄。”即《毛诗序》也以君子为不素餐。《诗三家义集疏》：“齐说曰：‘功德不施于天下而勤劳于百姓，百姓贫陋困穷而家私累万金，此君子所耻而《伐檀》所刺也。’”又朱熹《诗集传》：“诗人述其事而叹之，以为是真能不空食者。”又方玉润《诗经原始》：“《伐檀》，伤君子不见用于时，而又耻受无功禄也。”

硕　鼠

硕鼠硕鼠，[1]	土耗子呀土耗子，
无食我黍。	不要吃我的黄黍。
三岁贯女，[2]	三年养活你，

莫我肯顾。	没有肯照顾我。
逝将去女，[3]	发誓将要离开你，
适彼乐土。	到那乐土。
乐土乐土，	乐土呀乐土，
爰得我所。	于是得到我的处所。

硕鼠硕鼠，	土耗子呀土耗子，
无食我麦。	不要吃我的麦。
三岁贯女，	三年养活你，
莫我肯德。	没有肯对我感德。
逝将去女，	发誓将要离开你，
适彼乐国。	到那乐国。
乐国乐国，	乐国呀乐国，
爰得我直。[4]	于是得到我的价值。

硕鼠硕鼠，	土耗子呀土耗子，
无食我苗。	不要吃我的苗。
三岁贯女，	三年养活你，
莫我肯劳。	没有肯对我慰劳。
逝将去女，	发誓将要离开你，
适彼乐郊。	到那乐郊。
乐郊乐郊，	乐郊呀乐郊，
谁之永号。[5]	谁会永远把苦叫。

【注释】 1. 硕鼠：土耗子，田鼠。 2. 贯：奉侍，养活。 3. 逝：同“誓”。 4. 直：同“值”，价值。 5. 永号：永远叫苦。

【评析】 《毛诗序》：“《硕鼠》，刺重敛也。国人刺其君重敛蚕食于民，不修其政，贪而畏人，若大鼠也。”

唐　风

“唐，国名。本帝尧旧都，在《禹贡》冀州之域，太行、恒山之西，太原、太岳之野。周成王以封弟叔虞为唐侯。南有晋水，至子燮乃改国号曰晋。后徙曲沃，又徙居绛。其地土瘠民贫，勤俭质朴，忧深思远，有尧之遗风。其诗不谓之晋而谓之唐，盖仍其始封之旧号耳。唐叔所都，在今太原府。曲沃及绛，皆在今绛州。”（朱熹《诗集传》）按燮父始徙居晋，为山西太原；后徙都曲沃，今山西闻喜县；后徙绛，今山西新绛县北；后徙新田，今山西曲沃县南。有今山西临汾、太原以东及河北永年、大名等地。

“刘氏瑾曰：‘叔虞封唐，燮侯号晋，十七传至晋侯缗，为曲沃武公所并。然武公能灭晋之宗而不能灭唐之号，能冒晋之号而不能继唐之统。君子欲绝武公于晋而不可，故总名其诗为唐以寓意焉。’案唐诗多作于曲沃并晋之世，两晋相吞，一兴一亡，其名无所专系，故黜晋号而系之以唐，恶之深故绝之甚也。国有无诗而名存，圣人闵其君之无罪见灭，存之所以寓兴亡继绝之心者，邶鄘是也。亦有有诗而名灭，圣人恶其得国不正，黜之所以见并族灭宗之罪者，晋是也。然则《诗》虽咏事，《春秋》之法寓焉矣。《孟子》云：‘《诗》亡然后《春秋》作。’观此则《春秋》褒贬，岂待《诗》亡而后著哉？”（方玉润《诗经原始》）

蟋　蟀

蟋蟀在堂，	蟋蟀在堂屋里叫，
岁聿其莫。[1]	一年快要完了。
今我不乐，	今天我不快乐，

日月其除。[2]	一年日月快过去了。
无已大康，[3]	不要过度康乐，
职思其居。[4]	想想职分处的事不少。
好乐无荒，	爱好快乐不要把事荒掉，
良士瞿瞿。[5]	善人收敛才算好。

蟋蟀在堂，	蟋蟀在堂屋里叫，
岁聿其逝。[6]	一年快要完了。
今我不乐，	今天我不快乐，
日月其迈。[7]	一年日月快过去了。
无已大康，	不要过度康乐，
职思其外。	想想职分外的事不少。
好乐无荒，	爱好快乐不要把事荒掉，
良士蹶蹶。[8]	善人做事敏捷才好。

蟋蟀在堂，	蟋蟀在堂屋叫，
役车其休。[9]	服役的车子可停息了。
今我不乐，	今天我不快乐，
日月其慆。[10]	一年的日月快过去了。
无已大康，	不要过度康乐，
职思其忧。	想想职分处的事可忧。
好乐无荒，	爱好快乐不要把事荒掉，
良士休休。[11]	善人安闲自得才好。

【注释】 1. 聿（yù 域）：语助词。莫：同“暮”。 2. 除：过去。 3. 大康：同“泰康”，过分康乐。 4. 职：主要职务。居：所处之事。 5. 瞿瞿（jù jù 巨巨）：收敛。 6. 逝：过去。 7. 迈：过去。 8. 蹶蹶（guì guì 贵贵）：敏捷。 9. 役车：服役的车子。休：止、息。 10. 慆（tāo 滔）：通“滔”，过。 11. 休休：安闲自得。

【评析】 这诗的解释有二：一是《毛诗序》：“《蟋蟀》，刺晋僖公也。俭不中礼，故作是诗以闵之，欲其及时以礼自虞乐也。此晋也，而谓之唐，本其风俗，忧深思远，俭而用礼，乃有尧之遗风焉。”二是方玉润《诗经原始》：“而《序》以为‘刺晋僖公俭不中礼’，今观诗意，无所谓‘刺’，亦无所谓‘俭不中礼’，安见其必为僖公发哉？”“《蟋蟀》，唐人岁暮述怀也。”

山有枢

山有枢，[1]	山上有树叫枢，
隰有榆。	洼地有树叫榆。
子有衣裳，	你有上衣和下裤，
弗曳弗娄。[2]	不牵着不提着走。
子有车马，	你有车又有马，
弗驰弗驱。	不让马跑车疾驱。
宛其死矣，[3]	枯萎死了，
他人是愉。	让别人来快愉。
山有栲，[4]	山上有树叫栲，

隰有杻。[5]	洼地有树叫杻。
子有廷内，[6]	你有庭院和内室，
弗洒弗扫。	不洒水不打扫。
子有钟鼓，	你有钟和鼓，
弗鼓弗考。[7]	不打不敲。
宛其死矣，	枯萎死了，
他人是保。[8]	让别人来保。
山有漆，	山上有树叫漆，
隰有栗。	洼地有树叫栗。
子有酒食，	你有酒有菜，
何不日鼓瑟？	为什么不每天弹瑟？
且以喜乐，	姑且用来娱乐，
且以永日。	姑且用来过日。
宛其死矣，	枯萎死了，
他人入室。	让他人入室。

【注释】　1. 枢（shū 书）：树名，即刺榆。　2. 曳（yì 义）：拖。娄：古时裳长拖地，需要拖着或提着，娄指提。　3. 宛：通“苑”，枯萎。　4. 栲（kǎo 考）：树名，即臭椿。　5. 杻（niǔ 纽）：树名，即菩提树。　6. 廷：通“庭”，院子。　7. 考：击。　8. 保：占有。

【评析】　这诗的解释有二：一是《毛诗序》：“《山有枢》，刺晋昭公也。不能修道以正其国，有财不能用，有钟鼓不能以自乐，有朝廷不能洒扫，政荒民散，将以危亡，四邻谋取其国而不知，国人作诗以刺之也。”二是方玉润《诗经原始》：“时君将亡，必望其急早修政，以收拾人心为主，岂有劝其及时行乐，自速死亡乎？”“《山有枢》，刺唐人俭不中礼也。”“此类庄子委蜕、释氏本空一流人语，原不足以为世训。然以破唐人吝啬不堪之见，则诚对症良药。”

扬之水

扬之水，	激扬的河水，
白石凿凿。[1]	白石鲜明。
素衣朱襮，[2]	白衣红领，
从子于沃。[3]	跟你到曲沃。
既见君子，	既然看见君子人，
云何不乐。	说什么不快乐。
扬之水，	激扬的河水，
白石皓皓。[4]	白石洁白。
素衣朱绣，[5]	白衣红领，
从子于鹄。[6]	跟你到鹄。
既见君子，	既然看见君子人，
云何其忧。	说什么忧伤不乐。
扬之水，	激扬的河水，

白石粼粼。[7]	白石清澄。
我闻有命，	我听说有命令，
不敢以告人。	不敢用来告诉人。

【注释】 1. 凿凿：鲜明貌。 2. 襮（bó 博）：绣黼文的衣领。黼文衣，指绣有斧形文的衣，即锦绣衣，用白布衣罩上，但朱领仍露出。 3. 沃：曲沃。 4. 皓皓：洁白。 5. 绣：指领绣，即绣领。 6. 鹄：曲沃邑名。 7. 粼粼（lín lín 林林）：清澄貌。

【评析】 这诗的解释有二：一是《毛诗序》："《扬之水》，刺晋昭公也。昭公分国以封沃。沃盛强，昭公微弱，国人将叛而归沃焉。"二是方玉润《诗经原始》："严氏粲云：'时沃有篡宗国之谋，而潘父阴主之，将为内应，而昭公不知。此诗正发潘父之谋，其忠告于昭公者，可谓切至。'""《扬之水》，讽昭公以备曲沃也。"

椒 聊

椒聊之实，[1]	花椒一串的子，
蕃衍盈升。	繁多得超过一升。
彼其之子，	那个人的儿子，
硕大无朋。[2]	魁梧高大得无比竞。
椒聊且，	像一串串花椒啊，
远条且。[3]	香味远扬啊。

椒聊之实，	花椒一串的子，
蕃衍盈匊。[4]	繁多得超过一捧。
彼其之子，	那户人的儿子，
硕大且笃。	魁梧而且笃实隆重。
椒聊且，	像一串串花椒啊，
远条且。	香气远扬啊。

【注释】 1. 椒聊：花椒多子成串，古人以喻妇人多子。聊指多子成串。 2. 无朋：无比。 3. 远条：远长，指香气远而长。 4. 匊（jū 居）：掬，两手合捧。

【评析】 这诗的解释有二：一是《毛诗序》："《椒聊》，刺晋昭公也。君子见沃之盛强，能修其政，知其蕃衍盛大，子孙将有晋国焉。"二是方玉润《诗经原始》："案《春秋》惠二十四年，昭公封成师于曲沃，至庄十六年，曲沃伯始为晋侯，中间几七十年。此诗之作，亦远在三四十年之间。事未至而虑已周，非见微知著之君子不足以为此。其所以忠于昭公者何如乎？""《椒聊》，忧沃盛而晋微也。"案：《毛诗序》以为刺晋昭公，而方玉润以为忠于晋昭公，所以不同。

绸　缪

绸缪束薪，[1]	缠绕着捆柴薪，
三星在天。[2]	三星在天上明。
今夕何夕，	今夜是何夜，

见此良人？[3]	见到这个好人？
子兮子兮，	你啊你啊，
如此良人何？	像这样好人怎么办啊？
绸缪束刍，[4]	缠绕着捆青草，
三星在隅。[5]	三星在屋角光皓。
今夕何夕，	今夜是何夜，
见此邂逅？[6]	见这个不约人来得巧？
子兮子兮，	你啊你啊，
如此邂逅何？	像这样不约的人怎样办啊？
绸缪束楚，	缠绕着捆荆条，
三星在户。[7]	三星在户梢。
今夕何夕，	今夜是何夜，
见此粲者？[8]	见到这美同胞？
子兮子兮，	你啊你啊，
如此粲者何？	像这样的美人怎样办啊？

【注释】 1. 绸缪（chóu móu 仇谋）：缠绵。 2. 三星：指参星。在天：一指十月。当时以仲春为婚期，十月非婚时。 3. 良人：指未婚夫。 4. 刍（chú 除）：青草。 5. 三星在隅：一指十一月、十二月，非婚期。 6. 邂逅：不约而来的爱悦者。 7. 三星在户：一指一月，亦非婚期。 8. 粲者：美人。

【评析】 这诗的解释有二：一是《毛诗序》:“《绸缪》，刺晋乱也。国乱则婚姻不得其时焉。”《笺》:“不得其时，谓不及仲春之月。”二是方玉润《诗经原始》:“此贺新昏诗耳。‘今夕何夕’等诗，男女初昏之夕，自有此惝恍情形景象，不必添出‘国乱民贫，男女失时’之言，始见其为欣庆词也。”

杕 杜

有杕之杜，[1]	独特生的赤棠，
其叶湑湑。[2]	它的叶儿正茂盛。
独行踽踽。[3]	孤零零独自行走。
岂无他人，	难道没有别人，
不如我同父。[4]	不像我同族的兄弟亲。
嗟行之人，	叹息独行的人，
胡不比焉？[5]	为什么没有帮助呢？
人无兄弟，	人没有兄弟，
胡不佽焉？[6]	怎么能不相济？

有杕之杜，	独特生的赤棠，
其叶菁菁。	它的叶儿正茂盛。
独行睘睘。[7]	孤零零独自行走。
岂无他人，	难道没有别人，
不如我同姓。[8]	不像我同族的兄弟亲。
嗟行之人，	叹息独行的人，

胡不比焉？	为什么没有帮助呢？
人无兄弟，	人没有兄弟，
胡不佽焉？	怎么能不相济？

【注释】 1. 杕（dì 第）：特立貌。杜：赤棠。 2. 湑湑（xǔ xǔ 许许）：盛貌。 3. 踽踽（jǔ jǔ 举举）：孤独貌。 4. 同父：同祖父的族弟。凡是同一父的人，只称兄或弟。称同父的人，指同一祖的族兄或族弟。 5. 比：辅助。 6. 佽（cì 刺）：助。 7. 睘睘（qióng qióng 琼琼）：孤独无依。 8. 同姓：同父的兄弟叫兄或弟，同祖的昆弟叫同姓。

【评析】 这诗的解释有二：一是《毛诗序》："《杕杜》，刺时也。君不能亲其宗族，骨肉离散，独居而无兄弟，将为沃所并尔。"二是方玉润《诗经原始》："姚氏际恒云：'此似不得于兄弟而终望兄弟比助之辞。言我独行无偶，岂无他人可共行乎？然终不如我兄弟也。……以见他人莫如我兄弟也。即《常棣》"凡今之人，莫如兄弟"之意。'解此诗者，义止于此，不可别生枝节。""《杕杜》，自伤兄弟失好而无助也。"

羔　裘

羔裘豹袪，[1]	羊袍用豹皮做袖子，
自我人居居。	我们讨厌它。
岂无他人，	难道没有别人，
维子之故。	只是因为对你有故旧啊。

羔裘豹褎，[2]　　羊袍用豹皮做袖子，
自我人究究。[3]　　我们讨厌它。
岂无他人，　　难道没有别人，
维子之好。　　只是因为对你有爱好啊。

【注释】　1. 祛（qū 区）：袖子。　2. 褎（xiù 袖）：同“袖”，指袖口。3. 居居、究究：恶也。

【评析】　这诗的解释有二：一是《毛诗序》：“《羔裘》，刺时也。晋人刺其在位不恤其民也。”《笺》：“恤，忧也。”二是方玉润《诗经原始》：“此篇‘羔裘豹祛’，指卿大夫而言也无疑。即下云‘岂无他人，维子之故’，亦其民欲去而不忍去之意也，亦无疑。民欲去其大夫而不忍去，则其大夫之贤否可知，即民情亦大可见。”

鸨　羽

肃肃鸨羽，[1]　　沙沙地发响是鸨鸟展翅，
集于苞栩。[2]　　停在丛生的栩树。
王事靡盬，[3]　　周王的役事没有完，
不能艺稷黍。　　不能种稷黍。
父母何怙？[4]　　父母有什么可依恃？
悠悠苍天，　　遥远的苍天，
曷其有所？　　怎么能有个依恃？

肃肃鸨翼，	沙沙地发响是鸨鸟展翅，
集于苞棘。[5]	停在丛生的酸枣树。
王事靡盬，	周王的役事没有完，
不能艺黍稷。	不能种黍稷。
父母何食？	父母靠什么吃？
悠悠苍天，	遥远的苍天，
曷其有极？	怎么能有个完讫？

肃肃鸨行，	沙沙地发响是鸨鸟飞行，
集于苞桑。	停在丛生的桑树上。
王事靡盬，	周王的役事没有完，
不能艺稻粱。	不能种稻粱。
父母何尝？	父母拿什么来品尝？
悠悠苍天，	遥远的苍天，
曷其有常？	怎么能有个正常？

【注释】 1. 肃肃：鸨鸟展翅飞行声。鸨（bǎo保）：鸟名。似雁而大，无后趾。 2. 苞：丛生。栩（xǔ许）：柞树。 3. 盬（gǔ古）：停息。 4. 怙（hù户）：依靠。 5. 棘（jí及）：酸枣树，实较枣小，供药用。

【评析】 《毛诗序》："《鸨羽》，刺时也。昭公之后，大乱五世，君子下从征役，不得养其父母而作是诗也。"《笺》："大乱五世者，昭公、孝侯、鄂侯、哀侯、小子侯。"

无　衣

岂曰无衣，	难道说我没有衣裳，
七兮。	我的衣裳有七套。
不如子之衣，	不像你的衣裳，
安且吉兮。	安全而且好。
岂曰无衣，	难道说我没有衣裳，
六兮。	我的衣裳有六套。
不如子之衣，	不像你的衣裳，
安且燠兮。[1]	安全而且暖。

【注释】　1. 燠（yù 玉）：温暖。

【评析】　这诗的解释有二：一是《毛诗序》："《无衣》，美晋武公也。武公始并晋国，其大夫为之请命乎天子之使而作是诗也。"《笺》："天子之使，是时使来者。"二是《诗三家义集疏》："陈奂云：'……"使"必"吏"之误，天子之吏，谓三公也。'……此言'不如子之衣'者，非敢较量章数，但谓子之衣由王所赐，今未得王新命，有衣与无衣同，故谓'不如其安且吉兮'。"是何以称诗名曰《无衣》之说。又诗为周之三公称晋武公为"子"，亦可通。又陈奂曰："天子之卿，即侯伯也。天子之卿六命，出封侯伯加一等，则七命。晋为侯伯之国，实七命，其在王朝，则亦就六命之数。诗人以七、六分章，实一意。"

有杕之杜

有杕之杜，	有独立的赤棠，
生于道左。	生在路的左边。
彼君子兮，	那个君子人啊，
噬肯适我。[1]	哪肯到我这边。
中心好之，	心中爱好他，
曷饮食之？	何不准备酒饮款待他？

有杕之杜，	有独立的赤棠，
生于道周。[2]	生在路的右边。
彼君子兮，	那个君子人啊，
噬肯来游。	哪肯游逛到面前。
中心好之，	心中爱好他，
曷饮食之？	何不准备酒饮招待他？

【注释】 1. 噬（shì 式）：同“曷”，何。 2. 周：通“右”。

【评析】 这诗的解释有二：一是《毛诗序》：“《有杕之杜》，刺晋武公也。武公寡特，兼其宗族，而不求贤以自辅焉。”二是高亨先生《诗经今注》：“欢迎客人的短歌。”

葛 生

葛生蒙楚，	葛的茎缠绕荆条，
蔹蔓于野。[1]	白蔹蔓生在荒郊。
予美亡此，	我爱的人死在此处，
谁与独处。	谁可以与他独处。
葛生蒙棘，	葛的茎缠绕酸枣树，
蔹蔓于域。[2]	白蔹蔓生在郊处。
予美亡此，	我爱的人死在此处，
谁与独息。	谁与他独安息在此。
角枕粲兮，[3]	牛角枕鲜明啊，
锦衾烂兮。[4]	锦绣被鲜明啊。
予美亡此，	我爱的人死在此处，
谁与独旦。	谁与他独到天亮相处。
夏之日，	夏天的日长，
冬之夜，[5]	冬天的夜长，
百岁之后，	百年以后，
归于其居。[6]	归于他的坟场。
冬之夜，	冬天的夜长，

夏之日，　　　　　　夏天的日长，
百岁之后，　　　　　百年以后，
归于其室。[7]　　　　归于他的圹场。

【注释】　1. 蔹（liǎn 脸）：白蔹，攀援性草本植物，根可入药。　2. 域：指坟地。　3. 角枕：牛角枕，殓尸的物品。　4. 锦衾：锦缎被子。　5. 夏之日、冬之夜：夏日长，冬夜长。　6. 居：坟墓。　7. 室：指冢坑。

【评析】　《毛诗序》："《葛生》，刺晋献公也。好攻战，则国人多丧矣。"《笺》："丧，弃亡也。夫从征役，弃亡不反，则其妻居家而怨思。"问题在"予美亡此"中的"美"作"美女"，则为夫吊妇之作，倘这个"美"指漂亮的男人，这首诗为妇悼夫之作。看郑玄《笺》，即释为夫死。故此为夫死妻悼。

采　苓

采苓采苓，[1]　　　　采苓啊采苓，
首阳之颠。　　　　　在首阳山顶。
人之为言，[2]　　　　别人的假话，
苟亦无信。　　　　　况且也没有可信。
舍旃舍旃，[3]　　　　放弃它啊放弃它，
苟亦无然！[4]　　　　况且也没真全是假！
人之为言，　　　　　别人的假话，
胡得焉？[5]　　　　　得到什么啊？

采苦采苦，	采苦菜啊采苦菜，
首阳之下。	在首阳山下。
人之为言，	别人的假话，
苟亦无与。[6]	况且也没人赞同他。
舍旃舍旃，	放弃它啊放弃它，
苟亦无然！	况且也没真全是假！
人之为言，	别人的假话，
胡得焉？	得到什么啊？

采葑采葑，[7]	采芜菁啊采芜菁，
首阳之东。	在首阳山东。
人之为言，	别人的假话，
苟亦无从。	根本没人听从。
舍旃舍旃，	放弃它啊放弃它，
苟亦无然！	况且也没真全是假！
人之为言，	别人的假话，
胡得焉？	得到什么啊？

【注释】 1. 苓（líng 零）：甘草。 2. 为言：同“伪言”，讹言。 3. 舍旃（zhān 毡）：舍之，放弃它。 4. 无然：不以为是。 5. 胡得：何所得。 6. 无与：不赞同他。 7. 葑（fēng 封）：芜菁，即芥菜。

【评析】 这诗的解释有二：一是《毛诗序》：“《采苓》，刺晋献公也。献公好听谗焉。”二是方玉润《诗经原始》:“自古人君听谗多矣，其始由于心之多疑而好察，数数访刺外事于左右，故小人得乘机而进谗，势至顺而机又易投也。若夫明哲圣主，未尝不察迩而兼听，但其心虚，故人之为言未敢遽信为然，必审焉而后听。其心公，故人之进言亦必姑舍其然，详察焉而后进。造言者既有所惮而难入，则谗不远而自息矣。”即以此诗为止听谗言也。

秦　风

“秦，国名。其地在《禹贡》雍州之域，近鸟鼠山。初，伯益佐禹治水有功，赐姓嬴氏。其后中潏居西戎以保西垂。六世孙大骆生成及非子。非子事周孝王，养马于汧、渭之间，马大繁息。孝王封为附庸而邑之秦。至宣王时，犬戎灭成之族。宣王遂命非子曾孙秦仲为大夫，诛西戎，不克，见杀。及幽王为西戎、犬戎所杀，平王东迁，秦仲孙襄公以兵送之。王封襄公为诸侯，曰：‘能逐犬戎即有岐、丰之地。’襄公遂有周西都畿内八百里之地。至玄孙德公又徙于雍。秦即今之秦州。雍，今京兆府兴平县是也。”（朱熹《诗集传》）“毛氏凤岐曰：‘……《方舆纪要》云：“秦故雍城在今凤翔府城南七里。秦德公元年，初居雍城大郑宫是也。”是秦之雍城在今凤翔，不得云在兴平。秦庄公常居犬丘，在今兴平，与德公所徙之雍，自系两地。’案秦诗始于秦仲世，其时仅为大夫，比于附庸之国。吴、楚大国尚无诗，秦小国何以有风？盖秦实继齐、晋而霸焉者也。故齐、晋后即继以秦。”（方玉润《诗经原始》）“苏秦始将连横说秦惠王曰：‘大王之国西有巴蜀汉中之利，北有胡貉代马之用，南有巫山黔中之固，东有崤函之固……沃野千里……地势形便。’”（《战国策·秦策》）

车　邻

有车邻邻，[1]	有车子走时发声辚辚，
有马白颠。[2]	有马儿白毛白顶。
未见君子，	没有看见君子人，
寺人之令。[3]	只有宦官发命令。

阪有漆，　　　　山坂上种树有漆，
隰有栗。　　　　洼地上种树有栗。
既见君子，　　　既然看见君子人，
并坐鼓瑟。　　　和他并坐弹瑟。
“今者不乐，　　 “今天不图快乐，
逝者其耋。”[4]　 过去就变成老疾。”

阪有桑，　　　　山坂上种树有桑，
隰有杨。　　　　洼地里种树有杨。
既见君子，　　　既然看见君子人，
并坐鼓簧。　　　和他并坐弹笙簧。
“今者不乐，　　 “今天不图快乐，
逝者其亡。”　　 过去就转成死亡。”

【注释】　1. 邻邻：同“辚辚”，车行声。　2. 白颠：白顶。　3. 寺人：宦官。　4. 耋（dié 迭）：八十岁。

【评析】　《毛诗序》：“《车邻》，美秦仲也。秦仲始大，有车马礼乐侍御之好焉。”

驷　驖

驷驖孔阜，[1]　　 四马铁黑雄赳赳，

六辔在手。	六根缰绳握在手。
公之媚子，[2]	公爷宠爱的人，
从公于狩。	跟在公爷打猎后。
奉时辰牡，[3]	驱赶鹿儿有牝牡，
辰牡孔硕。	牡鹿硕壮到处有。
公曰左之，	公爷说是车向左，
舍拔则获。[4]	一箭正好中牲口。
游于北园，	游猎游到北园遍，
四马既闲。[5]	四马驾车既熟练。
辅车鸾镳，[6]	轻车鸾铃马衔镳，
载猃歇骄。[7]	二种猎狗车里见。

【注释】 1. 驷驖：四马黑如铁。驖（tiě 铁），赤黑色的马。阜：肥大。 2. 媚子：宠爱的人。 3. 奉时：趋奉是，虞人趋奉是，即为公爷赶兽。辰牡：牝鹿和牡鹿。辰通“麎”，指牝鹿。 4. 舍拔：去箭末，即射箭。 5. 闲：通“娴”，熟练。 6. 輶（yóu 犹）车：轻车。鸾：鸾铃。镳（biāo 标）：马衔外铁。 7. 猃（xiǎn 险）：长嘴猎狗。歇骄：短嘴猎狗。

【评析】 《毛诗序》：“《驷驖》，美襄公也。始命有田狩之事、园囿之乐焉。”《笺》：“始命，命为诸侯也，秦始附庸也。”

小　戎

小戎俴收，[1]	小的兵车和小的车厢，
五楘梁辀。[2]	五皮革贯铜环绕住车毂。
游环胁驱，[3]	活动的环控制骖马入服，
阴靷鋈续。[4]	暗的革带贯铜环使骖马接续。
文茵畅毂，[5]	老虎皮垫用来舒畅车毂，
驾我骐馵。[6]	驾着各色马的家畜。
言念君子，	我想念那君子人，
温其如玉。	温和得真如美玉。
在其板屋，	他住在板木屋，
乱我心曲。	扰乱我的心曲。
四牡孔阜，	四匹雄马很壮实，
六辔在手。	六根缰绳拿在手。
骐骝是中，[7]	中间都是杂色马，
䯄骊是骖。[8]	黄黑骖马向前走。
龙盾之合，[9]	画龙盾牌可配合，
鋈以觼軜。[10]	铜环扣住内缰钮。
言念君子，	我想念那君子人，
温其在邑。	温和在邑可为友。
方何为期，	将在何时作归期，
胡然我念之？	为何我又想他久？

俴驷孔群，[11]　　四马不甲很合群，
厹矛鋈錞。[12]　　三隅矛杆装铜碪。
蒙伐有苑，[13]　　盾牌画着有文彩，
虎韔镂膺。[14]　　虎皮弓囊镀了金。
交韔二弓，[15]　　弓囊交错放二弓，
竹闭绲縢。[16]　　绳索捆住竹制檠。
言念君子，　　我想念那君子人，
载寝载兴。　　睡睡起起不安宁。
厌厌良人，[17]　　那个好人又安静，
秩秩德音。[18]　　又有智慧又有德行。

【注释】 1. 小戎：小的兵车。俴（jiàn 件）：浅。收：收缩。俴收，指小车厢。 2. 五楘（mù 墓）：五束历录，用五束来连络。梁辀（zhōu 舟）：弯曲的车辕如船状。即用五束皮带系在车辕上。 3. 游环：活动的环。胁驱：驾马具。一车有四马，外两马称骖，中两马称服。用游环于服马背上，再用皮带连车上，使骖马不入内。 4. 阴靷（yǐn 隐）：系骖马的革带，不明显。鋈（wù 务）：白铜环。续：接续。在革带上用白铜环相续。 5. 文茵：虎皮垫。畅毂（gǔ 谷）：长毂。毂，车轮中的圆木，中有圆孔，可以插轴。 6. 骐：青黑色的马。馵（zhù 注）：后左足白的马。 7. 骝（liú 留）：赤身黑鬣的马。 8. 騧（guā 瓜）：黄毛黑嘴的马。骊：黑色的马。 9. 龙盾：画龙的盾牌。 10. 觼軜（jué nà 决纳）：有舌环穿过骖马的皮带，使内辔固定。軜：骖内辔。 11. 俴驷：四马不披甲。孔群：指马群很和谐。 12. 厹（qiú 求）矛：三棱锋刃的矛。鋈錞（wù duì 务兑）：以白铜镀矛柄底的金属套。13. 蒙：通“庞”，杂乱绘画。伐：盾牌。苑：文彩。 14. 虎韔（chàng 唱）：以虎皮做的弓囊。镂膺：刻纹。 15. 交韔（chàng 唱）：交错的藏弓袋。 16. 闭：弓檠。绲（gǔn 滚）：绳。縢（téng 藤）：缠束。 17. 厌厌：安静。 18. 秩秩：智慧。

【评析】 《毛诗序》："《小戎》，美襄公也。备其兵甲以讨西戎，西戎方强而征伐不休，国人则矜其车甲，妇人能闵其君子焉。"《笺》："矜，夸大也。国人夸大其车甲之盛，有乐之意也。妇人闵其君子恩义之至也。作者叙外内之志，所以美君政教之功。"

蒹　葭

蒹葭苍苍，[1]	初生的芦苇色青苍，
白露为霜。	夜来白露凝成霜。
所谓伊人，	所说的那个人，
在水一方。	在水的那一方。
溯洄从之，[2]	逆流而上去寻他，
道阻且长。	道路受阻而且长。
溯游从之，[3]	顺着水流去寻他，
宛在水中央。	仿佛在水的中央。
蒹葭凄凄，[4]	初生的芦苇很茂盛，
白露未晞。[5]	路上白露还没干。
所谓伊人，	所说的那个人，
在水之湄。[6]	在水的草滩。
溯洄从之，	逆流而上去寻他，

道阻且跻。[7]　　道路受阻而且攀登难。
溯游从之，　　顺着水流去寻他，
宛在水中坻。[8]　　仿佛在水中的沙滩。

蒹葭采采，[9]　　初生的芦苇很茂盛，
白露未已。　　路上的白露没有停止。
所谓伊人，　　所说的那个人，
在水之涘。[10]　　在水的小渚。
溯洄从之，　　逆流而上去寻他，
道阻且右。[11]　　道路受阻而且要转沚。
溯游从之，　　顺着水流去寻他，
宛在水中沚。[12]　　仿佛在水的小沚。

【注释】　1. 蒹葭（jiān jiā 兼家）：初生的芦苇。苍苍：青苍。　2. 溯（sù 素）洄：逆流而上。　3. 溯游：顺流而下。　4. 凄凄：同“萋萋”，茂盛貌。　5. 晞（xī 希）：干。　6. 湄（méi 眉）：水草相交地。　7. 跻（jī 几）：登。　8. 坻（chí 迟）：小水中的小高地。　9. 采采：茂盛貌。　10. 涘（sì 四）：水边。　11. 右：右边，绕弯处。　12. 沚（zhǐ 止）：水中沙洲。

【评析】　这诗的解释有二：一是《毛诗序》：“《蒹葭》，刺襄公也。未能用周礼，将无以固其国焉。”又方玉润《诗经原始》：“盖秦处周地，不能用周礼。周之贤臣遗老，隐处水滨，不肯出仕。诗人惜之，托为招隐，作此见志。一为贤惜，一为世望。曰‘伊人’，曰‘从之’，曰‘宛在’，玩其词，虽若可望不可即；味其意，实求之而不远，思之而即至者。特无心以求之，则其人倜乎远矣。”二是朱熹《诗集传》：“言秋水方盛之时，所谓彼人者，乃在水之一方，上下求之而皆不可得。然不知其何所指也。”

终　南

终南何有？	终南山有什么？
有条有梅。[1]	有山楸树有红梅。
君子至止，	君子到这里可住，
锦衣狐裘。	穿狐袍和锦衣前来。
颜如渥丹，	脸色红得像渥丹，
其君也哉！	他是尊贵的首魁！

终南何有？	终南山有什么？
有纪有堂。[2]	有杞树有赤棠。
君子至止，	君子到这里可住，
黻衣绣裳。[3]	穿着礼服和绣裳。
佩玉将将，	身上佩玉响当当，
寿考不忘。	祝你长寿永不忘。

【注释】　1. 条：山楸树。　2. 纪：通“杞”，杞树。堂：通“棠”，指赤棠树。　3. 黻（fú 弗）：绣上黑与青相间的礼服。

【评析】　《毛诗序》：“《终南》，戒襄公也。能取周地，始为诸侯，受显服，大夫美之，故作是诗以戒劝之。”又朱熹《诗集传》：“此秦人美其君之词，亦

《车邻》《驷驖》之意也。”

黄　鸟

交交黄鸟，[1]	飞去飞来是黄鸟，
止于棘。	停在酸枣树杪。
谁从穆公？[2]	啥人陪葬秦穆公？
子车奄息。[3]	子车氏名奄息了。
维此奄息，	只有这个奄息，
百夫之特。[4]	百人杰出才特妙。
临其穴，	临到他的墓穴，
惴惴其慄。[5]	使人战栗哀悼。
彼苍者天，	那个苍天啊，
歼我良人！[6]	灭亡我的好人！
如可赎兮，	如果可以赎啊，
人百其身。[7]	人愿百死他的身。
交交黄鸟，	飞去飞来是黄鸟，
止于桑。	停在桑树杪。
谁从穆公？	啥人陪葬秦穆公？
子车仲行。	子车氏名仲行了。
维此仲行，	只有这个仲行，
百夫之防。[8]	可当百人才特妙。

临其穴，	临到他的墓穴，
惴惴其慄。	使人战栗哀悼。
彼苍者天，	那个苍天啊，
歼我良人！	灭亡我的好人！
如可赎兮，	如果可以赎啊，
人百其身。	人愿百死他的身。

交交黄鸟，	飞去飞来是黄鸟，
止于楚。[9]	停在荆树条。
谁从穆公？	啥人陪葬秦穆公？
子车鍼虎。	子车氏名鍼虎了。
维此鍼虎，	只有这个鍼虎，
百夫之御。	可敌百人才特妙。
临其穴，	临到他的墓穴，
惴惴其慄。	使人战栗哀悼。
彼苍者天，	那个苍天啊，
歼我良人！	灭亡我的好人！
如可赎兮，	如果可以赎啊，
人百其身。	人愿百死他的身。

【注释】 1. 交交：飞而往来貌。 2. 从：从死，即殉葬。 3. 子车奄息：子车，氏名。奄息，下面的仲行、鍼虎，皆人名。 4. 特：杰出。 5. 惴惴（zhuì zhuì 缀缀）：恐惧。慄（lì 栗）：战栗。 6. 歼（jiān 尖）：灭亡。 7. 人

百其身：《笺》：“一身百死犹为之。” 8. 防：抵当。 9. 楚：荆树条。

【评析】 《毛诗序》：“《黄鸟》，哀三良也。国人刺穆公以人从死而作是诗也。”《笺》：“三良，三善臣也，谓奄息、仲行、鍼虎也。从死，自杀以从死。”

晨 风

鴥彼晨风，[1]	疾飞那个晨风鸟，
郁彼北林。[2]	茂盛的北林可藏了。
未见君子，	没有看见君子人，
忧心钦钦。[3]	心里忧愁不算少。
如何如何，	为什么啊为什么，
忘我实多。	把我忘掉不得了。
山有苞栎，[4]	山上有丛生的柞树，
隰有六駮。[5]	洼地上有树叫六駮。
未见君子，	没有看见君子人，
忧心靡乐。	心里忧愁不快乐。
如何如何，	为什么啊为什么，
忘我实多。	把我忘掉恩情薄。
山有苞棣，[6]	山上有丛生的郁李，

隰有树檖。[7]	洼地上有树叫山梨。
未见君子，	没有看见君子人，
忧心如醉。	心里忧愁像喝醉。
如何如何，	为什么啊为什么，
忘我实多。	把我忘掉把我弃。

【注释】 1. 鴥（yù 育）：疾飞貌。晨风：鸟名，似鹞。 2. 郁：茂盛貌。北林：北面的森林。 3. 钦钦：忧愁。 4. 栎（lì 力）：柞树，落叶乔木，花黄褐色。 5. 六駮（bó 博）：树名，梓榆树，树皮青白像駮马。六指多。6. 棣（dì 地）：郁李。 7. 檖（suì 岁）：山梨。

【评析】 这诗的解释有二：一是《毛诗序》："《晨风》，刺康公也。忘穆公之业，始弃其贤臣焉。"二是朱熹《诗集传》："妇人以夫不在，而言'鴥彼晨风'，则归于郁然之北林矣，故我'未见君子'，而'忧心钦钦'也。彼君子者，如之何而忘我之多乎？此与扊扅之歌同意，盖秦俗也。"按《扊扅歌》为百里奚妻作："百里奚，五羊皮。忆别时，烹伏雌，炊扊扅。今日富贵忘我为。"百里奚在楚为人牧牛，秦穆公用五羊皮赎之，至秦为相。其妻为相府佣，因作此歌。"伏雌"指雌鸡。"扊扅"指门闩。朱熹以此诗为妇人之歌，与《毛诗序》不同。

无　衣

岂曰无衣，	难道说没有长袍，
与子同袍。[1]	我同你同穿长袍。
王于兴师，[2]	周王发动军队，

修我戈矛，	修理我的戈和矛，
与子同仇。	与你同对一个仇。

岂曰无衣，	难道说没有内衣，
与子同泽。[3]	我同你同穿内衣。
王于兴师，	周王发动军队，
修我矛戟，	修理我的矛和戟，
与子偕作。	同你一起有所作。

岂曰无衣，	难道说没有下裳，
与子同裳。	我同你同穿下裳。
王于兴师，	周王发动军队，
修我甲兵，	修理我的盔甲和刃兵，
与子偕行。	和你一起前行。

【注释】 1. 袍：长袍，指装有旧丝绵的长袍。 2. 王：指周王。 3. 泽：亲肤的内衣。

【评析】 这诗的解释有二：一是《毛诗序》："《无衣》，刺用兵也。秦人刺其君好攻战，亟用兵，而不与民同欲焉。" 二是《诗三家义集疏》："齐'偕'作'皆'。""《汉书·赵充国辛庆忌传赞》：'山西天水、安定、北地处势迫近羌胡，民俗修习战备，高尚勇力鞍马骑射，故秦诗曰："王于兴师，修我甲兵，与子皆行。"其风声气俗自古而然。今之歌谣慷慨，风流犹存耳。'……陈乔枞云：'据班说，知《齐诗》不以《无衣》为刺。'"

渭 阳

我送舅氏，	我送舅舅，
曰至渭阳。[1]	送到渭阳。
何以赠之？	拿什么来送他？
路车乘黄。	大车子和驾车马儿黄。
我送舅氏，	我送舅舅，
悠悠我思。[2]	长长地想念我娘。
何以赠之？	拿什么来送他？
琼瑰玉佩。[3]	美玉作佩来献扬。

【注释】 1. 渭阳：渭水北面。 2. 悠悠我思：念母也。 3. 琼瑰（guī 龟）：美玉。

【评析】 《毛诗序》："《渭阳》，康公念母也。康公之母，晋献公之女。文公遭丽姬之难，未反而秦姬卒，穆公纳文公。康公时为太子，赠送文公于渭之阳，念母之不见也，我见舅氏，如母存焉。及其即位，思而作是诗也。"又《诗三家义集疏》："案：赠送文公，乃康公为太子时事，似不必即位后方作诗，鲁、韩不言，不从可也。"

权舆

於，我乎？[1]	唉，我吗？
夏屋渠渠。[2]	大碗菜盛得满满的。
今也每食无余。	现在每顿吃光。
於嗟乎！	唉呀！
不承权舆。[3]	不能继续当初吃得好。
於，我乎？	唉，我吗？
每食四簋。[4]	每顿四大盆。
今也每食不饱。	现在每顿吃不饱。
於嗟乎！	唉呀！
不承权舆。	不能继续当初吃得好。

【注释】 1. 於：叹词。 2. 夏屋：大食器。渠渠：盛。 3. 权舆：开始，当初。 4. 簋（guǐ 鬼）：古食器。

【评析】 这诗的解释有二：一是《毛诗序》："《权舆》，刺康公也。忘先君之旧臣与贤者，有始而无终也。"二是余冠英先生《诗经选》："这首诗写一个冷落的贵族嗟贫困，想当年。"

陈 风

"陈，国名。大皞伏羲氏之墟，在《禹贡》豫州之东。其地广平，无名山大川。西望外方，东不及孟诸。周武王时，帝舜之胄有虞阏父为周陶正，武王赖其利器用，与其神明之后，以元女太姬妻其子满，而封之于陈，都于宛丘之侧，与黄帝、帝尧之后共为三恪，是为胡公。大姬，妇人尊贵，好乐巫觋歌舞之事，其民化之。今之陈州即其地也。"（朱熹《诗集传》）按：陈都宛丘，即今河南淮阳。今河南开封以东、安徽亳州以北，皆其地，后为楚所灭。"案：陈、桧、曹皆小国，故居诸国之末。而陈为伏羲旧治，又帝舜后裔，故在二国前。"（方玉润《诗经原始》）

宛 丘

子之汤兮，[1]	你的放荡啊，
宛丘之上兮。[2]	在宛丘的上啊。
洵有情兮，	确实是多情啊，
而无望兮。[3]	却没有声望啊。
坎其击鼓，[4]	冬冬地把鼓敲响，
宛丘之下。	在宛丘的丘下。
无冬无夏，	没有冬也没有夏，
值其鹭羽。[5]	拿着白鹭的羽毛啊。
坎其击缶，[6]	当当地敲瓦盆，

宛丘之道。　　在宛丘的路上。
无冬无夏，　　没有冬也没有夏，
值其鹭翿。[7]　　白鹭羽毛拿手上。

【注释】　1. 子：指跳舞的巫女。汤：通“荡”，放荡。　2. 宛丘：四方高、中央低的土山。　3. 望：声望。　4. 坎：击鼓声。　5. 值：持。　6. 缶（fǒu 否）：小口大腹的瓦器。　7. 翿（dào 道）：一种舞具，聚鸟羽于柄头而成。

【评析】　这诗的解释有二：一是《毛诗序》：“《宛丘》，刺幽公也。淫荒昏乱，游荡无度焉。”二是《诗三家义集疏》：《齐诗》引《匡衡传》注引张晏曰：“胡公夫人，武王之女大姬，无子，好祭祀鬼神，鼓舞而祀，故其诗曰：‘坎其击鼓，宛丘之下。无冬无夏，值其鹭羽。’”“晏生汉魏之际，《齐诗》具存，晏注用《齐诗》。”

东门之枌

东门之枌，[1]　　东门的白榆树，
宛丘之栩。[2]　　宛丘的柞树。
子仲之子，　　子仲的姑娘，
婆娑其下。[3]　　在树下起舞。

榖旦于差，[4]　　选择那好日子，
南方之原。　　在南方的平原。
不绩其麻，　　不纺织她的麻，

市也婆娑。　　却舞蹈在市垣。

榖旦于逝，　　好日子快过去，
越以鬷迈。[5]　　会合男女好共行。
视尔如荍，[6]　　看你像荆葵那样美，
贻我握椒。[7]　　送我花椒心欢迎。

【注释】　1. 枌（fén 坟）：白榆树。　2. 栩（xǔ 许）：柞树。　3. 婆娑：舞蹈。　4. 榖旦：好日子。榖，善，好。差：选择。　5. 越以：于以。语助词。鬷（zōng 宗）：总。总会合。　6. 荍（qiáo 桥）：锦葵。草本植物，夏开紫或白花。　7. 椒：花椒，赠椒表结好。

【评析】　这诗的解释有二：一是《毛诗序》："《东门之枌》，疾乱也。幽公淫荒，风化之所行，男女弃其旧业，亟会于道路，歌舞于市井尔。"二是余冠英先生《诗经选》："这是男女慕悦的诗"，"写男女在良晨会舞于市井，反映陈国特殊的风俗"。

衡　门

衡门之下，[1]　　横木作门的下面，
可以栖迟。[2]　　可以作为安居。
泌之洋洋，[3]　　泌泉水的荡漾，
可以乐饥。[4]　　可以快乐忘掉腹饥。

岂其食鱼，	难道吃鱼，
必河之鲂？[5]	一定要黄河里的鲂？
岂其取妻，	难道娶妻，
必齐之姜？	一定要娶齐国的姜姓？

岂其食鱼，	难道吃鱼，
必河之鲤？	一定要黄河的鲤？
岂其取妻，	难道娶妻，
必宋之子？[6]	一定要娶宋国的子姓？

【注释】 1. 衡门：横木为门。 2. 栖迟：安居。 3. 泌（bì 必）：泉水名。洋洋：水流貌。 4. 乐饥：乐而忘饥。 5. 鲂：亦名鳊鱼，鳞细，肉肥，鱼之美者。 6. 齐姜、宋子：齐女姓姜，宋女姓子，指贵族姑娘。

【评析】 这诗的解释有二：一是《毛诗序》："《衡门》，诱僖公也。愿而无立志，故作是诗以诱掖其君也。"二是《诗三家义集疏》引《韩诗外传》二："子夏读书已毕……虽居蓬户之中，弹琴以咏先王之风，有人亦乐之，无人亦乐之，亦可发愤忘食矣。《诗》曰：'衡门之下，可以栖迟。泌之洋洋，可以疗饥。'夫子造然变容曰：'嘻！吾子可以言《诗》已矣。'"

东门之池

东门之池，	东门的池塘，
可以沤麻。[1]	可以长期浸泡麻。

彼美淑姬，　　　　她是美丽善良的姬家姑娘，
可与晤歌。[2]　　　可以和她相对唱啊。

东门之池，　　　　东门的池塘，
可以沤纻。[3]　　　可以长期浸泡纻麻。
彼美淑姬，　　　　她是美丽善良的姬家姑娘，
可与晤语。　　　　可以和她相对讲啊。

东门之池，　　　　东门的池塘，
可以沤菅。[4]　　　可以长期浸泡菅草。
彼美淑姬，　　　　她是美丽善良的姬家姑娘，
可与晤言。　　　　可以和她相对说啊。

【注释】　1. 沤（òu 怄）：长期浸泡。　2. 晤歌：对唱。　3. 纻（zhù 注）：苎麻，麻的一种。　4. 菅（jiān 肩）：菅草，叶可做绳。

【评析】　这诗的解释有二：一是《毛诗序》："《东门之池》，刺时也。疾其君之淫昏，而思贤女以配君子也。"二是朱熹《诗集传》："此亦男女会遇之词。"

东门之杨

东门之杨，　　　　东门的杨树，
其叶牂牂。[1]　　　它的叶子发出沙沙响。
昏以为期，　　　　昏暗作为相约的时期，

明星煌煌。[2]　　启明星却闪闪发亮。

东门之杨，　　东门的杨树，
其叶肺肺。[3]　　它的叶子沙沙发响。
昏以为期，　　昏暗作为相约的时期，
明星晢晢。[4]　　启明星却明明发亮。

【注释】　1. 牂牂（zāng zāng 脏脏）：风吹树叶声。　2. 明星：启明星。3. 肺肺（pèi pèi 配配）：同“牂牂”。　4. 晢晢（zhé zhé 哲哲）：明亮。

【评析】　《毛诗序》：“《东门之杨》，刺时也。昏姻失时，男女多违，亲迎女犹有不至者也。”孔《疏》：“《序》言‘亲迎而女犹有不至者’，则是终竟不至，非夜深乃至也。”又朱熹《诗集传》：“此亦男女期会而有负约不至者，故因其所见以起兴也。”

墓　门

墓门有棘，[1]　　墓道门有酸枣树，
斧以斯之。[2]　　用斧头来砍它。
夫也不良，　　那人是不善，
国人知之。　　国人知道他。
知而不已，　　知道他还不改，
谁昔然矣。[3]　　从前就是这样坏。

墓门有梅，	墓道门有酸枣树，
有鸮萃止。[4]	有猫头鹰停栖着。
夫也不良，	那人是不善，
歌以讯止。[5]	作歌劝谏他。
讯予不顾，	劝谏不理我，
颠倒思予。	颠倒后才想念我。

【注释】 1. 墓门：墓道之门。 2. 斯：析，砍。 3. 谁昔：畴昔。 4. 鸮（xiāo 消）：猫头鹰。萃（cuì 翠）：集。 5. 讯：亦作“谇”。谇，谏，劝。

【评析】 这诗的解释有二：一是《毛诗序》：“《墓门》，刺陈佗也。陈佗无良师傅，以至于不义，恶加于万民焉。”《笺》：“不义者，谓弑君而自立。”二是《诗三家义集疏》引鲁说，《列女传·陈辩女传》：“辩女者，陈国采桑之女也。晋大夫解居甫使于宋，道过陈，遇采桑之女，止而戏之曰：‘女为我歌，我将舍女。’采桑女乃为之歌曰：‘墓门有棘，斧以斯之。夫也不良，国人知之。知而不已，谁昔然矣。’大夫又曰：‘为我歌其二。’女曰：‘墓门有楳（当作棘），有鸮萃止。夫也不良，歌以讯止。讯予不顾，颠倒思予。’大夫曰：‘其楳则有，其鸮安在？’女曰：‘陈，小国也，摄乎大国之间，因之以饥馑，加之以师旅，其人且亡，而况鸮乎！’大夫乃服而释之。”

防有鹊巢

防有鹊巢，[1]	堤岸上怎么有鹊巢，
邛有旨苕。[2]	山丘上怎么有水草。
谁侜予美？[3]	谁欺骗我的爱人？

心焉忉忉。[4]	心里很苦恼。

中唐有甓，[5]	路上怎么用瓦铺道，
邛有旨鹝。[6]	山丘上怎么有水草。
谁侜予美？	谁欺骗我的爱人？
心焉惕惕。[7]	心里忧惧苦恼。

【注释】 1. 防：堤岸。 2. 邛（qióng 穷）：山丘。苕（tiáo 条）：水草。 3. 侜（zhōu 舟）：欺骗。 4. 忉忉（dāo dāo 刀刀）：苦恼。 5. 唐：朝堂前大路。甓（pì 僻）：砖。 6. 鹝（yì 抑）：绶草。 7. 惕惕：忧惧。

【评析】 这诗的解释有二：一是《毛诗序》：“《防有鹊巢》，忧谗贼也。宣公多信谗，君子忧惧焉。”二是朱熹《诗集传》：“此男女之有私，而忧或间之之词。故曰防则有鹊巢矣，邛则有旨苕矣，今此何人而侜张予之所美，使我忧之而至于忉忉乎？”

月　出

月出皎兮，[1]	月儿出来亮啊，
佼人僚兮。[2]	美人多俊俏啊。
舒窈纠兮，[3]	缓缓地步行啊，
劳心悄兮。[4]	劳苦得我心忧啊。

月出皓兮，	月儿出来亮啊，

佼人懰兮。[5]	美人多姣好啊。
舒忧受兮，[6]	慢慢地行走啊，
劳心慅兮。[7]	劳苦得我心忧啊。

月出照兮，	月儿出来亮啊，
佼人燎兮。[8]	美人多鲜妍啊。
舒夭绍兮，[9]	慢慢地走动啊，
劳心惨兮。[10]	劳苦得我心忧啊。

【注释】 1. 皎（jiǎo 绞）：美好。 2. 僚（liǎo 了）：好貌。 3. 窈纠（yǎo jiǎo 咬佼）：行步舒缓。 4. 悄：忧。 5. 懰（liǔ 柳）：好貌。 6. 忧（yǒu 有）受：舒迟貌。 7. 慅（cǎo 草）：忧愁。 8. 燎：明。 9. 夭绍：柔美。 10. 惨：惨当作"懆（cǎo 草）"，忧愁。

【评析】 这诗的解释有二：一是《毛诗序》："《月出》，刺好色也。在位不好德，而说美色焉。"二是朱熹《诗集传》："此亦男女相悦而相念之辞。言月出则皎然矣，佼人则僚然矣，安得见之而舒窈纠之情乎？是以为之劳心而悄然也。"

株　林

胡为乎株林？[1]	为什么到株林？
从夏南。[2]	跟夏南。
匪适株林？	不是到株林？
从夏南。	跟夏南。

驾我乘马，[3]	驾起我骑马，
说于株野。	停在株林。
乘我乘驹，	骑上我的好马，
朝食于株。[4]	早上到株林行淫。

【注释】 1. 株林：夏姬的住处。 2. 夏南：夏姬之子夏征舒，字夏南。表面上说看夏南，实际是看夏姬。 3. 我：指陈灵公。 4. 朝食：吃早饭。古人常以饥、饱喻男女情欲之事。

【评析】 《毛诗序》："《株林》，刺灵公也。淫乎夏姬，驱驰而往，朝夕不休息焉。"《笺》："夏姬，陈大夫妻，夏征舒之母，郑女也。征舒字子南。"又朱熹《诗集传》："《春秋传》：'夏姬，郑穆公之女也，嫁于陈大夫夏御叔。灵公与其大夫孔宁、仪行父通焉。洩冶谏，不听而杀之，后卒为其子征舒所弑，而征舒复为楚庄王所诛。'"

泽 陂

彼泽之陂，[1]	那个池塘的水涯，
有蒲与荷。	有蒲草与荷花。
有美一人，	有美丽的一个人儿，
伤如之何？	忧伤得怎么对待她？
寤寐无为，[2]	睡醒睡着无所谓，
涕泗滂沱。[3]	眼泪鼻涕纷纷落下。

彼泽之陂，	那个池塘的水涯，
有蒲与蕑。[4]	有蒲草与莲花。
有美一人，	有美丽的一个人儿，
硕大且卷。[5]	高大而且卷头发。
寤寐无为，	睡醒睡着无所谓，
中心悁悁。[6]	心中忧郁地想着她。

彼泽之陂，	那个池塘的水涯，
有蒲菡萏。[7]	有蒲草和荷花。
有美一人，	有美丽的一个人儿，
硕大且俨。[8]	高大并且双下巴。
寤寐无为，	睡醒睡着无所谓，
辗转伏枕。	辗转伏枕在想她。

【注释】 1. 陂（bēi 杯）：堤岸。 2. 寤寐：睡醒睡着。 3. 涕泗：眼泪鼻涕。 4. 蕑（jiān 肩）：兰草，通莲。 5. 卷（quàn 劝）：通“鬈”，头发卷。 6. 悁悁：忧郁貌。 7. 菡萏（hàn dàn 汗旦）：荷花。 8. 俨：双下巴。

【评析】 这诗的解释有二：一是《毛诗序》：“《泽陂》，刺时也。言灵公君臣淫于其国，男女相说，忧思感伤焉。”《笺》：“君臣淫于国，谓与孔宁、仪行父也。感伤，谓涕泗滂沱。”二是《诗三家义集疏》：《鲁诗》作“伤”为“阳”，释“阳”为“予”，指女方，是以女思男，与《毛诗序》不同。朱熹《诗集传》：“此诗大旨与《月出》相类。”即男女相悦而相会之辞，无刺意。

桧　风

“桧，国名，高辛氏火正祝融之墟，在《禹贡》豫州外方之北，荥波之南，居溱洧之间。其君妘姓，祝融之后。周衰，为郑桓公所灭，而迁国焉。今之郑州，即其地也。苏氏以为桧诗皆为郑作，如邶、鄘之于卫也，未知是否。”（朱熹《诗集传》）“案：桧实灭于郑武公，非桓公也。然则国亡在东辙之初，何以《诗序》于《春秋》之后？国小而又无事可表耳。严氏粲曰：桧世次莫考，诗不言何君，曰夷、厉之间者，郑《谱》也。平王初，郑武始灭桧。前乎平，何以知其非幽也？当幽之时，仲为桧君，言不刺仲也。前乎幽，又何以知其非宣也？周道复兴之时，不得有《匪风》之思也。非幽非宣，夷、厉当之矣。然愚读桧诗，实仲亡国事，因重订其诗如左。”（方玉润《诗经原始》）

羔　裘

羔裘逍遥，	穿着羔裘显得逍遥，
狐裘以朝。	穿着狐裘来上朝。
岂不尔思？	难道不想您吗？
劳心忉忉。	想得心里忧劳。
羔裘翱翔，	穿着羔裘可以遨游，
狐裘在堂。	穿着狐裘在朝堂。
岂不尔思？	难道不想念您吗？
我心忧伤。	想念得我心忧伤。

羔裘如膏，[1] 穿着羔裘像脂膏，
日出有曜。 太阳出来有光照。
岂不尔思？ 难道不想念您吗？
中心是悼。 想得心中在哀悼。

【注释】 1. 如膏：像膏泽。在太阳照耀下，才如膏的，是倒装句。

【评析】 这诗的解释有三：一是《毛诗序》："《羔裘》，大夫以道去其君也。国小而迫，君不用道，好洁其衣服，逍遥游宴，而不能自强于政治，故作是诗也。"二是方玉润《诗经原始》："夫国君好洁衣服，过之小者也，何必去？即云国小而迫，正臣子相助为理之秋，更不必去。此必国势将危，其君不知，犹以宝货为奇，终日游宴，边幅是修，臣下忧之，谏而不听，夫然后去。去之而又不忍遽绝其君，乃形诸歌咏以见志也。"三是疑一贵妇怀思之作。

素　冠

庶见素冠兮，[1] 幸能看见戴白帽子啊，
棘人栾栾兮，[2] 人黑又瘦瘠啊，
劳心慱慱兮。[3] 心里悲痛啊。

庶见素衣兮， 幸能看见穿白衣啊，
我心伤悲兮， 我心里悲伤啊，
聊与子同归兮。 姑且同您一同归去啊。

庶见素韠兮，[4]	幸能看见穿白蔽膝啊，
我心蕴结兮，	我的心里郁闷啊，
聊与子如一兮。	姑且和您心同一人啊。

【注释】 1. 庶：幸。 2. 棘：瘠。栾栾（luán luán 鸾鸾）：瘦瘠貌。 3. 传传（tuán tuán 团团）：忧思。 4. 韠（bì 毕）：蔽膝。用皮革做成。

【评析】 这诗的解释有二：一是《毛诗序》："《素冠》，刺不能三年也。"《笺》："丧礼，子为父，父卒为母，皆三年。时人恩薄礼废，不能行也。"二是方玉润《诗经原始》："窃以为棘人素服，必其人以非罪而在缧绁之中，适所服者素服耳，而幸而见之，以至于伤悲，愿与同归如一者，非其所亲，即素所爱敬之人，故至'劳心传传'而不能自已也。然律以首篇之义，或桧君国破被执，拘于丛棘，其臣见之不胜悲痛，愿与同归就戮，亦未可知。"

隰有苌楚

隰有苌楚，[1]	洼地里有羊桃，
猗傩其枝。[2]	美盛的是它的嫩枝。
夭之沃沃，[3]	又初生又美好，
乐子之无知。[4]	羡你的无知好。

隰有苌楚，	洼地里有羊桃，
猗傩其华。	美盛的开花极妙。
夭之沃沃，	又初生又美好，

乐子之无家。　　羡你的无家好。

隰有苌楚，　　洼地里有羊桃，
猗傩其实。　　美盛的结实极妙。
夭之沃沃，　　又初生又美好，
乐子之无室。　　羡你的无室好。

【注释】　1. 苌（cháng 长）楚：羊桃，猕猴桃。　2. 猗傩：美盛貌。　3. 夭：少也。沃沃：光实。　4. 子：指苌楚。

【评析】　这诗的解释有二：一是《毛诗序》："《隰有苌楚》，疾恣也。国人疾其君之淫恣，而思无情欲者也。"《笺》："恣，谓狡狭淫戏，不以礼也。"二是方玉润《诗经原始》："此必桧破民逃，自公族子姓以及小民之有室有家者，莫不扶老携幼，挈妻抱子，相与号泣路歧，故有家不如无家之好，有知不如无知之安也。而公族子姓之为室家累者尤甚。"

匪　风

匪风发兮，　　不是风吹动啊，
匪车偈兮。[1]　　不是车子快开啊。
顾瞻周道，　　回头看看周家的路，
中心怛兮。[2]　　心中是忧伤啊。

匪风飘兮，　　不是风飘动啊，

匪车嘌兮。[3]	不是车子摇动啊。
顾瞻周道，	回头看看周家的路，
中心吊兮。	心中要凭吊啊。
谁能亨鱼，[4]	谁人能够烧鱼，
溉之釜鬵。[5]	把锅洗干净。
谁将西归，	谁人要向西进，
怀之好音。	想托他传一个好音信。

【注释】 1. 偈（jié 结）：疾驰貌。 2. 怛（dá 达）：悲伤。 3. 嘌（piāo 飘）：飘摇不定。 4. 亨：同“烹”。 5. 溉（gài 盖）：洗。鬵（xún 寻）：釜类，即今俗称锅类。

【评析】 《毛诗序》：“《匪风》，思周道也。国小政乱，忧及祸难而思周道焉。”

曹　风

“曹，国名。其地在《禹贡》兖州陶丘之北，雷夏、菏泽之野。周武王以封其弟振铎。今之曹州，即其地也。”（朱熹《诗集传》）在今山东定陶西北，为宋所灭（《春秋》哀公八年）。“但季札观乐时，《诗》之次序已如此，非定自夫子（孔子）也。且使二诗具有深意，季札当叹美而深长思之，何以云‘《桧》以下无讥焉’？此可见其国小事微，诗亦无足重轻。采风者录之，聊以备一国之俗云尔。”（方玉润《诗经原始》）

蜉　蝣

蜉蝣之羽，[1]	蜉蝣的羽毛，
衣裳楚楚。[2]	像鲜明的衣裳。
心之忧矣，	心里的忧伤，
于我归处。	何处是我的归宿。
蜉蝣之翼，	蜉蝣的翅膀，
采采衣服。	像漂亮的衣服。
心之忧矣，	心里的忧愁，
于我归息。	何处是我的归宿。
蜉蝣掘阅，[3]	蜉蝣掘洞飞出，
麻衣如雪。	麻衣像雪白色。

心之忧矣，　　心里的忧伤，
于我归说。[4]　　何处是我的归宿。

【注释】 1. 蜉蝣（fú yóu 浮游）：虫名，叫渠略，大如指，长三四寸，有翅能飞。夏月阴雨时从地中出，有朝生暮死的，有生六七日的。羽极薄而有光泽。 2. 楚楚：鲜明貌。 3. 掘阅：通“掘穴”，即掘地而出。 4. 说（shuì 税）：通“税”，歇息。

【评析】 《毛诗序》：“《蜉蝣》，刺奢也。昭公国小而迫，无法以自守，好奢而任小人，将无所依焉。”《笺》：“喻昭公之朝，其群臣皆小人也。徒整饰其衣裳，不知国之将迫胁，君臣死亡无日，如渠略然。”又朱熹《诗集传》：“此诗盖以时人有玩细娱而忘远虑者，故以蜉蝣为比而刺之。言蜉蝣之羽翼，犹衣裳之楚楚可爱也。然其朝生暮死，不能久存，故我心忧之，而欲其于我归处耳。”

候　人

彼候人兮，[1]　　那个修路迎宾的人啊，
何戈与祋。[2]　　还要扛戈与棍。
彼其之子，　　那些他们的人啊，
三百赤芾。[3]　　穿红蔽膝有三百人。

维鹈在梁，[4]　　鹈鸟在鱼梁，
不濡其翼。　　没有打湿它的翅膀。

彼其之子，	那些他们的人，
不称其服。	不配他们的衣裳。
维鹈在梁，	鹈鸟在鱼梁，
不濡其咮。[5]	没有打湿它的嘴。
彼其之子，	那些他们的人，
不遂其媾。[6]	不能长享他们的奢侈。
荟兮蔚兮，[7]	云雾弥漫啊，
南山朝隮。[8]	南山早上起彩虹。
婉兮娈兮，	柔婉啊美好啊，
季女斯饥。	幼小的女儿受饥饿。

【注释】 1. 候人：修路、迎宾的官。 2. 何：同“荷”，扛。祋（duì 对）：同“殳”，古兵器。 3. 赤芾（fú 扶）：红色的蔽膝，用皮做，为大夫朝服之一部分。 4. 鹈（tí 题）：水鸟名。 5. 咮（zhòu 咒）：鸟嘴。 6. 不遂其媾：不能成就他的厚禄。媾指厚禄。 7. 荟蔚（huì wèi 会位）：云雾弥漫貌。 8. 朝隮（jī 鸡）：彩虹。

【评析】 《毛诗序》：“《候人》，刺近小人也。共公远君子而好近小人焉。”又方玉润《诗经原始》：“案：僖二十八年春，晋文公伐曹。三月，入曹。数之以其不用僖负羁，而乘轩者三百人，即诗所谓‘三百赤芾’是也。曰‘荟蔚’‘朝隮’，言小人众多而气焰盛也。曰‘婉’‘娈’‘斯饥’，言贤者守贞而反困穷也。”

鸤鸠

鸤鸠在桑，[1]	布谷鸟在桑树，
其子七兮。	它的儿子有七个啊。
淑人君子，	善良的君子人，
其仪一兮。[2]	他的仪容是一样啊。
其仪一兮，	他的仪容是一样啊，
心如结兮。	心像结实的啊。
鸤鸠在桑，	布谷鸟在桑树，
其子在梅。	它的儿子在梅树。
淑人君子，	善良的君子人，
其带伊丝。[3]	他的带子镶边用白丝。
其带伊丝，	他的带子镶边用白丝，
其弁伊骐。[4]	他的皮帽镶边用青黑丝。
鸤鸠在桑，	布谷鸟在桑树，
其子在棘。	它的儿子在酸枣树。
淑人君子，	善良的君子人，
其仪不忒。	他的威仪不变色。
其仪不忒，	他的威仪不变色，
正是四国。[5]	可以作为各国的法则。

鸤鸠在桑，	布谷鸟在桑树，
其子在榛。	它的儿子在榛树。
淑人君子，	善良的君子人，
正是国人。	正好是国人的法则。
正是国人，	正好是国人的法则，
胡不万年？	为什么万年不得？

【注释】 1. 鸤（shī 尸）鸠：布谷鸟。 2. 仪：仪容。 3. 伊丝：是丝。 4. 弁（biàn 卞）：皮帽。伊骐：是马的青黑色。 5. 正：法则。

【评析】 这诗的解释有二：一是《毛诗序》："《鸤鸠》，刺不壹也。在位无君子，用心之不壹也。"二是方玉润《诗经原始》："非开国贤君，未足当此，故以为'美振铎'之说者，亦庶几焉。……后人因曹君失德而追述其先公之德之纯以刺之，故曰'胡不'者，疑而问之之词也，以为尔能'正是国人'，胡不福尔子孙于亿万斯年？不然，颂其德矣，何云'胡不'？"

下　泉

冽彼下泉，[1]	那寒冷的下流泉水，
浸彼苞稂。[2]	浸那丛生的稂草根。
忾我寤叹，[3]	我醒时只有长叹息，
念彼周京。	想念那周朝的京城。
冽彼下泉，	那寒冷的下流泉水，

浸彼苞萧。	浸那丛生的艾蒿根。
忾我寤叹，	我醒时只能长叹息，
念彼京周。	想念那周朝的京城。

洌彼下泉，	那寒冷的下流泉水，
浸彼苞蓍。	浸那丛生的蓍草根。
忾我寤叹，	我醒时只有长叹息，
念彼京师。	想念那周朝的京城。

芃芃黍苗，[4]	黍苗长得茂盛，
阴雨膏之。	阴雨来灌溉它。
四国有王，[5]	各国有周天子，
郇伯劳之。[6]	郇伯来效劳他。

【注释】 1. 洌（liè 列）：寒冷。 2. 稂（láng 郎）：童粱，对禾苗有害的草。 3. 忾（xì 戏）：叹息。 4. 芃芃（péng péng 蓬蓬）：茂盛。 5. 四国：四方诸侯之国。有王：有周天子。 6. 郇（xún 旬）伯：郇国君。

【评析】 这诗的解释有二：一是《毛诗序》："《下泉》，思治也。曹人疾共公侵刻下民，不得其所，忧而思明王贤伯也。"二是方玉润《诗经原始》："夫天下有道，则礼乐征伐自天子出；天下无道，则礼乐征伐自诸侯出。今晋文入曹，执其君，分其田，以释私憾，宁能使曹人帖然心服乎？此诗之作，所以念周衰，伤晋霸也。使周而不衰，则'四国有王'，彼晋虽强，敢擅征伐？又况承王命而布王恩者，有九州之伯以制之。昔者，郇国之君尝承是命治诸侯而有功矣，而今不然也。不能不忾然寤叹，以念周京，如苞稂之见浸下泉，日芜没而自伤耳。”按：后两句当作“如稂草之丛生，使黍苗感叹耳”。

豳　风

“豳，国名。在《禹贡》雍州岐山之北，原隰之野。虞、夏之际，弃为后稷而封于邰。及夏之衰，弃稷不务，弃子不窋失其官守，而自窜戎狄之间。不窋生鞠陶，鞠陶生公刘，能复修后稷之业，民以富实。乃相土地之宜，而立国于豳之谷焉。十世而太王徙居岐山之阳，十二世而文王始受天命，十三世而武王遂为天子。武王崩，成王立，年幼不能涖阼。周公旦以冢宰摄政，乃述后稷、公刘之化，作诗一篇以戒成王，谓之《豳风》。而后人又取周公所作，及凡为周公而作之诗以附焉。豳，在今邠州三水县。邰，在今京兆府武功县。”（朱熹《诗集传》）“案：《豳》仅《七月》一篇，所言皆农桑稼穑之事，非躬亲陇亩久于其道者，不能言之亲切有味也如是。周公生长世胄，位居冢宰，岂暇为此？且公刘世远，亦难代言。此必古有其诗，自公始陈王前，俾知稼穑艰难，并王业所自始，而后人遂以为公作也。至《鸱鸮》《东山》二诗，乃为公作。《伐柯》《破斧》《九罭》《狼跋》则又众人为公而作之诗。以其无所系属，故并附《七月》后，而统而名之曰《豳》，凡以为公故也。当季札请观周乐时，篇次本居《齐》后《秦》前，不知何时移殿诸国之末。意者夫子正乐，手所亲订欤？盖夫子一生，志欲行周公之道而不能，故凡典籍之关于公者，恒三致意焉。且诗以风名，有正不能无变，既漓又当返淳。天下淳风，无过农氏，此《七月》之诗所以必居变风之末者也。”（方玉润《诗经原始》）

案：吴公子季札到鲁国去观乐，是在襄公二十九年，季札观乐是按《诗经》的次序观的，当在孔子前，《诗经》已经编定了。它说：“为之歌《豳》，曰：‘美者荡乎？乐而不淫，其周公之东乎？’为之歌《秦》，曰：‘此之谓夏声，夫能夏则大，大之至也，其周之旧乎？’”它是把《豳风》排在《秦风》前的。现在《豳风》排在风诗的最后，是经重新安排过的。查《毛诗正义》的《豳风》下，有这样一段话：“陆（德明）云：‘豳者戎狄之地名也。夏道衰，后稷之曾孙公刘自邰而出居焉。其封域在雍州岐山之北，原隰之野，于汉属右扶风郇邑。周公遭流言之难，居东都，思公刘、大王为豳公，忧劳民事，以此叙己志而作《七月》《鸱鸮》之诗，成王悟而迎之，以致太平。故太师述其诗为豳国之风焉。”陆德明认为《七月》《鸱鸮》都是周公到东都洛阳后作的，比《周南》《召南》晚。排在最后，可能是太师安排的。太师为谁，已无可考了。

七　月

七月流火，[1]	七月里火星流向下，
九月授衣。[2]	九月里官家发寒衣。
一之日觱发，[3]	十一月里起寒风，
二之日栗烈。[4]	十二月里寒气凛冽。
无衣无褐，[5]	没有长袍和短袄，
何以卒岁？[6]	怎么过年呢？
三之日于耜，[7]	正月里修理农具，
四之日举趾。[8]	二月里举起脚把田犁。
同我妇子，[9]	同我的妻子女儿，
馌彼南亩，[10]	送饭送到田地，
田畯至喜。[11]	田官到了用饮食。

七月流火，	七月里火星流向下，
九月授衣。	九月里官家发寒衣。
春日载阳，[12]	春天太阳好，

有鸣仓庚。	黄莺声声啼。
女执懿筐，[13]	姑娘拿深筐，
遵彼微行，[14]	照着小路走，
爰求柔桑。	去求柔嫩的桑。
春日迟迟，[15]	春天日子长，
采蘩祁祁。[16]	采摘白蒿忙。
女心伤悲，	姑娘的心里伤悲，
殆及公子同归。[17]	始与公子一同回归。

七月流火，	七月里火星流向下，
八月萑苇。[18]	八月里芦苇长成罢。
蚕月条桑，[19]	蚕月里剪下枝条桑，
取彼斧斨，[20]	拿着那斧子，
以伐远扬。[21]	斫掉枝条的远扬。
猗彼女桑。[22]	用绳子拉住柔桑。
七月鸣鵙，[23]	七月里听伯劳鸟叫，
八月载绩。	八月里纺织麻布料。
载玄载黄，	染上色黑和色黄，
我朱孔阳，	我染朱红更鲜丽，
为公子裳。	为公子做衣裳。

四月秀葽，[24]	四月里远志结子，
五月鸣蜩。[25]	五月里蝉嘈不止。

八月其获，	八月里早稻收获，
十月陨萚。	十月里叶子掉落。
一之日于貉，	十一月上山打貉，
取彼狐狸，	取那狐狸皮剥掉，
为公子裘。	做公子的皮袄。
二之日其同，[26]	十二月集会共同，
载缵武功。[27]	继续讲打猎的武功。
言私其豵，[28]	说私自占有小猪，
献豜于公。[29]	把三岁大猪献给公。

五月斯螽动股，[30]	五月里斯螽振动双股，
六月莎鸡振羽。[31]	六月里织布娘振动双翅声。
七月在野，	七月里在野地，
八月在宇，	八月里在屋子，
九月在户，	九月里在门内，
十月蟋蟀入我床下。	十月里蟋蟀入我床底。
穹窒熏鼠，[32]	塞住漏洞熏老鼠，
塞向墐户。[33]	泥涂上北窗涂住门户。
嗟我妇子，	叹说我的妻子和孩子，
曰为改岁，[34]	说是旧年快过去了，
入此室处。	进入这间屋里住。

六月食郁及薁，[35]	六月吃李和葡萄，

七月亨葵及菽。[36]	七月煮豆和葵苗。
八月剥枣，[37]	八月打枣，
十月获稻。	十月收稻。
为此春酒，[38]	做这个春酒，
以介眉寿。[39]	来祝贺长寿。
七月食瓜，	七月吃瓜，
八月断壶。[40]	八月割断葫芦。
九月叔苴，[41]	九月拣起麻子啰，
采荼薪樗，[42]	采苦菜打些柴，
食我农夫。	养活我们农夫。

九月筑场圃，	九月修筑打谷场，
十月纳禾稼。	十月把禾稼收藏。
黍稷重穋，[43]	早熟晚熟的黍子高粱，
禾麻菽麦。	禾麻豆麦一起藏。
嗟我农夫，	嗟叹我们农夫，
我稼既同，	我们的庄稼既完工，
上入执宫功。[44]	还进到公爷的宫。
昼尔于茅，	白天去割茅草，
宵尔索绹。[45]	夜里把绳打好。
亟其乘屋，[46]	快些去修屋，
其始播百谷。	到春天忙于种百谷。

二之日凿冰冲冲，	十二月凿冰声冲冲忙，
三之日纳于凌阴。[47]	正月里把冰往冰室藏。
四之日其蚤，[48]	二月里取冰祭祀早，
献羔祭韭。	献上韭菜和羔羊。
九月肃霜，[49]	九月里降下霜，
十月涤场。[50]	十月里清扫打谷场。
朋酒斯飨，[51]	两壶酒可以上飨，
曰杀羔羊。	再杀了羔羊。
跻彼公堂，	登那公爷堂，
称彼兕觥，[52]	举起那兕角觥，
万寿无疆！	说万寿无疆！

【注释】 1. 七月流火：一年从秋季七月开始，火星自西而下，谓之流火。 2. 九月授衣：九月里分发寒衣。 3. 一之日：周历正月，夏历十一月。以下二之日、三之日、四之日，可顺序类推。觱（bì 碧）发：风寒。 4. 栗烈：凛冽。寒气。 5. 褐（hè 鹤）：毛布制的粗衣。 6. 卒岁：终岁。 7. 于耜（sì 寺）：修理犁头。 8. 举趾：举脚而耕。 9. 妇子：妻子和小孩。 10. 馌（yè 叶）：送饭到田头。 11. 田畯（jùn 俊）：田官。 12. 阳：和暖。 13. 懿筐：深筐。 14. 微行：小路。 15. 迟迟：指春日长。 16. 蘩：白蒿。 17. 殆及：始及。同归：指去作妾婢。 18. 萑（huán 环）苇：即芦苇。 19. 条桑：剪桑枝。 20. 斨（qiāng 枪）：方孔的斧。 21. 远扬：指又长又高的桑枝。 22. 猗彼女桑：用绳拉着采桑。 23. 鵙（jú 局）：伯劳鸟。 24. 秀葽（yāo 腰）：不开花而结实的远志。 25. 蜩（tiáo 条）：蝉。 26. 同：会合。 27. 缵：继续。武功：武事，指打猎。 28. 豵（zōng 宗）：小野猪。 29. 豜（jiān 肩）：大野猪。 30. 斯螽：一种鸣虫，以股鸣。

31. 莎鸡：纺织娘，一种虫。 32. 穹（qióng 穷）：尽。窒（zhì 至）：堵塞。 33. 向：北窗。墐：用泥涂抹。 34. 曰：语助词。改岁：除夕。 35. 郁：郁李。薁（yù 郁）：蘡薁。落叶藤本植物。茎的纤维可以做绳索。 36. 葵：一种蔬菜名。 37. 剥：打。 38. 春酒：冬酿春熟的酒。 39. 介：乞求。眉寿：人老眉长，表寿长。 40. 壶：通“瓠”。 41. 叔：拾取。苴（jū 居）：麻子。 42. 荼（tú 涂）：苦菜。樗（chū 初）：木名，臭椿。 43. 重穋（lù 录）：后熟曰重，先熟曰穋。 44. 上：同“尚”。功：事。 45. 绹（táo 陶）：绳。 46. 亟：急。 47. 凌阴：冰室。 48. 蚤：同“早”。 49. 肃霜：下霜。 50. 涤场：涤除场上杂物。 51. 朋酒：两壶酒。 52. 称：举起。

【评析】 这诗的解释有二：一是《毛诗序》：“《七月》，陈王业也。周公遭变，故陈后稷先公风化之所由，致王业之艰难也。”《笺》：“周公遭变者，管、蔡流言，辟（避）居东都。”二是方玉润《诗经原始》：“《豳》仅《七月》一篇，所言皆农桑稼穑之事，非躬亲陇亩久于其道者，不能言之亲切有味也如是。周公生长世胄，位居冢宰，岂暇为此？且公刘世远，亦难代言。此必古有其诗，自公始陈王前，俾知稼穑艰难，并王业所自始，而后人遂以为公作也。”

鸱　鸮

鸱鸮鸱鸮，[1]	鸱鸮啊鸱鸮，
既取我子，	既经抓取我的小鸟，
无毁我室。	不要再毁坏我的巢。
恩斯勤斯，[2]	辛勤地保护小鸟，
鬻子之闵斯。[3]	养育它我已病倒。

迨天之未阴雨，	等天没有阴雨，
彻彼桑土，[4]	撤去那桑根，
绸缪牖户。	修理好窗门。
今女下民，	现在你们树下的人，
或敢侮予。	还有敢欺侮我的人。

予手拮据，[5]	我的手已经疲劳，
予所捋荼，	我还要捋茅草，
予所蓄租，[6]	我还要聚蓄枯草，
予口卒瘏，[7]	我的嘴已经累坏，
曰予未有室家。	我还没有修好我的巢。

予羽谯谯，[8]	我的羽毛已经稀少，
予尾翛翛，[9]	我的尾巴已经枯焦，
予室翘翘，[10]	我的巢还在晃摇，
风雨所漂摇，	风吹雨打显得飘摇，
予维音哓哓。[11]	我只有大声喊叫。

【注释】 1. 鸱鸮（chī xiāo 痴消）：猫头鹰一类的鸟。 2. 恩斯勤斯：斯，语助词。“恩”通“殷”，言殷勤于稚子。 3. 鬻（yù 育）：通“育”，养育。闵：病。 4. 彻：通“撤”，撤去。桑土：即桑杜，为桑根。 5. 拮（jié 洁）据：辛劳。 6. 蓄租：积聚。 7. 卒瘏（tú 图）：尽瘁。 8. 谯谯（qiáo qiáo 樵樵）：焦敝。 9. 翛翛（xiāo xiāo 消消）：枯焦。 10. 翘翘（qiáo qiáo 桥桥）：危貌，摇晃。 11. 哓哓（xiāo xiāo 消消）：叫声。

【评析】　这诗的解释有二：一是《毛诗序》："《鸱鸮》，周公救乱也。成王未知周公之志，公乃为诗以遗王，名之曰《鸱鸮》焉。"《笺》："未知周公之志者，未知其欲摄政之意。"二是方玉润《诗经原始》："夫周公之摄政也，以成王幼未能行政故也。三叔流言，乃以殷畔后事，非未畔之初即有流言也。使未畔而有流言，公岂尚使以监殷乎？起而征之，公但知诛畔者耳，非为流言遽诛懿亲也。公之东征，安知非请命而后行耶？……乃知'王未知公志，公乃为诗以遗王'者，皆后人以私意测圣心而为此不经之谈者也。"

东　山

我徂东山，[1]	我去东山，
慆慆不归。[2]	长久不能回来。
我来自东，	我从东方来，
零雨其濛。	小雨迷濛落下来。
我东曰归，	我从东方回来，
我心西悲。	我心还向西悲。
制彼裳衣，	缝制那新衣裳，
勿士行枚。[3]	不用行军衔枚。
蜎蜎者蠋，[4]	蠕动的是毛虫，
烝在桑野。[5]	是在那桑树上。
敦彼独宿，[6]	团绕着独宿的兵丁，
亦在车下。	也在战车下睡。
我徂东山，	我去东山，

慆慆不归。	长久不能回来。
我来自东，	我从东方来，
零雨其濛。	小雨迷濛落下来。
果臝之实，[7]	瓜蒌结的子儿，
亦施于宇。	也挂在屋檐边。
伊威在室，[8]	地虱虫在室内爬，
蟏蛸在户。[9]	蜘蛛结网挂在门边。
町畽鹿场，[10]	野鹿在场上回旋，
熠燿宵行。[11]	萤火虫儿亮光妍。
不可畏也，	这么荒凉不可怕，
伊可怀也。[12]	它是让人更怀念。

我徂东山，	我去东山，
慆慆不归。	长久不能回来。
我来自东，	我从东方来，
零雨其濛。	小雨迷濛落下来。
鹳鸣于垤，[13]	鹳鸟在蚁堆上叫，
妇叹于室。	妇人在屋里叹了。
洒扫穹窒，	打扫屋子塞鼠洞，
我征聿至。	我走路已将到。
有敦瓜苦，	苦瓜结了一大捧，
烝在栗薪。	砍栗做柴始得用。
自我不见，	自从我不见这变迁，

于今三年。	到了今天已三年。

我徂东山，	我去东山，
慆慆不归。	长久不能回来。
我来自东，	我从东方来，
零雨其濛。	小雨迷濛落下来。
仓庚于飞，[14]	黄鹂到处在飞，
熠燿其羽。	闪耀它的毛羽发光。
之子于归，	这个姑娘要出嫁，
皇驳其马。[15]	马儿有红又有黄。
亲结其缡，[16]	亲结佩巾推阿母，
九十其仪。[17]	多种仪式真堂堂。
其新孔嘉，	新婚幸福好主张，
其旧如之何？[18]	久别重逢又怎样？

【注释】 1. 徂（cú 殂）：往。 2. 慆慆（tāo tāo 滔滔）：久。 3. 勿士行枚：即勿事行枚，勿从事行军衔枚。行军时衔枚，怕发声，今不用衔枚。 4. 蜎蜎（yuān yuān 渊渊）：蠕动貌。蠋（zhú 烛）：毛虫。 5. 烝：乃。 6. 敦：蜷曲成一团。 7. 果臝（luǒ 裸）：植物名，一名瓜蒌，蔓生葫芦科。 8. 伊威：虫名，一名湿生虫。 9. 蠨蛸（xiāo shāo 消梢）：长脚蜘蛛。 10. 町畽（tǐng tuǎn 挺疃）：野外。 11. 熠（yì 意）燿：萤光。宵行：萤火虫。 12. 伊：是。 13. 鹳（guàn 贯）：鸟名，似鹤。垤（dié 迭）：土堆。 14. 仓庚：指黄鹂。 15. 皇驳：马色黄白曰皇，马色赤白曰驳。 16. 缡（lí 离）：古妇女的佩巾，嫁时母亲为女结佩巾。 17. 九十其仪：其仪有九或十，

言其仪之多。 18. 其新孔嘉，其旧如之何：新指新婚。孔嘉，极好。旧指已婚者。

【评析】 这诗的解释有二：一是《毛诗序》："《东山》，周公东征也。周公东征，三年而归。劳归士，大夫美之，故作是诗也。一章言其完也，二章言其思也，三章言其室家之望女（汝）也，四章乐男女之得及时也。君子之于人，序其情而闵其劳，所以说（悦）也。说（悦）以使民，民忘其死，其唯《东山》乎？"二是方玉润《诗经原始》："此周公东征凯还以劳归士之诗。《小序》但谓'东征'，则与诗情不符。《大序》又谓士大夫美周公而作，尤谬。诗中所述，皆归士与其室家互相思念，及归而得遂其生还之词，无所谓美也。盖公与士卒同甘苦者有年，故一旦归来，作此以慰劳之。因代述其归思之切如此，不啻出自征人肺腑，使劳者闻之，莫不泣下，则平日之能得士心而致其死力者，盖可想见。"

破 斧

既破我斧，	既经破坏我的手斧，
又缺我斨。[1]	又弄缺我的方孔斧。
周公东征，	周公向东征伐，
四国是皇。[2]	四国得到安匡。
哀我人斯，	可怜我们这些战士，
亦孔之将。[3]	也得到安康。
既破我斧，	既经破坏我的斧子，
又缺我锜。[4]	又弄缺我的凿子。

周公东征，	周公向东征伐，
四国是吪。[5]	四国受到了教化。
哀我人斯，	可怜我们的战士，
亦孔之嘉。	也得到好评价。

既破我斧，	既经破坏我的手斧，
又缺我銶。[6]	又弄缺我的独头斧。
周公东征，	周公向东征伐，
四国是遒。[7]	四国得到安定。
哀我人斯，	可怜我们的士兵，
亦孔之休。	也得到休整。

【注释】 1. 斨（qiāng 腔）：斧柄方孔者叫斨。 2. 四国：管、蔡、商、奄，即管叔、蔡叔、武庚、奄国。奄国在曲阜东。皇：匡正。 3. 将：大，美。 4. 锜（qí 其）：凿类。 5. 吪（é 俄）：教化。 6. 銶（qiú 求）：独头斧。 7. 遒（qiú 求）：安定。

【评析】 这诗的解释有二：一是《毛诗序》："《破斧》，美周公也。周大夫以恶四国焉。"《笺》："恶四国者，恶其流言毁周公也。"二是方玉润《诗经原始》："此四国之民望救于公，如大旱之望云霓也。盖三叔挟殷以畔，其民陷于叛逆，莫能自拔也久矣。一旦得睹旌旗，拯民水火，非惟四国疆土有所匡固，即我小民亦保全良多。"

伐 柯

伐柯如何，[1]	砍斧柄怎么样，
匪斧不克。	没有斧子不行。
取妻如何，	娶妻怎么样，
匪媒不得。	没有媒人不行。
伐柯伐柯，	砍斧柄啊砍斧柄，
其则不远。	它的法则在近旁。
我觏之子，	我看见这个姑娘，
笾豆有践。[2]	把餐具摆成行。

【注释】 1. 柯：斧柄。 2. 笾（biān 边）：古代祭祀和宴会盛果品的竹器。豆：古代木制盛肉器。践：行列。

【评析】 这诗的解释有三：一是《毛诗序》："《伐柯》，美周公也。周大夫刺朝廷之不知也。"《笺》："成王既得雷雨大风之变，欲迎周公，而朝廷群臣犹惑于管、蔡之言，不知周公之圣德，疑于王迎之礼，是以刺之。"二是《诗三家义集疏》："《礼·中庸》引《诗》云：'伐柯伐柯，其则不远。'执柯以伐柯，睨而视之，犹以为远，故君子以人治人，改而止。此齐说。"三是方玉润《诗经原始》："此诗未详，不敢强解。《序》以为'美周公，周大夫刺朝廷之不知也'。夫周公之德之美，他人不知，姜、召二公岂未之知乎？恐无是理，断不可信。……总之，诸儒之说此诗者，悉牵强支离，无一确切通畅之语，故宁阙之，以俟识者。"

九　罭

九罭之鱼，[1]	捕小鱼的细网，
鳟鲂。[2]	捉大鱼的鳟鲂。
我觏之子，	我看见的这个人，
衮衣绣裳。[3]	穿着龙袍绣裳。

鸿飞遵渚。	大雁飞时沿着沙渚。
公归无所，	公爷归去没有所处，
於女信处。[4]	这里留您住二宿处。

鸿飞遵陆。	大雁飞时沿着大陆。
公归不复，	公爷回去后不再回，
於女信宿。[5]	这里留您住二宿或一宿。

是以有衮衣兮，[6]	这里有龙袍啊，
无以我公归兮，[7]	不要让我公爷归去啊，
无使我心悲兮。	不要使我心悲啊。

【注释】　1. 九罭（yù 域）：捕小鱼的细网。　2. 鳟（zūn 尊）：赤眼鳟。鲂与鳟，都是大鱼，用捕小鱼网来捕不合适。　3. 衮衣：衣上绣着龙的礼服。4. 信：再宿。　5. 宿：一宿。　6. 以：已。　7. 以：与。

【评析】　这诗的解释有二：一是《毛诗序》："《九罭》，美周公也。周大夫刺朝廷之不知也。"二是方玉润《诗经原始》："此东人欲留周公不得，心悲而作是诗以送之也。其意若曰：九罭之鱼乃有鳟鲂，朝廷之士始见衮裳，今我东邑何幸而睹此衮衣绣裳之人乎？无怪其不能久留于兹也。"

狼　跋

狼跋其胡，[1]	狼向前踩了颔下肉，
载疐其尾。[2]	后退又踩了它尾巴。
公孙硕肤，[3]	公孙心宽体又胖，
赤舄几几。[4]	金饰鞋头服很嘉。
狼疐其尾，	狼后退踩它的尾巴，
载跋其胡。	前进踩了它颔下肉。
公孙硕肤，	公孙心宽体又胖，
德音不瑕。[5]	他的声誉美好不含垢。

【注释】　1. 跋（bá 拔）：踩，踏。胡：颔下垂之肉。　2. 疐（zhì 至）：踩。　3. 硕肤：心广体胖。　4. 赤舄（xì 戏）：锡与金合做的鞋头饰物。几几：盛，以状盛服之貌。　5. 瑕：过。

【评析】　《毛诗序》："《狼跋》，美周公也。周公摄政，远则四国流言，近则王不知。周大夫美其不失其圣也。"《笺》："不失其圣者，闻流言不惑，王不知不怨，终立其志，成周之王功，致太平，复成王之位，又为之太师，终始无愆，圣德著焉。"

卷四

小 雅

“雅者，正也，正乐之歌也。其篇本有大小之殊，而先儒说又各有正变之别，以今考之，正小雅，燕飨之乐也；正大雅，会朝之乐，受釐陈戒之辞也。故或欢欣和说（悦）以尽群下之情，或恭敬齐（斋）庄以发先王之德，辞气不同，音节亦异，多周公制作时所定也。及其变也，则事未必同，而各以其声附之。其次序时世，则有不可考者矣。”（朱熹《诗集传》）

“太史公曰：‘小雅怨诽而不乱。’若大雅则必无怨诽之音矣。知乎小雅之所以为小雅，则必知乎大雅之所以为大雅，其体固不可或杂也。大略小雅多燕飨赠答、感事述怀之作，大雅多受釐陈戒、天人奥蕴之旨。及其变也，则因事而异，且有非作诗人自知而自主者。亦如十二律之本乎天地阴阳，正变相生，循环无间，变乎其所不得不变耳。”（方玉润《诗经原始》）

鹿鸣之什

“雅、颂无诸国别，故以十篇为一卷，而谓之什，犹军法以十人为什也。”（朱熹《诗集传》）

鹿 鸣

呦呦鹿鸣，[1]	鹿在呦呦地叫，
食野之苹。[2]	吃野地里的艾蒿。
我有嘉宾，	我有好的宾客，
鼓瑟吹笙。	弹瑟吹笙簧。
吹笙鼓簧，[3]	吹笙振动簧，
承筐是将。[4]	送客币帛盛满筐。
人之好我，	人们对我很是好，
示我周行。[5]	指我大道好主张。

呦呦鹿鸣，	鹿在呦呦地叫，
食野之蒿。	吃野地里的蒿草。
我有嘉宾，	我有好的宾客，
德音孔昭。	他的盛名昭昭了。
视民不恌，[6]	为人榜样不轻佻，
君子是则是傚。	君子对好事是仿效。
我有旨酒，	我有好酒，

嘉宾式燕以敖。[7]　　邀客欢宴又逍遥。

呦呦鹿鸣，　　鹿在呦呦地叫，
食野之芩。[8]　　吃野地里的芩草。
我有嘉宾，　　我有好的宾客，
鼓瑟鼓琴。　　弹瑟又弹琴。
鼓瑟鼓琴，　　弹瑟又弹琴，
和乐且湛。[9]　　和乐并且尽兴听音。
我有旨酒，　　我有好酒，
以宴乐嘉宾之心。[10]　　用宴会来欢乐客人的心。

【注释】　1. 呦呦（yōu yōu 优优）：鹿鸣声，见食相呼。　2. 苹：皤蒿，艾蒿。　3. 簧：乐器中用以发声的振动器。　4. 承筐是将：承，奉也。将，送也。古代奉筐盛币帛以送宾客。　5. 周行：大路。　6. 视：示。恌（tiāo 挑）：轻佻。　7. 式：语辞。燕：同“宴”。敖：游乐。　8. 芩（qín 琴）：蒿类植物。　9. 湛（dān 耽）：乐之久。　10. 宴：安。

【评析】　《毛诗序》：“《鹿鸣》，宴群臣嘉宾也。既饮食之，又实币帛筐篚，以将其厚意，然后忠臣嘉宾得尽其心矣。”

四　牡

四牡騑騑，[1]　　四匹马在不停地跑，
周道倭迟。[2]　　大路又迂回。

岂不怀归？　　难道不想回归？
王事靡盬，[3]　　周王的事不牢固，
我心伤悲。　　我的心里在伤悲。

四牡骓骓，　　四匹马在不停地跑，
啴啴骆马。[4]　　白马跑得光喘气。
岂不怀归？　　难道不想回归？
王事靡盬，　　周王的事不牢固，
不遑启处。[5]　　没有功夫讲安处。

翩翩者鵻，[6]　　斑鸠在翩翩飞，
载飞载下，　　飞得高来飞得低，
集于苞栩。[7]　　停在丛生栎树里。
王事靡盬，　　周王的事不牢固，
不遑将父。　　没有功夫养我父。

翩翩者鵻，　　斑鸠在翩翩飞，
载飞载止，　　有时飞有时停，
集于苞杞。　　停在丛生杞树里。
王事靡盬，　　周王的事不牢固，
不遑将母。　　没有功夫养我母。

驾彼四骆，　　驾车用那四白马，

载骤骎骎。[8] 赶车赶马跑得急。
岂不怀归？ 难道不想回归？
是用作歌， 因此作歌不收敛，
将母来谂。[9] 用那养母作思念。

【注释】 1. 骓骓（fēi fēi 非非）：马行不停貌。 2. 倭迟：迂远。 3. 靡盬（gǔ 古）：不牢固。 4. 啴啴（tān tān 摊摊）：喘气。骆（luò 落）：白毛黑鬣的马。 5. 启处：安居。 6. 鵻（zhuī 追）：斑鸠。 7. 苍栩：丛生栎树。 8. 骎骎（qīn qīn 侵侵）：马速行。 9. 谂（shěn 审）：念。

【评析】 这诗的解释有二：一是《毛诗序》："《四牡》，劳使臣之来也。有功而见知，则说（悦）矣。"二是《诗三家义集疏》引齐说，称"念及父母，怀归伤悲"。

皇皇者华

皇皇者华，[1] 光彩照耀的鲜花，
于彼原隰。[2] 在那平原洼地聚集。
駪駪征夫，[3] 众多出使的行人，
每怀靡及。[4] 每次怀私停留来不及。

我马维驹，[5] 我的马是壮马，
六辔如濡。[6] 六根马缰绳都润湿。
载驰载驱， 又赶马又赶车，

周爰咨诹。[7]	周到地访问和谈事。
我马维骐，[8]	我的马是青黑色的马，
六辔如丝。	六根马缰绳像丝柔。
载驰载驱，	又赶马又赶车，
周爰咨谋。	周到地访问和筹谋。
我马维骆，[9]	我的马是白毛的马，
六辔沃若。	六根马缰绳很润泽。
载驰载驱，	又赶马又赶车，
周爰咨度。	周到地访问和谋策。
我马维骃，[10]	我的马是杂色的马，
六辔既均。	六根马缰绳既匀均。
载驰载驱，	又赶马又赶车，
周爰咨询。	周到地访问和咨询。

【注释】 1. 皇皇：同“煌煌”，指光彩照耀。 2. 原隰（xí 席）：平原洼地。 3. 駪駪（shēn shēn 身身）：众多。征夫：行人。 4. 每怀：每次怀念私心。靡及：无及于君命。 5. 驹：壮马。 6. 辔：缰绳。 7. 周：周到。咨：问。诹（zōu 邹）：访事。 8. 骐（qí 旗）：青黑色的马。 9. 骆：白毛的马。10. 骃（yīn 音）：灰色杂毛的马。

【评析】 这诗的解释有二：一是《毛诗序》：“《皇皇者华》，君遣使臣也。送之以礼乐，言远而有光华也。”《笺》：“言臣出使能扬君之美，延其誉于四方，则为不辱命也。” 二是《诗三家义集疏》引齐说：“《乡饮酒礼》郑注：‘《皇皇者华》，君遣使臣之乐歌也。更是劳苦，自以为不及，欲谘谋于贤知，而以自光明也。’”《毛诗序》只说“言远而有光华”，齐说指出“自以为不及”，故不同。

常 棣

常棣之华，[1]	郁李的花，
鄂不韡韡。[2]	萼足是光明。
凡今之人，	凡是如今的人，
莫如兄弟。	没有像兄弟相亲。
死丧之威，[3]	死丧的可怕，
兄弟孔怀。	只有兄弟怀念不休。
原隰裒矣，[4]	平原或洼地聚葬了，
兄弟求矣。	兄弟还是相寻求了。
脊令在原，[5]	鹡鸰水鸟在平原上，
兄弟急难。	兄弟救急难。
每有良朋，	虽有好朋友相慰，
况也永叹。[6]	只有使人长叹。
兄弟阋于墙，[7]	兄弟在家内相争，

外御其务。[8]	对外抗御他们的欺侮。
每有良朋，	虽有好的朋友，
烝也无戎。[9]	总是没有来相助。
丧乱既平，	丧乱既经平定，
既安且宁。	既是平安而且宁静。
虽有兄弟，	虽有兄弟，
不如友生。[10]	不如朋友相亲。
傧尔笾豆，[11]	陈列你设宴的用具，
饮酒之饫。[12]	饮酒得到满足。
兄弟既具，	兄弟既经团聚，
和乐且孺。[13]	和好快乐而且永相亲。
妻子好合，	妻子既爱好相合，
如鼓瑟琴。	像弹奏琴瑟。
兄弟既翕，[14]	兄弟既经聚合，
和乐且湛。[15]	和好快乐而且深情契合。
宜尔室家，	管好你的家庭，
乐尔妻帑。[16]	使你妻子儿女快乐呀。
是究是图，	研究呀谋划呀，
亶其然乎！[17]	确实是这样的理呀！

【注释】　1. 常棣：即棠棣，郁李，落叶灌木，高五六尺，春开花五瓣，夏结实为核果。　2. 鄂不：同“萼柎”，即萼足。韡韡（wěi wěi 伟伟）：光明貌。　3. 威：畏。　4. 裒（póu 抔）：聚集。　5. 脊令：同“鹡鸰”，鸟名。头黑额白，背黑腹白，尾长，是水鸟。今在平原，失其常处，比兄弟有急难。　6. 况：发语词。　7. 阋（xì 隙）墙：因恨相争于内。　8. 务：亦作“侮”。　9. 烝：通假作“曾”，乃。戎：助。　10. 友生：友。生，语助词。　11. 傧（bìn 鬓）：陈设。　12. 饫（yù 裕）：满足。　13. 孺：相亲。　14. 翕（xī 希）：聚合。　15. 湛（zhàn 栈）：深情。　16. 孥（nú 奴）：儿女。　17. 亶（dǎn 胆）：诚然。

【评析】　《毛诗序》：“《常棣》，宴兄弟也。闵管、蔡之失道，故作《常棣》焉。”《笺》：“周公吊二叔之不咸（和），而使兄弟之恩疏，召公为作此诗，而歌以亲之。”又方玉润《诗经原始》：“此诗《左传》富辰谓召穆公作，《国语》富辰又以为周文公诗。唯韦昭云：‘周公作《常棣》之篇，以闵管、蔡而亲兄弟。其后周室既衰，厉王无道，骨肉恩缺，亲亲礼废，宴兄弟之乐绝。故召穆公思周德之不类，而合其宗族于成周，复作《常棣》之歌以亲之。’是诗为周公作，穆公特重歌之耳。且诗云‘丧乱既平’，则明是诛管、蔡后语，非周公境地则不合，断断不可移于他人兄弟上去。召穆公为周族歌之，尚可曰诵先芬以戒后哲，若他兄弟歌此，岂能切乎？”

伐　木

伐木丁丁，[1]	砍那树木丁丁声，
鸟鸣嘤嘤。[2]	鸟儿叫着嘤嘤鸣。
出自幽谷，	鸟从深谷飞出来，
迁于乔木。	迁到高树争光明。

嘤其鸣矣，	嘤嘤地鸣了，
求其友声。	发出求友的叫声。
相彼鸟矣，	看看那个小鸟呀，
犹求友声。	还发出求友的叫声。
矧伊人矣，[3]	何况还是人呢，
不求友生。	怎能不求友生。
神之听之，[4]	审慎吧听从吧，
终和且平。	终于是和好而且安平。
伐木许许，[5]	众人砍树许许声，
酾酒有荳。[6]	滤糟的酒更清澄。
既有肥羜，[7]	既有肥美的五月羔，
以速诸父。[8]	用来快请伯叔情。
宁适不来，	难道有事不能来，
微我弗顾。	非我不顾心不诚。
於粲洒扫，[9]	清洁庭院忙打扫，
陈馈八簋。[10]	陈设肴馔和八簋。
既有肥牡，	既有肥羊和清樽，
以速诸舅。	快邀伯叔心极诚。
宁适不来，	难道有事不能来，
微我有咎。	非我有错心不诚。
伐木于阪，	砍树在斜坡上，

釃酒有衍。[11]	滤糟的酒更清澄。
笾豆有践，	碗盘排列皆成行，
兄弟无远。	兄弟相会莫疏远。
民之失德，	人们失去德音情，
干糇以愆。[12]	干粮待客不真诚。
有酒湑我，[13]	有酒我把它滤清，
无酒酤我。[14]	无酒我买献殷勤。
坎坎鼓我，[15]	我们击鼓坎坎声，
蹲蹲舞我。[16]	我们跳舞更相亲。
迨我暇矣。	等到我们有空了，
饮此湑矣。	饮这清酒显情亲。

【注释】 1. 丁丁（zhēng zhēng 争争）：伐木声。 2. 嘤嘤（yīng yīng 莺莺）：鸟鸣声。 3. 矧（shěn 审）：况且，何况。 4. 神之听之：审慎听从。神，慎。 5. 许许（hǔ hǔ 虎虎）：众人共力之声。 6. 釃（shī 师）：滤酒。䓘（xù 序）：美好。 7. 羜（zhù 助）：五个月的小羊。 8. 速：催请。 9. 於（wū 乌）：叹词。粲：鲜洁貌。 10. 馈（kuì 愧）：赠送。簋（guǐ 鬼）：古盛食物用具，圆口，两耳。 11. 衍：美好。 12. 干糇（hóu 侯）：干粮。愆：过失。 13. 湑（xǔ 许）：滤过的酒。 14. 酤：买酒。 15. 坎坎：鼓声。 16. 蹲蹲（cún cún 存存）：舞貌。

【评析】 这诗的解释有二：一是《毛诗序》："《伐木》，燕朋友故旧也。自天子至于庶人，未有不须友以成者。亲亲以睦，友贤不弃，不遗故旧，则民德归厚矣。"二是《诗三家义集疏》："《韩序》曰：'《伐木》废，朋友之道缺。

劳者歌其事。诗人伐木，自苦其事，故以为文。'"《韩诗》称《伐木》礼废，与《毛诗序》不同。

天　保

天保定尔，[1]	上天为了安定你，
亦孔之固。	也把稳固赐给你。
俾尔单厚，[2]	使你尽厚待百姓，
何福不除？[3]	哪种福气不给你？
俾尔多益，	使你多得好处，
以莫不庶。[4]	没有不富庶呢。
天保定尔，	上天为了安定你，
俾尔戬穀。[5]	使你得到福禄。
罄无不宜，[6]	尽你所得没不宜，
受天百禄。	受上天的百禄。
降尔遐福，	降给你的远福，
维日不足。	惟恐日子不满足。
天保定尔，	上天为了安定你，
以莫不兴。	可用的没有不旺兴。
如山如阜，	像山像阜那样，
如冈如陵，	像山冈像山陵，

如川之方至，	像百川的流水，
以莫不增。	因此没有不加增。
吉蠲为饎，[7]	吉日清洁作酒食，
是用孝享。[8]	用来祭献给祖上。
禴祠烝尝，[9]	春夏秋冬都祭祀，
于公先王。[10]	祭祀先公并先王。
君曰卜尔，[11]	先公先王说祝你，
万寿无疆。	祝你万寿是无疆。
神之吊矣，[12]	神的到来了，
诒尔多福。	赐给你多种幸福。
民之质矣，	人民的质朴呀，
日用饮食。	日用饮食也不错。
群黎百姓，	群众黎民和百官，
遍为尔德。	普遍感化你的道德。
如月之恒，[13]	好比天上上弦月，
如日之升。	好比太阳正高升。
如南山之寿，	好比南山那样寿，
不骞不崩。[14]	不会亏蚀不会崩。
如松柏之茂，	好比松柏的茂盛，
无不尔或承。	没有不可你继承。

【注释】 1. 保：安也。 2. 单厚：尽厚。 3. 不除：不予。除、余古通用，余作“予”。 4. 庶：富。 5. 戬（jiǎn 剪）：福。榖：善。 6. 罄（qìng 庆）：尽。 7. 蠲（juān 捐）：通“涓”，清洁。饎（chì 斥）：酒食。 8. 孝享：献祭。 9. 禴（yuè 跃）：夏祭。祠：春祭。尝：秋祭。烝：冬祭。10. 于公先王：于先公先王。 11. 君：指先公先王。 12. 吊：至。 13. 恒（gèng 更）：弦，指月上弦。 14. 骞（qiān 谦）：亏损。崩：毁坏。

【评析】 《毛诗序》：“《天保》，下报上也。君能下下以成其政，臣能归美以报其上焉。”《笺》：“‘下下’，谓《鹿鸣》至《伐木》，皆君所以下臣也。臣亦宜归美于王，以崇君之尊而福禄之，以答其歌。”

采　薇

采薇采薇，[1]	采薇菜呀采薇菜，
薇亦作止。[2]	薇菜刚刚在生长。
曰归曰归，	说归去呀说归去，
岁亦莫止。	一年快要过了账。
靡室靡家，	没有妻房没有家，
猃狁之故。[3]	猃狁的缘故要算账。
不遑启居，	没有功夫讲安居，
猃狁之故。	猃狁的缘故就要讲。
采薇采薇，	采薇菜呀采薇菜，
薇亦柔止。[4]	薇菜变得嫩又柔。

曰归曰归，	说归去呀说归去，
心亦忧止。	不能归去心发愁。
忧心烈烈，[5]	心里忧愁像火烧，
载饥载渴。	又饥又渴怎么了。
我戍未定，	我的驻防没有定，
靡使归聘。[6]	不能使人归问聘。

采薇采薇，	采薇菜呀采薇菜，
薇亦刚止。[7]	薇菜变硬不好采。
曰归曰归，	说归去呀说归去，
岁亦阳止。[8]	年到十月不等待。
王事靡盬，	王事没有稳固啊，
不遑启处。	没有时间可安息。
忧心孔疚，	心里忧愁像病痛，
我行不来。	我想走了不等待。

彼尔维何？[9]	那个花是什么？
维常之华。	是棠棣的花。
彼路斯何？[10]	那个大车是谁坐？
君子之车。	是将军的车。
戎车既驾，	兵车既经驾好了，
四牡业业。	四匹雄马很壮观。
岂敢定居？	怎敢说安定居处？

一月三捷。	一个月里三胜战。
驾彼四牡，	驾车用那四雄马，
四牡骙骙。[11]	四匹雄马很强壮。
君子所依，	战车是将军的依靠，
小人所腓。[12]	士兵的隐蔽。
四牡翼翼，[13]	四匹雄马驾车很熟习，
象弭鱼服。[14]	带上象弭鱼皮袋。
岂不日戒？	岂不每天作戒备？
猃狁孔棘。[15]	猃狁的事很是急。
昔我往矣，	从前我去参军了，
杨柳依依。[16]	杨柳殷殷情不了。
今我来思，	现在我归来了，
雨雪霏霏。	雨雪纷纷下不了。
行道迟迟，	慢慢走路吧，
载渴载饥。	又渴又饥怎么了。
我心伤悲，	我的心里是悲哀，
莫知我哀。	没人知道我哀愁。

【注释】 1. 薇：野豌豆。 2. 作：初生。止：语助词。 3. 猃狁（xiǎn yǔn 险允）：古民族名，春秋时为戎狄，秦汉时为匈奴，隋唐时为突厥。 4. 柔：嫩。 5. 烈烈：忧貌。 6. 聘：问候。 7. 刚：坚硬。 8. 阳：阴历十月。

9. 尔：通“苶”，花盛。 10. 路：大车。 11. 骙骙（kuí kuí 葵葵）：马强壮。 12. 腓（féi 肥）：掩护。 13. 翼翼：娴熟。 14. 弭（mǐ 米）：弓末弯曲处。鱼服：鱼皮作箭袋。 15. 棘：急。 16. 依依：犹“殷殷”。

【评析】《毛诗序》：“《采薇》，遣戍役也。文王之时，西有昆夷之患，北有猃狁之难。以天子之命，命将率遣戍役，以守卫中国。故歌《采薇》以遣之，《出车》以劳还，《杕杜》以勤归也。”《笺》：“文王为西伯服事殷之时也。昆夷，西戎也。天子，殷王也。戍，守也。西伯以殷王之命，命其属为将，率将戍役，御西戎及北狄之难，歌《采薇》以遣之。‘《杕杜》勤归’者，以其勤劳之故，于其归，歌《杕杜》以休息之。”

出　车

我出我车，	我出了我的车，
于彼牧矣。	在那放牧的地方。
自天子所，	从天子处，
谓我来兮。	命我来到这地方。
召彼仆夫，	召集那些车夫，
谓之载矣。	叫他们快装光。
王事多难，	周王的事多外患，
维其棘矣。	事情急迫着忙。
我出我车，	我出了我的车，
于彼郊矣。	在那郊区了。

设此旐矣，[1]	装饰这面旗子了，
建彼旄矣。	竖立那面旗子了。
彼旟旐斯，[2]	那各种旗子，
胡不旆旆？[3]	为什么不让旒下垂？
忧心悄悄，	我暗中担忧，
仆夫况瘁。[4]	想那车夫劳瘁。
王命南仲，[5]	周王命令南仲，
往城于方。	去筑城北方。
出车彭彭，	出发的兵车浩盛，
旂旐央央。[6]	旗子飘动有光。
天子命我，	天子命令我，
城彼朔方。	筑城在那朔方。
赫赫南仲，[7]	威严的大将南仲，
玁狁于襄。[8]	除去玁狁固国防。
昔我往矣，	从前我去了，
黍稷方华。	黍稷正开花。
今我来思，	现在我来了，
雨雪载涂。	满路雨雪花花。
王事多难，	周王的事多外患，
不遑启居。	没功夫安居。
岂不怀归，	难道不想回去，

畏此简书。[9]	怕这种紧急兵书。

喓喓草虫，	草虫喓喓地叫，
趯趯阜螽。[10]	阜螽追赶地跳。
未见君子，	没有看见君子人，
忧心忡忡。	心里忧愁忡忡地跳。
既见君子，	既经看见那君子人，
我心则降。	我的心平静不动摇。
赫赫南仲，	威严的南仲，
薄伐西戎。	去讨伐那西戎。

春日迟迟，	春天日子慢慢过，
卉木萋萋。	花木生长繁盛时。
仓庚喈喈，	黄莺正在喈喈叫，
采蘩祁祁。[11]	人们从容采蒿芝。
执讯获丑，[12]	捉敌审讯或割耳，
薄言还归。	凯旋班师正得时。
赫赫南仲，	威严大将称南仲，
玁狁于夷。	玁狁得到平定时。

【注释】 1. 旐（zhào 兆）：古代画龟蛇的旗。 2. 旟（yú 于）：古代画隼鸟的旗。 3. 旆旆（pèi pèi 配配）：古代旗末有旒下垂。 4. 况：通“慌”。 5. 南仲：宣王时人，为将筑城于朔方，以御北敌。 6. 央央：鲜明貌。

7. 赫赫：盛。 8. 襄：除。 9. 简书：写在竹简上的军书。 10. 趯趯（tì tì 惕惕）：跳跃貌。 11. 祁祁：舒迟。 12. 执讯：捉敌讯问。获丑：杀敌割左耳。

【评析】 《毛诗序》："《出车》，劳还率也。"《笺》："遣将率及戍役，同歌同时，欲其同心也。反而劳之，异歌异日，殊尊卑也。《礼记》曰：'赐君子小人不同日。'此其义也。"又《诗三家义集疏》："鲁说曰：'周宣王命南仲、吉甫攘猃狁，威蛮荆。'"

杕 杜

有杕之杜，	特生的赤棠，
有睆其实。[1]	光泽是它的果实。
王事靡盬，	王爷的事没止息，
继嗣我日。[2]	继续延留我月日。
日月阳止，	又延留到十月，
女心伤止，	妇人的心里忧愁，
征夫遑止。[3]	征人没功夫得休。

有杕之杜，	特生的赤棠，
其叶萋萋。	它的叶儿茂盛。
王事靡盬，	王爷的事没止息，
我心伤悲。	我的心里伤悲。
卉木萋止，	花木终是茂盛，

女心悲止，	妇人的心里伤悲，
征夫归止。	征人怎能回归。
陟彼北山，	登上那座北山，
言采其杞。[4]	采摘那里的枸杞。
王事靡盬，	王爷的事没止息，
忧我父母。	忧我父母没人理。
檀车幝幝，[5]	役车已经敝坏，
四马痯痯，[6]	四匹马儿已疲软，
征夫不远。	征人已经走不远。
匪载匪来，	车不见载人不见来，
忧心孔疚。	忧心成病想不开。
期逝不至，	约期已过人不至，
而多为恤。[7]	多为忧愁伤怀。
卜筮偕止，[8]	又卜又筮都说好，
会言近止，	合说他来期近了，
征夫迩止。[9]	征人回家近了。

【注释】 1. 睆（huǎn 缓）：光泽。 2. 嗣：继续。 3. 遑：空暇。 4. 杞：枸杞。 5. 檀车：檀木做的役车。幝幝（chǎn chǎn 产产）：破敝貌。 6. 痯痯（guǎn guǎn 管管）：疲乏貌。 7. 恤（xǔ 许）：忧。 8. 偕：通“嘉”。 9. 迩（ěr 尔）：近。

【评析】 这诗的解释有二：一是《毛诗序》：“《杕杜》，劳还役也。”《笺》：“役，戍役也。”二是《诗三家义集疏》引《盐铁论·徭役》：“‘古者无过年之徭，无逾时之役。今近者数千里，远者过万里，历二期不还，父母愁忧，妻子咏叹。愤懑之恨，发动于心，慕积之思，痛于骨髓，此《杕杜》《采薇》之诗所为作也。”“据《盐铁论》，是《齐诗》之说。”

南陔

“此笙诗也，有声无辞。旧在《鱼丽》之后。以《仪礼》考之，其篇次当在此，今正之。说见《华黍》。”

“《鹿鸣》之什十篇，一篇无辞。”（朱熹《诗集传》）

白华之什

“《白华》之什，毛公以《南陔》以下三篇无辞，故升《鱼丽》以足《鹿鸣》什数，而附笙诗三篇于其后，因以《南有嘉鱼》为次什之首，今悉依《仪礼》正之。”（朱熹《诗集传》）

白　华

“笙诗也，说见上下篇。”（朱熹《诗集传》）

华　黍

“亦笙诗也。乡饮酒礼，鼓瑟而歌《鹿鸣》《四牡》《皇皇者华》。然后笙入堂下，磬南北面立，乐《南陔》《白华》《华黍》。燕礼，亦鼓瑟而歌《鹿鸣》《四牡》《皇华》。然后笙入，立于县中，奏《南陔》《白华》《华黍》。《南陔》以下，今无以考其名篇之义。然曰笙，曰乐，曰奏，而不言歌，则有声而无辞明矣。所以知其篇第在此者，意古经篇题之下，必有谱焉，如《投壶》鲁鼓、薛鼓之节而亡之耳。”（朱熹《诗集传》）

鱼　丽

鱼丽于罶，[1]	鱼儿陷入竹篓，
鲿鲨。[2]	鲿鱼和鲨鱼都有。
君子有酒，	君子有酒，

旨且多。	鱼味美且多酒。
鱼丽于罶，	鱼儿陷入竹篓，
鲂鳢。[3]	鲂鱼鳢鱼都有。
君子有酒，	君子有酒，
多且旨。	鱼味美且多酒。
鱼丽于罶，	鱼儿陷入竹篓，
鰋鲤。[4]	鰋鱼鲤鱼都有。
君子有酒，	君子有酒，
旨且有。	鱼味美且多酒。
物其多矣，	食物真是多呀，
维其嘉矣。	只有它是好呀。
物其旨矣，	食物真是美呀，
维其偕矣。[5]	只有它是好呀。
物其有矣，	食物真是丰富呀，
维其时矣。[6]	只有它是适合时令呀。

【注释】　1. 丽（lí 离）：通“罹”，陷入。罶（liǔ 柳）：竹篓，用竹编制，鱼进入竹篓即不能出。篓有大小，小篓只能捉小鱼，大篓可以捉大鱼，这里当指大篓。　2. 鲿（cháng 尝）：黄颊鱼，较大。鲨（shā 沙）：吹沙鱼，较

小。 3. 鲂（fáng 房）：鳊鱼，银灰色，腹部隆起，身阔鳞细。鳢（lǐ 礼）：也叫黑鱼。 4. 鰋（yǎn 偃）：也叫鲇鱼。 5. 偕：通"嘉"。 6. 时：适时。

【评析】 这诗的解释有二：一是《毛诗序》："《鱼丽》，美万物盛多，能备礼也。文、武以《天保》以上治内，《采薇》以下治外，始于忧勤，终于逸乐，故美万物盛多，可以告于神明矣。"《笺》："内，谓诸夏也。外，谓夷狄也。'告于神明'者，于祭祀而歌之。"二是《诗三家义集疏》："齐说曰：'《采薇》《出车》，《鱼丽》思初。上下促急，君子怀忧。'……当采薇、出车之时，上下促急，故君子忧时而作是诗。'思初'，犹言'思古'也。"按《毛诗序》称"告于神明"，齐说称"君子怀忧"，二说不同。

《鱼丽》："按《仪礼·乡饮酒》及《燕礼》，前乐既毕，皆'间歌《鱼丽》，笙《由庚》；歌《南有嘉鱼》，笙《崇丘》；歌《南山有台》，笙《由仪》'。间，代也。言一歌一吹也。然则此六者，盖一时之诗，而皆为燕飨宾客上下通用之乐。毛公分《鱼丽》以足前什，而说者不察，遂分《鱼丽》以上为文、武诗，《嘉鱼》以下为成王诗，其失甚矣。"（朱熹《诗集传》）

由庚

"此亦笙诗，说见《鱼丽》。"（朱熹《诗集传》）

南有嘉鱼

南有嘉鱼，[1]	南方有美好的鱼，
烝然罩罩。[2]	用众鱼具捉鱼。
君子有酒，	君子有美酒，

嘉宾式燕以乐。	好宾客快乐地欢宴饮酒。
南有嘉鱼，	南方有美好的鱼，
烝然汕汕。[3]	用众网捕捉鱼。
君子有酒，	君子有美酒，
嘉宾式燕以衎。[4]	好宾客舒畅地欢宴饮酒。
南有樛木，[5]	南方有向下弯曲的树，
甘瓠累之。[6]	甜葫芦缠绕这树。
君子有酒，	君子有美酒，
嘉宾式燕绥之。	好宾客安然地欢宴饮酒。
翩翩者雏，[7]	斑鸠翩翩地飞来，
烝然来思。	众多地飞过来。
君子有酒，	君子有美酒，
嘉宾式燕又思。[8]	好宾客参加宴会又劝酒。

【注释】 1. 南：南方。嘉鱼：美好的鱼。 2. 罩罩：指用多罩来捉鱼，不限于一罩。 3. 汕汕（shàn shàn 善善）：用众抄网捕鱼。汕即抄网，汕汕即不止一汕。 4. 衎（kàn 看）：乐。 5. 樛（jiū 纠）木：向下弯曲的树。 6. 瓠：葫芦。 7. 雏（zhuī 追）：斑鸠。 8. 又：通“右”，劝酒。

【评析】 《毛诗序》：“《南有嘉鱼》，乐与贤也。太平之君子至诚，乐与贤者共之也。”《笺》：“乐得贤者，与共立于朝，相燕乐也。”

崇　丘

"说见《鱼丽》。"（朱熹《诗集传》）

南山有台

南山有台，[1]	南山有莎草，
北山有莱。[2]	北山有黎草。
乐只君子，	快乐的君子人，
邦家之基。	国家基础的宝。
乐只君子，	快乐的君子人，
万寿无期。	万寿无时可考。
南山有桑，	南山有桑，
北山有杨。	北山有杨。
乐只君子，	快乐的君子人，
邦家之光。	是为国家增光。
乐只君子，	快乐的君子人，
万寿无疆。	万寿无疆。
南山有杞，[3]	南山有枸杞，
北山有李。	北山有李。
乐只君子，	快乐的君子人，

民之父母。　　民的父母亲。
乐只君子，　　快乐的君子人，
德音不已。　　道德的声誉不停。

南山有栲，[4]　　南山有山樗树，
北山有杻。[5]　　北山有檍树。
乐只君子，　　快乐的君子人，
遐不眉寿。　　怎么不会长寿。
乐只君子，　　快乐的君子人，
德音是茂。　　道德的声誉是盛茂。

南山有枸，[6]　　南山有枸树，
北山有楰。[7]　　北山有楸树。
乐只君子，　　快乐的君子人，
遐不黄耇？[8]　　怎么不成黄发老人？
乐只君子，　　快乐的君子人，
保艾尔后。[9]　　安定地长养您的后代人。

【注释】　1. 台：莎草，可作蓑衣。　2. 莱：藜，亦称灰菜，嫩叶可食。　3. 杞（qǐ 起）：木名，一说枸杞，一说杞柳。　4. 栲（kǎo 考）：山樗，像漆树。　5. 杻（niǔ 纽）：檍木，可作弓材。　6. 枸（jǔ 举）：枳枸。树高大，子大如指，味甘美，亦名木蜜。　7. 楰（yú 于）：虎梓，槚楸。　8. 黄耇（gǒu 苟）：少年发黑，老变白，白久变黄，为老寿。　9. 保艾：安长。

【评析】　《毛诗序》:“《南山有台》，乐得贤也。得贤则能为邦家立太平之基矣。”《笺》:“人君得贤，则其德广大坚固，如南山之有基趾。”

由　仪

“说见《鱼丽》。”（朱熹《诗集传》）

蓼　萧

蓼彼萧斯，[1]	长大的白蒿啊，
零露湑兮。[2]	降下的露珠清啊。
既见君子，	既经看见君子人，
我心写兮。[3]	我的心里舒畅啊。
燕笑语兮，	在宴会上笑着说啊，
是以有誉处兮。[4]	因此有快乐啊。
蓼彼萧斯，	长大的白蒿啊，
零露瀼瀼。[5]	降下的露水满穰穰。
既见君子，	既经看见君子人，
为龙为光。[6]	又受宠又增光。
其德不爽，	他的德行既不差，
寿考不忘。	愿他长寿永安康。

蓼彼萧斯，	长大的白蒿啊，
零露泥泥。[7]	落下的露水濡穰。
既见君子，	既经看见君子人，
孔燕岂弟。[8]	又欢宴又和畅。
宜兄宜弟，	作为兄弟很相宜，
令德寿岂。[9]	好的德行乐寿长。

蓼彼萧斯，	长大的白蒿啊，
零露浓浓。	落下的露水浓浓。
既见君子，	既经看见君子人，
鞗革冲冲。[10]	马缰绳停下从容。
和鸾雝雝，[11]	鸾铃声锵锵和衷，
万福攸同。[12]	降下的万福会同。

【注释】 1. 蓼（lù 录）：长大貌。萧：白蒿。 2. 零：落下。湑（xǔ 许）：湑指滤过的酒，有清澄意。 3. 写：舒泄。 4. 誉：通“豫”，乐。 5. 瀼瀼（ráng ráng 攘攘）：盛貌。 6. 龙：光宠。 7. 泥泥：濡湿。 8. 岂弟：同“恺悌”，和易近人。 9. 岂：同“恺”，乐。 10. 鞗（tiáo 条）革：马缰绳。冲冲：垂饰貌。 11. 和鸾：车上的铃铛。 12. 攸：所。同：聚集。

【评析】 这诗的解释有二：一是《毛诗序》：“《蓼萧》，泽及四海也。”《笺》：“九夷、八狄、七戎、六蛮谓之四海，国在九州之外，虽有大者，爵不过子。”二是方玉润《诗经原始》：“此盖天子宴诸侯而美之之词耳。然美中寓戒，而因以劝导之。曰德曰寿，有是德乃有是寿，固也。诸侯之易于失德，则尤在兄弟争夺之间与邻国侵伐之际。故又从令德中特言‘宜兄宜弟’。夫必内有以和其亲，然后外有以睦其邻，诸侯睦而万国宁，乃真天子福也，故更曰‘万福攸同’，是岂徒为诸侯颂哉？”

湛露

湛湛露斯，[1]	浓重的露水啊，
匪阳不晞。[2]	不是太阳晒不干。
厌厌夜饮，[3]	安闲的夜间饮酒，
不醉无归。	不醉不归看。
湛湛露斯，	浓重的露水啊，
在彼丰草。	落在丰草上。
厌厌夜饮，	安闲的夜间饮酒，
在宗载考。[4]	在同族中的宴礼上。
湛湛露斯，	浓重的露水啊，
在彼杞棘。	落在枸杞酸枣上。
显允君子，	光明诚恳的君子人，
莫不令德。	没有不是好德上。
其桐其椅，[5]	那桐树和椅树，
其实离离。[6]	它的果实是下垂。

岂弟君子，	平易的君子人，
莫不令仪。	没有不是好威仪。

【注释】 1. 湛湛（zhàn zhàn 占占）：露重貌。 2. 晞（xī 希）：干。 3. 厌厌：安然。 4. 宗：同族。考：成。指宴饮之礼。 5. 椅（yī 医）：类桐树。 6. 离离：下垂貌。

【评析】 《毛诗序》："《湛露》，天子燕诸侯也。"《笺》："燕，谓与之燕饮酒也。诸侯朝觐会同，天子与之燕，所以示慈惠。"

"《白华》之什十篇，五篇无辞。"（朱熹《诗集传》）

彤弓之什

彤　弓

彤弓弨兮，[1]	朱弓弦放松啊，
受言藏之。[2]	接受赏赐藏起它。
我有嘉宾，	我有好宾客，
中心贶之。[3]	心中喜爱他。
钟鼓既设，	钟鼓既经设置，
一朝飨之。[4]	一朝设宴款待他。
彤弓弨兮，	朱弓弦放松啊，
受言载之。[5]	接受赏赐载藏它。
我有嘉宾，	我有好宾客，
中心喜之。	心中喜爱他。
钟鼓既设，	钟鼓既经设置，
一朝右之。[6]	一朝摆酒款待他。
彤弓弨兮，	朱弓弦放松啊，
受言櫜之。[7]	接受赏赐藏好它。
我有嘉宾，	我有好宾客，
中心好之。	心中爱好他。

钟鼓既设，　　　　钟鼓既经设置，
一朝酬之。[8]　　　　一朝用酒食款待他。

【注释】 1. 彤弓：朱红的弓。周代天子有赐弓礼。弨（chāo 超）：放松。2. 言：语助词。 3. 贶（kuàng 况）：爱戴。 4. 飨（xiǎng 响）：用酒食款待人。 5. 载：装载。 6. 右：通"侑"，劝酒。 7. 櫜（gāo 高）：隐藏。8. 酬：劝酒。

【评析】 《毛诗序》："《彤弓》，天子锡有功诸侯也。"《笺》："诸侯敌王所忾而献其功，王飨礼之，于是赐彤弓一、彤矢百、玈（黑）弓矢千。凡诸侯，赐弓矢然后专征伐。"

菁菁者莪

菁菁者莪，[1]　　　　茂盛的莪蒿，
在彼中阿。[2]　　　　在那大山中。
既见君子，　　　　既经看见君子人，
乐且有仪。　　　　有威仪且在快乐中。

菁菁者莪，　　　　茂盛的莪蒿，
在彼中沚。[3]　　　　在那小洲中。
既见君子，　　　　既经看见君子人，
我心则喜。　　　　我的高兴在心中。

菁菁者莪，	茂盛的莪蒿，
在彼中陵。[4]	在那土山中。
既见君子，	既经看见君子人，
锡我百朋。[5]	他赐给我在百朋中。

泛泛杨舟，	杨木船儿水中游，
载沉载浮。[6]	或是下去或是上浮。
既见君子，	既经看见君子人，
我心则休。[7]	我是欢喜在心头。

【注释】 1. 菁菁（jīng jīng 精精）：盛貌。莪（é 俄）：莪蒿。多年生草本植物，生在水边。 2. 阿：大丘陵。 3. 沚：水中小洲。 4. 陵：土山。 5. 朋：古货币，五贝为一朋。 6. 载：则。 7. 休：喜。

【评析】 《毛诗序》："《菁菁者莪》，乐育材也。君子能长育人材，则天下喜乐之矣。"《笺》："'乐育材'者，歌乐人君，教学国人，秀士、选士、俊士、造士、进士，养之以渐，至于官之。"

六　月

六月棲棲，[1]	六月里惶惶不安，
戎车既饬。[2]	兵车整顿上前方。
四牡骙骙，[3]	四匹雄马都强壮，
载是常服。[4]	插的日月旗风光。

猃狁孔炽，[5]	猃狁兵力很盛旺，
我是用急。[6]	出征因此很急忙。
王于出征，	周王命令我出征，
以匡王国。	来使王国得安匡。
比物四骊，[7]	均齐力气四黑马，
闲之维则。	熟习战斗法度良。
维此六月，	就是在这六月里，
既成我服。[8]	既经成就我军装。
我服既成，	我的军装既成就，
于三十里。[9]	日行卅里兵力强。
王于出征，	周王命令我出征，
以佐天子。	来辅天子固国防。
四牡修广，[10]	四匹雄马大而长，
其大有颙。[11]	头大显得更勇壮。
薄伐猃狁，	同心协力伐猃狁，
以奏肤公。[12]	用来建立那个大功。
有严有翼，[13]	武有威严文敬恭，
共武之服。[14]	用武对敌方共同。
共武之服，	共同用武对敌方，
以定王国。	用来安定王国防。

猃狁匪茹，[15]	猃狁可真不自量，
整居焦获，	整占焦获我地方，
侵镐及方，	侵入镐地又及方，
至于泾阳。[16]	一直进入到泾阳。
织文鸟章，[17]	旗上画着隼鸟章，
白旆央央。[18]	帛做旗子极鲜亮。
元戎十乘，[19]	大的兵车我十辆，
以先启行。	先行开拔到战场。
戎车既安，	大的兵车既安全，
如轾如轩。[20]	忽低忽高冲向前。
四牡既佶，[21]	四匹雄马既强壮，
既佶且闲。	既是强壮又熟娴。
薄伐猃狁，	讨伐猃狁到边疆，
至于大原。	到了大原直向前。
文武吉甫，	文武兼备尹吉甫，
万邦为宪。	万邦取法人所羡。
吉甫燕喜，	吉甫设宴表欢喜，
既多受祉。[22]	既多受福把功酬。
来归自镐，	他从镐地班师回，
我行永久。	我们行军时间久。
饮御诸友，[23]	设宴饮食待诸友，

炰鳖脍鲤。[24]	烹煮切鲤样样有。
侯谁在矣，[25]	谁人在座列席了，
张仲孝友。[26]	原来张仲是孝友。

【注释】 1. 棲棲：通“栖栖”，遑遑不安貌。 2. 饬：整顿。 3. 骙骙（kuí kuí 葵葵）：马强壮貌。 4. 常服：画日月的旗。服：指旗。 5. 炽：盛。 6. 急：紧急。 7. 比物：指力气均齐。骊：黑马。 8. 服：军服。 9. 于三十里：军行三十里。 10. 修：长。广：大。 11. 颙（yóng 喁）：大。 12. 奏：为。肤公：大功。 13. 严：威严。翼：恭敬。 14. 服：事。 15. 匪茹：不自量。 16. 焦获、镐、方、泾阳：皆周之地名。 17. 织：通“帜”，指旗。 18. 白旆：帛做的旗。 19. 元戎：大兵车。 20. 如轾（zhì 至）：车子前低后高。如轩（xuān 宣）：车子前高后低。指车子安稳前进。 21. 佶（jí 吉）：壮健貌。 22. 祉（zhǐ 止）：福。 23. 御：进。 24. 炰（páo 袍）：烹煮。脍（kuài 快）：细切。 25. 侯：语助，惟。 26. 张仲：吉甫之友。

【评析】 这诗的解释有二：一是《毛诗序》：“《六月》，宣王北伐也。”《笺》：“《六月》，言周室微而复兴，美宣王之北伐也。”二是方玉润《诗经原始》：“此诗乃幕宾之颂主将，自当以吉甫作主，宣王则不过追述之而已。”“《六月》，美吉甫佐命北伐有功，归宴私第也。”

采 芑

薄言采芑，[1]	说是采苦菜啊，
于彼新田，[2]	在那二年耕的田，
于此菑亩。[3]	在这一年耕的田。

方叔莅止，[4]	方叔亲自来到，
其车三千，[5]	他的兵车有三千，
师干之试。[6]	士兵捍卫齐向前。
方叔率止，	方叔领他们来前，
乘其四骐，[7]	他坐车用四匹青黑马，
四骐翼翼。[8]	四匹青黑马顺序相连。
路车有奭，[9]	大车颜色红彤彤，
簟茀鱼服，[10]	竹席蔽窗鱼皮做箭袋，
钩膺鞗革。[11]	钩车缰绳套马胸腹相连。
薄言采芑，	说是采苦菜啊，
于彼新田，	在那二年耕的田，
于此中乡。[12]	在这一年耕的田。
方叔莅止，	方叔亲自来到，
其车三千，	他的兵车有三千，
旂旐央央。	画龙画龟蛇的旗子光鲜。
方叔率止，	方叔率领士兵来前，
约軧错衡，[13]	用皮缠车毂跟横木相连，
八鸾玱玱。[14]	八个鸾铃锵锵响连。
服其命服，	穿上他的军装，
朱芾斯皇，	红的蔽膝是辉煌，
有玱葱珩。[15]	有青玉作佩声煌煌。

鴥彼飞隼，[16]	飞得快的有隼鸟，
其飞戾天，[17]	它的高飞飞到天，
亦集爰止。	飞下停留在树颠。
方叔莅止，	方叔亲自来到，
其车三千，	他的兵车有三千，
师干之试。	士兵捍卫齐向前。
方叔率止，	方叔率领着士兵，
钲人伐鼓，[18]	击钲人击鼓进军，
陈师鞠旅。[19]	整顿军队告诫整编。
显允方叔，[20]	声名赫赫的方叔啊，
伐鼓渊渊，[21]	击鼓声音渊渊，
振旅阗阗。[22]	整顿军队声阗阗。

蠢尔蛮荆，	愚蠢的你们蛮荆，
大邦为仇。	和大国作仇。
方叔元老，	方叔是元老，
克壮其猷。[23]	能够展现他的智谋。
方叔率止，	方叔率领部队到来，
执讯获丑。	捉敌讯问割耳除丑。
戎车啴啴，	兵车众多前来，
啴啴焞焞，[24]	众多啊盛大啊，
如霆如雷。[25]	好像天上在打雷。
显允方叔，	声名赫赫的方叔，

征伐猃狁，　　　　讨伐猃狁显震威，
蛮荆来威。　　　　蛮荆跟着来服威。

【注释】　1. 芑（qǐ 起）：苦菜。　2. 新田：开垦两年的田。　3. 菑（zī 资）：开垦一年的田。　4. 方叔：周宣王时大将。　5. 其车三千：一说三千辆兵车，是夸张军威，非实数。　6. 师干之试：师，士卒。干，捍敌。试，用。士兵有捍敌之用。　7. 骐：青黑色的马。　8. 翼翼：整饬有次序。　9. 奭（shì 式）：赤貌。　10. 簟茀（diàn fú 电拂）：簟，竹席，用竹席蔽车窗叫簟茀。鱼服：用鲛鱼皮作箭袋。　11. 钩膺：用钩子连锁皮带绕住马的胸腹部。鞗（tiáo 条）革：马缰绳所用的皮革。　12. 中乡：指新田中。　13. 约軧（dǐ 底）：用皮带约束车毂上。错衡：再连车上横木。　14. 八鸾：八个铃。马口旁有两铃，四匹马有八铃。　15. 玱（qiāng 枪）：玉声。葱珩：青色佩玉。　16. 鴥（yù 育）：飞捷貌。　17. 戾：至。　18. 钲：一种乐器，击钲使士兵进退的。　19. 陈师：整齐队伍。鞠旅：告诫士众。鞠，告。　20. 允：语助词。　21. 渊渊：鼓声。　22. 振旅：休整军队。阗阗（tián tián 田田）：击鼓声。　23. 猷：谋。　24. 啴啴（tān tān 摊摊）：众多。焞焞（tūn tūn 吞吞）：盛貌。　25. 霆：打雷。

【评析】　《毛诗序》：“《采芑》，宣王南征也。”又方玉润《诗经原始》：“前三章皆言车马、旂帜、佩服之盛，而进退有节，秋毫无犯，禽鸟不惊，是王者师行气象。然非大帅统率有方，何能如是严肃乎？故每章皆言‘方叔率止’，以见节制之严耳。末乃大声疾呼，如雷震蛰，唤醒蛮荆敢抗王师。再以猃狁之事摄之，故不觉其畏威而来服也。”

车　攻

我车既攻，[1]	我的车子修整既牢固，
我马既同。[2]	我的马儿行动既相同。
四牡庞庞，[3]	四匹雄马真壮实，
驾言徂东。[4]	驾着车子跑向东。
田车既好，	打猎车子既备好，
四牡孔阜。[5]	四匹雄马很服帖。
东有甫草，[6]	东有甫田好野草，
驾言行狩。	驾车可以去冬猎。
之子于苗，[7]	这个人在夏猎时，
选徒嚣嚣。[8]	选择徒众闹哗嚣。
建旐设旄，	竖起龙旗龟蛇旗，
搏兽于敖。[9]	捉住野兽在郑敖。
驾彼四牡，	驾着那四匹雄马，
四牡奕奕。	四匹雄马既习熟。
赤芾金舄，	红皮蔽膝金头鞋，
会同有绎。[10]	朝见天子相陆续。
决拾既佽，[11]	扳指护袖既安好，

弓矢既调。	张弓射箭又调正。
射夫既同，[12]	射箭的人既心同，
助我举柴。[13]	帮我积兽举得正。
四黄既驾，	四匹黄马既驾车，
两骖不猗。	两匹骖马不偏差。
不失其驰，[14]	驾车的人不错失，
舍矢如破。[15]	一箭中的不出差。
萧萧马鸣，	马儿萧萧地叫，
悠悠旆旌。	旗帜悠悠地飘。
徒御不惊，[16]	士兵驾车不喧哗，
大庖不盈。[17]	大厨子烧菜不多饶。
之子于征，	这个人去打猎，
有闻无声。	有名望无声音。
允矣君子，[18]	确实是君子人，
展也大成。[19]	确是有大的功成。

【注释】 1. 攻：坚固。 2. 同：一样。 3. 庞庞（lóng lóng 隆隆）：壮大。 4. 徂东：往东，往洛阳。 5. 阜：壮大。 6. 甫草：甫田之草。郑有甫田。 7. 苗：夏猎。 8. 选：通“算”。嚣嚣（áo áo 熬熬）：喧哗。 9. 敖：郑国地。 10. 会同：诸侯朝见天子。绎：连续不断。 11. 决拾既佽：决，钩弦具。拾，护臂具。佽（cì 次），调动好。 12. 同：协同。 13. 柴（zì 字）：

积兽。　14. 不失其驰：御者驾车得法。　15. 舍矢如破：发箭皆中。　16. 徒御：兵士和驾车人。不惊：不喧哗。　17. 大庖：大厨子。不盈：不使饭菜过多。　18. 允：信。　19. 展：确实。

【评析】　《毛诗序》："《车攻》，宣王复古也。宣王能内修政事，外攘夷狄，复文、武之境土，修车马，备器械，复会诸侯于东都，因田猎而选车徒焉。"《笺》："东都，王城也。"当时"文、武之境土"已归于秦了。

吉　日

吉日维戊，[1]	吉祥的日子是初五，
既伯既祷。[2]	既祭马祖神还祷告。
田车既好，	打猎车子既备好，
四牡孔阜。	四匹雄马很强壮。
升彼大阜，	登上大坡真是好，
从其群丑。[3]	追赶群兽不算少。
吉日庚午，[4]	吉祥日子是初七，
既差我马。[5]	既选我马在猎中。
兽之所同，[6]	野兽聚集水泽中，
麀鹿麌麌。[7]	母鹿成群好相从。
漆沮之从，[8]	漆沮流域可追从，
天子之所。	天子打猎处所同。

瞻彼中原，[9]	看望那个平原中，
其祁孔有。[10]	多有大兽类不同。
儦儦俟俟，[11]	有的奔跑有的走，
或群或友。[12]	或三或两是相从。
悉率左右，	尽率左右来打猎，
以燕天子。	以请天子欢宴中。
既张我弓，	既拉开我的弓，
既挟我矢。	既挟起我箭头。
发彼小豝，[13]	射中那小野猪，
殪此大兕。[14]	射死这大野牛。
以御宾客，	用来款待我宾客，
且以酌醴。[15]	并且用来佐甜酒。

【注释】 1. 戊：指初五日，为刚日，即十日中一、三、五、七、九为单日，即甲、丙、戊、庚、壬，余为双日。 2. 既伯既祷：伯，马祖神。祷，向神祷告。 3. 从：追逐。群丑：成群野兽。 4. 庚午：指初七日。 5. 差：选择。 6. 同：犹聚。 7. 麀（yōu 优）鹿：母鹿。麌麌（yǔ yǔ 雨雨）：麀群聚貌。 8. 漆沮：漆水、沮水流域。 9. 中原：原中。 10. 祁（qí 其）：指大兽。 11. 儦儦（biāo biāo 标标）：奔跑貌。俟俟（sì sì 四四）：行走貌。12. 群：兽三为群。友：兽二为友。 13. 豝（bā 巴）：野猪。 14. 殪（yì 意）：射死。兕（sì 似）：野牛。 15. 醴（lǐ 礼）：甜酒。

【评析】 这诗的解释有二：一是《毛诗序》："《吉日》，美宣王田也。能慎微接下，无不自尽以奉其上焉。”二是姚际恒《诗经通论》：“慎微接下云云，似经师迂曲之说，诗中本无此意。”

鸿　雁

鸿雁于飞，	鸿雁在飞，
肃肃其羽。[1]	翅膀发出肃肃响。
之子于征，	这个人服役，
劬劳于野。[2]	在野地里劳苦难状。
爰及矜人，[3]	于是连到可怜人，
哀此鳏寡。[4]	哀伤这些鳏寡苦状。

鸿雁于飞，	鸿雁在飞，
集于中泽。	停在沼泽中。
之子于垣，	这个人在筑墙，
百堵皆作。[5]	几百丈高墙极高崇。
虽则劬劳，	虽极辛劳，
其究安宅。[6]	终究安民居宅中。

鸿雁于飞，	鸿雁在飞，
哀鸣嗷嗷。	嗷嗷地哀叫。
维此哲人，[7]	只有这聪明人，
谓我劬劳。	说我辛劳。

维彼愚人，	只有那愚蠢人，
谓我宣骄。[8]	说我宣扬骄傲。

【注释】 1. 肃肃：羽声。 2. 劬（qú 渠）劳：辛苦劳累。 3. 爰：语助词。矜人：可怜人。 4. 鳏（guān 官）：老而无妻者。寡：老而无夫者。 5. 堵：墙壁。一丈为板，五板为堵。 6. 究：终究。宅：居。 7. 哲人：聪明人。8. 宣骄：逞强。

【评析】 这诗的解释有二：一是《毛诗序》："《鸿雁》，美宣王也。万民离散，不安其居，而能劳来还定安集之，至于矜寡，无不得其所焉。"二是方玉润《诗经原始》："且诗言'哀鸣'，而释者乃云'闲歌'，非惟与诗不类，事亦并出情理之外矣，其可乎哉？"诗中虽无"闲歌"字，但云"哀此鳏寡"，则所哀者非鳏寡可知，所以谓"闲歌"也。

庭燎

夜如何其？	夜怎样了？
夜未央。[1]	夜没有亮。
庭燎之光。[2]	庭院里大烛的光。
君子至止，[3]	君子人到来了，
鸾声将将。	鸾铃锵锵地响。

夜如何其？	夜怎样了？
夜未艾。[4]	夜没有亮。

庭燎晣晣。[5]	庭院里大烛的一点亮。
君子至止，	君子人到来了，
鸾声哕哕。[6]	銮铃暗暗地响。

夜如何其？	夜怎样了？
夜乡晨。	夜将亮。
庭燎有辉。	庭院里大烛有光。
君子至止，	君子人到来了，
言观其旂。	看见他的旗在飘扬。

【注释】 1. 夜未央：夜未尽。 2. 庭燎：庭中火炬，庭中大烛。 3. 君子：指诸侯。 4. 艾：止，尽。 5. 晣晣（zhé zhé 哲哲）：光明。 6. 哕哕（huì huì 会会）：铃声。

【评析】 《毛诗序》："《庭燎》，美宣王也。因以箴之。"《笺》："诸侯将朝，宣王以夜未央之时问夜早晚。美者，美其能自勤以政事。'因以箴'者，王有鸡人之官，凡国事为期，则告之以时。王不正其官，而问夜早晚。"

沔 水

沔彼流水，[1]	满满的流水，
朝宗于海。[2]	流向大海像朝见帝王。
鴥彼飞隼，	疾飞的那隼鸟，
载飞载止。	有时飞有时停藏。

嗟我兄弟，	感叹我的兄弟，
邦人诸友，[3]	国人诸侯友方，
莫肯念乱，[4]	不肯止乱复礼，
谁无父母。	谁没有父母可启。
沔彼流水，	满满的流水，
其流汤汤。	它的流声洋洋。
鴥彼飞隼，	疾飞的那隼鸟，
载飞载扬。	有时飞有时高扬。
念彼不迹，[5]	想那不规则的人，
载起载行。	有时起来有时行。
心之忧矣，	我的心是忧了，
不可弭忘。[6]	不可以停止轻忘。
鴥彼飞隼，	疾飞的那隼鸟，
率彼中陵。	飞向那土山中。
民之讹言，	人们的谣言，
宁莫之惩。	怎么可以不惩凶。
我友敬矣，[7]	我的朋友警惕了，
谗言其兴。	谗言怎能兴从。

【注释】 1. 沔（miǎn 免）：水流满貌。 2. 朝宗：以河水入海，比诸侯朝见天子。 3. 兄弟：比同姓诸侯。邦人：比异姓臣。 4. 念乱：止乱。 5. 不

迹：不规则的事，不道德的事。 6.弭（mǐ米）：止，息。 7.敬：通“警”，警惕。

【评析】 这诗的解释有二：一是《毛诗序》：“《沔水》，规宣王也。”《笺》：“规者，正圆之器也。规主仁恩也，以恩亲正君曰规。《春秋传》曰：‘近臣尽规。’”二是方玉润《诗经原始》：“案：宣王初政，多乱定归来之诗，后皆美辞，无所谓忧乱也。其朝周、召二公辅政，几复成、康之旧，何谗之有？然诗前云‘念乱’，后言‘谗兴’，分明乱世多谗、贤臣遭祸景象，而岂宣王世乎？此诗必有所指，特错简耳。”

鹤 鸣

鹤鸣于九皋，[1]	鹤在极远处叫，
声闻于野。	声音传到野处。
鱼潜在渊，	鱼儿潜伏在深渊，
或在于渚。	有时在绕水的小渚。
乐彼之园，	喜欢那个园子，
爰有树檀，	在园里种有檀树，
其下维萚。[2]	它的下面有落下萚。
它山之石，	别的山里的石，
可以为错。[3]	可以做磨刀石。

鹤鸣于九皋，	鹤在极远处叫，
声闻于天。	声音传到天际处。

鱼在于渚，	鱼儿在绕水的小渚，
或潜在渊。	有时潜伏在深渊。
乐彼之园，	喜欢那个园子，
爰有树檀，	在园里种有檀树，
其下维榖。[4]	它的下面有榖树。
它山之石，	别的山里的石，
可以攻玉。	可以磨玉使它白。

【注释】 1. 九皋（gāo 高）：九折泽，泽中水溢出称一折，九折指极远处。2. 萚（tuò 唾）：树脱落的皮。 3. 错：可琢玉的石。 4. 榖：即楮树，皮可制纸。

【评析】 《毛诗序》："《鹤鸣》，诲宣王也。"《笺》："诲，教也。教宣王求贤人之未仕者。"

卷五

小 雅

祈父之什

祈　父

祈父，[1]	司马，
予王之爪牙。[2]	我是王的爪牙。
胡转予于恤，[3]	为什么陷我到忧患呀，
靡所止居。	没有安居呀。
祈父，	司马，
予王之爪士。[4]	我是王的爪牙。
胡转予于恤，	为什么陷我到忧患呀，
靡所底止。[5]	没有安居呀。
祈父，	司马，
亶不聪。[6]	确实是不聪呀。
胡转予于恤，	为什么陷我到忧患呀，
有母之尸饔。[7]	有母谁主熟食呀。

【注释】　1. 祈父：即圻父，官名，是职掌边处兵甲的司马。　2. 爪牙：指将军。　3. 转：移，陷。恤（xù 序）：忧。　4. 爪士：虎臣。　5. 底：至。6. 亶（dǎn 胆）：诚。　7. 尸：主。饔（yōng 庸）：熟食。

【评析】 《毛诗序》:“《祈父》,刺宣王也。”《笺》:“刺其用祈父,不得其人也。官非其人则职废。祈父之职,掌六军之事,有九伐之法。”又方玉润《诗经原始》:“此禁旅责司马征调失常之诗。诸家皆无异言,唯毛、郑以千亩之败实之,而《集传》又谓军士怨于久役,故呼祈父而告之,是主久戍言也。……独是宣王中兴,周室复振,几四十年。至是,始以诸侯勤王不力之故,而致王师败绩,朝纲再坠,则怨而责之者,不亦宜乎?”

白驹

皎皎白驹,[1]	洁白有光的白马,
食我场苗。	吃我场里的豆苗。
絷之维之,[2]	绊住它来系住它,
以永今朝。	来留住他过今朝。
所谓伊人,	所说的那个人,
于焉逍遥。[3]	在这儿可以逍遥。
皎皎白驹,	洁白有光的白马,
食我场藿。	吃我场里的豆茎。
絷之维之,	绊住它来系住它,
以永今夕。	留住他过今夜这时辰。
所谓伊人,	所说的那个人,
于焉嘉客。	在这儿是好客人。
皎皎白驹,	洁白有光的白马,

贲然来思。[4]	有光彩地到来。
尔公尔侯，	封您公爷或侯爷，
逸豫无期。[5]	安乐过活没期限。
慎尔优游，	谨慎您的游乐，
勉尔遁思。[6]	望您不要隐遁不来。

皎皎白驹，	洁白有光的白马，
在彼空谷。[7]	跑在没有人的山谷。
生刍一束，	有嫩青草一束，
其人如玉。	那个人像白玉。
毋金玉尔音，[8]	别爱惜您像金玉的声音，
而有遐心。[9]	对我有疏远的心。

【注释】 1. 皎皎：洁白，光明，指马毛说。 2. 絷（zhí 执）：绊。维：系住。 3. 焉：此，这儿。 4. 贲（bì 闭）然：光彩貌。 5. 逸豫：安乐。 6. 勉尔遁思：望他勿遁。勉，抑止。遁，隐遁。 7. 空谷：无人的山谷。 8. 音：音信。 9. 遐：远去。

【评析】 这诗的解释有二：一是《毛诗序》："《白驹》，大夫刺宣王也。"《笺》："刺其不能留贤也。"二是《诗三家义集疏》："鲁说曰：'《白驹》者，失朋友之所作也。其友贤而居任也，衰乱之世，君无道，不可匡辅，依违成风，谏不见受。国士咏而思之，援琴而长歌。'"

黄　鸟

黄鸟黄鸟，	黄鸟呀黄鸟，
无集于榖，[1]	不要会集在树榖，
无啄我粟。	不要吃我的粟。
此邦之人，	这个侯国的人，
不我肯穀。[2]	不肯好好地待我活。
言旋言归，	说要转身回去，
复我邦族。[3]	回到我国的宗族。
黄鸟黄鸟，	黄鸟呀黄鸟，
无集于桑，	不要会集在柔桑，
无啄我粱。	不要吃我的高粱。
此邦之人，	这个侯国的人，
不可与明。[4]	不可以同他结盟。
言旋言归，	说要转身回去，
复我诸兄。	回去找我众兄。
黄鸟黄鸟，	黄鸟呀黄鸟，
无集于栩，[5]	不要会集在苞栩，
无啄我黍。	不要啄我的黍。
此邦之人，	这个侯国的人，
不可与处。	不可以和他们相处。

言旋言归，	说要转身回去，
复我诸父。	回去找我众伯父叔父。

【注释】 1. 榖（gǔ 谷）：树名，即楮树，皮可制纸。 2. 穀（gǔ 谷）：善。 3. 复：回返。 4. 明（méng 盟）：通“盟”。 5. 栩（xǔ 许）：柞树。《唐风·鸨羽》：“集于苞栩。”

【评析】 这诗的解释有二：一是《毛诗序》：“《黄鸟》，刺宣王也。”《笺》：“刺其以阴礼教亲而不至，联兄弟之不固。”二是朱熹《诗集传》：“今按诗文，未见其为宣王之世，下篇亦然。”“民适异国，不得其所，故作此诗。”

我行其野

我行其野，	我在野地里走，
蔽芾其樗。[1]	看到臭椿的幼芽。
昏姻之故，	因为婚姻的缘故，
言就尔居。	我到你住处不差。
尔不我畜，[2]	你不肯养育我，
复我邦家。	我回到我的邦家。
我行其野，	我在野地里走，
言采其蓫。[3]	采羊蹄草充腹。
昏姻之故，	因为婚姻的缘故，
言就尔宿。	我就来你处住宿。

尔不我畜，	你不肯养育我，
言归思复。	我回去想归复。

我行其野，	我在野地里走，
言采其葍。[4]	采那种小旋花。
不思旧姻，	你不念那旧婚姻，
求尔新特。[5]	求那新的匹偶嘉。
成不以富，[6]	虽实不因为贪富，
亦祇以异。	也只因你异心吧。

【注释】 1. 蔽芾（fèi 费）：幼小貌。樗（chū 初）：臭椿，叶有臭味。2. 畜：养。 3. 蓫（zhú 逐）：草名，一称羊蹄。 4. 葍（fú 福）：多年生蔓草，一名小旋花，地下茎可食。 5. 特：匹配。 6. 成：通"诚"。

【评析】 这诗的解释有二：一是《毛诗序》："《我行其野》，刺宣王也。"《笺》："刺其不正嫁娶之数，而有荒政，多淫昏之俗。"二是朱熹《诗集传》："民适异国，依其婚姻而不见收恤，故作此诗。""言尔之不思旧姻而求新匹也，虽实不以彼之富而厌我之贫，亦只以其新而异于故耳。此见诗人责人忠厚之意。"

斯　干

秩秩斯干，[1]	流动的溪涧，
幽幽南山。[2]	幽深的终南山。

如竹苞矣，[3]	像竹子的丛生了，
如松茂矣。	像松树的茂盛了。
兄及弟矣，	兄和弟，
式相好矣，	互相友好了，
无相犹矣。[4]	没有相指责了。
似续妣祖，[5]	继承先妣和先祖，
筑室百堵，	建筑宫室墙百堵，
西南其户。	门户朝着西南向。
爰居爰处，	于是用这里作居处，
爰笑爰语。	于是笑于是语。
约之阁阁，[6]	捆束墙版声阁阁，
椓之橐橐。[7]	敲打泥土声托托。
风雨攸除，	风雨免除不为虐，
鸟鼠攸去，	鸟鼠赶去不作恶，
君子攸芋。[8]	君子以此住新作。
如跂斯翼，[9]	像企望那样站稳，
如矢斯棘，[10]	像发箭那样笔直，
如鸟斯革，[11]	像鸟飞那样变革，
如翚斯飞，[12]	像野鸡那样展翅，
君子攸跻。[13]	君子人登堂进入。

殖殖其庭，[14]	平正的前庭，
有觉其楹。[15]	有高大柱子直陈。
哙哙其正，[16]	白天显得明亮，
哕哕其冥，[17]	夜里显得光明，
君子攸宁。	君子住了安宁。
下莞上簟，[18]	下面蒲席上竹席，
乃安斯寝。	是可以安寝最嘉。
乃寝乃兴，	是寝了是起来，
乃占我梦。	是占卜我的梦啊。
吉梦维何？	吉梦是什么？
维熊维罴，[19]	是熊是罴，
维虺维蛇。[20]	是小蛇和大蛇。
大人占之，[21]	请太卜占梦，
维熊维罴，	是熊是罴，
男子之祥；	是生男儿的吉祥；
维虺维蛇，	是小蛇是大蛇，
女子之祥。	是生女儿的吉祥。
乃生男子，	是生男儿，
载寝之床，	睡在大床，
载衣之裳，	穿上衣裳，

载弄之璋。[22]	玩弄玉璋。
其泣喤喤，	他的哭泣喤喤，
朱芾斯皇，[23]	穿上蔽膝辉煌，
室家君王。	成立家庭为君王。

乃生女子，	是生女儿，
载寝之地，	睡在大地，
载衣之裼，[24]	穿上抱衣，
载弄之瓦。[25]	玩弄纺线锤。
无非无仪，[26]	没有是没有非，
唯酒食是议，	只有酒食可商议，
无父母贻罹。	不要使父母遭非议。

【注释】　1. 秩秩：流行貌。干：溪涧。　2. 幽幽：深远貌。南山：终南山，在陕西西安市南。　3. 苞：本。　4. 犹：通“尤”，过失。　5. 似续：通“嗣续”，继承。　6. 约：束。阁阁：犹历历，言束板之绳历历可数。　7. 椓（zhuó 酌）：夯打。橐橐（tuó tuó 驼驼）：用杵击土声。　8. 攸：语助。芋：通“宇”，居。　9. 跂（qì 汽）：企，踮起脚后跟站着。翼：如鸟张翼。　10. 棘（jí 吉）：急也，矢行缓则枉，急则直，急有直义。此章用四个比喻来比建筑物的各种形态，线条的整齐挺耸，以及装饰的华彩。　11. 革：变也，鸟飞则变静止状态。　12. 翚（huī 辉）：野鸡毛羽五彩称翚。　13. 跻（jī 基）：登，升上。　14. 殖殖：平正。　15. 觉：高大。楹：通“楹”，柱子。　16. 哙哙（kuài kuài 快快）：宽明貌。正：昼也。　17. 哕哕（huì huì 会会）：光明貌。冥：夜。　18. 莞（guān 关）：蒲席。　19. 罴（pí 皮）：熊的一种，比熊更猛。　20. 虺（huǐ 毁）：小蛇。　21. 大人：即太卜，占梦

官。 22. 璋：玉器。 23. 朱芾（fèi 费）：蔽膝，古代天子、诸侯的一种服饰，用以蔽膝的。 24. 裼（tì 惕）：婴儿的包被。 25. 瓦：古代纺线的纺锤。 26. 仪：善。

【评析】 这诗的解释有二：一是《毛诗序》："《斯干》，宣王考室也。"《笺》："考，成也。德行国富，人民殷众而皆佼好，骨肉和亲。宣王于是筑宫庙，群寝既成而釁之，歌《斯干》之诗以落之，此之谓成室。宗庙成，则又祭先祖。"二是《诗三家义集疏》："鲁说曰：'周德既衰而奢侈，宣王贤而中兴，更为俭宫室，小寝庙。诗人美之，《斯干》之诗是也。上章道宫室之如制，下章言子孙之众多也。'""昔周王德衰而《斯干》作，应运变化，自古有之。"

无 羊

谁谓尔无羊？	谁说你没有羊群？
三百维群。	三百头羊成一群。
谁谓尔无牛？	谁说你没有牛？
九十其犉。[1]	七尺黄牛九十头。
尔羊来思，	你的羊群来了，
其角濈濈。[2]	它的角集合成群好。
尔牛来思，	你的牛来了，
其耳湿湿。[3]	反刍时候把耳摇。

或降于阿，	有的牛羊下坡岗，

或饮于池，	有的喝水在池旁，
或寝或讹。[4]	有的睡觉有的游逛。
尔牧来思，	你的牧人来了，
何蓑何笠，[5]	披着蓑衣戴着笠，
或负其糇。	有时背着那干粮。
三十维物，[6]	牛羊毛色三十种，
尔牲则具。	作为牲口都备得。
尔牧来思，	你的牧人来了，
以薪以蒸，[7]	带来粗柴和细草，
以雌以雄。	带来雌兽和雄鸟。
尔羊来思，	你的羊来了，
矜矜兢兢，[8]	都是强壮个个好，
不骞不崩。[9]	没有亏损没病了。
麾之以肱，	用臂来指挥它，
毕来既升。[10]	全都进入圈儿好。
牧人乃梦，	牧人于是做好梦，
众维鱼矣，[11]	蝗虫变做鱼儿了，
旐维旟矣。[12]	龟蛇旗变做隼鸟旗了。
大人占之，	太卜因此占卜它，
众维鱼矣，	蝗虫变成鱼儿了，
实维丰年。	这是丰年征兆好。

旐维旟矣，　　　龟蛇旗变做隼鸟旗了，
室家溱溱。[13]　　　子孙众多室家好。

【注释】　1. 犉（rún）：牛七尺为犉。　2. 濈濈（jí jí 辑辑）：聚集貌。　3. 湿湿（qì qì 泣泣）：牛反刍时摇动耳朵。　4. 讹（é 哦）：行动。　5. 何：通“荷”，披戴。　6. 物：色。　7. 蒸：粗曰薪，细曰蒸。　8. 矜矜、兢兢：紧张貌。　9. 骞、崩：亏损，群疾。　10. 升：登入，入牢。　11. 众：通“螽”，蝗虫。　12. 旐、旟：画龟蛇旗为旐，画隼鸟旗为旟。见《诗·鄘风·干旄》。　13. 溱溱（zhēn zhēn 真真）：众多。

【评析】　《毛诗序》：“《无羊》，宣王考牧也。”《笺》：“厉王之时，牧人之职废，宣王始兴而复之，至此而成，谓复先王牛羊之数。”

节南山

节彼南山，[1]　　　那高峻的终南山，
维石岩岩。[2]　　　只有大石堆积成山峦。
赫赫师尹，[3]　　　威风凛凛的尹太师，
民具尔瞻。[4]　　　人民都在向您看。
忧心如惔，[5]　　　心中忧愁像火烧，
不敢戏谈。　　　不敢戏笑作谈端。
国既卒斩，[6]　　　国家既经尽灭绝，
何用不监！[7]　　　为什么不起来察看！

节彼南山，	那高峻的终南山，
有实其猗。[8]	有广大的山坡。
赫赫师尹，	威风凛凛的尹太师，
不平谓何？	做事不平说什么？
天方荐瘥，[9]	天正要降严重的瘟疫，
丧乱弘多。	死丧混乱大而多。
民言无嘉，	人民没有好话说，
憯莫惩嗟！[10]	曾经没有惩戒乎！

尹氏大师，	尹氏您是太师，
维周之氐，[11]	是周朝的根柢，
秉国之均，[12]	掌握国家的政权，
四方是维，[13]	四方靠您来纲维，
天子是毗，[14]	天子是依靠您，
俾民不迷。	使人民不受迷。
不吊昊天，[15]	不善的上天，
不宜空我师。[16]	不该困乏我们大众受饥。

弗躬弗亲，	对事不亲自过问，
庶民弗信。	人民对您不相信。
弗问弗仕，[17]	您不问不察事，
勿罔君子。	不要欺骗君子问讯。
式夷式已，[18]	或被伤害或停职，

无小人殆。	不要受小人斥摈。
琐琐姻亚，[19]	小小的亲眷，
则无膴仕。[20]	不要高官厚禄相允。
昊天不傭，[21]	上天不公匀，
降此鞠讻。[22]	降下这个极凶灾。
昊天不惠，	上天不恩惠，
降此大戾。[23]	降下这个大灾难。
君子如届，[24]	君子如果到来过问，
俾民心阕。[25]	使人民心里不为难。
君子如夷，[26]	君子如果受伤残，
恶怒是违。	恶怒您是违背亲规。
不吊昊天，	不善的上天，
乱靡有定。	乱没有安定。
式月斯生，	乱子月月在发生，
俾民不宁。	使得人民不安宁。
忧心如酲，[27]	忧心像酒醉，
谁秉国成？	谁掌握国政？
不自为政，	不自己管好国政，
卒劳百姓。	终于劳苦百姓。
驾彼四牡，	四匹雄马驾着车，

四牡项领。[28]	四匹雄马粗项领。
我瞻四方，	我看那四方天下，
蹙蹙靡所骋！[29]	局促得没法驰骋。
方茂尔恶，	正在增加您的罪恶，
相尔矛矣！	观察您的矛对谁啊！
既夷既怿，[30]	既然又和平又快乐，
如相酬矣。[31]	像相酬对啊。
昊天不平，	上天不公平，
我王不宁。	我王不安宁。
不惩其心，	您不去惩戒您的心，
覆怨其正。	还怨劝您改正的人。
家父作诵，[32]	家父作了这篇讽，
以究王讻。	用来追究王的凶。
式讹尔心，[33]	快快改变您的心，
以畜万邦。[34]	用来安定万邦中。

【注释】 1. 节：高峻貌。 2. 岩岩：积石貌。 3. 师尹：太师尹氏。太师，周三公之一，掌兵权。尹氏，周大臣尹吉甫的后代。 4. 具：俱。 5. 惔（tán 谈）：火烧。 6. 卒：尽。斩：灭绝。 7. 监：监察。 8. 有实其猗：实指广大。猗指山坡。山坡广大。 9. 荐：重。瘥（cuó 矬）：疫病。 10. 憯：

同“惨”，语助词，犹曾。惩：止。嗟：语末助词。 11. 氐：柢，根柢。 12. 秉均：掌握大权。“均”，同“钧”。 13. 维：维系。 14. 毗（pí 疲）：辅助。 15. 吊：善。 16. 空：空乏。 17. 仕：察事。“仕”通“事”。 18. 式夷式已：受伤或停职。夷，伤。已，完结。 19. 琐琐：小貌。姻亚：婿之父曰姻，两婿相谓曰亚。 20. 膴（wǔ 舞）仕：厚加任用，即高位厚禄。 21. 傭：均。 22. 鞠讻：极凶。 23. 戾：灾祸。 24. 届：极，止。 25. 阕（què 却）：止息。 26. 夷：伤。 27. 酲（chéng 成）：病于酒。 28. 项领：头颈粗大，不能驾车，喻马不能用，比大臣不能用。 29. 蹙蹙（cù cù 促促）：局促不舒展。 30. 怿：喜悦。 31. 酬：应酬，言反复无常。 32. 作诵：通“作讽”，作诗讽谏。 33. 讹（é 俄）：化。 34. 畜：养，休养，安定。

【评析】 这诗的解释有二：一是《毛诗序》：“《节南山》，家父刺幽王也。”《笺》：“家父，字，周大夫也。”二是《诗三家义集疏》：“齐说曰：‘周室之衰，其卿大夫缓于谊而急于利，亡推让之风而有争田之讼，故诗人疾而刺之曰：“节彼南山，惟石岩岩。赫赫师尹，民具尔瞻。”尔好谊则民向仁而俗善，尔好利则民好邪而俗败。’”

正 月

正月繁霜，[1]	四月里下了许多霜，
我心忧伤。	使我的心里很忧伤。
民之讹言，	民间的谣言，
亦孔之将。[2]	也是很猖狂。
念我独兮，	念我孤独啊，

忧心京京。[3]	心里惊恐忧难忘。
哀我小心，	悲哀我的小心，
瘋忧以痒。[4]	极忧得发病那样。
父母生我，	父母生养我，
胡俾我瘉？[5]	为什么使我受痛苦？
不自我先，	不在我以前，
不自我后。	不在我以后。
好言自口，	好话出自口，
莠言自口。[6]	恶话出自口。
忧心愈愈，[7]	心里越来越忧愁，
是以有侮。	越是有人来欺侮。
忧心惸惸，[8]	心里非常忧愁，
念我无禄。	想我没有福禄。
民之无辜，	人们本来没有罪，
并其臣仆。[9]	牵连到他的奴仆。
哀我人斯，	悲哀我这个人啊，
于何从禄？	从什么地方得到福禄？
瞻乌爰止，[10]	看到乌鸦所停处，
于谁之屋？	在谁家的房屋？
瞻彼中林，	看看那树林里，

侯薪侯蒸。[11]	只可樵柴和割草。
民今方殆，	人们如今正苦难，
视天梦梦。[12]	看天昏昏也不晓。
既克有定，[13]	既然能够使乱定，
靡人弗胜。[14]	没有人不能取胜。
有皇上帝，[15]	高高在上的君王，
伊谁云憎？[16]	是谁敢对他憎恨？
谓山盖卑？[17]	说山为何说它低？
为冈为陵。	可它都是大冈陵。
民之讹言，	民间的谣言，
宁莫之惩。	难道没法加以戒惩。
召彼故老，	召集那些旧的老人，
讯之占梦。	问他占卜梦兆。
具曰予圣，	都说自己圣明，
谁知乌之雌雄？	谁知道乌鸦的雌雄？
谓天盖高？	说天何以这样高？
不敢不局。[18]	却不敢不弯腰。
谓地盖厚？	说地何以这样厚？
不敢不蹐。[19]	却不敢不小心走路。
维号斯言，	说这样呼号的话，
有伦有脊。[20]	有道理有根据。

哀今之人，	悲哀现在的人，
胡为虺蜴？[21]	为什么把上者看做虺蜴？

瞻彼阪田，[22]	看那坡上田，
有菀其特。[23]	有茂盛的苗。
天之扤我，[24]	天要来动摇我，
如不我克，	如果不能制胜我，
彼求我则，[25]	他便求我，
如不我得，	惟恐求不到我，
执我仇仇，[26]	求到我又傲慢我，
亦不我力。[27]	也不用我。

心之忧矣，	心里忧愁啊，
如或结之。	像有什么结扎它。
今兹之正，[28]	今天这样政治，
胡然厉矣？	为什么这样暴虐？
燎之方扬，	火烧得正旺，
宁或灭之。	难道有人灭它。
赫赫宗周，[29]	威严的西周，
褒姒灭之！[30]	褒姒来灭亡它！

终其永怀，	既经永久伤怀，
又窘阴雨。	又碰上天的阴霾。

其车既载，	车既把东西装载，
乃弃尔辅。[31]	抛弃了你的车箱板。
载输尔载，[32]	堕下你的运载，
将伯助予。[33]	呼叫大哥帮运材。

无弃尔辅，	不要抛弃你的车箱板，
员于尔辐。[34]	加固你的车子辐。
屡顾尔仆，	屡次顾看你的奴仆，
不输尔载。	不要使你的运载有失落。
终逾绝险，	终于越过危险地，
曾是不意。[35]	可是你却不以为意。

鱼在于沼，	鱼在池沼，
亦匪克乐。	不能快乐。
潜虽伏矣，	潜水虽然伏了，
亦孔之炤。[36]	但仍清楚见到了。
忧心惨惨，[37]	忧心惨惨，
念国之为虐。	想国家的政事浑浊。

彼有旨酒，	他有美酒，
又有嘉肴。	又有好的菜肴。
洽比其邻，[38]	和好了他的邻居，
昏姻孔云。[39]	跟亲眷非常好。

念我独兮，	念我孤独啊，
忧心慇慇。[40]	心里忧愁怎么了。

佌佌彼有屋，[41]	小小的人他有屋，
蔌蔌方有穀。[42]	鄙陋的人他有禄。
民今之无禄，	人们今天没有福禄，
天夭是椓。[43]	天摧残他是虐。
哿矣富人，[44]	好过的是富人，
哀此惸独！	哀怜我这孤独！

【注释】 1. 正月：夏历四月。繁：多。 2. 将：大。 3. 京京：忧愁不止。 4. 癙（shǔ 鼠）忧：极忧。痒（yǎng 氧）：病。 5. 瘉（yù 育）：病，转为痛苦。 6. 莠：恶。 7. 愈愈：忧惧貌。 8. 惸惸（qióng qióng 琼琼）：忧念貌。 9. 并：使。臣仆：奴仆。 10. 瞻乌爰止：相传乌落在谁家，即谁家富。 11. 侯薪侯蒸：维薪维蒸，维集薪处维集草，维集贤处维集小人。 12. 梦梦：昏愦。 13. 定：定乱。 14. 弗胜：不胜过王为乱。 15. 皇上帝：指君王。 16. 伊：是。憎：恨。 17. 盖：同"盍"。 18. 局：同"跼"。 19. 蹐：小步累足。 20. 伦：道也。脊：同"迹"。 21. 胡为虺蜴：言人畏惧官吏何以如虺蜴。 22. 阪田：山坂上的田。 23. 菀（yù 郁）：茂盛貌。特：特出的苗。 24. 扤（wù 误）：动摇。 25. 则：语助词。 26. 仇仇：傲慢貌。 27. 不我力：即不我用。 28. 正：指执政者。 29. 宗周：指西周。 30. 褒姒：褒国之女，周幽王后。 31. 辅：车箱板。 32. 输：堕也。 33. 伯：长者。 34. 员：益也。 35. 曾是不意：乃不以是为意。 36. 炤：一作"昭"，明也。 37. 惨惨：忧郁貌。 38. 洽：和协。邻：亲近的人。 39. 云：周旋。 40. 慇慇：同"殷殷"，指悲痛。 41. 佌佌（cǐ cǐ 此此）：低

微。 42. 蔌蔌（sù sù 素素）：鄙陋。穀：俸禄。 43. 夭：摧残。椓：以斧劈柴，喻打击。 44. 哿（gě 舸）：表称许。

【评析】 这诗的解释有二：一是《毛诗序》："《正月》，大夫刺幽王也。"二是方玉润《诗经原始》："此必天下大乱，镐京亦亡在旦夕，其君若臣，尚纵饮宣淫，不知忧惧，所谓燕雀处堂自以为乐，一朝突（烟囱）决栋焚，而怡然不知祸之将及也。故诗人愤极而为是诗，亦欲救之无可救药时矣。"

十月之交

十月之交，[1]	十月开头，
朔日辛卯，[2]	初一是辛卯，
日有食之，	又是次日蚀，
亦孔之丑。[3]	也是很不好。
彼月而微，	那月光不亮，
此日而微。[4]	这天太阳也不亮。
今此下民，	现在这儿老百姓，
亦孔之哀。	也很哀痛怎么了。
日月告凶，[5]	日蚀月蚀告凶象，
不用其行。[6]	不用走在轨道上。
四国无政，	四方国家无善政，
不用其良。	不用他们的贤良。
彼月而食，	那个月儿现月蚀，

则维其常，	则是走路还从常。
此日而食，	这天出现了日蚀，
于何不臧。	有什么事情是不良。

烨烨震电，[7]	光彩照耀像雷电，
不宁不令。	政事不善不安宁。
百川沸腾，	有像百川要沸腾，
山冢崒崩；[8]	有像山顶石碎崩；
高岸为谷，	高岸降下变深谷，
深谷为陵。	深谷上升变山陵。
哀今之人，	悲哀现在的人民，
胡憯莫惩？[9]	什么惨事不戒惩？

皇父卿士，	国家大臣是皇父，
番维司徒。	番氏做了司徒。
家伯维宰，	家伯做了冢宰，
仲允膳夫。	仲允做了膳夫。
棸子内史，	棸子做了内史，
蹶维趣马，	蹶氏做了养马夫，
楀维师氏，[10]	楀氏做了师氏，
艳妻煽方处。[11]	与美艳的皇后煽惑在一处。

抑此皇父，	叹息这皇父，

岂曰不时？	难道肯说自己不是？
胡为我作，	为什么让我服劳役，
不即我谋？	不和我谈事？
彻我墙屋，	拆毁我的墙屋，
田卒污莱。[12]	田里水不流草不治。
曰予不戕，	反说我没伤害你，
礼则然矣。	礼治便是如此。
皇父孔圣，[13]	皇父以为很明圣，
作都于向。	在向邑筑了都城。
择三有事，[14]	有事用人选三卿，
亶侯多藏。	专权敛财多宝珍。
不慭遗一老，[15]	不愿遗留一元老，
俾守我王。	使他守卫我王作大臣。
择有车马，	选择富有车马人，
以居徂向。	用来迁居到向城。
黾勉从事，	我勉力做事，
不敢告劳。	不敢说辛劳。
无罪无辜，	没有罪没有辜，
谗口嚣嚣。	谗人的嘴却哓哓。
下民之孽，[16]	百姓受了灾祸，
匪降自天。	不是天上降一遭。

噂沓背憎，[17]　　议论纷杂背后憎，
职竞由人。[18]　　专力争逐由人搞。

悠悠我里，[19]　　忧思在我心里，
亦孔之痗。[20]　　过于忧愁转成疾。
四方有羡，[21]　　四方的人有富裕，
我独居忧。　　我独处忧不敢息。
民莫不逸，　　人们没有不安逸，
我独不敢休。　　我独不敢自休息。
天命不彻，[22]　　天命不遵道理行，
我不敢傚我友自逸。　　我不敢效我友自安逸。

【注释】　1. 十月：当时称谓纯阴之月，阴盛阳衰，所以发生日蚀。经今人研究，是周幽王六年十月朔日，即公元前776年9月6日的日蚀，是世界上最早的有明确记录的日蚀。交：交替。　2. 朔日辛卯：初一辛卯日。当时用天干地支记日期，故称这天为辛卯。朔指初一。　3. 丑：恶。当时认为日蚀是不好的，所以称丑。　4. 微：月无光，指月蚀。日无光，指日蚀。　5. 告凶：告天下凶兆。当时人迷信日蚀是天告凶。　6. 行：道。　7. 烨烨（yè yè叶叶）：声光之盛。震电：如打雷闪电。　8. 冢：山顶。崒（zú足）：碎。9. 憯（cǎn惨）：乃。　10. 皇父、家伯、仲允：人名，皆称字。番、聚（zōu邹）、蹶（guì贵）、楀（jǔ举）：皆氏。师氏：掌司朝得失之事。　11. 艳：美色。煽：炽。方：正时。　12. 汙：水不通。莱：草丛生。　13. 圣：聪明。14. 择三：选择人任三公。　15. 慭（yìn印）：愿。　16. 孽：灾难。　17. 噂（zǔn樽）沓：议论纷杂。　18. 职：主。竞：强。　19. 悠悠：忧思。里：病。　20. 痗（mèi妹）：病。　21. 羡：宽裕。　22. 天命不彻：天命不合正道。

【评析】 这诗的解释有二：一是《毛诗序》："《十月之交》，大夫刺幽王也。"二是郑《笺》："当为刺厉王，作《诂训传》时移其篇第，因改之耳。《节》刺师尹不平，乱靡有定。此篇讥皇父擅恣，日月告凶。《正月》恶褒姒灭周，此篇疾艳妻煽方处。又幽王时司徒乃郑桓公友，非此篇所云番也，是以知然。"又《诗三家义集疏》："阮元云：'《大衍术·日食议》曰："《小雅·十月之交》，梁虞门以术推之，在幽王六年。《开元术》定交分四万三千四百二十九入食限。"《授时术议》曰："幽王六年十月辛卯朔，泛交十四日五千七百九分入食限。"盖自来推步家未有不与纬说异者。'"

雨无正

浩浩昊天，	大大的上天，
不骏其德。[1]	不能长赐恩德。
降丧饥馑，[2]	降下这饥荒，
斩伐四国。	残害我四方的邦国。
旻天疾威，[3]	上天暴虐，
弗虑弗图。	不考虑不谋图。
舍彼有罪，	舍弃那有罪，
既伏其辜。[4]	尽隐藏他的罪过。
若此无罪，	像这些无罪，
沦胥以铺。[5]	都沦没牵连把罪坐。

周宗既灭，	周朝的宗亲既已灭绝，
靡所止戾。[6]	没有地方住定当。
正大夫离居，[7]	正大夫离开所居住，
莫知我勚。[8]	没有人知道我辛苦备尝。
三事大夫，[9]	三公大夫，
莫肯夙夜。	莫肯早夜为国忙。
邦君诸侯，	各国诸侯，
莫肯朝夕。	莫肯早夜为国忙。
庶曰式臧，[10]	王做事近乎有改善，
覆出为恶。	但又出来作恶那能忘。
如何昊天，	怎样的上天，
辟言不信？[11]	法度的话不相信？
如彼行迈，	像那走远路，
则靡所臻。[12]	就没有知道止境。
凡百君子，	凡是众多的君子，
各敬尔身。	各自戒慎你的身。
胡不相畏？	为什么不互相畏惧？
不畏于天！	不怕天的雷震！
戎成不退，[13]	战争不停，
饥成不遂。[14]	饥荒不退。
曾我暬御，[15]	曾经是我这小侍御，

憯憯日瘁。[16]	忧愁得日以憔瘁。
凡百君子，	凡是众多的君子，
莫肯用讯。	没有用心箴规。
听言则答，[17]	中听的就答对，
谮言则退。[18]	谏诤的就斥退。

哀哉不能言！	悲哀我不能说话！
匪舌是出，[19]	不是舌头拙于应对，
维躬是瘁。	只是身子怕憔瘁。
哿矣能言，[20]	称许的话能够说，
巧言如流，	巧言像水流，
俾躬处休。	使自身处于安乐休。

维曰于仕，[21]	只说可以出仕，
孔棘且殆。[22]	国事很急难任事。
云不可使，	如说坏事不可使，
得罪于天子。	得罪于天子。
亦云可使，	如说坏事可以使，
怨及朋友。	怨到朋友怎么使。

谓尔迁于王都，	叫你迁到王的首都，
曰予未有室家。	说我那里还没有家室。
鼠思泣血，[23]	忧思到哭泣出血，

无言不疾！[24]　　没有我的话不嫉。
昔尔出居，　　从前你迁出居处时，
谁从作尔室？　　谁肯作好你家室？

【注释】　1. 骏：长。　2. 饥馑：谷不熟曰饥，菜不熟曰馑。　3. 疾威：暴虐。　4. 伏其辜：隐其罪。　5. 沦胥以铺：无罪的人皆因牵连而无辜受害。沦，陷。胥，相。铺，遍。　6. 戾：至。　7. 正大夫：大夫中的正，指大官。　8. 勚（yì 义）：劳。　9. 三事：三公。　10. 庶：庶几，近乎。11. 辟言：法度之言。　12. 臻（zhēn 贞）：至。　13. 戎成不退：即战争不息。　14. 遂：安也。　15. 暬（xiè 泄）御：侍御，王亲近之臣。　16. 憯憯（cǎn cǎn 惨惨）：忧貌。瘁（cuì 翠）：病。　17. 听言：顺从的话。　18. 谮（zèn）言：谏诤的话。　19. 出：通“拙”，拙劣。　20. 哿（gě 舸）：嘉许。21. 于：往。　22. 棘：急。殆：危。　23. 鼠：同“癙（shǔ 鼠）”，忧思。24. 疾：通“嫉”，嫉恨。

【评析】　这诗的解释有三：一是《毛诗序》：“《雨无正》，大夫刺幽王也。雨自上下者也，众多如雨，而非所以为政也。”二是《笺》：“亦当为刺厉王。王之所下教令甚多而无正也。”三是方玉润《诗经原始》：“首章天既降灾，又多不平，是善恶不分，天心难测时也。其所以然者，则以上失其道故耳。上之失道，又以左右无贤匡正其恶故耳。左右莫过宗亲，今之宗亲则灭迹而远蹈矣。其次正大夫，今之正大夫则分封而离居矣。又其次三事大夫，而今之三事大夫虽近在朝廷，‘莫肯夙夜’，靖共亦属无益。至邦君诸侯，则更各适己国，畴肯朝夕焉尽忠耶？是天灾若彼其盛，人心又若此其离，王庶几其一悟乎？乃更‘复出为恶’，则无救矣。天乎天乎！夫何忠言不信，如此其极，譬彼行迈而无所止乎！然而百尔君子，虽各洁其身，不相畏祸，则独不畏于天乎！寇至无人退，民饥无人遂。惟我暬御忧心日瘁，而尔诸臣其谁是以忠告进于王前者？居平既多唯诺，临危又巧于避谗，举世一辙，莫知其非。哀哉，吾王孰与为治？……此诗不惟非东迁后诗，且西京未破之作，故望诸臣迁归王都。……曰‘周宗既灭’者，周之宗室远去绝迹，不来相依耳，非宗周王国为人所灭也。”

小旻之什

小　旻[1]

旻天疾威，	上天大发威风，
敷于下土。[2]	暴虐遍布下面土地中。
谋犹回遹，[3]	谋划邪僻，
何日斯沮？[4]	那一天才不用？
谋臧不从，	谋划善的不从，
不臧覆用。	不善的反而用。
我视谋犹，	我看这些谋划，
亦孔之邛！[5]	也是弊病多又重！
潝潝訿訿，[6]	相和相诋无是非，
亦孔之哀。	也很可悲哀伤恸。
谋之其臧，	谋划是善的，
则具是违；[7]	便都是违反不用；
谋之不臧，	谋划不善的，
则具是依。	便都是依从。
我视谋犹，	我看这些谋划，
伊于胡底！[8]	到什么时候才不用。

我龟既厌，	我的龟甲既已厌倦，
不我告犹。[9]	不告诉我什么是吉凶。
谋夫孔多，	谋臣太多，
是用不集。[10]	因此不能成功。
发言盈庭，	发言的充满朝廷，
谁敢执其咎？	谁敢承担那个凶？
如匪行迈谋，[11]	像远行不进问路人，
是用不得于道。	因此谋事不能成功。

哀哉为犹，	可哀的是谋划，
匪先民是程，[12]	不以先人的为标准，
匪大犹是经；[13]	不以大谋划为定论；
维迩言是听，	只有浅近的话听，
维迩言是争！	只有浅近的话争！
如彼筑室于道谋，	像那造屋问路人，
是用不溃于成。[14]	因此谋事不能完成。

国虽靡止，[15]	国虽狭小无居处，
或圣或否。[16]	有圣人和不智人。
民虽靡膴，[17]	人虽说没太多，
或哲或谋，[18]	有哲人有谋人，
或肃或艾。[19]	有谨慎人有聪敏人。
如彼泉流，	像那泉水的流快，

无沦胥以败。	不要都沦没失败。
不敢暴虎，[20]	不敢徒手搏虎，
不敢冯河。[21]	不敢徒步过河。
人知其一，[22]	人们知道这危险，
莫知其他。	不知还有其他危险。
战战兢兢，	战战兢兢要小心，
如临深渊，	像临近深渊难过，
如履薄冰。	像踏上薄冰求过。

【注释】 1. 小旻（mín 民）：小天。旻指天，因诗称天不向人民施恩德，故称小天。 2. 敷：布施。 3. 犹：通“猷”，指谋策。回遹（yù 域）：邪僻。 4. 沮（jǔ 举）：阻止。 5. 邛（qióng 穷）：病。 6. 潝潝（xì xì 细细）：相互附和。訿訿（zǐ zǐ 紫紫）：同“呰呰”，相互诋毁。 7. 具：通“俱”。 8. 于：往。底：止。 9. 犹：道。 10. 集：成就。 11. 匪行迈谋：即不进而谋。 12. 程：法。 13. 经：行。 14. 溃：遂，达到。 15. 靡止：狭小无所居。 16. 否：相对于“圣”者，当指不智者。 17. 膴（hū 呼）：大，多。 18. 谋：聪。 19. 肃：恭谨严肃。艾（yì 义）：治，治事。 20. 暴虎：徒手搏虎。 21. 冯（píng 凭）河：涉水过河。 22. 其一：指暴虎、冯河这一类危险。

【评析】 这诗的解释有二：一是《毛诗序》：“《小旻》，大夫刺幽王也。”又方玉润《诗经原始》：“《小旻》，刺幽王惑邪谋也。”“夫天下不患无谋，患在有谋而弗用；不患在有谋弗用，而患在非其谋。谋非所用，则好谋实足以误事。又况以邪辟之人议之于前，而以多欲之言听而断之于后也哉！”二是《笺》：“所刺列于《十月之交》《雨无正》为小，故曰《小旻》，亦当为刺厉王。”

小　宛[1]

宛彼鸣鸠，[2]	小而秃尾的鸠鸟叫，
翰飞戾天。[3]	高飞想上到天。
我心忧伤，	我的心里忧愁伤痛，
念昔先人。	想念先人从前。
明发不寐，[4]	从夜到天亮没有睡着，
有怀二人。[5]	想念父母二人都贤。
人之齐圣，[6]	人的正直和聪明，
饮酒温克。[7]	饮酒蕴藉能克制。
彼昏不知，	那昏庸的人不知道，
壹醉日富。[8]	一醉便夸有财资。
各敬尔仪，	各人戒慎你威仪，
天命不又。	天命一去没来时。
中原有菽，	原野里有野生的豆，
庶民采之。	百姓都可去采它。
螟蛉有子，[9]	螟蛾有儿子，

蜾蠃负之。[10]	细腰蜂背起它。
教诲尔子，	教诲那个儿子，
式穀似之。[11]	用善教它像它。
题彼脊令，	看那鹡鸰鸟，
载飞载鸣。	一边飞一边鸣。
我日斯迈，	我每天在远行，
而月斯征。	你是每月在前行。
夙兴夜寐，	早起夜睡，
无忝尔所生。[12]	不要辱没你父母亲。
交交桑扈，[13]	青雀交交地叫没吃肉，
率场啄粟。	顺着农场吃我粟。
哀我填寡，[14]	哀伤我穷苦寡财，
宜岸宜狱。[15]	应该入牢应该入狱。
握粟出卜，	拿着小米去问卜，
自何能穀?	自己何从能得吉卦?
温温恭人，	温和恭谨的人，
如集于木。	好像鸟栖息在树木。
惴惴小心，	我是惴惴小心，
如临于谷。	像临到那山谷。
战战兢兢，	我是战战兢兢，

如履薄冰。	好像踏上那冰又薄。

【注释】 1. 小宛：小而短尾，宛通“屈”，指鸠短尾。这诗指民有识见短的，以鸠相比，故称小而短尾。 2. 鸠：一说斑鸠，指短尾鸠。 3. 翰飞：高飞。戾：至。 4. 明发：天亮。 5. 二人：指父母。 6. 齐圣：正直聪明。 7. 温克：蕴藉自持。 8. 壹醉日富：一喝醉，自以为日富。 9. 螟蛉：螟蛾的幼虫。 10. 蜾蠃（guǒ luǒ 果裸）：细腰蜂。细腰蜂捉螟蛾的幼虫作为它自己幼虫的食品。古人不察，错认为细腰蜂领养螟蛉为己子。 11. 式穀似之：用善似它。古人误认细腰蜂用善使螟蛉像它。 12. 忝：辱没。尔所生：你所生，指父母。 13. 桑扈：鸟名，一名青雀，相传食肉。今无肉可食，惟啄粟而已。 14. 填寡：填通“殄”，穷苦而寡财。 15. 岸：通“犴”，牢房。

【评析】 这诗的解释有三：一是《毛诗序》：“《小宛》，大夫刺幽王也。”二是《笺》：“亦当为刺厉王。”三是方玉润《诗经原始》：“《小宛》，贤者自箴也。”“今细玩诗词，首章欲承先志，次章慨世多嗜酒失仪，三教子，四勗弟，五、六则卜善自警，无非座右铭。……‘岸狱’‘薄冰’等字，不过君子怀刑，不能不常作是想。虽处盛世，此心亦终不能无也。”

小 弁[1]

弁彼鸒斯，[2]	快乐的乌鸦，
归飞提提。[3]	成群地飞回来呀。
民莫不穀，	人们生活没有不好，
我独于罹。	我独自陷在网罗。
何辜于天？	我对天犯了什么罪呀？

我罪伊何?	我的罪是什么?
心之忧矣,	心里无限忧愁呀,
云如之何?	叫我到底怎么办呀?
踧踧周道,[4]	平坦的大路,
鞫为茂草。[5]	全是茂盛的草。
我心忧伤,	我的心里忧伤,
惄焉如擣。[6]	想起来像心在擣。
假寐永叹,[7]	穿衣裳睡只长叹,
维忧用老。	只有忧使人老。
心之忧矣,	心里无限忧愁呀,
疢如疾首。[8]	烦热头痛怎了。
维桑与梓,	故乡的桑树和梓树,
必恭敬止。[9]	一定要恭敬它。
靡瞻匪父,	没有瞻仰不是父,
靡依匪母。	没有依靠不是母。
不属于毛,	我既不属于父,
不罹于里。[10]	我也不属于母。
天之生我,	上天生育我,
我辰安在?	我的时运在何处?
菀彼柳斯,[11]	茂密那柳枝啊,

鸣蜩嘒嘒。[12]	蝉儿在鸣叫不休。
有漼者渊，[13]	深沉的渊泉边，
萑苇淠淠。[14]	芦苇长得密而稠。
譬彼舟流，	好比船儿顺水流，
不知所届。[15]	不知到何处才休。
心之忧矣，	心里无限忧愁呀，
不遑假寐。	和衣躺着只缘愁。
鹿斯之奔，	鹿儿狂跑呀，
维足伎伎。[16]	只是四脚像飞时。
雉之朝雊，[17]	野鸡清晨叫呀，
尚求其雌。	还是找个雌。
譬彼坏木，	好像那被浸坏的树，
疾用无枝。	因病不能长枝。
心之忧矣，	心里无限忧愁呀，
宁莫之知。	难道没有人知。
相彼投兔，[18]	观察那捕兔网捉兔，
尚或先之。	尚且有人放了它。
行有死人，	路上有死人，
尚或墐之。[19]	尚且有人埋葬他。
君子秉心，	君子居着何心，
维其忍之。[20]	这狠心怎忍受它。

心之忧矣，	心里无限忧愁呀，
涕既陨之。	涕泪不断落下它。
君子信谗，	君子听信谗言，
如或醻之。	像有人呈酒酬答他。
君子不惠，	君子不讲惠爱，
不舒究之。	不是从容究察它。
伐木掎矣，[21]	斫树用绳掎倒它，
析薪扡矣。[22]	劈薪顺理分开它。
舍彼有罪，	舍弃那有罪人，
予之佗矣。[23]	却把罪状加给我啊。
莫高匪山，	没有高的不是山，
莫浚匪泉。	没有深的不是渊。
君子无易由言，	君子不要轻易出言，
耳属于垣。	人有耳朵靠近墙垣。
无逝我梁，	不要弄断我的鱼梁，
无发我笱！	不要弄动我的鱼篓！
我躬不阅，[24]	我的身子不被容，
遑恤我后！[25]	不考虑我的身后！

【注释】 1. 小弁（pán 盘）：小乐。这首诗的开头讲鸒（yù 誉），即乌鸦。又说乌鸦群飞，但它的为乐是小的，所以称小弁。 2. 斯：语助词。 3. 提

提：群飞。 4. 踧踧（dí dí 敌敌）：指平坦。 5. 鞫（jū 鞠）：尽。 6. 惄（nì 溺）：思。捣（dǎo）：捣碎。 7. 假寐：不脱衣裳睡。 8. 疢（chèn 趁）：热病。 9. 维桑与梓，必恭敬止：桑树与梓树，是父母所栽种，所以一定要恭敬。 10. 不属于毛，不罹于里：毛在外属阳，指父。里在内属阴，指母。 11. 菀（yù 郁）：茂盛。 12. 蜩（tiáo 条）：蝉。嘒嘒（huì huì 惠惠）：蝉鸣声。 13. 漼（cuǐ 璀）：深。 14. 淠淠（pèi pèi 配配）：茂盛。 15. 届：至。 16. 伎伎（qí qí 其其）：宽舒。 17. 雊（gòu 够）：野鸡叫。 18. 投：掩，关闭。 19. 墐（jìn 晋）：通"殣"，埋葬。 20. 忍：残忍。 21. 掎（jǐ 几）：先挖树根，再用粗绳把树扳倒。 22. 扡（chǐ 齿）：纹理。 23. 佗（tuó 驼）：加。 24. 阅：容。 25. 遑：暇。恤：忧。

【评析】 这诗的解释有二：一是《毛诗序》："《小弁》，刺幽王也。太子之傅作焉。"二是《诗三家义集疏》："鲁说曰：'《小弁》，《小雅》之篇，伯奇之诗也。伯奇仁人，而父虐之，故作《小弁》之诗。'"又曰："《履霜操》者，尹吉甫之子伯奇之所作也。吉甫娶后妻，生子曰伯邦，乃谮伯奇于吉甫，放之于野。伯奇清朝履霜，自伤无罪见逐，乃援琴而鼓之。宣王出游，吉甫从之。伯奇乃作歌以言，感之于宣王，王闻之曰：'此孝子之辞也。'吉甫乃求伯奇于野而感悟，遂射杀后妻。"

巧　言

悠悠昊天，[1]	遥远的上天，
曰父母且。[2]	说像父和母。
无罪无辜，	没有罪孽受罚，
乱如此幠。[3]	乱这样大。

昊天已威，	上天已经发威，
予慎无罪。[4]	我谨慎地没有犯罪。
昊天泰幠，	上天降祸太广大，
予慎无辜。	我谨慎地没有犯罪。

乱之初生，	暴乱开始发生，
僭始既涵。[5]	谗言开始既经容许。
乱之又生，	暴乱再发生，
君子信谗。	君子相信谗言相与。
君子如怒，	君子如果发怒，
乱庶遄沮；[6]	暴乱近乎快阻止；
君子如祉，[7]	君子如果用贤人，
乱庶遄已。	暴乱近乎快停止。

君子屡盟，	君子屡次和暴乱结盟，
乱是用长。	暴乱因此增添。
君子信盗，	君子相信盗贼，
乱是用暴。	暴乱因此更坚。
盗言孔甘，	盗贼的话很甜，
乱是用饫。[8]	暴乱因此更前。
匪其止共，	盗贼谗佞不职恭，
维王之邛。[9]	只是为王造罪愆。

奕奕寝庙，[10]	大的宗庙，
君子作之。	君子造它。
秩秩大猷，	明智的大计划，
圣人莫之。[11]	圣人谋划它。
他人有心，	他人有什么心，
予忖度之。	我能猜测它。
跃跃毚兔，[12]	活跃的狡兔，
遇犬获之。	碰上狗捉住它。

荏染柔木，[13]	柔软的树，
君子树之。	君子种它。
往来行言，[14]	来往的流言，
心焉数之。	心中有数对付它。
蛇蛇硕言，[15]	浮夸的大话，
出自口矣。	从嘴里说出了。
巧言如簧，	巧妙的话像奏笙簧，
颜之厚矣。	脸皮太厚了。

彼何人斯？	他是什么人呀？
居河之麋。[16]	住在河的边堤。
无拳无勇，	没有拳力没有勇气，
职为乱阶。[17]	专门成为乱的阶梯。
既微且尰，[18]	腿有溃疡脚且肿，

尔勇伊何？	你的勇气是什么？
为犹将多，	施行诡计真太多，
尔居徒几何？	你的徒侣有几多？

【注释】 1. 悠悠：指长远。 2. 且：语助词。 3. 幠（hū 呼）：大。 4. 慎：诚。 5. 僭（jiàn 荐）：谗言。涵：包容。 6. 遄沮（chuán jū 船居）：很快制止。 7. 祉：福，指贤人。 8. 饯（tán 谈）：进。 9. 匪其止共，维王之邛：止，职。共，恭。职恭，尽责。邛（qióng 穷），病。 10. 奕奕：大貌。 11. 莫：谋。 12. 毚（chán 蝉）兔：狡兔。 13. 荏（rěn 忍）染：柔弱。 14. 行言：流言。 15. 蛇蛇（yí yí 夷夷）：轻率。 16. 麋：水边。 17. 职：主。 18. 微：足病。尰：通"肿"，指足肿。

【评析】 这诗的解释有二：一是《毛诗序》："《巧言》，刺幽王也。大夫伤于谗，故作是诗也。"二是方玉润《诗经原始》："《巧言》，嫉谗致乱也。""此必有所指，惜史无征，《序》不足信，徒存空言以为世戒，俾知信谗之足以召乱也。如此，旨亦微哉！"

何人斯

彼何人斯？	那人是什么人啊？
其心孔艰。[1]	他的心很阴沉。
胡逝我梁，[2]	为什么走过我鱼梁，
不入我门？	不进入我家大门？
伊谁云从？	是听从什么人的话？

维暴之云。	只听从暴公的言论。
二人从行，	二人跟着走路，
谁为此祸？	啥人造出这个祸？
胡逝我梁，	为什么走过我鱼梁，
不入唁我？	不进来安慰我？
始者不如今，	开始时不像如今，
云不我可。[3]	说不赞成我。
彼何人斯？	那人是什么人啊？
胡逝我陈？[4]	为什么走过我堂路滨？
我闻其声，	我听到他的声音，
不见其身。	不看见他的人身。
不愧于人，	他既对人没有惭愧，
不畏于天。	也不怕天神。
彼何人斯？	那人是什么人啊？
其为飘风。[5]	他是暴风入侵。
胡不自北？	为什么不从北边来？
胡不自南？	为什么不从南入侵？
胡逝我梁？	为什么只走我鱼梁？
只搅我心。	只搅乱我的心。

尔之安行，[6]	你的缓缓走，
亦不遑舍；	不休息也成；
尔之亟行，[7]	你的快快走，
遑脂尔车。[8]	没功夫使你车子停。
壹者之来，[9]	上次你的到来，
云何其盱？[10]	说什么我把眼睁？
尔还而入，	你回来时就进门，
我心易也；[11]	我心变得高兴；
还而不入，	你回来不进门，
否难知也。	使我难知情。
壹者之来，	上次你的到来，
俾我祇也。[12]	使我气得病不轻。
伯氏吹埙，[13]	你如阿哥吹埙，
仲氏吹篪。[14]	我如阿弟吹篪。
及尔如贯，[15]	我和你像一绳串，
谅不我知。	你竟对我不深知。
出此三物，[16]	摆出豕犬鸡，
以诅尔斯。[17]	对神发个誓。
为鬼为蜮，[18]	你如作鬼作蜮，
则不可得。	那对我就不可见得。

有靦面目，[19] 你有狡猾的面目，
视人罔极。[20] 让人终究靠不得。
作此好歌，我作这首好歌，
以极反侧。[21] 用来探究你的不正直。

【注释】 1. 艰：险也，指心险而难测，心狠。 2. 胡逝我梁：指为什么过我的鱼梁。 3. 不我可：即不可我，不同意我。 4. 陈：堂前的路。 5. 飘风：暴风。 6. 安行：缓行。 7. 亟行：急行。 8. 脂：通“支”，即支车使不行。 9. 壹者：犹云乃者。 10. 盱（xū 虚）：张目。 11. 易：改变，指转愁为喜。 12. 祇：通“疷”，病也。 13. 埙（xūn 勋）：古代用陶土制的乐器，吹奏用。 14. 篪（chí 池）：古代竹制乐器，吹奏用。 15. 贯：用绳串物。 16. 三物：指犬、豕、鸡。 17. 诅（zǔ 祖）：誓词。 18. 蜮（yù 域）：古代以为短狐一类害人的动物。 19. 靦（tiǎn 舔）：狡狯貌。 20. 视：通“示”。罔极：不可靠。 21. 反侧：反覆无常，指不正直。

【评析】 《毛诗序》：“《何人斯》，苏公刺暴公也。暴公为卿士，而谮苏公焉，故苏公作是诗而绝之。”《笺》：“暴也，苏也，皆畿内国名。”又方玉润《诗经原始》：“《何人斯》，刺反侧也。”“夫君子小人同秉国政，互相水火。君不能正之于上，臣必乱之于下。朋党势成而君心孤立，其国焉得不亡？”

巷 伯

萋兮斐兮，[1] 文采错杂啊，
成是贝锦。[2] 成功这贝壳样的织锦。
彼谮人者，那个进谗言的人，

亦已大甚!	也已经太过分!
哆兮侈兮,[3]	口张大啊口张大啊,
成是南箕。[4]	成功这南箕的星宿。
彼谮人者,	那个进谗言的人,
谁适与谋?	谁好同他联谋?
缉缉翩翩,[5]	往来窃窃私语声,
谋欲谮人。	谋用谗言来害人。
慎尔言也,	劝你说话要谨慎,
谓尔不信。	说你的话不可信。
捷捷幡幡,[6]	往来窃窃私语声,
谋欲谮言。	谋用谗言来害人。
岂不尔受,	岂能不接受你的话?
既其女迁。	既而迁怒到你的身。
骄人好好,	骄人得意很高兴,
劳人草草。[7]	劳人辛苦常艰辛。
苍天苍天,	苍天啊苍天,
视彼骄人,	瞧瞧那骄横的人,
矜此劳人!	哀怜那辛劳的人!

彼谮人者，	那个进谗言的人，
谁适与谋？	谁好同他联谋？
取彼谮人，	把那个进谗言的人，
投畀豺虎；[8]	投给豺虎；
豺虎不食，	豺虎不吃，
投畀有北；[9]	投给有北去受苦；
有北不受，	有北不受，
投畀有昊。	投给上天去受侮。

杨园之道，	到杨园去的路，
猗于亩丘。[10]	先从亩丘过。
寺人孟子，	我是寺人孟子，
作为此诗。	作这首诗。
凡百君子，	凡是众君子，
敬而听之。[11]	警戒地来听这首诗。

【注释】 1. 萋斐（qī fěi 妻匪）：文采错杂貌。 2. 贝锦：像贝壳的织锦。 3. 哆（chǐ 齿）：大。 4. 南箕：即二十八宿中的箕宿，四星连成梯形，像簸箕。古人认为南箕星主口舌，故比谗人。 5. 缉缉：口舌声。翩翩：本指鸟的飞翔，这里比人的往来。 6. 捷捷：指口舌声。幡幡（fān fān 翻翻）：指往来。 7. 草草：劳心。 8. 畀（bì 毕）：给。 9. 有北：极北寒冷处。 10. 猗（yǐ 倚）：加。 11. 敬：通“警”，警惕，警戒。

【评析】 《毛诗序》：“《巷伯》，刺幽王也。寺人伤于谗，故作是诗也。”

《笺》："巷伯，奄官。寺人，内小臣也。奄官上士四人，掌王后之命，于宫中为近，故谓之'巷伯'，与寺人之官相近。谗人谮寺人，寺人又伤其将及巷伯，故以名篇。"

谷风

习习谷风，[1]	和暖的东风吹着，
维风及雨。	只有风和雨。
将恐将惧，[2]	且恐且惧的时候，
维予与女。	只有我与你。
将安将乐，	且安且乐的时候，
女转弃予。	你转而把我抛弃。
习习谷风，	和暖的东风吹着，
维风及颓。[3]	只有暖风和狂风在一起。
将恐将惧，	且恐且惧的时候，
寘予于怀。	抱我在你怀里。
将安将乐，	且安且乐的时候，
弃予如遗。	抛弃我像丢东西。
习习谷风，	和暖的东风吹着，
维山崔嵬。[4]	只有狂风吹上山顶。
无草不死，	在狂风中没有草不死，

无木不萎。　　没有树不枯陨。
忘我大德，　　忘记我的大恩德，
思我小怨。　　想我的小怨恨。

【注释】　1. 习习：指微风和煦。谷风：山谷中风，东风。　2. 将：且。　3. 颓（tuí）：龙卷风。　4. 崔嵬（wéi 维）：山巅。

【评析】　《毛诗序》："《谷风》，刺幽王也。天下俗薄，朋友道绝焉。"又方玉润《诗经原始》："《谷风》，伤友道绝也。""凡人处世，当患难恐惧时，则思朋友；遇安乐无事日，则谢交游。受人大德，转瞬不记，遭人小怨，终身难忘者，比比皆是，而诗固云尔也。亦身受其怨，而不能自已焉耳。然诗体绝类乎风，而乃列之于雅，姚氏（姚际恒）以为'不可解'，愚亦以为不可解，岂其间固不能无所误欤？"

蓼　莪

蓼蓼者莪，[1]　　长大的莪菜，
匪莪伊蒿。　　那不是莪是蒿。
哀哀父母，　　悲哀的父母，
生我劬劳。　　生育我辛劳。

蓼蓼者莪，　　长大的莪菜，
匪莪伊蔚。[2]　　那不是莪是蔚。
哀哀父母，　　悲哀的父母，

生我劳瘁。	生育我太劳瘁。
缾之罄矣，	盛酒的小瓶空了，
维罍之耻。[3]	是盛酒大罍的耻了。
鲜民之生，	少福无靠的人活着，
不如死之久矣！	不如死去的久了。
无父何怙？[4]	没有父亲何所依？
无母何恃？	没有母亲何所靠？
出则衔恤，	出门含着忧愁，
入则靡至。	入门像没有到。
父兮生我，	父亲啊生我，
母兮鞠我。	母亲啊养我。
拊我畜我，	抚爱我来培育我，
长我育我，	拉大我来教育我，
顾我复我，	照顾我来照顾我，
出入腹我。	出进抱我。
欲报之德，	要报他们的恩德，
昊天罔极！[5]	像上天那样广大怎么报得！
南山烈烈，[6]	终南山攀登难，
飘风发发。[7]	狂风吹得厉害。
民莫不穀，[8]	人没有不养父母，

我独何害！	我独为什么受这害！

南山律律，[9]	终南山攀登难，
飘风弗弗。[10]	狂风吹得厉害。
民莫不穀，	人没有不养父母，
我独不卒！[11]	我独为什么终养难！

【注释】 1. 蓼蓼（lù lù 路路）：长大貌。莪（é 俄）：一名萝，三月中茎可生食，又可蒸煮而食，香美。至秋老为蒿，则不可食。 2. 蔚（wèi 卫）：牡蒿，花如胡麻花，紫赤。实象角，无子，故称牡蒿。 3. 缾罄罍耻：缾同"瓶"，瓶小罍大，罍中物分装瓶中，瓶空无物即固罍空所致，故罍以为耻。喻己小如瓶，瓶空不得养父母。瓶空由于罍空，比上之人征役不息，不能养父母。 4. 怙（hù 户）：依靠。 5. 昊天罔极：言父母之恩如天，广大无边，不知所以为报也。 6. 烈烈：艰阻貌，难于攀登。 7. 发发：疾貌。 8. 穀：善，指养。 9. 律律：同"烈烈"。 10. 弗弗：犹"发发"。 11. 卒：终，指终养父母。

【评析】 这诗的解释有二：一是《毛诗序》："《蓼莪》，刺幽王也。民人劳苦，孝子不得终养尔。"《笺》："'不得终养'者，二亲病亡之时，时在役所，不得见也。"二是方玉润《诗经原始》："此诗为千古孝思绝作，尽人能识。唯《序》必牵及'人民劳苦'，以'刺幽王'，不惟意涉牵强，即情亦不真。……又况诗言'民莫不穀，我独何害''我独不卒'者，明明一己所遭不偶，与人民无关也。"

大 东

有饛簋飧，[1]	装满古器是晚餐，
有捄棘匕。[2]	再有长柄进食匙。
周道如砥，[3]	大路好像磨石平，
其直如矢。	它的笔直像箭矢。
君子所履，	君子可在路上走，
小人所视。	小民只能用眼看。
睠言顾之，[4]	眷恋地看着它，
潸焉出涕。[5]	涕泣交流为着它。
小东大东，[6]	东方侯国有大小，
杼柚其空。[7]	用杼柚织布都成空。
纠纠葛屦，	仔细织成的葛布鞋，
可以履霜。	可以踏霜还成功。
佻佻公子，[8]	轻佻的公子，
行彼周行。	走那大路是从容。
既往既来，	既是前去又回来，
使我心疚。	使我看了心发痛。
有冽氿泉，[9]	有寒冷的侧出泉，
无浸获薪。	不要浸所获柴薪。
契契寤叹，[10]	忧苦地叹息，

哀我惮人。[11]	悲哀我们辛苦人。
薪是获薪，	砍伐获得的柴薪，
尚可载也。	还可载运回来。
哀我惮人，	悲哀我们辛苦人，
亦可息也。	也该休息安身。
东人之子，	东方侯国的子弟，
职劳不来。	职务劳苦无人理。
西人之子，[12]	西方人的子弟，
粲粲衣服。	衣服鲜明是华丽。
舟人之子，[13]	富人的子弟，
熊罴是裘。	熊皮做裘暖身体。
私人之子，[14]	小人的子弟，
百僚是试。	他们也来试做吏。
或以其酒，	有人醉于美酒，
不以其浆。[15]	有人不得浆汤。
鞙鞙佩璲，	有人身上挂的是宝玉，
不以其长。[16]	有人不得碎玉长。
维天有汉，[17]	天上有银河，
监亦有光。	看上去也有光。
跂彼织女，[18]	分歧的看那织女星，
终日七襄。[19]	整天搬迁了七场。

虽则七襄，	虽则搬迁了七场，
不成报章。[20]	不成织锦的纹章。
睆彼牵牛，[21]	看那牵牛星，
不以服箱。[22]	不能用来背车箱。
东有启明，	东方有启明星，
西有长庚。	长庚星亮在西方。
有捄天毕，[23]	有弯曲的天毕星，
载施之行。	排成行列没用场。

维南有箕，	南方有箕星，
不可以簸扬。	不可以用来簸米糠。
维北有斗，[24]	北方有北斗星，
不可以挹酒浆。	不可用来舀酒浆。
维南有箕，	南方有箕星，
载翕其舌。[25]	它的舌头能吸北方。
维北有斗，	北方有北斗星，
西柄之揭。	它的柄儿举向西方。

【注释】 1. 饛（méng 蒙）：满簋貌。簋（guǐ 鬼）：古代盛食物器，圆口，青铜或陶制。 2. 捄（qiú 求）：长貌。匕（bǐ 比）：勺，匙类。 3. 砥（dǐ 底）：磨刀石。 4. 睠：同“眷”。 5. 潸（shān 衫）：泪流貌。 6. 小东大东：东方大小侯国。 7. 杼：织布机上持纬线的。柚：受经线的。 8. 佻佻：轻薄的。 9. 氿（guǐ 鬼）泉：侧出的泉。 10. 契契：忧苦貌。 11. 惮（dàn 但）：劳。 12. 西人：西周来人。 13. 舟人：有舟的人，指西人中的

富人。 14. 私人之子：指家庭奴隶。 15. 浆：薄酒。 16. 鞙鞙（juān juān 捐捐）：通"琄琄"，玉貌。璲（suì 遂）：玉佩。长：余，剩余。 17. 汉：银河。 18. 跂：通"歧"，分歧。织女三星，故称歧。 19. 七襄：七次移动位置。 20. 报章：指织布。 21. 睆（huǎn 缓）：明星貌。 22. 服：牛负。箱：车箱。 23. 毕：星名，共八星，似网。 24. 斗：北斗星。 25. 翕（xì 细）：引。

【评析】 《毛诗序》："《大东》，刺乱也。东国困于役而伤于财，谭大夫作是诗以告病焉。"《笺》："谭国在东，故其大夫尤苦征役之事也。鲁庄公十年，齐师灭谭。"又方玉润《诗经原始》："愚谓谭亦东国，诗虽无据，安知其不为谭所作耶？此等考据，可以不必。诗本咏政赋烦重，人民劳苦。入后忽历数天星，豪纵无羁，几不可解。不知此正诗人之情，所谓'光焰万丈长'也。试思此诗若无后半文字，则东国困敝，纵极写得十分沉痛，亦不过平常歌咏而已，安能如许惊心动魄文字？所以诗贵有声有色，尤贵有兴有致，此兴会之极为歘举者也。"

四　月

四月维夏，	四月是夏天，
六月徂暑。[1]	六月到暑天。
先祖匪人，	先祖不是他人，
胡宁忍予？	为何宁可忍我受熬煎？
秋日凄凄，	秋天凄凉，
百卉俱腓。[2]	百草都枯萎。

乱离瘼矣，[3]	乱离苦了，
爰其适归。	在何处适宜可以回归。
冬日烈烈，	冬天凛冽，
飘风发发。	北风不歇。
民莫不穀，	人们没有不好过，
我独何害？	我独自为何受逼？
山有嘉卉，	山上有好的草木，
侯栗侯梅。	有栗树直和梅树稠。
废为残贼，[4]	有谁做残害树的贼，
莫知其尤。	不知道谁是树的仇。
相彼泉水，	观察那泉水，
载清载浊。	有时清有时浊。
我日构祸，	我是天天遭祸，
曷云能穀？	怎么说能有好生活？
滔滔江汉，	滔滔的长江汉水，
南国之纪。[5]	南国水流的纲纪。
尽瘁以仕，	尽瘁去做官，
宁莫我有？[6]	难道对我没点情谊？

匪鹑匪鸢，[7]	不是老雕不是鸢，
翰飞戾天。	高飞可以飞上天。
匪鳣匪鲔，	不是鳣鱼不是鲔鱼，
潜逃于渊。	潜逃可以到深渊。
山有蕨薇，	山里有蕨薇菜，
隰有杞桋。[8]	洼地有杞桋材。
君子作歌，	君子作这首歌，
维以告哀。	只是用来诉悲哀。

【注释】　1. 徂：往。　2. 腓（féi 肥）：枯萎。　3. 瘼（mò 莫）：病。　4. 废：大。　5. 纪：作为众川的纲纪。　6. 有：通“友”，相亲。　7. 鹑：指雕。　8. 桋（yí 夷）：树名。

【评析】　这诗的解释有二：一是《毛诗序》：“《四月》，大夫刺幽王也。在位贪残，下国构祸，怨乱并兴焉。”二是方玉润《诗经原始》：“《四月》，逐臣南迁也。”“愚谓当时大夫，必有功臣后裔，遭害被逐，远谪江滨者，故于去国之日作诗以志哀云。冒暑远征，人情所难，今遭放废，适当其厄，岂得已哉！然予虽获罪，而先人恒有功，论贵论功之典行，亦当宽宥而矜全之，何朝廷不齿我祖于人，而独忍加罪于予耶？故自夏徂秋，由秋而冬，历时三序，始抵南国。则见江汉交流，滔滔不断，包络大地而经带乎荆、扬，何其有条而有理也！……独予尽瘁王室，而王终不我知。……予之放废，残贼之所为也。”

北山之什

北　山

陟彼北山，	登上那北山，
言采其杞。[1]	我采那枸杞。
偕偕士子，[2]	壮健的士子，
朝夕从事。	早晚做事。
王事靡盬，	王事没尽头，
忧我父母。	忧我没供养的父母。
溥天之下，[3]	广大的天下，
莫非王土。	没有不是王的疆土。
率土之滨，[4]	沿着土地到海滨，
莫非王臣。	没有不是王的臣。
大夫不均，	大夫派劳逸不均匀，
我从事独贤。[5]	我做的事独自艰辛。
四牡彭彭，[6]	四匹雄马不安宁，
王事傍傍。[7]	王事紧急不得停。
嘉我未老，[8]	赞我年未老，
鲜我方将。[9]	夸我强壮正是好。

旅力方刚，[10]	我的体力正刚强，
经营四方。	可以经管走四方。
或燕燕居息，[11]	有人安逸地居住休息，
或尽瘁事国；	有人为国事用尽全力；
或息偃在床，[12]	有人休息躺着在床，
或不已于行。	有人不停地干他行当。
或不知叫号，	有人不知道征召，
或惨惨劬劳；[13]	有人忧郁地辛劳；
或栖迟偃仰，[14]	有人为游息而仰躺，
或王事鞅掌。[15]	有人为王事着忙。
或湛乐饮酒，[16]	有人狂欢饮酒，
或惨惨畏咎；	有人愁苦引咎；
或出入风议，[17]	有人出进放言，
或靡事不为。	有人事事都作。

【注释】 1. 言：我。 2. 偕偕：强壮貌。 3. 溥：大。 4. 率土之滨：循着土地的水涯，即海内的国土，即四海之内，即中国。 5. 贤：贤劳，艰苦。 6. 彭彭：不得息。 7. 傍傍：不得止。 8. 嘉：夸奖。 9. 鲜：珍视，重视。将：强壮。 10. 旅力：体力。 11. 燕燕：安息。 12. 偃：仰卧。 13. 惨惨：忧愁。 14. 栖迟：游息。 15. 鞅掌：指公事忙碌。 16. 湛（dān 丹）

乐：过度欢乐。　17. 风议：放言，指空发议论不做事。

【评析】　这诗的解释有二：一是《毛诗序》："《北山》，大夫刺幽王也。役使不均，已劳于从事，而不得养其父母焉。" 二是方玉润《诗经原始》："《北山》，刺大夫役使不均也。""然此诗则实士者之作无疑。前三章皆言一己独劳之故，尚属臣子分所应为，故不敢怨。末乃劳逸对举，两两相形，一直到底，不言怨而怨自深矣。此诗人善于立言处，固不徒以无数或字见局阵之奇也。"

无将大车

无将大车，[1]	不要推大车，
祇自尘兮。	只是自己吃灰尘。
无思百忧，	不要想各种忧愁，
祇自疷兮。[2]	只是自己病上身。
无将大车，	不要推大车，
维尘冥冥。	只是尘土暗暗。
无思百忧，	不要想各种忧愁，
不出于颎。[3]	不出于光明是憾。
无将大车，	不要推大车，
维尘雝兮。[4]	只是尘土遮蔽。
无思百忧，	不要想各种忧愁，

祇自重兮。[5]　　只是自己加重此弊。

【注释】 1. 无将大车：将，率领，指推。大车本用牛拉，改用人推，力微车重，无济于事。 2. 疧（qí 其）：忧病。 3. 颎（jiǒng 炯）：同“炯”，火光明亮。 4. 雝：同“壅”，蔽。 5. 重：加重。

【评析】 这诗的解释有二：一是《毛诗序》：“《无将大车》，大夫悔将小人也。”《笺》：“周大夫悔将小人。幽王之时，小人众多，贤者与之从事，反见谮害，自悔与小人并。”二是方玉润《诗经原始》：“《无将大车》，自遣也。”“此诗人感时伤乱，搔首茫茫，百忧并集，既又知其徒忧无益，祇以自病，故作此旷达，聊以自遣之词，亦极无聊时也。”

小　明

明明上天，　　明明的上天，
照临下土。　　光芒照着下土。
我征徂西，　　我出征到西方，
至于艽野。[1]　　到荒远的野处。
二月初吉，[2]　　二月开始的吉日，
载离寒暑。　　经历了寒和暑。
心之忧矣，　　心里的忧愁啊，
其毒大苦。　　它的毒害太苦。
念彼共人，[3]　　想那恭谨的人，
涕零如雨。　　涕泪落下像雨。

岂不怀归？	难道不想回来？
畏此罪罟。[4]	怕这罪像网罟。
昔我往矣，	从前我出征时，
日月方除。[5]	日月正在布新除故。
曷云其还，	怎么说那回来，
岁聿云莫？	一年又到岁暮？
念我独兮，	念我孤独啊，
我事孔庶。[6]	我事很多难数。
心之忧矣，	心的忧愁啊，
惮我不暇。[7]	怕我没空难顾。
念彼共人，	想那恭谨的人，
睠睠怀顾。	眷眷多情来回顾。
岂不怀归？	难道不想回来？
畏此谴怒。	怕这里责备发怒。
昔我往矣，	从前我出征时，
日月方奥。[8]	日月正在暖气恢复。
曷云其还，	怎么说那回来，
政事愈蹙？	政事越来越迫蹙？
岁聿云莫，	一年又到岁暮，
采萧获菽。	采蒿草又得豆熟。
心之忧矣，	心里的忧愁啊，

自诒伊戚。[9]	自己造成忧独。
念彼共人，	想那恭谨的人，
兴言出宿。[10]	起身出外去住宿。
岂不怀归？	难道不想回去？
畏此反覆。[11]	怕这里反反覆覆。
嗟尔君子，	叹息你君子啊，
无恒安处。	不要长期安处。
靖共尔位，[12]	安定地恭谨你的位置，
正直是与。	和正直的人相处。
神之听之，[13]	审慎吧听从吧，
式榖以女。	用善道来赐你安处。
嗟尔君子，	叹息你君子啊，
无恒安息。	不要长期安居休息。
靖共尔位，	安定地恭谨你的位置，
好是正直。	爱好亲近人的正直。
神之听之，	审慎吧听从吧，
介尔景福。[14]	赐给你大的幸福。

【注释】 1. 艽（qiú 求）野：荒远之野。 2. 初吉：初次来的吉日，指阴历初一、二、三月亮初生时称为吉日。 3. 共人：恭谨的人，指同僚。 4. 罪罟（gǔ 古）：罪网。 5. 除：除旧生新。 6. 庶：众多。 7. 惮：劳。

8. 奥：通“燠”，和暖。 9. 戚：忧。 10. 兴：起来。 11. 反覆：反反覆覆，乱加罪名。 12. 靖：安定。 13. 神之听之：见《小雅·伐木》注释。 14. 介：给与。景：大。

【评析】 这诗的解释有二：一是《毛诗序》：“《小明》，大夫悔仕于乱世也。”《笺》：“名篇曰《小明》者，言幽王日小其明，损其政事，以致于乱。”二是方玉润《诗经原始》：“《小明》，大夫自伤久役，书怀以寄友也。”“此诗与《北山》相似而实不同。彼刺大夫役使不均，此因己之久役而念友之安居。题既各别，诗亦迥异。故此不独羡人之逸，且勉其不可怀安也。”

鼓钟

鼓钟将将，[1]	敲钟的声音锵锵，
淮水汤汤。	淮水的声音泱泱。
忧心且伤。	忧心又痛伤。
淑人君子，	善人君子人，
怀允不忘。[2]	怀念确实不能忘。
鼓钟喈喈，[3]	敲钟的声音皆皆，
淮水湝湝。[4]	淮水的声音皆皆。
忧心且悲。	忧心又悲咤。
淑人君子，	善人君子人，
其德不回。[5]	他的道德不枉邪。

鼓钟伐鼛，[6]	敲钟又敲大鼓，
淮有三洲。	声响遍及淮地三洲。
忧心且妯。[7]	心中忧伤又发愁。
淑人君子，	善人君子人，
其德不犹。[8]	他的道德一点诈没有。
鼓钟钦钦，	敲钟的声音钦钦，
鼓瑟鼓琴。	弹瑟又弹琴。
笙磬同音。	吹笙击磬发同音。
以《雅》以《南》，[9]	奏二《雅》和二《南》音，
以籥不僭。[10]	吹籥节舞不乱阵。

【注释】 1. 将将：同“锵锵”，钟声。 2. 允：诚实。 3. 喈喈（jiē jiē 皆皆）：钟声。 4. 湝湝（jiē jiē 皆皆）：水流声。 5. 回：邪僻。 6. 鼛（gāo 高）：大鼓。 7. 妯（chōu 抽）：哀悼。 8. 犹：奸邪。 9. 以：为。《雅》：《诗经》中有《雅》。《南》：《诗经》中有《周南》《召南》。 10. 籥（yuè 跃）：古乐器，似笛，吹以节舞。僭（jiàn 荐）：乱。

【评析】 这诗的解释有二：一是《毛诗序》：“《鼓钟》，刺幽王也。”方玉润《诗经原始》：“欧阳氏（修）云：‘旁考《诗》《书》《史记》，皆无幽王东巡之事……然则不得作乐于淮上矣。’”二是《诗三家义集疏》：“马瑞辰云：‘郑君（玄）先通《韩诗》，以《鼓钟》为昭王诗，盖《韩诗》之说。’”是郑玄以昭王奏雅乐于淮水之上，故贤者为之忧伤。

楚 茨

楚楚者茨，[1]	植物丛生是蒺藜，
言抽其棘。[2]	那时除刺靠用犁。
自昔何为？	自古以来做什么？
我艺黍稷。	我自种下黍和稷。
我黍与与，[3]	我的黍子很茂盛，
我稷翼翼。[4]	我的稷子很茂密。
我仓既盈，	我的仓库既装满，
我庾维亿。[5]	我的露仓数有亿。
以为酒食，	用来做酒和吃食，
以享以祀，	用来供神和祭祀，
以妥以侑，[6]	用来安坐饮酒足嗜，
以介景福。	用来助我得大福祉。
济济跄跄，[7]	众人奔走有节度，
絜尔牛羊，[8]	祭神洁净你牛羊，
以往烝尝。[9]	用作秋祭及冬祭。
或剥或亨，[10]	有的剥皮有的煮汤，
或肆或将。[11]	有的陈设有的供场。
祝祭于祊，[12]	司仪先祭庙门旁，
祀事孔明。[13]	祭祀的事很洁净。
先祖是皇，	先祖神灵已降临，

神保是飨。[14]	作尸的人得安享。
孝孙有庆，	孝孙得会有赐赏，
报以介福，[15]	报祭用来赐大福，
万寿无疆！	赐的是万寿无疆！

执爨踖踖，[16]	庖人烧火很恭谨，
为俎孔硕，[17]	作为器具用大好，
或燔或炙，	有的烧烤有的炒，
君妇莫莫。[18]	主妇安静态度好。
为豆孔庶，	食器陈列得很多，
为宾为客，	作宾作客真不少，
献酬交错。	献酒酬酒相交错。
礼仪卒度，	礼节合法极周到，
笑语卒获。	笑着说话都恰好。
神保是格，[19]	作尸的人是来了，
报以介福，	报祭用来赐大福，
万寿攸酢！[20]	用万寿来做答报。

我孔熯矣，[21]	我是很恭敬了，
式礼莫愆。	用礼没有过错好。
工祝致告，[22]	司仪向神来报告，
徂赉孝孙。[23]	神往赐福孝孙好。
苾芬孝祀，[24]	馨香祭祀用得到，

神嗜饮食。	神爱酒食吃得了。
卜尔百福，	赐你百种幸福好，
如几如式。[25]	福来有期又有程。
既齐既稷，[26]	既是整齐又快好，
既匡既敕。[27]	既是正规又坚妙。
永锡尔极，[28]	永远赐你福气好，
时万时亿！	是万是亿都得到！
礼仪既备，	礼仪既经完备，
钟鼓既戒，[29]	钟鼓既经备好，
孝孙徂位，	孝孙既已到位，
工祝致告。	司仪向神祷告。
“神具醉止”，	“神都吃醉了”，
皇尸载起。	做尸的人起来了。
鼓钟送尸，	打鼓敲钟送尸了，
神保聿归。	做尸的人回去了。
诸宰君妇，	诸个宰夫和主妇，
废彻不迟。[30]	撤掉祭神酒席不迟了。
诸父兄弟，	诸父兄弟另设席，
备言燕私。	完备地饮宴私自好。
乐具入奏，	乐器具备入奏好，
以绥后禄。	用来安享祭后肴。

尔肴既将，[31]	你的肴既已摆好，
莫怨具庆。	没有怨言全说好。
既醉既饱，	既喝醉又吃饱，
小大稽首。	小子大人叩头祝好。
神嗜饮食，	神爱好饮酒吃肉，
使君寿考。	使你能够得寿考。
孔惠孔时，	很顺礼很及时，
维其尽之。	你尽礼又尽孝。
子子孙孙，	你的子子孙孙，
勿替引之！[32]	不要改变长存好。

【注释】 1. 楚楚：丛生貌。茨：蒺藜。 2. 抽：除。棘：植物的刺。 3. 与与：茂盛貌。 4. 翼翼：繁盛貌。 5. 庾（yǔ 羽）：露天积谷物处。 6. 侑（yòu 幼）：劝饮食。 7. 济济：众多。跄跄（qiāng qiāng 腔腔）：走路有节拍。 8. 絜：同"洁"。 9. 烝：冬祭。尝：秋祭。 10. 亨：同"烹"。 11. 肆：陈设。将：捧持。 12. 祊（bēng 崩）：宗庙门内设祭处。 13. 明：指祭礼洁净。 14. 神保：祭时用人作尸的美称。 15. 报：报祭，国祭。 16. 爨（cuàn 窜）：烧饭。踖踖（jí jí 及及）：敏捷。 17. 俎（zǔ 阻）：古祭器。 18. 莫莫：安静。 19. 格：至。 20. 酢（zuò 祚）：回敬酒。 21. 熯（nǎn 赧）：敬惧。 22. 工祝：主祭司仪的人。 23. 赉（lài 赖）：赏赐。 24. 苾（bì 必）芬：芬芳。 25. 几：期。式：法。 26. 稷：通"亟"，急。 27. 匡：端正。敕：严正。 28. 极：穷极。 29. 戒：戒备。 30. 彻：通"撤"，除。 31. 将：美好。 32. 引：引长。

【评析】　这诗的解释有二：一是《毛诗序》："《楚茨》，刺幽王也。政烦赋重，田莱多荒，饥馑降丧，民卒流亡，祭祀不飨，故君子思古焉。"二是方玉润《诗经原始》："《楚茨》，王者尝烝以祭宗庙也。""自此篇至《大田》四诗，辞气典重，礼仪明备，非盛世明王不足以语此。故《序》无辞以说之，不得不创为伤今思古之论。然诗实无一语伤今，顾安得谓之思古耶？"

信南山

信彼南山，[1]	申展那终南山，
维禹甸之。[2]	只有禹来治理它。
畇畇原隰，[3]	平整那高原和洼地，
曾孙田之。	曾孙曾经种过它。
我疆我理，[4]	我划疆界和治理，
南东其亩。	田亩从南从东我治它。
上天同云，	上天有阴云，
雨雪雰雰。	下雪又纷纷。
益之以霡霂。[5]	加上又小雨。
既优既渥，[6]	既是水足又润渥，
既霑既足，	既经霑湿又满足，
生我百谷。	可以生长我百谷。
疆埸翼翼，[7]	田地疆界很整饬，
黍稷彧彧。[8]	黍稷种得很密植。

曾孙之穑，	曾孙把它来收获，
以为酒食。	用作我们的酒食。
畀我尸宾，	给我作尸和宾客，
寿考万年！	神赐寿考万年值！
中田有庐，[9]	田中种得有萝卜，
疆埸有瓜。	田边种得有杂瓜。
是剥是菹，[10]	是剥萝卜是腌瓜，
献之皇祖。	献给皇祖不为差。
曾孙寿考，	曾孙因此得长寿，
受天之祜。	受天赐福得称嘉。
祭以清酒，	祭祀用的是清酒，
从以骍牡，[11]	跟着一头红牡牛，
享于祖考。	拿去献给先祖考。
执其鸾刀，[12]	拿着他的鸾刀头，
以启其毛，	用来开脱它皮毛，
取其血膋。[13]	取出它的血和油。
是烝是享，	冬祭请神来受享，
苾苾芬芬。[14]	芬芬芳芳是馨香。
祀事孔明，[15]	祭祀的事很洁净，
先祖是皇。[16]	先祖受祭得安享。

报以介福，　　　　报祭用来赐大福，
万寿无疆！　　　　赐给万寿称无疆！

【注释】　1. 信：通“申”，长貌。　2. 甸（diàn 佃）：治理。　3. 畇畇（yún yún 云云）：平整。　4. 疆理：分界治理。　5. 霡霂（mài mù 脉沐）：小雨。　6. 优：雨水足。渥：沾润。　7. 埸（yì 亦）：田畔。翼翼：整饬。8. 彧彧（yù yù 玉玉）：茂盛。　9. 庐：通“芦”，萝卜。　10. 菹（zū 租）：腌菜。　11. 骍（xīn 辛）：赤色。　12. 鸾刀：有鸾铃的刀。　13. 膋（liáo 辽）：脂肪。　14. 苾苾（bì bì 必必）：芳香。　15. 明：犹“洁”。　16. 皇：归，归来享受。

【评析】　这诗的解释有二：一是《毛诗序》：“《信南山》，刺幽王也。不能修成王之业，疆理天下，以奉禹功，故君子思古焉。”二是方玉润《诗经原始》：“《信南山》，王者烝祭也。”“而何氏楷亦云：‘《楚茨》《信南山》同为一时之作。《楚茨》详于后而略于前，自祭祊以前，但以“祀事孔明”一语该之。《信南山》详于前而略于后，自荐熟以后，但以“祀事孔明”一语该之。’是二诗同出一时，则二曾孙均指成王也，讵得谓凡为祭者皆得而称之哉？”

甫　田

倬彼甫田，[1]　　　　广大的那大田，
岁取十千。　　　　每年收粮取十千。
我取其陈，　　　　我取其中陈旧粱，
食我农人，　　　　养活农夫不可怜，

自古有年。[2]	从古以来尽丰年。
今适南亩，	今到南亩去种田，
或耘或耔，[3]	或是除草或培土，
黍稷薿薿。[4]	黍稷茂盛结实坚。
攸介攸止，[5]	青苗长大结实止，
烝我髦士。[6]	献我俊士称崇贤。
以我齐明，[7]	用我器物讲洁净，
与我牺羊，[8]	祭神用我牛和羊，
以社以方。[9]	祭祀社神和四方。
我田既臧，	我田既是收获昌，
农夫之庆。	农夫庆贺面有光。
琴瑟击鼓，	琴瑟击鼓声高扬，
以御田祖，[10]	用来迎接那田祖，
以祈甘雨，	用求甘雨来帮忙，
以介我稷黍，	用来长大我稷黍，
以穀我士女。[11]	用来养好我男女。
曾孙来止，	曾孙亲自来到，
以其妇子，	同他的妻和子，
馌彼南亩，[12]	送酒饭到南亩，
田畯至喜。[13]	田官到了用酒饭。
攘其左右，[14]	让开他的左右，

尝其旨否。	尝尝味道好否。
禾易长亩，[15]	稻禾容易长田亩，
终善且有。	终于长好年成有。
曾孙不怒，	曾孙看了不发怒，
农夫克敏。[16]	农夫能快种田亩。

曾孙之稼，	曾孙所有的庄稼，
如茨如梁。[17]	多如屋盖高如梁。
曾孙之庾，	曾孙的露天仓，
如坻如京。[18]	多如沙堆高如冈。
乃求千斯仓，	于是求千个仓，
乃求万斯箱。	于是求万个箱。
黍稷稻粱，	有黍稷有稻粱，
农夫之庆。	农夫庆贺面有光。
报以介福，	报祭用来赐大福，
万寿无疆。	赐给他万寿无疆。

【注释】 1. 倬（zhuō 卓）：大。甫田：大田。 2. 有年：丰年。 3. 耘：锄草。耔（zǐ 子）：培土。 4. 薿薿（nǐ nǐ 你你）：茂盛。 5. 攸介攸止：攸，语助词。介，长之。止，停止，指结实。 6. 烝：进。髦（máo 毛）士：英俊的男人。 7. 齐（zī 咨）明：在古器中所盛食品皆洁净。明指洁净。齐通“齍（zī 咨）”，盛谷物的祭器。 8. 牺：牺牲用牛。 9. 社：土地神。方：四方神。 10. 御（yà 亚）：迎。田祖：田神。 11. 穀：养。 12. 馌（yè 叶）：送饭给耕者。 13. 喜：通“饎”，吃酒食。 14. 攘：通“让”。

15. 易：禾盛貌。 16. 敏：敏捷。 17. 茨：积。 18. 坻（chí 池）：水中高地。京：高丘。

【评析】 这诗的解释有二：一是《毛诗序》："《甫田》，刺幽王也。君子伤今而思古焉。"《笺》："刺者，刺其仓廪空虚，政烦赋重，农人失职。"二是方玉润《诗经原始》："《甫田》，王者祈年因以省耕也。""祭方社，祀田祖，皆所以祈甘雨，非报成也。观其'或耘或耔'，曾孙来省，以至尝其馌食，非春夏耕耨时乎？至末章极言稼穑之盛，乃后日成效，因'农夫克敏'一言推而言之耳。文章有前路，自有后路。宾主须分，乃得其妙。不然，方祈甘雨，何以便报成耶？"

大 田

大田多稼，	大田里边多庄稼，
既种既戒，[1]	既选种子又备戒，
既备乃事。	既完备了这些事。
以我覃耜，[2]	用我锋利的耜器，
俶载南亩，[3]	开始南亩种了田，
播厥百谷，	播种各种谷子事，
既庭且硕，[4]	既挺直又肥大，
曾孙是若。[5]	曾孙看了是顺事。
既方既皁，[6]	稻既抽穗又结实，
既坚既好，	结实既坚硬又好，

不稂不莠。[7]	没有空壳与害草。
去其螟螣，[8]	除去螟虫和螣虫，
及其蟊贼。[9]	蟊虫贼虫也除掉。
无害我田稚！[10]	不要害我的幼苗！
田祖有神，	田祖有神通，
秉畀炎火。[11]	拿了害虫给我烧。
有渰萋萋，[12]	乌云密布萋萋行，
兴雨祁祁。[13]	兴起下雨田有利。
雨我公田，	雨落我的公家田，
遂及我私。	遂即到我私田里。
彼有不获稚，	有没收嫩谷在那里，
此有不敛穧。[14]	有没收谷类在这里。
彼有遗秉，[15]	有遗漏禾把在那里，
此有滞穗，[16]	有漏落禾穗在这里，
伊寡妇之利！	这都是寡妇得的利！
曾孙来止，	曾孙到来了，
以其妇子，	同他的妻和子，
馌彼南亩，	送酒饭到南亩田里，
田畯至喜。	田官来到用饮食。
来方禋祀，	曾孙来祭四方神，
以其骍黑，[17]	用他的牛和豕，

与其黍稷，　　　　与他的稷和黍，
以享以祀，　　　　用来献神行祭祀，
以介景福。　　　　求神赐给大福祉。

【注释】 1. 种：选种。戒：准备，包括修农具，事耦耕。 2. 覃（yǎn 眼）：锋利。 3. 俶载：开始从事。 4. 庭：直。 5. 若：顺。 6. 方：谷穗空壳。皁（zào 造）：谷结实未坚。 7. 稂：空谷。 8. 螟（míng 冥）：蛀稻心的害虫。螣（tè 特）：食苗叶的害虫。 9. 蟊（máo 毛）：食稻根的害虫。贼：食稻茎的害虫。 10. 稚（zhì 至）：幼禾。 11. 秉畀：执与。 12. 渰（yǎn 掩）：云起。萋萋：云行貌。 13. 祁祁：众多貌。 14. 穧（jì 计）：已割而未收的农作物。 15. 秉：谷把。 16. 滞穗：遗弃的谷穗。 17. 骍黑：赤色牛、黑色豕。

【评析】 这诗的解释有二：一是《毛诗序》："《大田》，刺幽王也。言矜寡不能自存焉。"《笺》："幽王之时，政烦赋重，而不务农事，虫灾害谷，风雨不时，万民饥馑，矜寡无所取活，故时臣思古以刺之。"二是方玉润《诗经原始》："《大田》，王者西成省敛也。""此篇重在播种收成，故从农人一面极力摹写春耕秋敛，害必务去尽，利必使有余，所以竭在下者之力也。……诗只从遗穗说起，而正穗之多自见。其穗之遗也，有低小之穗，为刈获之所不及者；有刈而遗忘，为束缚之所不备者；亦有束缚虽备，而为辇载之所不尽者；且更有辇载虽尽，而折乱在垅，为刈获所不削，而束缚之难拾者，凡此皆寡妇之利也。事极琐碎，情极闲淡，诗偏尽情曲绘，刻摹无遗，娓娓不倦。无非为多稼穑一语设色生光，所谓愈淡愈奇，愈闲愈妙，善于烘托法耳。"

瞻彼洛矣

瞻彼洛矣，[1]	看那洛水呀，
维水泱泱。[2]	只有水声洋洋。
君子至止，	君子到了这里，
福禄如茨。[3]	福禄多比屋盖强。
韎韐有奭，[4]	披着蔽膝红灿灿，
以作六师。	总领六军练兵忙。

瞻彼洛矣，	看那洛水呀，
维水泱泱。	只有水声洋洋。
君子至止，	君子到了这里，
鞞琫有珌。[5]	刀鞘上下饰物都有光。
君子万年，	君子长寿活万年，
保其家室。	永保家室有荣光。

瞻彼洛矣，	看那洛水呀，
维水泱泱。	只有水声洋洋。
君子至止，	君子到了这里，
福禄既同。	福禄聚拢合一样。
君子万年，	君子长寿活万年，
保其家邦。	保护家邦永无恙。

【注释】 1. 洛：洛水。 2. 泱泱：水深广貌。 3. 茨：屋盖，指广而大。 4. 韎韐（mèi gé 妹格）：蔽膝，用熟皮制，遮住膝部，用茜草染绛色。奭（shì 士）：赤色。 5. 鞞琫（bǐ běng 比绷）：刀鞘上的饰物。珌（bì 必）：刀鞘下的饰物。

【评析】 这诗的解释有二：一是《毛诗序》："《瞻彼洛矣》，刺幽王也。思古明王能爵命诸侯，赏善罚恶焉。"二是朱熹《诗集传》："此天子会诸侯于东都以讲武事，而诸侯美天子之诗。言天子至此洛水之上，御戎服而起六师也。"

裳裳者华

裳裳者华，[1]	堂堂的鲜花，
其叶湑兮。[2]	它的叶儿茂盛啊。
我觏之子，	我看见这个人，
我心写兮。[3]	我心忧愁泻尽啊。
我心写兮，	我心忧愁泻尽啊，
是以有誉处兮。	因此有安乐可处啊。
裳裳者华，	堂堂的鲜花，
芸其黄矣。[4]	它的花儿黄啊。
我觏之子，	我看见这个人，
维其有章矣。[5]	只是他有文章了。
维其有章矣，	只是他有文章了，
是以有庆矣。	因此该有庆贺了。

裳裳者华，	堂堂的鲜花，
或黄或白。	有的黄有的白。
我觏之子，	我看见这个人，
乘其四骆。	驾着四匹黑鬃白毛的马。
乘其四骆，	驾着四匹黑鬃白毛的马，
六辔沃若。	六根辔绳很柔滑。

左之左之，[6]	左就左，
君子宜之。	君子适宜它。
右之右之，	右就右，
君子有之。[7]	君子适宜它。
维其有之，	只是因为适宜它，
是以似之。[8]	因此继承祖业可靠他。

【注释】 1. 裳裳：犹堂堂。 2. 湑（xǔ 许）：茂盛。 3. 写：通“泻”，泻去。 4. 芸：黄盛。 5. 章：文章，指文采、礼乐。 6. 左之、右之：或左或右，指左右辅弼，无不相宜。 7. 有：有此宜。 8. 似：通“嗣”。

【评析】 这诗的解释有二：一是《毛诗序》：“《裳裳者华》，刺幽王也。古之仕者世禄，小人在位，则谗谄并进，弃贤者之类，绝功臣之世焉。”《笺》：“古者，古昔明王时也。小人，斥今幽王也。”二是朱熹《诗集传》：“此天子美诸侯之辞，盖以答《瞻彼洛矣》也。言‘裳裳者华’，则其叶湑然而美盛矣。我觏之子，则其心倾泻而悦乐之矣。夫能使见者悦乐之如此，则其有誉处宜矣。此章与《蓼萧》首章文势全相似。言其才全德备，以左之则无所不宜，以右之则无所不有。维其有之于内，是以形之于外者，无不似其所有也。”

卷六

小雅

桑扈之什

桑　扈

交交桑扈，[1]	交交是桑扈鸟叫，
有莺其羽。[2]	有文采的是羽毛。
君子乐胥，[3]	君子是快乐啊，
受天之祜。	接受上天的福好。
交交桑扈，	交交是桑扈鸟叫，
有莺其领。[4]	有文采是它颈毛。
君子乐胥，	君子是快乐啊，
万邦之屏。	是万国的屏障了。
之屏之翰，[5]	作屏障作藩翰，
百辟为宪。[6]	诸侯把它作为法。
不戢不难，[7]	又和平又恭敬，
受福不那。[8]	受天降福岂不多啊。
兕觥其觩，[9]	牛角杯呀曲角口，
旨酒思柔。[10]	美酒味道真和柔。
彼交匪敖，[11]	不侮慢不骄傲，

万福来求。　　　　万种福气自来求。

【注释】 1. 交交：鸟叫声。桑扈：鸟名，亦叫小桑鹰。 2. 莺：指文采。 3. 乐胥：指乐兮。胥，语助词。 4. 领：头颈。 5. 翰：指屏障。 6. 辟：君主。 7. 不戢不难：不，语助词，戢指和，难指敬。 8. 那：多。 9. 觩（qiú 求）：角上曲。 10. 思：语助词。 11. 彼交匪敖：当作“匪交匪敖”，交通“儌”，侮慢。

【评析】 这诗的解释有二：一是《毛诗序》：“《桑扈》，刺幽王也。君臣上下，动无礼文焉。”《笺》：“‘动无礼文’，举事而不用先王礼法威仪也。”二是朱熹《诗集传》：“此亦天子燕诸侯之诗。言‘交交桑扈’，则‘有莺其羽’矣，‘君子乐胥’，则‘受天之祜’矣，颂祷之辞也。”“言其所统之诸侯，皆以之为法也。”“盖曰岂不敛乎？岂不慎乎？其受福岂不多乎？古语声急而然也。”

鸳　鸯

鸳鸯于飞，　　　　鸳鸯在飞，
毕之罗之。[1]　　　用小网大网来捉它。
君子万年，　　　　君子活万年，
福禄宜之。　　　　福禄适宜他。

鸳鸯在梁，[2]　　　鸳鸯在鱼梁上，
戢其左翼。　　　　收敛它的左翅膀。

君子万年，　　　　君子活万年，
宜其遐福。　　　　适宜他永远的福望。

乘马在厩，　　　　骑的马在马棚里，
摧之秣之。[3]　　　铡草来喂它。
君子万年，　　　　君子活万年，
福禄艾之。[4]　　　用福禄来养他。

乘马在厩，　　　　骑的马在马棚里，
秣之摧之。　　　　用铡草来喂它。
君子万年，　　　　君子活万年，
福禄绥之。　　　　用福禄来安抚他。

【注释】　1. 毕：小网，用小网来捕。罗：大网，用大网来捕。　2. 梁：鱼梁，拦鱼的水坝。　3. 摧（cuò 错）：铡草。秣（mò 末）：以草喂马。　4. 艾（ài 爱）：养护。

【评析】　这诗的解释有三：一是《毛诗序》："《鸳鸯》，刺幽王也。思古明王交于万物有道，自奉养有节焉。"《笺》："'交于万物有道'，谓顺其性，取之以时，不暴夭也。"二是朱熹《诗集传》："此诸侯所以答《桑扈》也。'鸳鸯于飞'，则'毕之罗之'矣；'君子万年'，则'福禄宜之'矣，亦颂祷之辞也。"三是朱熹认为此诗是"颂祷之辞"是对的，但说"此诸侯所以答《桑扈》也"不确，疑是一首贵族婚礼上的祝颂诗。

頍　弁

有頍者弁，[1]	戴着前倾的皮帽，
实维伊何？[2]	这是为什么？
尔酒既旨，	你的酒既是美好，
尔肴既嘉。	你的菜肴又是好。
岂伊异人，	岂是接待外姓人，
兄弟匪他。	兄弟不是他人了。
茑与女萝，[3]	桑寄生和菟丝子，
施于松柏。[4]	攀着松柏相连络。
未见君子，	没有看见君子人，
忧心奕奕。	忧心时时发作。
既见君子，	既然看见君子人，
庶几说怿。	心情近乎有喜乐。

有頍者弁，	戴上前倾的皮帽，
实维何期？[5]	这是为什么？
尔酒既旨，	你的酒既是美好，
尔肴既时。	你的菜肴既是新作。
岂伊异人，	岂是接待外姓人，
兄弟具来。	兄弟全来非是外族。
茑与女萝，	桑寄生和菟丝子，
施于松上。	攀在松上做连络。

未见君子，	没有看见君子人，
忧心怲怲。[6]	忧心时时发作。
既见君子，	既然看见君子人，
庶几有臧。	心情近乎有快乐。

有頍者弁，	戴上前倾的皮帽，
实维在首。	这正合适戴在头。
尔酒既旨，	你的酒既是美好，
尔肴既阜。[7]	你的菜肴又丰厚。
岂伊异人，	岂是接待外姓人，
兄弟甥舅。	是兄弟和甥舅。
如彼雨雪，	像那天上落雪，
先集维霰。[8]	先聚集雪珠岂能后。
死丧无日，	死去丧亡没日期，
无几相见。[9]	我们相见不会久。
乐酒今夕，	快乐饮酒在今夕，
君子维宴。	君子只在宴会情投。

【注释】 1. 頍（kuǐ 傀）：戴皮帽倾向前。弁（biàn 便）：皮帽。 2. 实：当作“寔”，这。伊何：为何。 3. 茑（niǎo 鸟）、女萝：两种寄生植物，比兄弟亲戚相依附。 4. 施（yì 异）：蔓延。 5. 期：语助词。 6. 怲怲（bǐng bǐng 丙丙）：很忧。 7. 阜：丰富。 8. 霰（xiàn 线）：雪珠。 9. 无几：没有多少。

【评析】　这诗的解释有二：一是《毛诗序》：“《頍弁》，诸公刺幽王也。暴戾无亲，不能宴乐同姓，亲睦九族，孤危将亡，故作是诗也。”《笺》：“戾，虐也。暴虐，谓其政教如雨雪也。”二是朱熹《诗集传》：“此亦燕兄弟亲戚之诗，故言‘有頍者弁，实维伊何’乎？‘尔酒既旨，尔肴既嘉’，则‘岂伊异人’乎？乃兄弟而非他也。又言茑萝施于木上，以比兄弟亲戚缠绵依附之意，是以未见而忧，既见而喜也。”

车　舝

间关车之舝兮，[1]	车的铁轴头发声啊，
思娈季女逝兮。[2]	这美好少女要出嫁啊。
匪饥匪渴，	不再饿不再渴，
德音来括。[3]	有德音来会合。
虽无好友，[4]	虽则没有好的朋友，
式燕且喜。[5]	在宴会上且喜乐相合。
依彼平林，[6]	茂盛的那平地树林，
有集维鹇。[7]	会集的有雉群。
辰彼硕女，	适时而嫁的那大姑娘，
令德来教。	用好德行来教誉。
式燕且誉，	且开宴且赞誉，
好尔无射。[8]	喜爱你没有厌弃。
虽无旨酒，	我虽然没有美酒，

式饮庶几。	你饮一点也算数。
虽无嘉肴，	我虽没有好菜肴，
式食庶几。	你吃一点也算数。
虽无德与女，	我虽没有美德给你，
式歌且舞。	你还唱歌并且跳舞。
陟彼高冈，	登那高的山冈，
析其柞薪。	斫它麻栎作柴薪。
析其柞薪，[9]	斫它麻栎作柴薪，
其叶湑兮。[10]	它的叶儿很茂盛。
鲜我觏尔，[11]	我欢喜能看见你啊，
我心写兮。	我心里的愁苦泻尽啊。
高山仰止，	高山仰望就停止，
景行行止。[12]	大路前行行又止。
四牡骓骓，[13]	四匹雄马不停进，
六辔如琴。	使那六根缰绳像弹琴。
觏尔新昏，	看见你的新婚，
以慰我心。	用来安慰我的心。

【注释】 1. 间关：车轴铁头的转动声。舝（xiá 辖）：车轴铁头。 2. 娈（luán 峦）：美好。季女：少女。逝：去，指出嫁。 3. 德音：美誉。括：会合。 4. 友：指女方。 5. 式：语助词。 6. 依：通“殷”，茂盛。平林：平地的树林。 7. 鷮（jiāo 骄）：雉。 8. 射（yì 亦）：厌烦。 9. 柞（zuò 作）：

麻栎。 10. 湑（xǔ 许）：盛。 11. 鲜：善。觏（gòu 够）：见。 12. 仰止：仰望。止：语助词。景行：大路。 13. 骈骈（fēi fēi 非非）：马行不止貌。

【评析】 这诗的解释有二：一是《毛诗序》：“《车舝》，大夫刺幽王也。褒姒嫉妒，无道并进，谗巧败国，德泽不加于民。周人思得贤女以配君子，故作是诗也。”二是朱熹《诗集传》：“此燕乐其新昏之诗，故言间关。然设此车舝者，盖思彼娈然之季女，故乘此车往而迎之也。匪饥也，匪渴也，望其‘德音来括’，而心如饥渴耳。虽无他人，亦当燕饮以相喜乐也。”

青 蝇

营营青蝇，[1]	飞来飞去的苍蝇，
止于樊。[2]	停在篱笆上。
岂弟君子，[3]	和乐平易的君子人，
无信谗言。	不要听信谗言乱放。
营营青蝇，	飞来飞去的苍蝇，
止于棘。[4]	停在荆棘上。
谗人罔极，[5]	谗人没有中正话，
交乱四国。	只把四方国家说冤枉。
营营青蝇，	飞来飞去的苍蝇，
止于榛。	停在榛树上。
谗人罔极，	谗人没有中正话，

构我二人。	挑拨你我二人相乱攘。

【注释】 1. 营营：往来貌。 2. 樊：篱笆。 3. 岂弟：同“恺悌”，和乐平易。 4. 棘：荆棘。 5. 罔极：不中正。

【评析】 这诗的解释有二：一是《毛诗序》：“《青蝇》，大夫刺幽王也。”二是朱熹《诗集传》：“诗人以王好听谗言，故以青蝇飞声比之，而戒王以勿听也。”朱熹不信王为幽王，但不言何王，故谓二义。

宾之初筵

宾之初筵，	宾客初到就筵席，
左右秩秩。[1]	左右严肃有礼节。
笾豆有楚，[2]	笾豆摆设有秩序，
肴核维旅。[3]	肉食果品都陈列。
酒既和旨，	酒既醇和又美好，
饮酒孔偕。[4]	饮酒合礼无不悦。
钟鼓既设，	钟鼓奏乐既陈设，
举醻逸逸。[5]	举杯敬客有序列。
大侯既抗，[6]	箭靶既然已举起，
弓矢斯张。	张弓射箭心头热。
射夫既同，	射箭的人既然齐，
献尔发功。	献你发功效果切。
发彼有的，	发箭射靶能中的，

以祈尔爵。	来求你杯酒不绝。
籥舞笙鼓，[7]	用籥节舞笙鼓奏，
乐既和奏。	音乐既和奏调新。
烝衎烈祖，[8]	进献有功的先祖，
以洽百礼。[9]	用来配礼皆得申。
百礼既至，	众礼既然到了庭，
有壬有林。[10]	又盛大又隆重。
锡尔纯嘏，[11]	神赐给你大福气，
子孙其湛。[12]	子子孙孙喜无伦。
其湛曰乐，	他们喜悦称快乐，
各奏尔能。[13]	各献你能把酒斟。
宾载手仇，[14]	宾客比箭找对手，
室人入又。[15]	主人入射又陪客。
酌彼康爵，[16]	酌那空杯的客人，
以奏尔时。[17]	来敬你这位能人。
宾之初筵，	宾客的初到酒筵，
温温其恭。	态度温和又恭虔。
其未醉止，	他没有吃醉时，
威仪反反。[18]	他的仪容自相连。
曰既醉止，	说是既醉了，
威仪幡幡。[19]	他的仪容不相连。

舍其坐迁，[20]	放弃坐礼有改变，
屡舞僊僊。[21]	屡次舞蹈像成仙。
其未醉止，	他没有吃醉时，
威仪抑抑。[22]	仪容自相连。
曰既醉止，	既经吃醉了，
威仪怭怭。[23]	仪容不相连。
是曰既醉，	说既经醉了，
不知其秩。	不知礼仪应相连。

宾既醉止，	宾客既经吃醉了，
载号载呶。[24]	有的号叫有的嚷。
乱我笾豆，	弄乱我放的笾豆，
屡舞僛僛。[25]	屡次跳舞像发狂。
是曰既醉，	说是既经醉了，
不知其邮。[26]	不知失礼真荒唐。
侧弁之俄，[27]	侧着皮帽的时候，
屡舞傞傞。[28]	屡次跳舞又发狂。
既醉而出，	既醉出门回家睡，
并受其福。	宾主都受福分强。
醉而不出，	既醉不肯出门去，
是谓伐德。[29]	这叫败德不可忘。
饮酒孔嘉，	饮酒本是很好事，
维其令仪。	只要好的礼节不相妨。

凡此饮酒，	凡是饮这酒，
或醉或否。	有的喝醉有的否。
既立之监，	既经确立了酒监，
或佐之史。	再设酒史为他友。
彼醉不臧，	那吃醉的不知不善，
不醉反耻。	不醉的反而负咎。
式勿从谓，[30]	不要从醉者作为，
无俾大怠。	不要使他见大丑。
匪言勿言，	不该说的不要说，
匪由勿语。	不该从的不要受。
由醉之言，	从了醉汉话，
俾出童羖。[31]	使你拿出童羖又。
三爵不识，	三杯吃了不认识，
矧敢多又。[32]	怎敢再多劝饮酒。

【注释】 1. 秩秩：肃敬。 2. 楚：成列。 3. 肴：肉食。核：果品。旅：陈设。 4. 偕：通“嘉”。 5. 醻：同“酬”，主人劝酒。逸逸：往来有次序。 6. 大侯：箭靶。抗：举起。 7. 籥（yuè 月）：古乐器，竹制，称舞籥，比笛长而六孔，吹籥以节舞。 8. 烝（zhēng 蒸）：进。衎（kàn 看）：乐。烈祖：有功的先祖。 9. 洽：合。 10. 壬：状礼大。林：状礼多。 11. 纯嘏（gǔ 古）：大福。 12. 湛（dān 丹）：喜悦。 13. 奏：献。能：技能。 14. 手仇：对手，仇指相对。 15. 室人：指主人。 16. 康爵：空杯。 17. 尔时：你这时所尊者。 18. 反反：慎重。 19. 幡幡（fān fān 翻翻）：旗帜翻动。

20. 坐迁：迁动当坐之礼。 21. 僊僊（xiān xiān 仙仙）：轻举貌。 22. 抑：慎密，指庄重。 23. 怭怭（bì bì 必必）：不庄重，轻佻。 24. 呶（náo 挠）：叫喊。 25. 僛僛（qī qī 欺欺）：不自正。 26. 邮：通“尤”，过错。 27. 侧：倾侧。 28. 傞傞（suō suō 蓑蓑）：醉舞不止。 29. 伐德：败坏道德。 30. 勿从谓：不要从而为之。 31. 童羖（gǔ 古）：没有生角的黑色公羊，指酒后妄言。 32. 又：通“侑”，劝酒。

【评析】 这诗的解释有二：一是《毛诗序》：“《宾之初筵》，卫武公刺时也。幽王荒废，媟近小人，饮酒无度，天下化之。君臣上下沉湎淫液，武公既入而作是诗也。”《笺》：“淫液者，饮食时情态也。武公入者，入为王卿士。”二是朱熹《诗集传》：“韩氏序曰：‘卫武公饮酒悔过也。’今按此诗意与《大雅·抑》戒相类，必武公自悔之作，当从韩义。”又《诗三家义集疏》：“案：武公入相在平王世，幽王已往。《抑》诗已云‘追刺’，不应又作此篇。齐、韩以为‘悔过’，当从之。”

鱼 藻

鱼在在藻，	鱼儿游在水藻中，
有颁其首。[1]	摆动它的大头。
王在在镐，[2]	武王住在镐京里，
岂乐饮酒。[3]	欢乐地饮酒。
鱼在在藻，	鱼儿游在水藻中，
有莘其尾。[4]	有长的尾巴。

王在在镐，　　　　武王住在镐京里，
饮酒乐岂。　　　　饮着酒又欢乐。

鱼在在藻，　　　　鱼儿游在水藻中，
依于其蒲。[5]　　　依靠在它的蒲草。
王在在镐，　　　　武王住在镐京，
有那其居。[6]　　　有他安闲居处了。

【注释】 1. 颁（fén 坟）：大头。 2. 镐：镐京。 3. 岂（同“恺”）乐：欢乐。 4. 莘（shēn 身）：长。 5. 蒲：多年生水草。 6. 那：安闲。

【评析】 这诗的解释有二：一是《毛诗序》：“《鱼藻》，刺幽王也。言万物失其性，王居镐京，将不能以自乐，故君子思古之武王焉。”《笺》：“‘万物失其性’者，王政教衰，阴阳不和，群生不得其所也。‘将不能以自乐’，言必自是有危亡之祸。”二是朱熹《诗集传》：“此天子燕诸侯，而诸侯美天子之诗也。言鱼何在乎？在乎藻也，则‘有颁其首’矣。王何在乎？在乎镐京也，则‘岂乐饮酒’矣。”

采　菽

采菽采菽，[1]　　　采大豆呀采大豆，
筐之筥之。[2]　　　用筐用筥来盛它。
君子来朝，　　　　诸侯远路来朝见，
何锡予之？　　　　什么东西赐给他？

虽无予之，	虽然没有赐给他，
路车乘马。[3]	送他车子和驾马。
又何予之？	又有什么赐给他？
玄衮及黼。[4]	龙衣绣裳赐给他。
觱沸槛泉，[5]	沸腾正流泉水边，
言采其芹。	我去采摘那香芹。
君子来朝，	诸侯远路来朝见，
言观其旂。	我去看他车和旗。
其旂淠淠，[6]	他的旌旗在飘动，
鸾声嘒嘒。[7]	车上鸾铃节奏匀。
载骖载驷，	驾车三马或四马，
君子所届。	诸侯已经是亲临。
赤芾在股，[8]	红色蔽膝披在股，
邪幅在下。[9]	绑腿裹在膝盖下。
彼交匪纾，[10]	不傲慢也不怠慢，
天子所予。	车马天子赐给他。
乐只君子，	音乐是使诸侯乐，
天子命之。	天子策命赏赐他。
乐只君子，	音乐是使诸侯乐，
福禄申之。[11]	再用福禄重赏他。

维柞之枝，	只有柞木的枝条，
其叶蓬蓬。	它的叶儿密而庞。
乐只君子，	音乐是使诸侯乐，
殿天子之邦。[12]	他能镇定天子的侯邦。
乐只君子，	音乐是使诸侯乐，
万福攸同。[13]	万福齐聚拢。
平平左右，[14]	左右娴雅的人，
亦是率从。	也是相率顺从。
汎汎杨舟，	杨木船在河里泛，
绋纚维之。[15]	用大绳来拴住它。
乐只君子，	音乐是使诸侯乐，
天子葵之。[16]	天子度量赏赐他。
乐只君子，	音乐是使诸侯乐，
福禄膍之。[17]	福禄加重他。
优哉游哉，	优游自在呀！
亦是戾矣。[18]	也美好至极轮到他。

【注释】 1. 菽（shū 叔）：豆。 2. 筥（jǔ 举）：圆竹筐。 3. 路：车。 4. 玄衮（gǔn 滚）：浅黑色画卷龙袍。黼（fǔ 甫）：绣在裳上的斧形花纹，用黑白色。 5. 觱（bì 必）：沸。槛泉：正出泉水。 6. 淠淠（pèi pèi 佩佩）：飘动。 7. 嘒嘒（huì huì 彗彗）：有节奏。 8. 芾（fú 芙）：通“韨”，古代官服上的蔽膝。 9. 邪幅：像绑腿。 10. 彼交匪纾：彼，疑“匪”字之误。交，通“绞”，傲。纾，缓。 11. 申：重。 12. 殿：镇定。 13. 攸：

所。同：聚。 14. 平平：娴雅。 15. 绋（fú 弗）：大索。缡（lí 厘）：拴。16. 葵：通“揆”，量才使用。 17. 膍（pí 皮）：厚赐。 18. 戾：至，至极。

【评析】 这诗的解释有二：一是《毛诗序》：“《采菽》，刺幽王也。侮慢诸侯，诸侯来朝，不能锡命。以礼数征会之，而无信义。君子见微而思古焉。”《笺》：“幽王征会诸侯，为合义兵征讨有罪，既往而无之，是于义事不信也。君子见其如此，知其后必见攻伐，将无救也。”二是朱熹《诗集传》：“此天子所以答《鱼藻》也。‘采菽采菽’，则必以筐筥盛之，‘君子来朝’，则必有以锡予之，又言今虽无以予之，然已有‘路车乘马’‘玄衮及黼’之赐矣。其言如此者，好之无已，意犹以为薄也。”

角 弓

骍骍角弓，[1]	调理好牛角饰的弓，
翩其反矣。[2]	去弦自然反弹了。
兄弟昏姻，	兄弟是亲骨肉，
无胥远矣。[3]	不要互相疏远了。
尔之远矣，	你疏远兄弟了，
民胥然矣。[4]	百姓都是这样了。
尔之教矣，	你是这样教导了，
民胥傚矣。	百姓互相效法了。
此令兄弟，[5]	这样善良的兄弟，
绰绰有裕。[6]	彼此宽容得有裕。

不令兄弟，	不善良的兄弟，
交相为瘉。[7]	互相作恶害自己。
民之无良，	百姓的不善良，
相怨一方。	互相怨恨那一方。
受爵不让，	受到爵位不相让，
至于已斯亡。	直到自己的死亡。
老马反为驹，[8]	老马反而当作为壮马，
不顾其后。	不顾自己后来老。
如食宜饇，[9]	好像吃饭应吃饱，
如酌孔取。	好像饮酒酌量好。
毋教猱升木，[10]	不要教猴子爬树，
如涂涂附。[11]	不要像用泥来涂附。
君子有徽猷，[12]	君子有美德，
小人与属。[13]	小人要来依附。
雨雪瀌瀌，[14]	下雪纷纷，
见晛曰消。[15]	看见日光就消。
莫肯下遗，	不肯谦下，
式居娄骄。[16]	用自律收敛骄傲。

雨雪浮浮，[17] 下雪纷纷，
见晛曰流。 看见日光变水流。
如蛮如髦，[18] 像南蛮像髦族，
我是用忧。 我因此而心忧。

【注释】 1. 骍骍（xīn xīn 辛辛）：弓调理貌。角弓：以牛角饰的弓。 2. 翩其：自然地。反矣：弹弓弦，弓弦自然回弹了。 3. 胥：相。 4. 胥：皆。 5. 令：善。 6. 绰绰：宽裕。 7. 瘉（yù 育）：病。 8. 老马反为驹：老马反而视为壮马。 9. 饫（yù 裕）：饱。 10. 猱（náo 挠）：猿类。 11. 如涂涂附：在污泥上面涂一层污泥。 12. 徽：美。猷：道。 13. 与属：附属。 14. 瀌瀌（biāo biāo 标标）：雪盛。 15. 晛（xiàn 现）：日气。 16. 式居娄骄：陈奂《传疏》："小人不肯卑下加礼于人，唯数数骄慢自用。"式，用。居，通"倨"，傲慢。娄，收敛。 17. 浮浮：雪盛。 18. 髦：西南少数民族名。

【评析】 这诗的解释有二：一是《毛诗序》："《角弓》，父兄刺幽王也。不亲九族而好谗佞，骨肉相怨，故作是诗也。"二是方玉润《诗经原始》："诗中无刺谗语，唯疏远兄弟而亲近小人，是此诗大旨。"

菀柳

有菀者柳，[1] 茂盛的柳树，
不尚息焉。[2] 岂不希望在它下休息。
上帝甚蹈，[3] 上帝很会变化，
无自暱焉。[4] 不要自己向他亲热。
俾予靖之，[5] 用我去安定他，

后予极焉。[6]	后来对我用刑罚。

有菀者柳，	茂盛的柳树，
不尚愒焉。[7]	岂不希望在它下休息。
上帝甚蹈，	上帝很会变化，
无自瘵焉。[8]	不要自己去亲接。
俾予靖之，	用我去安定他，
后予迈焉。[9]	后来对我放逐不息。

有鸟高飞，	有鸟高飞，
亦傅于天。[10]	直到高天。
彼人之心，	那人的心，
于何其臻？	在什么地方相连？
曷予靖之？	为何用我安定他？
居以凶矜。[11]	他必置我于凶险。

【注释】 1. 菀（yù 欲）：树茂盛。 2. 尚：庶几，希望。 3. 上帝：指君王。蹈：变动。 4. 暱（nì 溺）：亲近。 5. 靖：安定。 6. 极：诛杀。 7. 愒（qì 气）：休息。 8. 瘵（zhài 债）：接近。 9. 迈：行，放逐。 10. 傅：至。 11. 居：语助词。凶矜：凶危。

【评析】 《毛诗序》："《菀柳》，刺幽王也。暴虐无亲而刑罚不中，诸侯皆不欲朝，言王者之不可朝事也。"又朱熹《诗集传》："王者暴虐，诸侯不朝而作此诗。"未言王者为谁。《毛诗序》说"刺幽王"，不知何据。

都人士之什

都人士

彼都人士，	那个都市的士人，
狐裘黄黄。	黄黄的狐皮袍穿上。
其容不改，	他的容貌不改变，
出言有章。	说的话有文采。
行归于周，[1]	行为归结到忠信，
万民所望。	成为万民所瞻仰。
彼都人士，	那个都市的士人，
台笠缁撮。[2]	戴着草笠或缁布冠。
彼君子女，	那个贵族的女儿，
绸直如发。[3]	细密直直头发不乱。
我不见兮，	我不看见她啊，
我心不说。	我的心里不喜欢。
彼都人士，	那个都市的士人，
充耳琇实。[4]	用宝石作充耳饰。
彼君子女，	那个贵族的女儿，
谓之尹吉。[5]	称作尹氏和吉氏。

我不见兮，	我不看见她啊，
我心菀结。[6]	我心里郁结不止。
彼都人士，	那个都市的士人，
垂带而厉。[7]	带子垂下飘左右。
彼君子女，	那个贵族的女儿，
卷发如虿。[8]	发像蝎尾翘在首。
我不见兮，	我不看见她啊，
言从之迈。	我想跟她一起走。
匪伊垂之，	不是他把带垂下，
带则有余。	带是有多余啊。
匪伊卷之，	不是她有意把发卷起，
发则有旟。[9]	发有的是上扬啊。
我不见兮，	我看不见她啊，
云何盱矣！[10]	说什么盼望啊。

【注释】 1. 章：文采。周：忠信。 2. 台：草名，可以作笠。缁撮：缁布冠。 3. 绸：细密。 4. 琇（xiù 秀）：美石。 5. 尹吉：尹氏、吉氏，两个大姓氏。 6. 菀结：郁结。 7. 厉：带之垂者。 8. 虿（chài 瘥）：蝎子类有毒的虫。 9. 旟（yú 余）：扬上。 10. 盱（xū 吁）：盼望。

【评析】 这诗的解释有二：一是《毛诗序》："《都人士》，周人刺衣服无常也。古者长民，衣服不贰，从容有常，以齐其民，则民德归壹。伤今不复见古人也。”《笺》:“服，谓冠弁衣裳也。古者，明王时也。长民，谓在民上倡率者也。变易无常谓之贰。从容，谓休燕也。休燕犹有常，则朝夕明矣。壹者，专也，同也。”二是朱熹《诗集传》:“乱离之后，人不复见昔日都邑之盛、人物仪容之美，而作此诗以叹惜之也。”

采绿

终朝采绿，[1]	整个早晨采绿草，
不盈一匊。[2]	采的不满两手掬。
予发曲局，[3]	我的头发曲而卷，
薄言归沐。	我要回去把头沐。
终朝采蓝，[4]	整个早晨采蓝草，
不盈一襜。[5]	采的不满一围裙。
五日为期，	约定五天为一期，
六日不詹。[6]	六天不回怎么云。
之子于狩，	这个人去打猎，
言韔其弓。[7]	我用弓袋藏他弓。
之子于钓，	这个人去钓鱼，
言纶之绳。	我用钓绳供他用。
其钓维何？	他钓的是什么鱼？
维鲂及鲊。[8]	有鲂鱼和鲢鱼。

维鲂及鱮， 有鲂鱼和鲢鱼，
薄言观者。[9] 我看他钓得真多鱼。

【注释】 1. 绿：王刍，花深绿，古时作绿色用。 2. 匊（jū 掬）：同“掬”，两手合捧。 3. 局：卷。 4. 蓝：草名，汁可染蓝色。 5. 襜（chān 搀）：围裙。 6. 詹：到。 7. 韔（chàng 唱）：弓袋。 8. 鱮（xù 叙）：大头鲢。 9. 观：多。

【评析】 这诗的解释有二：一是《毛诗序》：“《采绿》，刺怨旷也。幽王之时，多怨旷者也。”《笺》：“怨旷者，君子行役过时之所由也。而刺之者，讥其不但忧思而已，欲从君子于外，非礼也。”二是朱熹《诗集传》：“妇人思其君子，而言‘终朝采绿’而‘不盈一匊’者，思念之深，不专于事也。又念其发之‘曲局’，于是舍之而‘归沐’，以待其君子之还也。”

黍 苗

芃芃黍苗，[1] 长大的黍苗，
阴雨膏之。 阴雨润泽它。
悠悠南行，[2] 远远地向南走，
召伯劳之。 召伯慰劳他。

我任我辇，[3] 我任管车又拉车，
我车我牛。[4] 我扶牛车我牵牛。
我行既集，[5] 我的南走既经成功，

盖云归哉！[6]	何不说归去休！

我徒我御，[7]	我步行我驾驶，
我师我旅。	我属师我属旅。
我行既集，	我南走既经完成，
盖云归处！	何不说归去安处！

肃肃谢功，[8]	严正的谢邑工程，
召伯营之。	召伯经营它。
烈烈征师，[9]	威武前进的军队，
召伯成之。	召伯成就它。

原隰既平，	原野洼地既治平，
泉流既清。	泉流既经澄清。
召伯有成，	召伯有了成功，
王心则宁。	周王心里就安宁。

【注释】　1. 芃芃（péng péng 彭彭）：长大貌。　2. 悠悠：远行。　3. 任：担任。辇：拉车。　4. 车：手扶车。牛：牵牛。　5. 集：成。　6. 盖：通“盍”，何不。　7. 徒：步行。御：驾驶。　8. 肃肃：严正。谢：指谢邑，在河南省。　9. 烈烈：威武。

【评析】　这诗的解释有三：一是《毛诗序》：“《黍苗》，刺幽王也。不能膏润天下，卿士不能行召伯之职焉。”《笺》：“陈宣王之德、召伯之功，以刺幽王及其群臣废此恩泽事业也。”二是《诗三家义集疏》:“三家说曰:‘召伯述职，劳来诸侯也。’”三是朱熹《诗集传》:“宣王封申伯于谢，命召穆公往营城邑，故将徒役南行，而行者作此，言‘芃芃黍苗’，则唯阴雨能膏之；‘悠悠南行’，则唯召伯能劳之也。”

隰　桑

隰桑有阿，[1]	洼地桑树长得好，
其叶有难。[2]	它的叶儿茂盛了。
既见君子，	既然看见君子人，
其乐如何?	她的快乐怎么了?
隰桑有阿，	洼地桑树长得好，
其叶有沃。[3]	它的叶儿柔软了。
既见君子，	既然看见君子人，
云何不乐?	说什么不快乐了?
隰桑有阿，	洼地桑树长得好，
其叶有幽。[4]	它的叶儿色深妙。
既见君子，	既然看见君子人，
德音孔胶。[5]	情思确实很牢靠。
心乎爱矣，	心里真是爱了，

遐不谓矣？[6]　　怎么不说了？
中心藏之，　　内心深处藏着他，
何日忘之？　　什么时候忘记他？

【注释】　1. 阿：美貌。　2. 难（nuó 挪）：盛貌。　3. 沃：柔。　4. 幽：黑。　5. 胶：固定。　6. 遐不：何不。

【评析】　这诗的解释有三：一是《毛诗序》："《隰桑》，刺幽王也。小人在位，君子在野，思见君子，尽心以事之。"《笺》："隰中之桑，枝条阿阿然长美，其叶又茂盛，可以庇荫人。兴者，喻时贤人君子不用而野处，有覆养之德也。正以隰桑兴者，反求此义，则原上之桑枝叶不能然，以刺小人在位，无德于民。思在野之君子，而得见其在位喜乐无度。"二是朱熹《诗集传》："此喜见君子之诗。""《楚辞》所谓思公子兮未敢言，意盖如此。"认为非刺诗。"词意大概与《菁莪》相类。然所谓君子，则不知其何所指矣。"三是余冠英先生《诗经选》："这首诗是一个女子的爱情自白。"

白　华

白华菅兮，[1]　　白花认为菅草啊，
白茅束兮。　　用白茅草来捆它。
之子之远，　　这个人疏远我，
俾我独兮。　　使我孤独啊。

英英白云，[2]　　朵朵的白云，

露彼菅茅。[3]　　下露水润泽那菅草。
天步艰难，[4]　　天神走路艰难，
之子不犹。[5]　　这个人待我不好了。

滮池北流，[6]　　滮池水向北流，
浸彼稻田。　　浸润那稻田。
啸歌伤怀，　　长啸唱歌伤胸怀，
念彼硕人。　　想那大人总相连。

樵彼桑薪，　　砍那桑枝做柴薪，
卬烘于煁。[7]　　我烧柴在那灶。
维彼硕人，　　只有那个大人，
实劳我心。　　确实使我心劳。

鼓钟于宫，[8]　　在宫内敲钟，
声闻于外。　　声音听见在宫外。
念子懆懆，[9]　　想念你使我忧愁，
视我迈迈。[10]　　你看我讨厌心烦。

有鹙在梁，[11]　　有鹙鸟在鱼梁，
有鹤在林。　　有白鹤在树林。
维彼硕人，　　只有那个大人，
实劳我心。　　确实忧劳我的心。

鸳鸯在梁，	鸳鸯在鱼梁，
戢其左翼。	收敛它的左翅膀。
之子无良，	这个人真无良心，
二三其德。	三心两意不一样。

有扁斯石，[12]	有块扁的石头，
履之卑兮。	踏上去低下啊。
之子之远，	这个人疏远我，
俾我疷兮。[13]	使我生病啊。

【注释】 1. 白华：白花。菅（jiān 肩）：茅草，茎可作绳织履。白花认为菅草，一说比幽王把申后看作坏女人。 2. 英英：云起貌。 3. 露彼菅茅：露滋润菅草。 4. 天步：天行，一说比幽王行动。 5. 犹：可。 6. 滮（biāo 标）池：在陕西西安西。 7. 卬：同“昂”，指我。煁（shén 神）：灶火。 8. 宫：古代房子的通称，秦后始为帝王专用。 9. 懆懆（cǎo cǎo 草草）：忧愁不安。 10. 迈迈：不悦。 11. 鹙（qiū 秋）：水鸟名，似鹤，头颈上无毛。 12. 扁：卑下。 13. 疷（qí 齐）：病。

【评析】 《毛诗序》：“《白华》，周人刺幽后也。幽王取申女以为后，又得褒姒而黜申后，故下国化之，以妾为妻，以孽代宗，而王弗能治。周人为之作是诗也。”《笺》：“申，姜姓之国也。褒姒，褒人所入之女，姒，其字也，是谓幽后。孽，支庶也。宗，適子也。王不能治，己不正故也。”

绵　蛮

绵蛮黄鸟，[1]	小小的黄鸟，
止于丘阿。[2]	停在山坳。
道之云远，	路是很远，
我劳如何？	我是怎样疲劳？
饮之食之，	命他饮酒，命他吃饭，
教之诲之。	教导他还告诫他。
命彼后车，[3]	命他乘副车，
谓之载之。	让用车载他。
绵蛮黄鸟，	小小的黄鸟，
止于丘隅。	停在山腰。
岂敢惮行，[4]	难道怕走路，
畏不能趋。[5]	怕不能快跑。
饮之食之，	命他饮酒，命他吃饭，
教之诲之。	教导他还告诫他。
命彼后车，	命他乘副车，
谓之载之。	让用车载他。
绵蛮黄鸟，	小小的黄鸟，
止于丘侧。	停在丘边了。
岂敢惮行，	难道怕走路，

畏不能极。[6] 怕不能到。
饮之食之， 命他饮酒，命他吃饭，
教之诲之。 教导他还告诫他。
命彼后车， 命他乘副车，
谓之载之。 让用车载他。

【注释】 1. 绵蛮：小鸟貌。 2. 阿：山坳。 3. 后车：正车后面的副车。 4. 惮：怕。 5. 趋：快走。 6. 极：至。

【评析】 这诗的解释有二：一是《毛诗序》："《绵蛮》，微臣刺乱也。大臣不用仁心，遗忘微贱，不肯饮食教载之，故作是诗也。"《笺》："微臣，谓士也。古者卿大夫出行，士为末介。士之禄薄，或困乏于资财，则当赒赡之。幽王之时国乱，礼废恩薄，大不念小，尊不恤贱，故本其乱而刺之。"二是朱熹《诗集传》："此微贱劳苦而思有所托者。"

瓠　叶

幡幡瓠叶，[1] 飘动的葫芦叶，
采之亨之。[2] 采它来煮它。
君子有酒， 君子人有酒，
酌言尝之。 酌酒品尝它。

有兔斯首，[3] 有小兔头是白的，
炮之燔之。[4] 用泥涂了烧它煮它。

君子有酒，	君子人有酒，
酌言献之。	酌酒与客敬献它。

有兔斯首，	有小兔子头是白的，
燔之炙之。[5]	用泥涂了烧它烤它。
君子有酒，	君子人有酒，
酌言酢之。[6]	宾客酌酒回敬他。

有兔斯首，	有小兔头是白的，
燔之炮之。	用泥涂了烧它烤它。
君子有酒，	君子人有酒，
酌言酬之。	酌酒再劝宾客品尝它。

【注释】　1. 幡幡（fān fān 翻翻）：翻动。瓠：葫芦。　2. 亨：同“烹”，煮。　3. 斯首：白头。　4. 炮（páo 庖）：烧，将兔裹泥在火上烧。燔（fán 凡）：烧。　5. 炙：将肉在火上烤。　6. 酢（zuò 坐）：回敬酒。

【评析】　这诗的解释有二：一是《毛诗序》：“《瓠叶》，大夫刺幽王也。上弃礼而不能行，虽有牲牢饔饩，不肯用也。故思古之人，不以微薄废礼焉。”《笺》：“牛羊豕为牲，系养者曰牢，熟曰饔，腥曰饩，生曰牵。‘不肯用’者，自养厚而薄于宾客。”二是朱熹《诗集传》：“此亦燕饮之诗。”不同意《诗序》刺幽王说。

渐渐之石

渐渐之石，[1]	高峻的山石，
维其高矣。	真是那样的高了。
山川悠远，	山河长远，
维其劳矣。[2]	真是那样的广阔了。
武人东征，	武人出兵向东征，
不皇朝矣。[3]	无闲暇的日子了。
渐渐之石，	高峻的山石，
维其卒矣。[4]	真是那样的高险了。
山川悠远，	山河长远，
曷其没矣。[5]	何处是它的尽头了。
武人东征，	武人向东出征，
不皇出矣。[6]	无暇出离险地了。
有豕白蹢，[7]	有豕白蹄，
烝涉波矣。[8]	众豕都渡过水了。
月离于毕，[9]	月接近毕星，
俾滂沱矣。[10]	大雨落下了。
武人东征，	武人向东出征，
不皇他矣。	无暇顾及其他了。

【注释】 1. 渐渐：通“巉巉”（chán chán 谗谗），山石高峻。 2. 劳：通“辽”，指广阔。 3. 不皇：不暇。不皇朝，犹无暇日。 4. 卒：通“崒”（zú 族），高峻危险。 5. 曷：何。没：尽。 6. 出：脱险。 7. 蹢（dí 敌）：蹄。 8. 烝：多。 9. 离：通“丽”，接近。毕：毕星。月接近毕星，有雨。 10. 滂沱：大雨貌。

【评析】 这诗的解释有二：一是《毛诗序》：“《渐渐之石》，下国刺幽王也。戎狄叛之，荆舒不至，乃命将率东征。役久病于外，故作是诗也。”《笺》：“荆，谓楚也。舒，舒鸠、舒鄝、舒庸之属。役，谓士卒也。”二是方玉润《诗经原始》：“此将士东征，劳苦自叹之诗。”“唯《大序》云：‘戎狄叛之，荆舒不至，乃命将率东征，久病于外，故作是诗。’则徒成为附会而无据。”

苕之华

苕之华，[1]	凌霄花，
芸其黄矣。[2]	花落时黄了。
心之忧矣，	心中忧愁了，
维其伤矣。	是伤透心了。
苕之华，	凌霄花，
其叶青青。	它的叶儿青青茂盛。
知我如此，	知我活得像这样，
不如无生！	不如不要生！

牂羊坟首，[3]	母羊大头，
三星在罶。[4]	三颗星照在鱼篓。
人可以食，	人可得饭吃，
鲜可以饱！	少有人可吃饱相求！

【注释】 1. 苕（tiáo 条）：凌霄花，藤本，蔓生，花将落则黄。 2. 芸黄：指花将落色黄，黄指蔫黄。 3. 牂（zāng 脏）羊：母羊。坟：大。母羊瘦则头大。 4. 罶（liǔ 柳）：竹篓，鱼可以进不可以出。

【评析】 《毛诗序》："《苕之华》，大夫闵时也。幽王之时，西戎、东夷交侵中国，师旅并起，因之以饥馑。君子闵周室之将亡，伤己逢之，故作是诗也。"《笺》："'师旅并起'者，诸侯或出师，或出旅，以助王距戎与夷也。大夫将师出，见戎、夷之侵周而闵之，今当其难，自伤近危亡。"又朱熹《诗集传》："诗人自以身逢周室之衰，如苕附物而生，虽荣不久，故以为比，而自言其心之忧伤也。"

何草不黄

何草不黄？	哪种草不枯黄？
何日不行？	哪一天人不行？
何人不将？[1]	哪个人不出行？
经营四方。	去经营那四方。
何草不玄？[2]	哪种草不死不黑？

何人不矜？[3]	哪个人不独身？
哀我征夫，	悲哀我的士兵，
独为匪民！	独独不算人！
匪兕匪虎，[4]	不是野牛不是老虎，
率彼旷野。[5]	沿着旷野日夜奔走。
哀我征夫，	悲哀我的战士，
朝夕不暇。	早晚不得休。
有芃者狐，[6]	尾毛蓬松的狐狸，
率彼幽草。[7]	沿着旷野深藏在草里。
有栈之车，[8]	有役事的车子，
行彼周道。	跑在那大道里。

【注释】　1. 将：行。 2. 玄：黑色。 3. 矜：通“鳏”，老而无妻的人。 4. 兕（sì 似）：野牛。 5. 率：循，沿着。 6. 芃（péng 蓬）：毛蓬松。 7. 幽：深暗。 8. 栈车：役车。

【评析】　这诗的解释有二：一是《毛诗序》：“《何草不黄》，下国刺幽王也。四夷交侵，中国背叛，用兵不息，视民如禽兽，君子忧之，故作是诗也。”二是朱熹《诗集传》：“周室将亡，征役不息，行者苦之，故作此诗。”朱说“行者苦之”而作此诗，与《诗序》说的“君子忧之”作此诗不同，朱说较合。

卷七

大雅

方玉润《诗经原始》云："盖大、小雅之分，亦以体异焉耳。读者试即《嵩高》《黍苗》二诗诵之，而其体自见。又如《宾之初筵》与《抑》诗合而咏之，而其体愈见。数诗皆前人之所谓人同、事同者也，而何以诗之词气与音节迥然不同？此可以知大、小雅之分矣。"

文王之什

文　王

文王在上，[1]	文王的神在上，
於昭于天。[2]	光明显现在天上。
周虽旧邦，	周虽然是旧邦，
其命维新。	承受天命是新上。
有周不显，[3]	周朝是光明显耀，
帝命不时。[4]	上帝任命适时新上。
文王陟降，[5]	文王神的升降，
在帝左右。[6]	在上帝左右两旁。
亹亹文王，[7]	勤勉的文王，
令闻不已。[8]	好的声望不止。
陈锡哉周，[9]	厚赐啊周朝，
侯文王孙子。[10]	只有文王孙孙子子。
文王孙子，	文王的孙孙子子，
本支百世。[11]	本宗支子相传百世。
凡周之士，	凡是周朝的士子，
不显亦世。[12]	光明也能照世。

世之不显，	照世的光明，
厥犹翼翼。[13]	他的谋划谨慎。
思皇多士，[14]	赞美众多士子，
生此王国。	在这个王国里诞生。
王国克生，	王国里能够诞生，
维周之桢。[15]	都是周朝的干桢。
济济多士，[16]	靠众多的臣子，
文王以宁。	使文王得到安宁。
穆穆文王，[17]	美好的文王，
於缉熙敬止。[18]	啊，光明诚敬为是。
假哉天命，[19]	伟大啊天命，
有商孙子。	商朝的孙孙子子。
商之孙子，	商朝的孙孙子子，
其丽不亿。[20]	它的数目上亿计。
上帝既命，	上帝既然命令，
侯于周服。[21]	只服从周朝做臣子。
侯服于周，	殷人臣服于周朝，
天命靡常。	天命无常没一定。
殷士肤敏，[22]	殷朝的士人美好敏疾，
祼将于京。[23]	在周京用酒祭祖相称。
厥作祼将，	他们用酒祭祖时，

常服黼冔。[24]	经常穿殷朝礼服相应。
王之荩臣，[25]	作周王的忠臣，
无念尔祖。[26]	想念你祖先相称。

无念尔祖，	想念你的祖先，
聿修厥德。	修明你的德行。
永言配命，	永久配合天命，
自求多福。	自己求多福分。
殷之未丧师，[27]	殷的未失掉众心，
克配上帝。	能够配合上帝天命。
宜鉴于殷，	应该以殷为鉴戒，
骏命不易。[28]	不容易保持大命。

命之不易，	不容易保持大命，
无遏尔躬。[29]	不要断送大命在你身。
宣昭义问，	宣扬昭示好的声誉，
有虞殷自天。	殷的喜悲从天命。
上天之载，[30]	上天的事，
无声无臭。	没有味儿也没有声。
仪刑文王，[31]	效法文王，
万邦作孚。[32]	万邦才会对你信任。

【注释】 1. 文王在上：周文王既死，他的神在民上。 2. 於（wū 乌）：叹

词。昭：明著。 3. 有周：周朝。不显：显，光明。 4. 不时：时，是。 5. 陟降：升降。 6. 帝：上帝。 7. 亹亹（wěi wěi 伟伟）：勉力。 8. 令闻：好的声闻。 9. 陈锡：重赐，厚赐。 10. 侯：于。 11. 本支百世：本宗，即文王子孙。支，支子，即文王庶出子孙，均传百代。 12. 不显亦世：显世，光显于世。 13. 厥犹翼翼：其谋恭敬。 14. 皇：美。 15. 桢：支柱。 16. 济济：众多貌。 17. 穆穆：美好。 18. 於：叹美。缉熙：光明。敬：诚敬。止：语助词。 19. 假：大。 20. 其丽不亿：其数亿。 21. 侯于周服：维服从周。 22. 殷士肤敏：殷臣美好敏疾。 23. 祼（guàn 贯）：用酒祭祖。将：行。 24. 黼（fǔ 甫）：绣白黑色斧形的礼服。冔（xǔ 许）：礼帽。称殷臣穿戴殷的礼服礼帽，说明文王以德不以强。 25. 荩（jìn 尽）臣：忠臣。 26. 无念：念。 27. 丧师：丧失众人心。师，众。 28. 骏命不易：保大命不容易。 29. 遏：止。 30. 载：事。 31. 刑：法。 32. 孚：相信。

【评析】 《毛诗序》："《文王》，文王受命作周也。"《笺》："受天命而王天下，制立周邦。"

大　明

明明在下，[1]	明显的恩德在下面，
赫赫在上。	煊赫的神灵在天上。
天难忱斯，[2]	天意很难相信，
不易维王。	不易做的是治天下王。
天位殷適，[3]	天位本属殷嫡子，
使不挟四方。[4]	使命不能达四方。

挚仲氏任，[5]	挚国中女名太任，
自彼殷商，	从那个商朝挚城，
来嫁于周，	来嫁到那周家，
曰嫔于京。[6]	说做新妇到周京。
乃及王季，[7]	是认王季做丈夫，
维德之行。	只有道德才施行。
大任有身，[8]	太任嫁后有了孕，
生此文王。	生下文王这个人。
维此文王，	只有这个文王，
小心翼翼。	既是小心又谨慎。
昭事上帝，	勤勉地奉事上帝，
聿怀多福。	获取众多的福分。
厥德不回，	他对道德不违背，
以受方国。[9]	而受四方侯国的信任。
天监在下，	上天监视在下面，
有命既集。[10]	天命既然成就他。
文王初载，	文王即位的初年，
天作之合。	天作配合成了家。
在洽之阳，[11]	在那洽水的北面，
在渭之涘。[12]	在那渭水的水涯。

文王嘉止，[13]	文王嘉礼已经详，
大邦有子。	大邦有个好姑娘。
大邦有子，	大邦有个好姑娘，
伣天之妹。[14]	好比天帝妹子样。
文定厥祥，[15]	定婚卜卦都吉祥，
亲迎于渭。	亲迎就在渭水旁。
造舟为梁，[16]	造船作为浮桥样，
不显其光。	显耀亲迎的辉光。
有命自天，	有那天命从天降，
命此文王，	天命这个周文王，
于周于京，[17]	定国为周城为京，
缵女维莘，[18]	继娶女儿国号莘，
长子维行，[19]	长子亡故讲德行，
笃生武王。[20]	生个武王好继承。
保右命尔，	上天命令保佑他，
燮伐大商。[21]	和协诸国伐殷商。
殷商之旅，[22]	殷商的军队很是强，
其会如林。[23]	旗子插得像林样。
矢于牧野，[24]	陈兵牧野是我军，
维于侯兴。	只有周侯可以兴。
上帝临女，	上帝亲自来照临，

无贰尔心。	你们不要有二心。

牧野洋洋，[25]	牧野这里很宽广，
檀车煌煌。[26]	檀木作车很辉煌。
驷骠彭彭，[27]	四匹骠马很威武，
维师尚父，[28]	太师吕望称尚父，
时维鹰扬。	这时就像鹰飞扬。
凉彼武王，[29]	辅佐武王战疆场，
肆伐大商，[30]	疾驰前去伐大商，
会朝清明。[31]	会合朝见天下亮。

【注释】 1. 明明在下：明显的恩德施给下面人民。 2. 忱（chén 沉）：信。 3. 適：通"嫡"，嫡子。 4. 挟：达到。 5. 挚仲氏任：挚国的中女姓任，叫太任。 6. 嫔（pín 贫）：为妇。 7. 王季：太任的丈夫。 8. 有身：有孕。 9. 方国：四方诸侯之国。 10. 集：就。 11. 洽（hé 合）：水名，源出陕西合阳县北。阳：水北。 12. 渭：水名，渭水亦经此入河。涘（sì 四）：水边。 13. 嘉：嘉礼，订婚礼。 14. 伣（qiàn 欠）：好比。 15. 文定：订婚礼。祥：吉。 16. 梁：浮桥。 17. 于周于京：改号为周，易邑为京。 18. 缵（zuǎn 纂）：继娶。莘：国名。娶莘国女，即太姒。 19. 长子：指周文王长子伯邑考，先死。行：德行。 20. 笃：语助词。 21. 燮（xiè 谢）：和协。 22. 旅：众，指军队。 23. 会：通"旝"，旗。 24. 矢：陈列。 25. 洋洋：广大。 26. 煌煌：明显。 27. 骠（yuán 元）：赤毛白腹的马。 28. 师尚父：太师吕望。 29. 凉：假为亮，辅佐。 30. 肆：疾。 31. 会：合。

【评析】 《毛诗序》："《大明》，文王有明德，故天复命武王也。"《笺》："二圣相承，其明德日以广大，故曰大明。""明明者，文王、武王施明德于天下，其征应炤晢见于天，谓三辰效验。天之意难信矣，不可改易者天子也。今纣居天位，而又殷之正適，以其为恶，乃弃绝之，使教令不行于四方，四方共叛之。是天命无常，维德是予耳。言此者，厚美周也。"

绵

绵绵瓜瓞，[1]	长长不断的小瓜大瓜，
民之初生，[2]	周人最初的生涯，
自土沮漆。[3]	从杜水、沮水到漆水。
古公亶父，[4]	古公亶父就留下，
陶复陶穴，[5]	挖地上洞到地下洞，
未有室家。	他还没有居室的家。
古公亶父，	古公亶父不停下，
来朝走马，	从早上骑马走着，
率西水浒，	顺着西面的水边，
至于岐下。	直到岐山山脚下。
爰及姜女，[6]	于是跟了姜姓女，
聿来胥宇。[7]	来相居处做观察。
周原膴膴，[8]	岐周原野是肥美，
堇荼如饴。[9]	苦菜也是像糖类。

爰始爰谋，[10] 于是始谋又再谋，
爰契我龟。[11] 于是龟卜定祥瑞。
曰止曰时，[12] 停在这里作居处，
筑室于兹。 筑室在此真是美。

迺慰迺止，[13] 于是慰劳定居正，
迺左迺右， 分出左右定彼此，
迺疆迺理， 划定疆界便治理，
迺宣迺亩。[14] 疏通田亩好整治。
自西徂东，[15] 从西到东有田地，
周爰执事。 周遍事情有管理。

乃召司空， 是召司空来管地，
乃召司徒，[16] 是召司徒来管人，
俾立室家。 使立室家是他们。
其绳则直， 丈量绳子直又正，
缩版以载，[17] 用绳捆版得上升，
作庙翼翼。 筑庙墙版严又整。

捄之陾陾，[18] 用筐运土人纷纷，
度之薨薨，[19] 填土版内人群群，
筑之登登，[20] 筑土为墙声登登，
削屡冯冯。[21] 削平墙土声平平。

百堵皆兴，[22]	百堵高墙都起来，
鼛鼓弗胜。[23]	大鼓声音不能胜。
迺立皋门，	于是建立起郭门，
皋门有伉。[24]	郭门建立高相应。
迺立应门，	于是建立起正门，
应门将将。[25]	正门建立真严整。
迺立冢土，[26]	于是建立大社坛，
戎丑攸行。[27]	西戎丑类望风行。
肆不殄厥愠，[28]	遂不灭掉他怨愤，
亦不陨厥问。[29]	也不废掉他聘问。
柞棫拔矣，	柞树棫树都拔了，
行道兑矣，[30]	道路通畅了，
混夷駾矣，[31]	混夷逃遁了，
维其喙矣。[32]	喘息困顿了。
虞芮质厥成，[33]	虞芮求正得和平，
文王蹶厥生。[34]	文王感动他善性。
予曰有疏附，	我们讲疏附有贤臣，
予曰有先后，	我们讲先后有良臣，
予曰有奔奏，[35]	我们讲奔走有文臣，
予曰有御侮。	我们讲抗敌有武臣。

【注释】 1. 绵绵：长而不断绝。瓜瓞（dié 迭）：大瓜叫瓜，小瓜叫瓞。从小瓜长到大瓜，它的蔓长而不断绝。 2. 民：周人。 3. 土：通“杜”，水名。沮、漆：皆水名。杜水，在陕西麟游县杜山下，南流折东入武水。漆水在陕西邠县[①]西，西南流与沮水相会，注于渭水。 4. 古公亶父：古代的公，名亶父，是周代太王名。 5. 陶复陶穴：挖土为室，旁穿为复，直穿为穴。旁穿指在地上挖洞，直穿指在地下挖洞。陶指挖洞。 6. 爰及：于是与。 7. 胥宇：察看居处。 8. 膴膴（wǔ wǔ 午午）：美好。 9. 堇（jǐn 仅）：堇葵。荼（tú 图）：苦菜。饴（yí 姨）：用淀粉制成的糖。 10. 始：始谋。 11. 契龟：求龟壳裂纹，古人用龟壳卜吉凶，用火烧龟壳求裂纹。 12. 时：居住。13. 迺慰迺止：迺，同“乃”。下同。慰，慰劳。止，定居。 14. 左右：分左分右。疆理：分疆界和治理。宣亩：导沟洫和治田亩。 15. 自西徂东：从西往东，指分阡陌道路。 16. 司空：管土地的官。司徒：管徒役的官。17. 缩版：用绳捆木板，为两层，中实土为墙。载：指版上去。 18. 捄（jiū 鸠）：用器盛土。陾陾（réng réng 仍仍）：众多。 19. 度：通“墩”，填土。薨薨（hōng hōng 烘烘）：指人众多。 20. 登登：指用力声。 21. 削屡（lóu 楼）：削去墙上隆高的泥土。屡，同“偻”，土墙隆起处。冯冯（píng píng 平平）：削土声。 22. 堵（dǔ 睹）：墙，五版为堵。兴：起。 23. 鼛（gāo 高）：大鼓。 24. 皋门：王的郭门。伉（kàng 抗）：高貌。 25. 应门：王宫的正门。将将：严正。 26. 冢土：大社神坛。有大事，必先祭大社神。27. 戎丑：戎狄丑类。行：去，遁去。 28. 肆：遂。殄（tiǎn 舔）：断绝。愠（yùn 运）：怨愤。 29. 陨：废弃。问：聘问。 30. 兑：通行。 31. 混夷：西戎名。駾（tuì 退）：逃窜。 32. 喙（huì 惠）：困。 33. 虞芮：相传二国争田。质厥成：成其和平。二国到周求正，看见周人相让，以致自动相让，趋于和平。 34. 蹶（guì 贵）：感动。生：通“性”，善良的本性。 35. 予：周人自称。疏附：使疏远的人归附。先后：前后辅佐相导。奔奏：同“奔

① 即今陕西彬州。——编者注

走”，奔走宣传美誉。

【评析】　《毛诗序》："《绵》，文王之兴，本由太王也。"方玉润《诗经原始》："《绵》，追述周室之兴始自迁岐，民附也。""此诗以地利言，故曰'自土沮漆'，曰'至于岐下'，曰'筑室于兹'，凡属宗庙社稷，莫不制画昭然。使非去邠逾梁，何以臣服戎狄？……然诗虽重地利，仍以威德为主。故后二章，一服混夷，一感虞、芮，王道大行，天下归心。夫岂无因而致此哉？"

棫　朴

芃芃棫朴，[1]	柞树丛生多茂盛，
薪之槱之。[2]	砍它做柴积起来。
济济辟王，[3]	肃然起敬周文王，
左右趣之。	左右奔去积柴来。
济济辟王，	肃然起敬周文王，
左右奉璋。[4]	左右助祭捧玉璋。
奉璋峨峨，[5]	捧璋群臣威仪盛，
髦士攸宜。	俊美贤士宜称强。
淠彼泾舟，[6]	譬如那只泾水船，
烝徒楫之。[7]	众人拿楫划着它。
周王于迈，[8]	文王兴师去征伐，
六师及之。	六军及时跟着他。

倬彼云汉，[9] 广阔的那天河，
为章于天。 作为文采在上天。
周王寿考， 周文王长寿，
遐不作人？[10] 何不作培养人才年？

追琢其章，[11] 雕琢他的文章，
金玉其相。[12] 金玉是它的质量。
勉勉我王， 我勤勉的周文王，
纲纪四方。[13] 忙于整顿四方。

【注释】 1. 芃芃（péng péng 蓬蓬）：树木茂盛。棫（yù 育）：柞树。朴：丛生。 2. 槱（yóu 犹）：积。 3. 辟：君。 4. 璋：古祭祀用的酒器，用玉制。 5. 峨峨：庄严。 6. 淠（pì 譬）：舟行。泾：水名，源出甘肃，东南流入陕西，注于渭水，有泾清渭浊之称。 7. 烝徒：众人。楫：用楫划船。 8. 于迈：往行。 9. 倬（zhuō 桌）：大。云汉：天河。 10. 遐不：何不。 11. 追：雕。章：文章，文采。 12. 相：本质。 13. 纲纪：张网为纲，理网为纪。

【评析】 这诗的解释有二：一是《毛诗序》："《棫朴》，文王能官人也。"官人指用贤做官。二是方玉润《诗经原始》："《棫朴》，文王能作士也。""其作人之盛也，既美其质，复琢其章，故能焕发成采，如'彼云汉'之'为章于天'矣，岂不倬然也哉？及其归心也，莫大乎承祭与征伐。文王承祭，'奉璋峨峨'，无非'髦士攸宜'，则其作文德之士也可知。文王征伐，六师扈从，有似'烝徒楫'舟，则其作武勇之士也又可见。盖非徒能官人而已，又有以作之，使其振兴鼓舞而变化焉。此周之人材所以独盛于唐虞三代上也。然岂一朝一夕故哉？‘周王寿考’，始见成功。故虽有圣人在上，亦必久于其道，而后天下化成。‘才难’之叹，不益信欤？”

旱麓

瞻彼旱麓，[1]	遥望那旱山脚，
榛楛济济。[2]	榛树楛树真多哩。
岂弟君子，[3]	快乐平易的君子，
干禄岂弟。[4]	求禄得禄真乐易。
瑟彼玉瓒，[5]	鲜洁的玉杓，
黄流在中。	黄酒流在杓中。
岂弟君子，	快乐平易的君子，
福禄攸降。	福禄来得丰隆。
鸢飞戾天，	鸢鸟高飞到上天，
鱼跃于渊。	鱼儿跳跃在深渊。
岂弟君子，	快乐平易的君子，
遐不作人？[6]	怎能不作培养人？
清酒既载，	清酒既经陈设了，
骍牡既备，[7]	纯色的牺牲既经备了，

以享以祀，　　用来献神用来祭，
以介景福。　　用来求得大福气。

瑟彼柞棫，[8]　　茂密的柞棫枝，
民所燎矣。　　人民祭天所烧了。
岂弟君子，　　快乐平易的君子，
神所劳矣。[9]　　神所保佑了。

莫莫葛藟，[10]　　茂盛的野葛，
施于条枚。[11]　　蔓延到树干枝条上。
岂弟君子，　　快乐平易的君子，
求福不回。[12]　　求福不用在邪法上。

【注释】　1. 旱：山名。旱山在陕西南郑西南。麓：山脚。　2. 榛（zhēn 真）：树名，乔木。实为坚果，果仁可吃，可榨油。楛（hù 户）：树名，似荆而赤。济济：众多。　3. 岂弟：同“恺悌”，快乐平易。　4. 干：求。　5. 瑟：鲜洁。玉瓒（zàn 赞）：古代以玉为柄的酒勺，可以斟酒祭神。　6. 遐不：何不。　7. 骍牡：红色公牛。　8. 瑟：众密。柞（zuò 作）、棫（yù 玉）：均树木名。　9. 劳：劳来，保佑。　10. 莫莫：茂盛。葛藟（lěi 磊）：野葛。　11. 施（yì 异）：蔓延。　12. 回：违背正道。

【评析】　这诗的解释有二：一是《毛诗序》：“《旱麓》，受祖也。周之先祖世修后稷、公刘之业，大王、王季申以百福干禄焉。”二是方玉润《诗经原始》：“若曰文王盛德，上有以得天，下有以得人，幽有以格神，夫固与天人神鬼无毫发之间，禄何待干而后获，福何待求而始至？而自人视之，则若文王之有意干而求之也。不然，何以无禄不臻，无福不备？不求福则已，一求福而神劳之以福；不干禄则已，一干禄而天降之以禄，一若事之操券而得者。夫非有术以致之哉？此盖以常情拟圣德，从不能摹拟中极意以摹拟之，非真谓禄可干而福可求也。”

思　齐

思齐大任，[1]	肃敬的太任，
文王之母。	是文王的母亲。
思媚周姜，[2]	这敬爱的周姜，
京室之妇。	王室主妇在周京。
大姒嗣徽音，[3]	太姒继承了德音，
则百斯男。[4]	她生了很多男人。
惠于宗公，[5]	文王顺从先公，
神罔时怨，	先公神没有怨痛，
神罔时恫。[6]	先公神没有悲痛。
刑于寡妻，[7]	立法先施于嫡妻，
至于兄弟，	连及到兄弟，
以御于家邦。[8]	再用到治理国中。
雝雝在宫，	和气的人在王宫，

肃肃在庙。[9]	恭敬的人在宗庙。
不显亦临，	不显赫的人也让他照耀，
无射亦保。[10]	无射才的人也加爱保。

肆戎疾不殄，[11]	因此大病不灭，
烈假不瑕。[12]	光大不过头不息。
不闻亦式，	听见好话就采纳，
不谏亦入。[13]	听见谏劝也采纳。

肆成人有德，	成年人有德业，
小子有造。	年轻人有造就事业。
古之人无斁，[14]	古人对教育人不厌，
誉髦斯士。[15]	赞誉有俊才的事业。

【注释】 1. 思：语助词。齐（zhāi 斋）：肃敬。大任：太任，王季的妃子。2. 媚：爱慕。周姜：周太王妻。 3. 大姒：太姒，文王妻。嗣：继承。徽：美。 4. 百斯男：文王妻太姒生十男，文王众妾合太姒宜生百子。 5. 惠于宗公：顺于先公。 6. 时恫（tōng 通）：是痛。 7. 刑：通“型”，法。寡妻：嫡妻。 8. 御：治。 9. 雝雝（yōng yōng 庸庸）：和气。肃肃：恭敬。10. 不显亦临，无射亦保：不显的人也观察，无射才的人也保用，重在贤，不在显与射。 11. 肆戎疾不殄：故大病不灭。大病自灭，故不灭。 12. 烈假不瑕：烈，光。假，大。瑕，过。 13. 不闻亦式，不谏亦入：即闻式谏入。不，语助词。 14. 无斁（yì 亦）：无厌。 15. 髦（máo 毛）：俊。

【评析】 《毛诗序》:“《思齐》,文王所以圣也。”《笺》:“言非但天性,德有所由成。”又方玉润《诗经原始》:“故此诗当以刑于数语为主。首章大任,逆溯其源。末二章戎疾、造士,顺征其效。三章宫庙,则虚写其刑于气象。所谓德修于内而化成乎天下者,非文王而能若是乎?”

皇 矣

皇矣上帝,	伟大啊上帝,
临下有赫。	亲自观察下面严明。
监视四方,	监视四方形势,
求民之莫。[1]	寻求人民的安定。
维此二国,[2]	夏和殷二国,
其政不获。	它们的政治不行。
维彼四国,[3]	四方侯国谁可受天命,
爰究爰度。	于是研究量评。
上帝耆之,[4]	上帝恨殷纣他们,
憎其式廓。[5]	恨他们的廓争。
乃眷西顾,	于是眷念向西看顾,
此维与宅。	只此可与它经营。
作之屏之,[6]	除掉它和摒弃它,
其菑其翳。[7]	立死和枯死的树。
修之平之,	修剪它和平整它,

其灌其栵。[8]	从生和再生的树。
启之辟之，	开发它和开辟它，
其柽其椐。[9]	是河柳和灵寿树。
攘之剔之，[10]	除掉它和剔掉它，
其檿其柘。[11]	是山桑和柘树。
帝迁明德，	上帝迁就明白德行人，
串夷载路。[12]	混夷贫瘠而自猝。
天立厥配，	上天立了太王配偶，
受命既固。	他接受天命既得巩固。

帝省其山，[13]	上帝察看岐山，
柞棫斯拔，	柞树棫树都拔光，
松柏斯兑。[14]	松树柏树往上长。
帝作邦作对，[15]	上帝立国又立君，
自大伯、王季。	从太伯到王季。
维此王季，	只有这个王季，
因心则友。	因他心里有友爱。
则友其兄，	友爱他兄长，
则笃其庆，[16]	厚待他亲人，
载锡之光。	赐给他们荣光。
受禄无丧，	接受福禄没有丧失，
奄有四方。[17]	广博地拥有四方。

维此王季，	只有这个王季，
帝度其心，	上帝度量他的心，
貊其德音。[18]	静修他道德行为。
其德克明，	他的美德是非明，
克明克类，[19]	能分是非分善恶，
克长克君。	能做族长能做君。
王此大邦，	做这个大国的国王，
克顺克比。[20]	能顺势能顺民情。
比于文王，	影响一直到文王，
其德靡悔。	他在道德上没有悔恨。
既受帝祉，	既然受了上帝赐福，
施于孙子。	就要传给他的子孙。

帝谓文王：	上帝对文王说：
“无然畔援，[21]	“不要跋扈，
无然歆羡，	不要羡慕贪婪，
诞先登于岸。”[22]	先登上高岸罢。”
密人不恭，	密国人不恭顺，
敢距大邦，	敢拒绝大国教化，
侵阮徂共。	侵犯阮进到共啦。
王赫斯怒，	文王赫然发怒，
爰整其旅，	于是整顿他的军队，
以按徂旅，[23]	用来阻止敌往莒，

以笃于周祜，	用来加厚周家的福分，
以对于天下。[24]	用来安民心于天下。
依其在京，	依靠他在周京的力量，
侵自阮疆。	息兵归自阮国边疆。
陟我高冈：	登上我的高冈：
“无矢我陵，[25]	“不要陈兵在我山陵，
我陵我阿，	我的山陵我的山冈，
无饮我泉，	不要饮我的泉水，
我泉我池。”	我的泉水我的池塘。”
度其鲜原，	量度那广阔的平原，
居岐之阳，	在岐山的南方，
在渭之将。[26]	在渭水的侧旁。
万邦之方，[27]	作为万邦所效法，
下民之王。	是天下人民的王。
帝谓文王：	上帝对文王说：
“予怀明德，	“我眷念你显明的美德，
不大声以色，[28]	不用声威和怒色，
不长夏以革。[29]	不用罚打和鞭革。
不识不知，	好像不知不识，
顺帝之则。”	顺从上帝的法则。”
帝谓文王：	上帝对文王说：

"询尔仇方，[30]　　“事要征询你邻国，
同尔兄弟。　　协同好你的兄弟国。
以尔钩援，[31]　　用你钩梯等物，
与尔临冲，[32]　　同你的临车冲车，
以伐崇墉。”　　用攻崇城来破贼。”

临冲闲闲，[33]　　临车冲车整齐好，
崇墉言言，[34]　　崇国城墙高高耸，
执讯连连，　　捉住俘虏连连问，
攸馘安安。[35]　　杀敌割耳也从容。
是类是祃，[36]　　祭祀神灵求福佑，
是致是附，[37]　　送还民物抚民众，
四方以无侮。　　四方不敢来欺攻。
临冲茀茀，[38]　　临车冲车称强雄，
崇墉仡仡，[39]　　崇国城墙高高耸，
是伐是肆，[40]　　是攻破是杀戮，
是绝是忽，[41]　　是斩绝是消灭，
四方以无拂。[42]　　四方没有违抗都服从。

【注释】　1. 莫：安定。　2. 二国：指夏和殷。古人常以夏商兴衰为戒。　3. 四国：四方的侯国。　4. 耆（qí 其）：恶。　5. 憎：恨。廓：大。　6. 作：通“斫”，砍。　7. 菑（zì 自）：树立着枯死。翳（yì 亦）：树倒地枯死。　8. 灌：丛生。栵（lì 例）：再生枝条。　9. 柽（chēng 称）：三春柳。椐（jū 居）：灵寿树。　10. 攘：排除。　11. 檿（yǎn 掩）：山桑。柘（zhè 这）：

树名，野桑。 12. 串夷：即混夷，西戎的一种。路：贫瘠。 13. 省：察看。 14. 兑：易伸直。 15. 作对：作配，即为君。 16. 笃其庆：厚其亲。 17. 奄有：广有。 18. 貊（mò 陌）：静。 19. 克类：能分善恶。20. 克比：能顺比。 21. 畔援：跋扈。 22. 诞：语助词。登于岸：升岸。23. 按：止。徂旅：往莒。“旅”当作“莒”。 24. 对：遂。 25. 矢：陈列。 26. 将：侧。 27. 方：效法。 28. 声以色：声与色。 29. 夏以革：夏楚与鞭革。夏楚，木棍；鞭革，皮鞭，都是刑具。 30. 仇方：与国。指邻国。 31. 钩援：攻城工具。 32. 临冲：两种战车，上临下，冲击。 33. 闲闲：整齐貌。 34. 言言：高大貌。 35. 馘馘（guó 国）：从敌首级上割左耳。安安：从容貌。 36. 类：出征前祭神。祃（mà 骂）：至所征地祭神。37. 致：送还。附：抚慰。 38. 茀茀（fú fú 福福）：强盛貌。 39. 仡仡（yì yì 义义）：高耸貌。 40. 肆：杀。 41. 忽：灭。 42. 拂：违抗。

【评析】 《毛诗序》：“《皇矣》，美周也。天监代殷，莫若周，周世世修德，莫若文王。”《笺》：“监，视也。天视四方可以代殷王天下者，维有周耳。世世修行道德，唯有文王盛耳。”又朱熹《诗集传》：“此诗叙太王、太伯、王季之德，以及文王伐密伐崇之事也。”

灵 台

经始灵台，[1]	开始设计造灵台，
经之营之，[2]	设计它规划它，
庶民攻之，[3]	人们都来建筑它，
不日成之。	不到几天造成它。
经始勿亟，[4]	开始设计并不急，

庶民子来。 人们像儿子般来完成它。

王在灵囿， 文王在灵囿，
麀鹿攸伏；[5] 母鹿很贴伏；
麀鹿濯濯，[6] 母鹿优游，
白鸟翯翯。[7] 白鸟肥泽自降落。
王在灵沼， 文王在灵沼，
於牣鱼跃。[8] 赞美满池鱼在跳。

虡业维枞，[9] 木柱横板上崇牙耸，
贲鼓维镛。[10] 挂上大鼓与大钟。
於论鼓钟，[11] 赞美敲击鼓钟，
於乐辟雍。[12] 赞美同乐在辟雍。

於论鼓钟， 赞美敲击鼓钟，
於乐辟雍。 赞美同乐在辟雍。
鼍鼓逢逢，[13] 鼍鼓声音蓬蓬，
矇瞍奏公。[14] 音乐师奏乐祝成功。

【注释】 1. 灵台：台名，在陕西西安市西北。下章灵囿、灵沼同。 2. 经营：规划。 3. 攻：制作。 4. 亟：同“急”。 5. 麀（yōu 优）：雌鹿。 6. 濯濯（zhuó zhuó 浊浊）：娱游。 7. 翯翯（hè hè 贺贺）：肥泽。 8. 牣（rèn 认）：满。 9. 虡业维枞：挂钟磬的直柱横梁上的木板，上刻着牙形。虡

（jù 巨）：直柱。业：木板。枞（cōng 匆）：牙形。 10. 贲鼓：大鼓。镛：大钟。 11. 论：通“抡”，敲击。 12. 辟（bì 壁）雍：水环丘如璧曰辟雍。古代大学，大射行礼处，在水环绕处。 13. 鼍（tuó 驼）鼓：鳄鱼皮的鼓。 14. 矇瞍（méng sǒu 蒙叟）：瞎子，古以瞎子作音乐师。公：通“功”。

【评析】 这诗的解释有二：一是《毛诗序》：“《灵台》，民始附也。文王受命，而民乐其有灵德，以及鸟兽昆虫焉。”《笺》：“民者，冥也，其见仁道迟，故于是乃附也。天子有灵台者，所以观祲象，察气之妖祥也。文王受命而作邑于丰，立灵台。《春秋传》曰：‘公既视朔，遂登观台以望，而书云物，为备故也。’”二是《孟子·梁惠王》：“文王以民力为台为沼，而民欢乐之，谓其台曰灵台，谓其沼曰灵沼，乐其有麋鹿鱼鳖。古之人与民偕乐，故能乐也。”

下 武

下武维周，[1]	后人继承的只有周家，
世有哲王。	世世有明圣的国君。
三后在天，[2]	三王已经在天上，
王配于京。[3]	武王作配在周京。
王配于京，	武王作配在周京，
世德作求。[4]	当世道德作配允。
永言配命，[5]	永远秉承着天命，
成王之孚。[6]	成为周王得信任。

成王之孚，	成为周王得信任，
下土之式。	天下人民的法式。
永言孝思，[7]	永远继承着孝思，
孝思维则。	继承孝思是法则。
媚兹一人，	爱慕武王这一人，
应侯顺德。[8]	当是顺从祖先德。
永言孝思，	永远留下了孝思，
昭哉嗣服。[9]	诏示后人要继承。
昭兹来许，[10]	诏示那后进，
绳其祖武。[11]	继承祖先的德行。
于万斯年，	在一万多年分，
受天之祜。	享受天赐的福分。
受天之祜，	享受天赐的福分，
四方来贺。	四方前来祝贺。
于万斯年，	在一万多年分，
不遐有佐。[12]	怎能没有辅佐。

【注释】 1. 下武：后继。维周：只有周家。后人能继先祖的，只有周家。 2. 三后：指太王、王季、文王。 3. 王配于京：武王配行其道于周京。配，配天，秉承天命。 4. 作求：作逑，作配。 5. 永言配命：永远配合天命。

6. 孚：信。 7. 孝思：孝心。一说“孝”指美德总称。 8. 应侯顺德：当乃顺从祖德。 9. 嗣服：继承祖业。 10. 来许：后进。 11. 祖武：祖迹，祖业。 12. 不遐：胡不。

【评析】 《毛诗序》：“《下武》，继文也。武王有圣德，复受天命，能昭先人之功焉。”《笺》：“继文者，继文王之王业而成之。昭，明也。”

文王有声

文王有声，	文王有声誉，
遹骏有声，[1]	有大的声誉，
遹求厥宁，	谋求人民安宁，
遹观厥成。[2]	展现功业完成。
文王烝哉！[3]	文王的君道得完成啊！
文王受命，	文王接受天命，
有此武功；	才有这样的武功；
既伐于崇，	既经讨伐崇国，
作邑于丰。	建立都邑在丰。
文王烝哉！	文王的君道得畅通啊！
筑城伊淢，[4]	筑城要挖护城河，
作丰伊匹。[5]	建立丰邑要配牢。
匪棘其欲，[6]	不是急求满他欲，

遹追来孝。 只是追念先代的孝。
王后烝哉！ 文王的君道能得道啊！

王公伊濯，[7] 文王的功劳大，
维丰之垣。 有丰邑的城墙。
四方攸同， 四方同归向，
王后维翰。[8] 称文王作骨干宣扬。
王后烝哉！ 文王的君道强啊！

丰水东注， 丰水向东流去，
维禹之绩。 是禹的功劳。
四方攸同， 四方同归向，
皇王维辟。[9] 文王行的是君道。
皇王烝哉！ 文王的君道劳啊！

镐京辟雍， 镐京里建立辟雍，
自西自东， 从西到东，
自南自北， 从南到北，
无思不服。 没有哪国不服从。
皇王烝哉！ 文王的君道雄啊！

考卜维王， 考查占卜只推王，
宅是镐京。 定居在镐京。

维龟正之，	龟卜能决断它，
武王成之。	武王能建成它。
武王烝哉！	武王的君道成就它啊！

丰水有芑，	丰水边上有芑草，
武王岂不仕！	武王岂有不建业啊！
诒厥孙谋，[10]	传授给子孙的谋划，
以燕翼子。[11]	用来安定警诫儿子。
武王烝哉！	武王的君道真是好啊！

【注释】 1. 遹（yù 愈）：语助词。骏（jùn 俊）：大。 2. 观：示人。厥：其。 3. 烝：君道。 4. 伊：语助词。淢（xù 序）：护城河。 5. 匹：配对。 6. 棘：同“急”。 7. 公：通“功”。濯（zhuó 浊）：大。 8. 翰：骨干。 9. 辟：君。 10. 诒：传。孙谋：顺天下之谋。 11. 燕翼：安乐警诫。

【评析】 《毛诗序》：“《文王有声》，继伐也。武王能广文王之声，卒其伐功也。”《笺》：“继伐者，文王伐崇而武王伐纣。”又朱熹《诗集传》：“此诗言文王迁丰、武王迁镐之事。”

生民之什

生　民

厥初生民，	开始生育周人，
时维姜嫄，[1]	是由姜嫄女子，
生民如何？	生育周人是怎样？
克禋克祀，[2]	能祭天能祭祀，
以弗无子。[3]	怎能没有儿子。
履帝武敏歆，[4]	踏上帝脚印很欢欣，
攸介攸止，[5]	肚子大了怀孕了，
载震载夙，[6]	胎儿震动又震动，
载生载育，	生下了好培植，
时维后稷。	这就是后稷。

诞弥厥月，[7]	生时满足月份，
先生如达。[8]	头生顺利像羊胎。
不坼不副，[9]	胎衣破裂胎盘分离，
无菑无害。[10]	无灾无害。
以赫厥灵，[11]	上帝显示神威灵，
上帝不宁。[12]	上帝还是不安宁。
不康禋祀，	不安还是来祭祀，

居然生子。　　居然生下了儿子。

诞寘之隘巷，[13]　　把他放在窄巷里，
牛羊腓字之。[14]　　牛羊包庇爱护他。
诞寘之平林，　　把他放在树林里，
会伐平林。　　碰上砍林救了他。
诞寘之寒冰，　　把他放在寒冰上，
鸟复翼之。　　鸟儿展翅暖着他。
鸟乃去矣，　　鸟儿飞去了，
后稷呱矣。　　后稷呱呱哭了。
实覃实訏，[15]　　哭声又长又是大，
厥声载路。[16]　　他的声音满路了。

诞实匍匐，[17]　　他已经会爬行了，
克岐克嶷，[18]　　能够有知又有识，
以就口食。　　能够就去找口食。
蓺之荏菽，[19]　　他种那大豆，
荏菽旆旆，[20]　　大豆长得好，
禾役穟穟，[21]　　禾穗排列好，
麻麦幪幪，[22]　　麻麦长得好，
瓜瓞唪唪。[23]　　小瓜大瓜多又好。

诞后稷之穑，　　后稷种庄稼，

有相之道。	有助长的门道。
茀厥丰草，[24]	除去茂盛的草，
种之黄茂。	种的植物黄又好。
实方实苞，[25]	发荣又含苞，
实种实褎，[26]	粗壮又长好，
实发实秀，[27]	发茎又扬花，
实坚实好，	坚挺结实好，
实颖实栗。[28]	垂头又结实。
即有邰家室。[29]	封到邰地立家妙。
诞降嘉种，	好种子天降下，
维秬维秠，[30]	是黑黍是麦子，
维穈维芑。[31]	是赤米是白米。
恒之秬秠，[32]	遍种黑黍和麦子，
是获是亩；	于是收获于是用亩计；
恒之穈芑，	遍种赤米和白米，
是任是负。[33]	于是抱起于是背起。
以归肇祀。	用来回去开始祭。
诞我祀如何？	我的祭祀怎么样？
或舂或揄，[34]	或是舂米或舀米，
或簸或蹂；[35]	或是簸糠或搓米；
释之叟叟，[36]	淘起米来声叟叟，

烝之浮浮；[37] 蒸起米来气浮浮；
载谋载惟， 出主意来出计谋，
取萧祭脂， 取蒿和油来祭神，
取羝以軷；[38] 取公羊来祭路神；
载燔载烈， 就烧熟来再用烤，
以兴嗣岁。[39] 且来求得明年好。

卬盛于豆，[40] 我把食物装木豆，
于豆于登。[41] 装了木豆装瓦登。
其香始升， 它的香气开始升，
上帝居歆。[42] 上帝降临来受歆。
胡臭亶时。[43] 香味大好又好闻。
后稷肇祀， 后稷开始来祭祀，
庶无罪悔， 几乎没有罪和悔，
以迄于今。 自从那时直到今。

【注释】 1. 姜嫄（yuán 原）：姜姓部落的女酋长。 2. 禋（yīn 因）：祭天的典礼。 3. 以弗无子：用来除去无子。弗，指除灾去邪。 4. 履帝武敏歆：践踏上帝脚迹欣然。履，踏。帝武，上帝脚步。敏，借为拇，脚拇趾。歆，欣然。 5. 攸介攸止：腹大得孕。介，大。止，得到。这是踏脚印会得孕，是神话，实际是姜嫄同人野合而得孕。 6. 载震载夙：指胎动。震，指震动。夙也指动。 7. 诞弥厥月：生育满足它月份。弥，满。月，月份。 8. 达：羊胎。 9. 不坼不副：不，语助词。坼，指胞衣分裂。副，指胎盘分离。 10. 菑：同“灾”。 11. 赫：显耀。 12. 上帝不宁：姜嫄恐“履帝武”

孕受罚，故有“帝不宁”之忧，而居然生后稷，故以不祥而弃之。 13. 寘：置，放在。 14. 腓（féi 肥）：庇护。字：慈爱。 15. 覃（tán 谈）：长。訏（xū 须）：大。 16. 载路：满路。 17. 匍匐：爬行。 18. 岐：知意。嶷（yí 宜）：识。 19. 蓺：同“艺”。荏（rěn 忍）：大。 20. 旆旆（pèi pèi 沛沛）：长大。 21. 禾役：禾之行列。穟穟（suì suì 遂遂）：美好。 22. 幪幪（měng měng 猛猛）：茂盛。 23. 唪唪（běng běng 绷绷）：甚多貌。 24. 茀（fú 伏）：除去。 25. 实：语助词。方：发芽。苞：含苞。 26. 褎（yòu 右）：长。 27. 发：发展。秀：扬花。 28. 颖：垂头。栗：结实。 29. 邰（tái 台）：姜嫄的国名，在陕西武功县西南。 30. 秬（jù 巨）：黑黍。秠（pī 披）：麦子。 31. 穈（mén 门）：赤苗，红米。芑（qǐ 起）：白苗，白米。 32. 恒：遍种。 33. 任：犹抱。 34. 揄（yóu 由）：舀取。 35. 蹂：通“揉”，搓米。 36. 释：淘米。叟叟：淘米声。 37. 浮浮：蒸米热气。 38. 羝（dī 低）：公羊。軷（bá 拔）：祭路神。 39. 以兴嗣岁：用来兴起新年，祝新年丰收。 40. 卬：通“昂”，我。 41. 豆：木制盛熟物器。登：瓦制的器。 42. 居：语助词。歆：飨。 43. 胡臭：大芳香。亶时：诚善。

【评析】 《毛诗序》：“《生民》，尊祖也。后稷生于姜嫄，文武之功起于后稷，故推以配天焉。”

行 苇

敦彼行苇，[1]	聚生路边的芦苇，
牛羊弗践履。	牛羊不要乱踩蹂。
方苞方体，[2]	它正含苞正成形，
维叶泥泥。[3]	它的叶儿正茂盛。

戚戚兄弟，[4]	相亲的兄弟，
莫远具尔。[5]	不要疏远要亲近。
或肆之筵，[6]	或摆好了筵席，
或授之几。[7]	或给与几表尊敬。
肆筵设席，	陈列筵席请客坐，
授几有缉御。[8]	授与几子有侍候。
或献或酢，	有人献酒有回敬，
洗爵奠斝。[9]	洗杯献杯实敬酒。
醓醢以荐，[10]	肉酱肉汁用来献，
或燔或炙。	或烧或烤正火候。
嘉殽脾臄，[11]	好菜牛胃兼牛舌，
或歌或咢。[12]	有唱有咢来助欢。
敦弓既坚，[13]	雕弓既是很坚劲，
四鍭既钧，[14]	四箭既是极均衡，
舍矢既均，[15]	发箭既是均中的，
序宾以贤。	序列都是好客人。
敦弓既句，	雕弓既是都引满，
既挟四鍭。	既挟四箭中的均。
四鍭如树，	四箭中的如树立，
序宾以不侮。	不去侮慢好客人。

曾孙维主，	周王真是好主人，
酒醴维醹，[16]	甜酒真是味道醇，
酌以大斗，	酌用大杯来敬客，
以祈黄耇。	来求寿考祝客人。
黄耇台背，[17]	寿考都像鲐鱼背，
以引以翼。[18]	有行有扶有人敬。
寿考维祺，	祝他寿考是祥瑞，
以介景福。	用求大福受人敬。

【注释】 1. 敦（tuán 团）：聚集。行（háng 杭）苇：路边的芦苇。 2. 苞：含苞。体：成形。 3. 泥泥：茂盛。 4. 戚戚：亲善。 5. 尔：同“迩”，近。 6. 筵（yán 延）：竹席，作为坐具。 7. 几：似矮桌。坐时可凭倚。 8. 缉御：续侍。 9. 奠斝（jiǎ 甲）：献酒器，即敬酒。 10. 醓（tǎn 坦）：多汁肉酱。醢（hǎi 海）：肉酱。 11. 脾（pí 琵）：牛胃。臄（jué 觉）：牛舌。 12. 咢（è 厄）：只击鼓，不唱歌。 13. 敦（diāo 雕）：画弓。 14. 鍭（hóu 侯）：箭。钧：同“均”。 15. 均：均射中。 16. 醹（rú 儒）：酒质醇厚。 17. 黄耇（gǒu 苟）：长寿老人。台背：同“鲐背”，指老人背有黑纹如鲐鱼背也。 18. 以引以翼：对老人在前牵引，在旁扶持。

【评析】 《毛诗序》：“《行苇》，忠厚也。周家忠厚，仁及草木，故能内睦九族，外尊事黄耇，养老乞言，以成其福禄焉。”《笺》：“九族，自己上至高祖，下至玄孙之亲也。黄，黄发也。耇，冻梨也。乞言，从求善言可以为政者，敦史受之。”

既　醉

既醉以酒，　　既已饮用了醉酒，
既饱以德。　　既已饱受了恩德。
君子万年，　　君子人活一万年，
介尔景福。　　上天赐你大福泽。

既醉以酒，　　既已饮用了醉酒，
尔肴既将。[1]　　你的菜肴美而精。
君子万年，　　君子人活一万年，
介尔昭明。　　天赐给你是光明。

昭明有融，[2]　　光明又盛又久长，
高朗令终。　　高明用善求始终。
令终有俶，[3]　　善终有个好开始，
公尸嘉告。[4]　　代公的人好作颂。

其告维何？　　他的作颂是什么？
笾豆静嘉。　　笾豆洁美又得宜。
朋友攸摄，[5]　　群臣宾客来辅助，
摄以威仪。　　辅助讲究是威仪。

威仪孔时，　　威仪用得很适时，

君子有孝子。	君子又都是孝子。
孝子不匮，	孝子永远不穷乏，
永锡尔类。[6]	天赐给他大法子。
其类维何？	他的法子是什么？
室家之壸。[7]	治家推广到治国。
君子万年，	君子活到一万年，
永锡祚胤。[8]	永赐子孙多福泽。
其胤维何？	天赐子孙是什么？
天被尔禄。	天给你的是禄福。
君子万年，	君子活到一万年，
景命有仆。[9]	天赐大命有着附。
其仆维何？	天附大命是什么？
釐尔女士。[10]	赐你生女像士子。
釐尔女士，	赐你生女像士子，
从以孙子。[11]	从而给你好孙子。

【注释】 1. 将：精美。 2. 有融：又明。 3. 俶（chù 触）：始。 4. 公尸：代公作尸的人。 5. 摄：辅佐，指助祭。 6. 类：法程。 7. 壸（kǔn 捆）：古时宫中巷，引申为广。 8. 祚（zuò 做）：福。胤（yìn 印）：后代。 9. 仆：附。《笺》："天之大命又附着于女。"女，汝，你。 10. 釐尔女士：予

汝女子有士行。釐（lí 离），给予。　11. 从以孙子：相从以好孙子。

【评析】　这诗的解释有二：一是《毛诗序》："《既醉》，太平也。醉酒饱德，人有士君子之行焉。"《笺》："成王祭宗庙，旅酬下遍群臣，至于无筭爵，故云醉焉。乃见十伦之义，志意充满，是谓之'饱德'。""十伦"，孔颖达疏说："《祭统》云：'夫祭有十伦焉，见事鬼神之道焉，见君臣之义焉，见父子之伦焉，见贵贱之等焉，见亲疏之杀焉，见爵赏之施焉，见夫妇之别焉，见政事之均焉，见长幼之序焉，见上下之际焉。此之谓十伦也。'"按五伦只指"父子有亲，君臣有义，夫妇有别，长幼有序，朋友有信"。二是魏源《诗序集义》："《既醉》，绎嘏公尸也。"嘏，祝（工祝）为尸致福于主人之辞。即认为是一首祝福的诗。

凫　鹥

凫鹥在泾，[1]	野鸭鸥鸟聚泾水，
公尸来燕来宁。	代公人宴来安宁。
尔酒既清，	你的美酒既澄清，
尔肴既馨。	你的菜肴既香馨。
公尸燕饮，	代公的人来宴饮，
福禄来成。[2]	天赐福禄成就你。
凫鹥在沙，[3]	野鸭鸥鸟在沙滩，
公尸来燕来宜。	代公人宴会相宜。
尔酒既多，	你的美酒既然多，

尔肴既嘉。	你的菜肴又新奇。
公尸燕饮，	代公的人来宴饮，
福禄来为。[4]	天赐福禄相助你。
凫鹥在渚，	野鸭鸥鸟在水渚，
公尸来燕来处。	代公人宴来安处。
尔酒既湑，	你酒既滤得澄清，
尔肴既脯。[5]	你的菜肴干肉煮。
公尸燕饮，	代公的人来宴饮，
福禄来下。	天把福禄降你处。
凫鹥在潨，[6]	野鸭鸥鸟在水涯，
公尸来燕来宗。[7]	代公人宴会极好。
既燕于宗，[8]	既经宴会在宗庙，
福禄攸降。	天把福禄降下来。
公尸燕饮，	代公的人来宴饮，
福禄来崇。[9]	福禄重重来得好。
凫鹥在亹，[10]	野鸭鸥鸟在峡门，
公尸来止熏熏。	代公人来到欣欣。
旨酒欣欣，[11]	好酒香气可以闻，
燔炙芬芬。	烧的烤的味芬芬。
公尸燕饮，	代公的人来宴饮，

无有后艰。　　　　没有后难可以云。

【注释】 1. 凫（fú 扶）：野鸭。鹥（yī 医）：鸥鸟。泾（jīng 京）：水名。 2. 成：成就，指以福禄成全之。 3. 沙：沙滩。 4. 为：助。 5. 脯（fǔ 府）：干肉。 6. 潨（zhōng 中）：水涯。 7. 宗：尊敬。 8. 于宗：在宗庙。 9. 崇：申，重，增加。 10. 亹（mén 门）：峡中两岸对峙如门处。 11. 来止熏熏、旨酒欣欣：俞樾《古书疑义举例》认为当作“来止欣欣”“旨酒熏熏”。“熏”同“醺”，指酒味。

【评析】 这诗的解释有二：一是《毛诗序》：“《凫鹥》，守成也。太平之君子，能持盈守成，神祇祖考安乐之也。”《笺》：“‘君子’，斥成王也。言君子者，太平之时则皆然，非独成王也。”二是方玉润《诗经原始》：“姚氏曰：‘《序》谓“守成”，泛混。郑氏于上章下曰：“祭祀既毕，明日又设醴而与尸燕……”此说可为诗旨。’”说这是一首宴饮公尸的诗，即为“绎祭”。按周礼，祭神灵后还要宴享扮演神灵的尸，称“绎祭”。

假　乐

假乐君子，[1]　　　　美好的成王，
显显令德。　　　　明显德行有善良。
宜民宜人，　　　　适宜安民和用人，
受禄于天。　　　　受到天赐福禄长。
保右命之，[2]　　　　天命保佑他，
自天申之。　　　　天神告诫他。

干禄百福，[3] 求得福禄有多样，
子孙千亿。 子孙多到千亿强。
穆穆皇皇， 做人美好又堂皇，
宜君宜王， 宜做国君又做王，
不愆不忘，[4] 没有过错没遗忘，
率由旧章。 一切都照旧规章。

威仪抑抑，[5] 所有仪容都美好，
德音秩秩。[6] 所有德音都守常。
无怨无恶， 没有怨恨没有恶，
率由群匹。[7] 都从群臣好主张。
受福无疆， 接受福禄多无限，
四方之纲。 作为四方的纪纲。

之纲之纪， 作为四方的纪纲，
燕及朋友。 欢宴朋友真是好。
百辟卿士，[8] 诸侯卿士都说好，
媚于天子。 面对天子都亲好。
不解于位， 不懈怠他的职位，
民之攸塈。[9] 人民安心都守道。

【注释】 1. 假：同“嘉”，美好。君子：指成王。 2. 右：同“佑”，佑助。 3. 干：求。 4. 愆（qiān 千）：过失。 5. 抑抑：美好。 6. 秩秩：有秩序。

7. 群匹：群臣。 8. 百辟（bì 必）：百君，指诸侯。卿士：指诸侯的大臣。9. 塈（jì 既）：安息。

【评析】 这诗的解释有二：一是《毛诗序》："《假乐》，嘉成王也。"二是《诗三家义集疏》："《论衡·艺增篇》：'《诗》言"子孙千亿"，美周宣王之德能慎天地，天地祚之，子孙众多，至于千亿。'是《鲁诗》与《毛序》'嘉成王'不同。"

公刘

笃公刘，[1]	诚厚的公刘，
匪居匪康，	不敢安居图安康，
迺埸迺疆，[2]	于是划田界划地界，
迺积迺仓；[3]	于是露囤于是装仓；
迺裹糇粮，[4]	于是裹了干粮，
于橐于囊，[5]	放进小袋和大囊，
思辑用光。[6]	人民和睦国有光芒。
弓矢斯张，	对敌弓箭就开张，
干戈戚扬，[7]	还用干戈和斧扬，
爰方启行。[8]	于是方才开始出行。

笃公刘，	诚厚的公刘，
于胥斯原。[9]	于是察看这田原。
既庶既繁，	既是人多又繁荣，

既顺迺宣，[10]	既顺民情人心宽，
而无永叹。	没有人怨发长叹。
陟则在巘，[11]	登上小山望田原，
复降在原。	往下又走在平原。
何以舟之？[12]	用什么来佩带呢？
维玉及瑶，	用美玉和琼瑶，
鞞琫容刀。[13]	还有刀鞘饰物和佩刀。
笃公刘，	诚厚的公刘，
逝彼百泉，	往看那百泉流，
瞻彼溥原；	望那广阔的平原；
迺陟南冈，	登山上南面山丘，
乃觏于京。	于是看见那京丘。
京师之野，	那是京师的野地头，
于时处处，	于是处处可居，
于时庐旅，[14]	于是可以建新居，
于时言言，	于是话他当说那个话，
于时语语。	于是语他当讲那个语。
笃公刘，	诚厚的公刘，
于京斯依，	在京地依居后，
跄跄济济，[15]	趋走有节的众多臣，
俾筵俾几，	使设筵席使几留，

既登乃依。[16]	有登筵席有依几留。
乃造其曹，[17]	于是祭猪神把神求，
执豕于牢，	捉猪在猪牢，
酌之用匏。[18]	酌酒用葫芦瓢。
食之饮之，	给他们吃和饮，
君之宗之。	做国君、族长尊敬他。
笃公刘，	诚厚的公刘，
既溥既长，	土地既广又是长，
既景迺冈，[19]	既是测影在山冈，
相其阴阳，[20]	观察它的阴和阳，
观其流泉，	观察流泉定方向，
其君三单；[21]	轮流当兵来驻防；
度其隰原，	洼地平原好测量，
彻田为粮，[22]	治理田亩好种粮，
度其夕阳，[23]	测量西山的夕阳，
豳居允荒。	豳地居住确是广。
笃公刘，	诚厚的公刘，
于豳斯馆。	在豳地作公馆。
涉渭为乱，[24]	横渡渭河把工施，
取厉取锻。[25]	取砺石又取细锻。
止基乃理，[26]	立定基址治田亩，

爰众爰有。[27]	人口众多物富有。
夹其皇涧，[28]	夹着皇涧是住处，
溯其过涧。[29]	逆溯过涧是田亩。
止旅迺密，[30]	众人居住是密集，
芮鞫之即。[31]	水边河曲住处有。

【注释】 1. 笃（dǔ 赌）：忠厚。 2. 迺：同“乃”。下同。埸（yì 亦）：田界。疆：边界。 3. 积：露积。 4. 糇（hóu 侯）粮：干粮。 5. 橐（tuó 托）：小袋。 6. 辑：和睦。 7. 戚扬：斧钺。戚，小斧；扬，大斧。 8. 爰：语助词。方：始。 9. 胥：相，察看。 10. 宣：宣畅，通畅。 11. 巘（yǎn 演）：小山。 12. 舟：带。 13. 鞞琫（bǐng běng 丙绷）：刀鞘上的饰物。容刀：佩刀。 14. 庐旅：房舍。 15. 跄跄：步趋有节。济济：庄严。 16. 既登：指登席。乃依：指依几。几，坐时凭倚的矮桌。 17. 造：通“祰”，指告祭。曹：通“禮”，指祭豕神。 18. 匏（páo 袍）：葫芦。 19. 景：同“影”。冈：山冈。 20. 阴阳：山北山南。 21. 三单：轮流驻兵。 22. 彻：开发。 23. 夕阳：山的西边。 24. 乱：横渡。 25. 厉：通“砺”，磨刀石。锻：石。 26. 止：居。乃理：理田野。 27. 众：指人口增多。有：指物丰。 28. 皇：涧名。 29. 过：涧名。 30. 旅：众。密：安。 31. 芮（ruì 锐）：水涯。鞫（jū 居）：水曲。

【评析】 这诗的解释有二：一是《毛诗序》：“《公刘》，召康公戒成王也。成王将涖政，戒以民事。美公刘之厚于民，而献是诗也。”《笺》：“公刘者，后稷之曾孙也。夏之始衰，见迫逐，迁于豳而有居民之道。成王始幼少，周公居摄政，及归之，成王将莅政，召公与周公相成王为左右。召公惧成王尚幼稚，不留意于治民之事，故作诗美公刘以深戒之也。”二是《诗三家义集疏》:“据鲁说，诗专美公刘，不关戒成王，亦不言召公作。《齐》《韩》当同。”与《毛诗序》不同。

洞 酌

泂酌彼行潦，[1]	远远舀那路积水，
挹彼注兹，[2]	舀水倒在这里后，
可以餴饎。[3]	可以蒸饭可热酒。
岂弟君子，	平易的君子人，
民之父母。	是人民的父母。
泂酌彼行潦，	远远舀那路积水，
挹彼注兹，	舀水倒在这里后，
可以濯罍。[4]	可以洗净瓦杯向客酬。
岂弟君子，	平易的君子人，
民之攸归。	人民归顺的好友。
泂酌彼行潦，	远远舀那路积水，
挹彼注兹，	舀水倒在这里后，
可以濯溉。[5]	可以洗净漆杯向客酬。
岂弟君子，	平易的君子人，
民之攸塈。[6]	可使人民休息久。

【注释】 1. 泂（jiǒng 窘）：远。行潦（lǎo 老）：路上积水。 2. 挹：舀。注：倒下。 3. 馎（fēn 分）：蒸饭。饎（chì 翅）：酒食。 4. 濯（zhuó 浊）：洗涤。罍（léi 雷）：古瓦器名，可以盛酒。 5. 溉（gài 盖）：通“概”，漆尊，酒器。 6. 塈（xì 戏）：休息。

【评析】 这诗的解释有二：一是《毛诗序》：“《泂酌》，召康公戒成王也。言皇天亲有德、飨有道也。”二是《诗三家义集疏》：“愚案：三家以诗为公刘作。盖以戎狄浊乱之区而公刘居之，譬如行潦可谓浊矣，公刘挹而注之，则浊者不浊，清者自清。由公刘居豳之后，别田而养，立学以教，法度简易，人民相安，故亲之如父母。及太王居豳，而从如归市，亦公刘之遗泽有以致之也。其详则不可得而闻矣。据杨箴‘官操其业，士习其经’之语，是周之学制权舆于公刘，故并有《行苇》习射养老之典。”

卷 阿

有卷者阿，[1]	有卷曲的大土山，
飘风自南。	疾风从南方吹来。
岂弟君子，	快乐平易的君子，
来游来歌，	游玩来又唱歌来，
以矢其音。[2]	陈述他的德音来。
伴奂尔游矣，[3]	优游闲暇你游了，
优游尔休矣。	逍遥自得你休息了。
岂弟君子，	快乐平易的君子，

俾尔弥尔性，[4]	使你终养你性命，
似先公酋矣。[5]	继承先公大业久了。

尔土宇昄章，[6]	你的领土版图，
亦孔之厚矣。	也是得天独厚了。
岂弟君子，	快乐平易的君子，
俾尔弥尔性，	使你终养你性命，
百神尔主矣。	百神做你的主了。

尔受命长矣，	你受天命长久了，
茀禄尔康矣。[7]	福禄使你安康了。
岂弟君子，	快乐平易的君子，
俾尔弥尔性，	使你终养你性命，
纯嘏尔常矣。[8]	天赐大福是经常了。

有冯有翼，[9]	有依靠有辅助，
有孝有德。	有孝行有美德。
以引以翼。	导引辅助在亲侧。
岂弟君子，	快乐平易的君子，
四方为则。	四方用你做法则。

颙颙卬卬，[10]	人民仰望志高昂，
如圭如璋，	有像玉圭像玉璋，

令闻令望。	有美名和好声望。
岂弟君子，	快乐平易的君子，
四方为纲。	四方用你做纪纲。
凤凰于飞，	凤凰在飞，
翙翙其羽，[11]	众多鸟儿展两翅，
亦集爰止。	聚集树上才息止。
蔼蔼王多吉士，[12]	王朝有众多善士，
维君子使，	只听君子驱使，
媚于天子。	他们敬爱天子。
凤凰于飞，	凤凰在飞，
翙翙其羽，	众多鸟儿展两翅，
亦傅于天。	高飞飞到了上天。
蔼蔼王多吉人，	王朝有众多善士，
维君子命，	只听君子命令，
媚于庶人。	亲爱众人和善士。
凤凰鸣矣，	凤凰叫了，
于彼高冈。	在那高冈。
梧桐生矣，	梧桐生长了，
于彼朝阳。	在那朝阳照的地方。
菶菶萋萋，[13]	梧桐长得茂盛，

雝雝喈喈。	凤凰叫得和顺。
君子之车，	君子的车，
既庶且多。	既是众来又是多。
君子之马，	君子的马，
既闲且驰。	训练有素善奔波。
矢诗不多，[14]	我献诗多，
维以遂歌。	只是用它成为歌。

【注释】 1. 卷（quán 权）：曲。阿：大土山。 2. 矢：陈述。 3. 伴奂：优游闲暇。 4. 俾尔弥尔性：使你终其寿命。弥，终。性，寿命。 5. 似先公酋：继承祖宗功业长久。"似"通"嗣"。酋，久。 6. 土宇：土地屋宅，代指领土封地。昄（bǎn 板）章：犹版图。 7. 茀（fú 福）：小福。康：安康。 8. 纯嘏（gǔ 古）：大福。纯，大。 9. 冯（píng 凭）：依托。翼：庇护。 10. 颙颙（yóng yóng 喁喁）：仰慕。卬卬（áng áng 昂昂）：繁盛。 11. 翙翙（huì huì 汇汇）：众多。 12. 蔼蔼（ǎi ǎi 矮矮）：众多而有容仪。 13. 菶菶（běng běng 绷绷）：茂盛。 14. 矢诗不多：献诗多。矢，献。不，语助词。

【评析】 这诗的解释有二：一是《毛诗序》："《卷阿》，召康公戒成王也。言求贤用吉士也。"《笺》："吉，犹善也。"二是《诗三家义集疏》："此诗据《易林》齐说，为召公避暑曲阿，凤凰来集，因而作诗。盖当时奉命巡方，偶然游息，推原瑞应之至，归美于王能用贤，故其诗得列于《大雅》耳。周公垂戒毋佚，成王必不般游。毛说殆近于诬矣。"

民　劳

民亦劳止，	人民也劳苦够了，
汔可小康。[1]	求得可以稍稍安康。
惠此中国，[2]	惠爱这些京师人，
以绥四方。	用来安定四方。
无纵诡随，[3]	不要放纵谲诈的人，
以谨无良。	用来谨防不善良。
式遏寇虐，[4]	用来遏止暴虐抢掠，
憯不畏明。[5]	不要怕高明人强梁。
柔远能迩，[6]	怀柔远人能及近，
以定我王。	用来安定我周王。

民亦劳止，	人民也劳苦够了，
汔可小休。	求得可以稍休处。
惠此中国，	惠爱这些京师人，
以为民逑。[7]	用作人民的相聚。
无纵诡随，	不要放纵谲诈的人，
以谨惛怓。[8]	用来谨防喧吵咒诅。
式遏寇虐，	用来遏止暴虐抢掠，
无俾民忧。	无使人民多忧虑。
无弃尔劳，	不要抛弃你的功劳，
以为王休。	用来作为王的美誉。

民亦劳止，　　人民也劳苦够了，
汔可小息。　　求得可以稍稍休息。
惠此京师，　　惠爱这些京师人，
以绥四国。　　用来安定四方侯国。
无纵诡随，　　不要放纵谲诈的人，
以谨罔极。　　用来谨防没有准则。
式遏寇虐，　　用来遏止暴虐和掠夺，
无俾作慝。[9]　　无使有人作恶。
敬慎威仪，　　敬慎在人民的仪容，
以近有德。　　用来接近美德。

民亦劳止，　　人民也劳苦够了，
汔可小愒。[10]　　求得可以小休一会。
惠此中国，　　惠爱这些京师人，
俾民忧泄。[11]　　使人民忧愁疏散。
无纵诡随，　　不要放纵谲诈的人，
以谨丑厉。[12]　　用来谨防众恶为害。
式遏寇虐，　　用来遏止暴虐和掠夺，
无俾正败。[13]　　不要使正道失败。
戎虽小子，[14]　　你虽是年轻人，
而式弘大。　　可是作用广大。

民亦劳止，　　人民也劳苦够了，

汔可小安。	求得可以稍稍安闲。
惠此中国，	惠爱这些京师人，
国无有残。	国内没有残患。
无纵诡随，	不要纵容谲诈的人，
以谨缱绻。[15]	用来谨防奉迎成患。
式遏寇虐，	用来遏止暴虐掠夺，
无俾正反。	不要使政治变幻。
王欲玉女，[16]	王啊！我想成就你，
是用大谏。[17]	特此用力劝谏。

【注释】 1. 汔（qì 气）：求。 2. 中国：指京师。 3. 诡随：谲诈谩欺之人。 4. 式遏：用以制止。 5. 憯（cǎn 惨）：乃。明：高明。 6. 柔远：怀柔远方人。能迩：能从近处人。 7. 逑：聚。 8. 惛怓（hūn náo 昏挠）：喧哗。 9. 慝（tè 特）：罪恶。 10. 愒（qì 迄）：休息。 11. 泄（xiè 屑）：通"渫"，除去。 12. 丑厉：众恶。 13. 无俾正败：无使正道败坏。 14. 戎：你。 15. 缱绻（qiǎn quǎn 浅犬）：紧紧缠绕。比喻小人固结其君。 16. 玉女：玉汝，成就你。 17. 大谏：力谏。

【评析】 《毛诗序》："《民劳》，召穆公刺厉王也。"《笺》："厉王，成王七世孙也。时赋敛重数，徭役繁多，人民劳苦，轻为奸宄，强凌弱，众暴寡，作寇害，故穆公以刺之。"

板

上帝板板，[1]	上帝行为反常，
下民卒瘅。[2]	下面人民尽遭难。
出话不然，[3]	说的好话不算数，
为犹不远。[4]	做的谋划没远算。
靡圣管管，[5]	没有圣人只有乱，
不实于亶。[6]	没有诚信不忠善。
犹之未远，	作的谋划没远算，
是用大谏。	因此用了大谏劝。

天之方难，	上天正要降灾难，
无然宪宪。[7]	不要高兴弄戏玩。
天之方蹶，[8]	上天正要降动乱，
无然泄泄。[9]	不要多话来论断。
辞之辑矣，[10]	如果政教协和了，
民之洽矣。	人民就安定了。
辞之怿矣，[11]	如果政教败坏了，
民之莫矣。[12]	人民就受苦了。

我虽异事，[13]	我们虽然管不同的事，
及尔同僚。	我和你是同僚。
我即尔谋，	我就同你商量，

听我嚣嚣。[14]	听我说话你骄傲。
我言维服，[15]	我说的话是实事，
勿以为笑。	不要认为开玩笑。
先民有言，	古人曾经有句话，
询于刍荛。[16]	有事问到割草和老樵。

天之方虐，	上天正在暴虐，
无然谑谑。[17]	不要这样来戏谑。
老夫灌灌，[18]	老夫谆谆和你讲，
小子跻跻。[19]	小子骄傲是轻薄。
匪我言耄，	不是我话是老昏，
尔用忧谑。[20]	是你用了多戏谑。
多将熇熇，[21]	多把气盛对待人，
不可救药。	真是不可以救药。

天之方懠，[22]	上天正在发怒，
无为夸毗。[23]	不要卑身顺着干。
威仪卒迷，[24]	人的威仪尽迷乱，
善人载尸。[25]	善人好比死尸般。
民之方殿屎，[26]	人民正在苦呻吟，
则莫我敢葵。[27]	对我猜疑都不敢。
丧乱蔑资，[28]	人民经乱财资空，
曾莫惠我师。[29]	怎不施恩于民众。

天之牖民，[30] 上天的引导人民，
如埙如篪，[31] 像埙和篪的和洽，
如璋如圭，[32] 像圭和璋的合璧，
如取如携。[33] 像取和携的合一。
携无曰益，[34] 不要说携有阻塞，
牖民孔易。 引导人民很容易。
民之多辟，[35] 人多邪狭，
无自立辟。[36] 不要自己多立法。

价人维藩，[37] 武人是国的藩篱，
大师维垣。[38] 太师是国的城墙。
大邦维屏， 大邦是国的屏障，
大宗维翰。[39] 大宗是国的栋梁。
怀德维宁， 怀有美德使国安宁，
宗子维城。 大宗的儿子是国的城。
无俾城坏， 不要使城坏，
无独斯畏。[40] 不要害怕孤独众人。

敬天之怒， 敬畏上天的发怒，
无敢戏豫。 不敢当儿戏。
敬天之渝，[41] 敬畏上天的变化，
无敢驰驱。[42] 不敢放纵自己奔马。
昊天曰明， 上天那么明朗，

及尔出王。[43]	连你可以出去游荡。
昊天曰旦，[44]	上天那么光明，
及尔游衍。	连你可以游逛外出。

【注释】　1. 板板：反常。　2. 瘅（dān 丹）：病。　3. 出话不然：发出好话，不以为对。　4. 犹：指谋划。　5. 靡圣管管：眼中没有圣人，无所依靠。管管，指无所依靠。　6. 亶（dǎn 胆）：诚。《笺》："不能用实于诚信之言，言行相违。"　7. 宪宪：犹欣欣。　8. 蹶（guì 贵）：动。　9. 泄泄：多言。　10. 辞：指政教。辑：指和睦。　11. 怿（yì 译）：通"殬"，败坏。　12. 莫：通"瘼"，病。　13. 异事：职务有异。　14. 嚣嚣（áo áo 敖敖）：通"敖敖"，不听善言。　15. 服：事。　16. 刍荛（ráo 饶）：割草打柴的人。　17. 谑谑（xuè xuè 血血）：戏笑。　18. 灌灌：诚恳。　19. 蹻蹻（jué jué 决决）：骄傲。　20. 忧：当作"优"，调戏。　21. 熇熇（hè hè 贺贺）：火盛。　22. 懠（qí 齐）：怒。　23. 夸毗（pí 皮）：柔顺貌，指屈己卑身。　24. 卒迷：尽迷乱。　25. 载尸：如尸，不语。　26. 殿屎（xī 希）：呻吟。　27. 葵：通"揆"，猜度。　28. 蔑资：无财。　29. 师：众民。　30. 牖：通"诱"，诱导。　31. 如埙如篪：埙（xūn 勋），土制乐器，有六孔，吹奏用。篪（chí 池），竹制器，像笛，有八孔。两乐器吹奏可相和。　32. 如璋如圭：半圭叫璋，合璋为圭，指相配合。　33. 如取如携：取携极易。　34. 益：通"隘"，塞。　35. 多辟：多邪行为。　36. 立辟：立法。　37. 价（jiè 介）人：披甲人，武人。　38. 大师：太师，三公之一。维垣：作为城墙。　39. 大宗：大的宗族。　40. 畏：通"威"，指威严。　41. 渝：变。　42. 驰驱：指放纵。　43. 王：往。　44. 旦：明。

【评析】　《毛诗序》："《板》，凡伯刺厉王也。"《笺》："凡伯，周同姓，周公之胤也，入为王卿士。"

荡之什

荡

荡荡上帝，[1] 法度败坏的上帝，
下民之辟。[2] 像下面人民的暴君。
疾威上帝，[3] 暴戾的上帝，
其命多辟。[4] 他的命令多邪淫。
天生烝民， 上天生下众民，
其命匪谌。[5] 他的命令不真诚。
靡不有初， 不是没有好开头，
鲜克有终。 却很少能够有所成。

文王曰咨， 文王说：唉，
咨女殷商。 唉叹你们殷商。
曾是强御，[6] 曾是强横，
曾是掊克，[7] 曾是聚敛，
曾是在位， 曾是在位称王，
曾是在服。[8] 曾是各在职事。
天降滔德，[9] 上天降下不好的行藏，
女兴是力。[10] 你们是出力帮忙。

文王曰咨，	文王说：唉，
咨女殷商。	唉叹你们殷商。
而秉义类，[11]	你们执持强族，
强御多怼，[12]	强横多得怨恨，
流言以对，[13]	流言可以得逞，
寇攘式内。[14]	强抢强取得猖狂。
侯作侯祝，[15]	于是怨谤于是诅咒，
靡届靡究。[16]	没穷没尽没收场。
文王曰咨，	文王说：唉，
咨女殷商。	唉叹你们殷商。
女炰烋于中国，[17]	你们在国中咆哮，
敛怨以为德。	招集怨恨以为德。
不明尔德，	不明是你们的德，
时无背无侧。[18]	不知反叛不知反侧。
尔德不明，	你们对德是不明，
以无陪无卿。	因此无陪臣无卿相。
文王曰咨，	文王说：唉，
咨女殷商。	唉叹你们殷商。
天不湎尔以酒，[19]	天不沉醉你们用酒，
不义从式。[20]	不宜放纵你们发狂。
既愆尔止，[21]	既经行止失当，

靡明靡晦。	无论晴明或阴凉。
式号式呼，	你们大号又大呼，
俾昼作夜。	把那白天作夜场。

文王曰咨，	文王说：唉，
咨女殷商。	唉叹你们殷商。
如蜩如螗，[22]	像蝉那样噪，
如沸如羹。	像沸的羹汤。
小大近丧，	小事大事都近丧亡，
人尚乎由行。	人们还在学样。
内奰于中国，[23]	国中怒着那怨恨，
覃及鬼方。[24]	沿及到远方。

文王曰咨，	文王说：唉，
咨女殷商。	唉叹你们殷商。
匪上帝不时，	不是上帝不善良，
殷不用旧。	是殷商不用旧规章。
虽无老成人，	虽然没有老成人，
尚有典刑。	但还是有典刑。
曾是莫听，	怎么就是不去听，
大命以倾。	国家的大命只好倾。

文王曰咨，	文王说：唉，

咨女殷商。	唉叹你们殷商。
人亦有言，	人有这样的话，
颠沛之揭，[25]	颠倒的树根露出土壤，
枝叶未有害，	枝叶没有害，
本实先拨。[26]	本根先受伤。
殷鉴不远，	殷商的鉴不远，
在夏后之世。	就在夏王的世上。

【注释】 1. 荡荡：指法度败坏。 2. 辟（bì 壁）：君王。 3. 疾威：暴戾。 4. 辟（pì 僻）：邪僻。 5. 谌（chén 臣）：诚。 6. 曾：乃。强御：强暴。 7. 掊（póu 抔）克：聚敛。 8. 在服：在职。 9. 滔德：慢德，不好的行为。 10. 女兴是力：汝兴起是用力。 11. 而秉义类：尔执持强族。义类，指强族。 12. 怼（duì 队）：怨。 13. 对：遂，成就。 14. 攘（rǎng 嚷）：夺取。 15. 侯作侯祝：侯，是。作，诅。祝，咒。 16. 靡届靡究：无穷无尽。 17. 炰烋（páo xiāo 袍肖）：即咆哮，怒吼。 18. 无背无侧：不知反叛不知反侧。背，背逆。侧，倾仄，邪僻。 19. 湎（miǎn 免）：沉迷。 20. 不义从式：不宜纵试。 21. 尔止：你行止。 22. 蜩（tiáo 条）：蝉。螗（táng 唐）：蝉的一种。 23. 奰（bì 必）：怒。 24. 覃：延。鬼方：远方。 25. 颠沛之揭：颠倒拔起的根露。揭，指见根。 26. 拨：败坏。

【评析】 《毛诗序》："《荡》，召穆公伤周室大坏也。厉王无道，天下荡荡，无纲纪文章，故作是诗也。"

抑

抑抑威仪，[1]	缜密威严的仪容，
维德之隅。[2]	只是表示品德的方正。
人亦有言，	人有这样的话，
靡哲不愚。	没有哲人不愚蠢。
庶人之愚，	众人的愚蠢，
亦职维疾。	也是本身造成的毛病。
哲人之愚，	哲人的愚蠢，
亦维斯戾。[3]	也是只怕罪刑。
无竞维人，[4]	要想争强靠贤人，
四方其训之。	四方国家有教训。
有觉德行，[5]	有了真正的德行，
四国顺之。	四方国家都归顺。
讦谟定命，[6]	大谋决定好发令，
远犹辰告。[7]	远的谋划报国人。
敬慎威仪，	敬慎威严的仪容，
维民之则。	这是人民的模型。
其在于今，	事情到当今，
兴迷乱于政；[8]	迷乱在国政；
颠覆厥德，	颠倒了德行，

荒湛于酒。	沉湎在于酒。
女虽湛乐，	你喜欢纵情嗜酒，
弗念厥绍。[9]	不顾祖业的继承。
罔傅求先王，[10]	不广求先王的遗训，
克共明刑。	怎能执掌用明刑。
肆皇天弗尚，[11]	于是遭皇天厌弃，
如彼泉流，	像那泉水流一样，
无沦胥以亡。	不要沉沦都败亡。
夙兴夜寐，	早早起来深夜睡，
洒扫廷内，[12]	洒扫室内地方，
维民之章。	这是人民的规章。
修尔车马，	修好你的马车，
弓矢戎兵，	弓箭兵器各样，
用戒戎作，[13]	用来戒备西戎打仗，
用逷蛮方。[14]	用来治理蛮方。
质尔人民，[15]	告诫你的人民，
谨尔侯度，	谨慎你诸侯的法度，
用戒不虞。	用来防备突发的事件。
慎尔出话，	谨慎你发出的话语，
敬尔威仪，	慎重你威严的行举，
无不柔嘉。[16]	没有安善不赞许。

白圭之玷，　　白圭上的污点，
尚可磨也；　　还可以磨去；
斯言之玷，　　这话的缺点，
不可为也。　　不可除去。

无易由言，　　不要轻易发言，
无曰苟矣。[17]　　不要说苟且的话了。
莫扪朕舌，　　没人扪住我舌头，
言不可逝矣。[18]　　话不可追回了。
无言不雠，[19]　　无话没有回应，
无德不报。　　无德行没有报答。
惠于朋友，　　施恩惠给朋友，
庶民小子。　　以及庶民年轻人。
子孙绳绳，[20]　　子孙相戒慎，
万民靡不承。　　万民没有不相顺。

视尔友君子，　　对你结交的君子人，
辑柔尔颜，[21]　　容颜柔和又有神，
不遐有愆。　　没有一点小过错。
相在尔室，　　看你在室有精神，
尚不愧于屋漏。[22]　　还不愧在暗处。
无曰不显，　　不要说暗室不显明，
莫予云觏，　　不要说不能看见我，

神之格思，[23]	神的亲临，
不可度思，	不可猜测，
矧可射思！[24]	何况可以厌倦神！
辟尔为德，[25]	修明你的美德，
俾臧俾嘉。	做善做美。
淑慎尔止，	好好谨慎你容止，
不愆于仪。	不错失于威仪。
不僭不贼，	没过失不害人，
鲜不为则。	很少不为当法则。
投我以桃，	投给我用桃子，
报之以李。	报答他用李子。
彼童而角，[26]	那童羊装上角，
实虹小子。[27]	实际上败坏了你小子。
荏染柔木，[28]	柔软的木料，
言缗之丝。[29]	安上丝线可发音。
温温恭人，	温和恭敬的人，
维德之基。	有美德可任。
其维哲人，	他是哲人，
告之话言，	告诉他好话，
顺德之行。	顺着美德去行。
其维愚人，	他是愚人，

覆谓我僭，[30] 反说我不可信，
民各有心。 人各自有心。

於呼小子， 唉，小子，
未知臧否。 还不知道坏和好。
匪手携之， 不但亲手提携你，
言示之事。 话里示你事相告。
匪面命之， 不但当面告诫你，
言提其耳。 说话提你耳朵相教。
借曰未知，[31] 假使说你不知道，
亦既抱子。 也已经把儿子抱。
民之靡盈， 人若没有自满，
谁夙知而莫成？[32] 谁说早知晚成好？

昊天孔昭， 上天很明白，
我生靡乐。 我的生活没有快乐。
视尔梦梦，[33] 看你懵懂，
我心惨惨。[34] 我心作痛。
诲尔谆谆， 教你谆谆，
听我藐藐。[35] 听我藐藐。
匪用为教， 不是作教，
覆用为虐。[36] 反当戏谑。
借曰未知， 假使说你无知，

亦聿既耄。[37]	也难说既老。
於乎小子，	唉，小子，
告尔旧止。	告你旧的章程。
听用我谋，	听用我的谋划，
庶无大悔。	近乎没有大悔恨。
天方艰难，	天正在降灾难，
曰丧厥国。	要亡掉你的国和京。
取譬不远，	打比方不远，
昊天不忒。[38]	上天岂能不明。
回遹其德，[39]	你邪僻你德行，
俾民大棘。[40]	使人民危急难行。

【注释】 1. 抑抑：静密。 2. 隅：屋角，比方正。 3. 戾（lì 吏）：罪。 4. 无竞维人：无强于得贤人。无竞，竞也。 5. 觉：指正直。 6. 讦（xū）谟：大谋。 7. 辰：时。告：宣告。 8. 兴：语辞。 9. 绍：继承。指继承先人传统。 10. 傅：铺。 11. 肆：于是。尚：佑。 12. 廷内：朝堂内。 13. 戎作：伐戎事。 14. 逷（tì 替）：治理。 15. 质：诚。 16. 柔嘉：安善。 17. 苟：苟且。 18. 逝：往。 19. 雠（chóu 仇）：应验。 20. 绳绳（mǐn mǐn 敏敏）：戒慎。 21. 辑柔：和安。 22. 屋漏：居之西北隅，即暗处，为藏神之处，代指神。 23. 格：至。 24. 矧（shěn 沈）：况。射：厌。 25. 辟：法。 26. 童：童羊。 27. 虹（hóng 宏）：同"讧"，指溃乱。 28. 荏染：柔弱。 29. 缗（mín 民）：安上弦。 30. 僭（jiàn 建）：不信。 31. 借：假如。 32. 莫：同"暮"。 33. 梦梦：昏乱。 34. 惨惨：悲伤。 35. 藐藐：忽略貌。 36. 覆：反。 37. 耄（mào 冒）：老。 38. 忒

（tè 特）：差。 39. 遹（yù 育）：邪僻。 40. 棘：通“急”，危难。

【评析】 《毛诗序》：“《抑》，卫武公刺厉王，亦以自警也。”《笺》：“自警者，‘如彼泉流，无沦胥以亡’。”《诗三家义集疏》：“韩说曰：‘卫武公刺王室，亦以自戒。计年九十有五，犹使人日诵是诗而不离于其侧。’”

桑 柔

菀彼桑柔，[1]	茂盛的桑树叶子嫩，
其下侯旬，[2]	它的下面绿荫匀，
捋采其刘。[3]	采了叶子没绿荫。
瘼此下民，[4]	晒苦树下的人民，
不殄心忧。[5]	人民不断心忧愁。
仓兄填兮，[6]	类似丧亡来已久啊，
倬彼昊天，[7]	广大明察的上天，
宁不我矜？	难道不哀怜我人民？
四牡骙骙，[8]	四匹雄马不停跑，
旟旐有翩。	鸟旗龟旗车上飘。
乱生不夷，	祸乱产生不平静，
靡国不泯。[9]	没有一国不纷扰。
民靡有黎，[10]	国的中间没黎民，
具祸以烬。[11]	都遭灾祸成灰烬。

於乎有哀，　　　叹息之中有悲哀，
国步斯频。[12]　　　国运危急心不平。

国步蔑资，[13]　　　国运穷困没资财，
天不我将。[14]　　　天不助我实难办。
靡所止疑，[15]　　　没有居处终疑难，
云徂何往？　　　说走不知何处去？
君子实维，[16]　　　君子实干也是难，
秉心无竞。[17]　　　存心只是好争竞。
谁生厉阶，　　　谁人生出这祸根，
至今为梗？[18]　　　直到今天还作梗？

忧心慇慇，[19]　　　忧心隐隐还痛苦，
念我土宇。　　　常常想念我国土。
我生不辰，　　　我生不逢好时辰，
逢天僤怒。[20]　　　碰上上天发重怒。
自西徂东，　　　自从西方到东方，
靡所定处。　　　没有一所定居处。
多我觏痻，[21]　　　我是遭逢很多苦，
孔棘我圉。[22]　　　十分紧急我疆土。

为谋为毖，[23]　　　为国出谋要谨慎，
乱况斯削。　　　乱情可能得减削。

告尔忧恤，	告你怎样忧国家，
诲尔序爵。	教你怎样封官爵。
谁能执热，	谁遇到了苦热，
逝不以濯？	能不在水洗濯？
其何能淑，	可这怎能做得好，
载胥及溺。	只能相互水中溺。

如彼遡风，	像面向那个暴风，
亦孔之僾。[24]	也很像气喘哮。
民有肃心，[25]	人民本有进取心，
荓云不逮。[26]	却使他们做不到。
好是稼穑，	喜好聚敛又吝啬，
力民代食。[27]	使民出力代替吃。
稼穑维宝，	聚敛吝啬算是宝，
代食维好。	代替吃食算做好。

天降丧乱，	上天降下丧乱，
灭我立王。	灭掉我拥立的王。
降此蟊贼，[28]	降下这些吃苗虫，
稼穑卒痒。	田里庄稼都吃光。
哀恫中国，	哀痛国中的人民，
具赘卒荒。[29]	都像赘疣田都荒。
靡有旅力，	没有众力怎救灾，

以念穹苍。[30]	用来感动穹苍。
维此惠君，	只有这样好仁君，
民人所瞻。	人民认同好瞻仰。
秉心宣犹，[31]	执心遍求好谋划，
考慎其相。	考虑谨用他的相。
维彼不顺，	只有那个不顺君，
自独俾臧。	用人独行以为良。
自有肺肠，	独自有那肺与肠，
俾民卒狂。	使那人民都发狂。
瞻彼中林，	看那个树林中，
甡甡其鹿。[32]	许多野鹿步从容。
朋友已谮，[33]	朋友已经不相信，
不胥以穀。[34]	不相友好记心中。
人亦有言，	人也有过这样说，
进退维谷。	进退维谷走不通。
维此圣人，	只有这样的圣人，
瞻言百里。	眼睛远看有百里。
维彼愚人，	只有那些愚蠢人，
复狂以喜。	又像发狂又自喜。
匪言不能，	不是有话不能说，

胡斯畏忌。[35]	话说一下怕猜忌。
维此良人，	只有这个是好人，
弗求弗迪。[36]	不去贪求不钻营。
维彼忍心，	只有那个忍心人，
是顾是复。	是顾望来是反复。
民之贪乱，[37]	人民作乱有原因，
宁为荼毒？[38]	谁愿为此受荼毒？
大风有隧，[39]	大风吹得很迅猛，
有空大谷。	有从空洞大山谷。
维此良人，	只有这个善良人，
作为式穀。	所作善事无过错。
维彼不顺，	只有那个不顺眼，
征以中垢。	做事不正又混浊。
大风有隧，	大风吹得很迅猛，
贪人败类。[40]	贪人败坏那宗族。
听言则对，	听到顺话便对答，
诵言如醉。	听到谏言像醉客。
匪用其良，	不是用人好的话，
复俾我悖。[41]	反而使我遭逆悖。

嗟尔朋友，　　叹息你的朋友，
予岂不知而作。[42]　　我岂不知你所作。
如彼飞虫，[43]　　像那飞鸟，
时亦弋获。　　有时也被捉。
既之阴女，[44]　　既然我在庇护你，
反予来赫。[45]　　反而对我来威赫。

民之罔极，　　人民的不中正，
职凉善背。[46]　　主要相信善背人。
为民不利，　　这样做事民不利，
如云不克。　　还说恐怕不能胜。
民之回遹，　　人民的邪僻，
职竞用力。　　主要你崇尚暴力争。

民之未戾，[47]　　人民生活不安定，
职盗为寇。[48]　　主要朝廷有盗行。
凉曰不可，[49]　　说你不可这样做，
复背善詈。[50]　　又是背后大骂人。
虽曰匪予，　　虽说以我话为非，
既作尔歌。　　还是作歌求你正。

【注释】　1. 菀（yù 郁）：茂盛。　2. 旬：树荫蔽遮均匀。　3. 刘：剥落而稀，叶子稀少。　4. 瘼（mò 莫）：病。　5. 殄（tiǎn 舔）：断绝。　6. 仓兄填兮：《笺》："丧亡之道滋久长。"仓，丧；兄，滋；填，久。桑树叶采完了，等于丧亡。 7. 倬（zhuō 捉）：明察。 8. 骙骙（kuí kuí 癸癸）：不息。 9. 泯（mǐn 敏）：乱。 10. 民靡有黎：黎民没有。黎，黑首。 11. 具：通"俱"。烬：灰烬。 12. 国步斯频：国运危急。频，急。 13. 蔑资：无资财。 14. 将：助。 15. 疑：定。 16. 实维：是作。 17. 秉心无竞：执心好争。无，语辞。 18. 梗（gěng 耿）：指害人。 19. 慇慇（yīn yīn 因因）：忧伤。 20. 僤（dàn 旦）怒：重怒。 21. 痻（mín 民）：病。 22. 圉（yǔ 宇）：边疆。 23. 毖：慎重。 24. 僾（ài 爱）：窒息。 25. 肃：进取。 26. 荓云不逮：前进的使不及门。荓（pīng 乒），使。 27. 好是稼穑，力民代食：爱好居家吝啬的人，令人民力作代食。稼穑，通"家啬"，指家居吝啬聚敛。 28. 蟊贼：虫食苗根曰蟊，食节曰贼。 29. 具赘卒荒：具备像赘疣的人，则田荒。 30. 念：感动。 31. 宣犹：遍谋。 32. 甡甡（shēn shēn 申申）：众多。 33. 谮（zèn）：诬陷，中伤。 34. 穀：善。 35. 胡斯畏忌：何此畏惧。 36. 求：贪求。迪：钻营。 37. 贪乱：贪欲作乱。 38. 荼毒：毒害。 39. 隧：状迅疾。 40. 败类：败坏宗族。 41. 复俾我悖：反使我悖逆。复，反。 42. 而：你。 43. 飞虫：飞鸟。 44. 阴：同"荫"，庇护。 45. 反予来赫：反而迁怒于我。 46. 职凉善背：主信小人，善于背正道。凉：信，通"谅"。 47. 戾：安定。 48. 职盗为寇：主作盗，为寇害。 49. 凉：语助。 50. 善：大。詈（lì 利）：骂。

【评析】 《毛诗序》："《桑柔》，芮伯刺厉王也。"又《诗三家义集疏》："鲁说曰：'昔周厉王好专利，芮良夫谏而王不入，退赋《桑柔》之诗以讽。言是大风也，必将有遂；是贪人也，必将败其类。王又不悟，故遂流于彘。'"今山西霍州东北有彘城，即周厉王所奔。

云　汉

倬彼云汉，[1]	那个广大的天河，
昭回于天。[2]	光芒在天上转运。
王曰於呼，	王说：唉，
何辜今之人？	今天的人有何罪？
天降丧乱，	上天降下这丧乱，
饥馑荐臻。[3]	饥荒相接都发生。
靡神不举，	没有神道不祭祀，
靡爱斯牲。	没有吝惜那牺牲。
圭璧既卒，[4]	玉圭玉璧已用完，
宁莫我听？	难道我诉不听闻？
旱既大甚，	旱得既然太厉害，
蕴隆虫虫。[5]	暑天打雷热得很。
不殄禋祀，	没有断绝那祭祀，
自郊徂宫。[6]	从祭天到宫祭神。
上下奠瘗，[7]	祭上祭下或埋压，
靡神不宗。	没有神道无不敬。
后稷不克，[8]	祖宗后稷不能救，
上帝不临。	昊天上帝不亲临。
耗斁下土，[9]	破坏天下的土地，
宁丁我躬？	难道正当我的身？

旱既大甚，	旱得既然太厉害，
则不可推。	灾情就是不可推。
兢兢业业，[10]	害怕危险没有用，
如霆如雷。	好像霹雳像打雷。
周余黎民，	周朝余下的百姓，
靡有孑遗。[11]	好像没有留下来。
昊天上帝，	昊天上帝降大旱，
则不我遗。[12]	也不对我来问慰。
胡不相畏，	为什么不怕旱灾，
先祖于摧？[13]	祖宗的神不怕毁？

旱既大甚，	旱得既然太厉害，
则不可沮。	就是不可以阻拦。
赫赫炎炎，[14]	旱气迫人热气来，
云我无所。[15]	使我无处逃这灾。
大命近止，[16]	大命接近停止了，
靡瞻靡顾。	没有看前看后来。
群公先正，[17]	诸侯卿士众位神，
则不我助。	不能助我除灾情。
父母先祖，	父母先祖的神灵，
胡宁忍予？	怎么忍心我受灾情？

旱既大甚，	旱得既然太厉害，

涤涤山川。[18]	山川干涸无水神。
旱魃为虐，	旱鬼对人作虐待，
如惔如焚。	到处像烧又像焚。
我心惮暑，	我的心里怕暑热，
忧心如熏。	心里忧愁像火熏。
群公先正，	诸侯卿士众位神，
则不我闻。	对我祷告不恤问。
昊天上帝，	昊天上帝降灾情，
宁俾我遁？[19]	难道使我长受困？
旱既大甚，	旱得既然太厉害，
黾勉畏去。[20]	怕旱勉力除痛苦。
胡宁瘨我以旱，[21]	为什么用旱来害我，
憯不知其故。[22]	还不知道它缘故。
祈年孔夙，	求年成好祭祀办得早，
方社不莫。	祭四方祭社神不迟暮。
昊天上帝，	昊天上帝降旱灾，
则不我虞。	就不把我来忖度。
敬恭明神，	我恭敬神明，
宜无悔怒。	应该没有触犯众神怒。
旱既大甚，	旱得既然太厉害，
散无友纪。[23]	散乱无纪使人愁。

鞫哉庶正，[24]	穷困小人成庶正，
疚哉冢宰，[25]	怀着疚心冢宰愁，
趣马师氏，[26]	管马的做教育官，
膳夫左右。	膳夫做王的左右。
靡人不周，[27]	没有一人不用赒，
无不能止。	没有不能而停止不救。
瞻卬昊天，	仰头看看那上天，
云如何里？	说什么呢使我忧？
瞻卬昊天，	仰头看看那上天，
有嘒其星。[28]	有光闪闪它的星。
大夫君子，	大夫和君子们，
昭假无赢。[29]	祭祀无不用真诚。
大命近止，	大命接近停止了，
无弃尔成。	不要放弃你功勋。
何求为我，	何必为我有要求，
以戾庶正。	用来安定众官心。
瞻卬昊天，	仰头看看那上天，
曷惠其宁？	何时安惠民安宁？

【注释】 1. 倬（zhuō 桌）：大。云汉：天河。 2. 昭：光。回：运转。 3. 荐臻（zhēn 贞）：接连来。 4. 卒：尽。 5. 蕴隆虫虫：暑雷而热。蕴，指暑。隆，指雷。虫虫，指热。 6. 宫：指宗庙。 7. 奠：祭天。礼神之物，

置之于地。瘗：祭地。礼神之物，埋之于土。 8. 克：能。 9. 斁（dù 妒）：败坏。 10. 兢兢：恐。业业：危。 11. 孑遗：遗留。 12. 遗：赠物。 13. 于摧：将毁。 14. 赫赫：旱。炎炎：热。 15. 云：遮蔽。 16. 大命：国命。 17. 群公：指先世诸侯。先正：指先世卿士。 18. 涤涤：除尽。 19. 遁：通"困"。 20. 黾（mǐn 敏）勉：勉力。去：除去。 21. 瘨（diān 颠）：病害。 22. 憯（cǎn 惨）：曾，竟。 23. 友：通"有"。纪：纲纪。 24. 鞫哉庶正：鞫（jū 居），穷困。庶正，众官之长，相当于后世宰相。 25. 冢宰：众长之长，相当于后世宰相。 26. 趣马师氏：管马的做教育官。 27. 周：周济。 28. 嘒（huì 彗）：微光。 29. 昭假无赢：祭祀无差。

【评析】 《毛诗序》："《云汉》，仍叔美宣王也。宣王承厉王之烈，内有拨乱之志，遇灾而惧，侧身修行，欲销去之。天下喜于王化复行，百姓见忧，故作是诗也。"《笺》："仍叔，周大夫也。《春秋》鲁桓公五年：'夏，天王使仍叔之子来聘。'烈，余也。""烈"指余业。

崧 高

崧高维岳，[1]	山极高的是名山，
骏极于天。[2]	高到极点高到天。
维岳降神，	只有名山降生神，
生甫及申。[3]	降生甫侯和申伯相连。
维申及甫，	只有申伯及甫侯，
维周之翰，	使周朝的屏障保全，
四国于蕃，[4]	四方侯国的藩篱，

四方于宣。[5]	四方侯国的城垣。
亹亹申伯，[6]	勤勉的申伯，
王缵之事，	王使申伯治南国，
于邑于谢，	使他建邑在谢地，
南国是式。[7]	南方侯国作统治。
王命召伯：	王命令召伯：
“定申伯之宅。	“决定申伯住宅事。
登是南邦，[8]	成为南方的侯国，
世执其功。”	执掌他功传后世。”
王命申伯：	王命令申伯：
“式是南邦。	“作为南方侯国的法程。
因是谢人，	依靠谢邑的人，
以作尔庸。”[9]	建好你的城。”
王命召伯：	王命令召伯：
“彻申伯土田。”	“申伯田地你治成。”
王命傅御：[10]	王命令申伯家臣：
“迁其私人。”	“迁申伯的家人。”
申伯之功，[11]	申伯的功业，
召伯是营。	召伯来经营。
有俶其城，[12]	修缮他的城，

寝庙既成，	寝宫宗庙既建成，
既成藐藐。[13]	建成宫庙很壮美。
王锡申伯，	王赐申伯有功臣，
四牡蹻蹻，[14]	四匹雄马很雄壮，
钩膺濯濯。[15]	金钩胸缨都光明。
王遣申伯，	王派申伯回国，
路车乘马。	赐他大车乘马好。
“我图尔居，	“我算计你的住处，
莫如南土。	没有像南方好。
锡尔介圭，[16]	赐你大玉圭，
以作尔宝。	用作你的宝。
往近王舅，[17]	去吧王的舅，
南土是保。”	南方土地是安保。”
申伯信迈，[18]	申伯过宿回国去，
王饯于郿。	王饯申伯在郿地。
申伯还南，	申伯回到南方去，
谢于诚归。[19]	诚心回到谢邑去。
王命召伯，	王又命令给召伯，
彻申伯土疆。	治理申伯的疆地。
以峙其粻，[20]	用来备好你的粮，
式遄其行。[21]	加快申伯回国去。

申伯番番，[22] 申伯威武回了国，
既入于谢， 既到谢邑就进入，
徒御啴啴。[23] 徒步坐车都欣欣。
周邦咸喜， 全国臣民都喜悦，
戎有良翰。[24] 你们今天有好君。
不显申伯， 光荣显耀的申伯，
王之元舅， 王的大娘舅，
文武是宪。[25] 文德武功是法则。

申伯之德， 申伯的美德，
柔惠且直。 柔和惠爱并正直。
揉此万邦，[26] 用来安顺那万国，
闻于四国。 声誉闻达四方侯国。
吉甫作诵， 吉甫作了这篇颂，
其诗孔硕， 他的诗意有特色，
其风肆好，[27] 他的风格非常好，
以赠申伯。[28] 用来增美贤申伯。

【注释】 1. 崧（sōng 松）：山高。岳：指四岳，东岳泰山，西岳华山，南岳衡山，北岳恒山。中岳嵩山是后起的，所以先说四岳。 2. 骏（jùn 俊）：通“峻”。 3. 生甫及申：甫侯和申伯，皆周宣王时大臣。一说甫即仲山甫，一说甫即甫侯，即穆王时作《吕刑》之甫侯之子孙。今即释为甫侯。4. 四国：四方诸侯国。于蕃：为藩篱。 5. 于宣：为垣，做墙。宣，指墙。6. 亹亹（wěi wěi 委委）：勤勉。 7. 南国：南方国家。式：法，取法。

8. 登：成为。 9. 庸：通“墉”，城墙。 10. 傅御：家臣之长。 11. 功：指建筑谢城的功业。 12. 俶（chù 绌）：修缮。 13. 藐藐（miǎo miǎo 秒秒）：美好。 14. 蹻蹻（jué jué 决决）：强壮。 15. 濯濯（zhuó zhuó 浊浊）：光明。 16. 介：通“玠”，大圭。 17. 迈（jì 记）：犹了。 18. 信：再宿。迈：走。 19. 谢于诚归：诚心要回到谢邑去。 20. 峙（zhì 至）：储备。粻（zhāng 章）：粮食。 21. 遄（chuán 传）：速。 22. 番番：勇武。 23. 徒御：徒步乘车两种人。啴啴（tān tān 摊摊）：和乐。 24. 戎：你们。 25. 宪：法则。 26. 揉（róu 柔）：使服从。 27. 风：清风。肆好：极好。 28. 赠：增。

【评析】 这诗的解释有二：一是《毛诗序》：“《崧高》，尹吉甫美宣王也。天下复平，能建国亲诸侯，褒赏申伯焉。”《笺》：“尹吉甫、申伯，皆周之卿士也。尹，官氏。申，国名。”二是方玉润《诗经原始》：“此诗与下篇《烝民》，同为尹吉甫赠送之作。一送申伯，一送仲山甫，以二臣位相亚，名相符，才德又相配，故于二臣之行也，特赠诗以美之。于申伯则曰‘岳降’，于山甫则曰‘天生’，二诗发端皆极意经营，工力亦相敌。是二诗者，尹吉甫有意匹配之作也。有意匹配二臣，为宣王中兴生色。则篇中所谓‘生甫及申’之甫，非仲山甫而何？乃诸儒忽曰：‘甫，甫侯也，即穆王时作《吕刑》者。’《集传》疑二人不同时，难以并举。又云：‘或曰此是宣王时人，而作《吕刑》者之子孙也。’吕氏祖谦亦曰：‘甫、申，意者皆宣王时贤诸侯，同有功于王室者。甫虽不见于经，以文意考之，盖当如此也。’舍现在同见于诗之人不言，而乃为此猜疑无定之辞，真是可怪！盖泥申、甫皆国名耳。唯严氏粲曰：‘旧说谓姜氏之先主四岳之祀，岳神福兴其子孙。’则执着于‘岳降’之文，以辞害意矣。此诗言‘岳降’，犹《烝民》言‘天生仲山甫’耳。当时仲山甫为相，申伯亚于山甫，借山甫以大申伯也。且申伯光辅中兴，而远取周道始衰之甫侯以匹之，非所以褒扬申伯也。或者疑甫为字，申为国，则名称不类，故以申、甫皆为国。不知古人文辞难以例拘。《舜典》称‘契、稷’，稷以官，契以名。汉称‘绛、灌’，绛以封邑，灌以姓，皆不类也。此何玄子为之核实曰：‘或谓吉甫既为作诗之人，二甫字同，必无自赞之理。’然《烝民》之诗美仲山甫，篇中亦明著为吉甫所作，则此诗以申甫并言，乃似统为二诗发端，亦可以见甫之为仲山甫，又断断无疑也。”

烝　民

天生烝民，[1]	上天生了众民，
有物有则。[2]	有事物就有法则。
民之秉彝，[3]	人民执持常规，
好是懿德。	爱好的是美德。
天监有周，	上天察视周朝，
昭假于下。[4]	明显地到达下面侯国。
保兹天子，	保佑这个天子，
生仲山甫。[5]	生仲山甫这英哲。
仲山甫之德，	仲山甫的美德，
柔嘉维则。	柔和美好是准则。
令仪令色，	好仪容加好脸色，
小心翼翼。	小心谨慎真难得。
古训是式，	古来教训是法式，
威仪是力。	威望仪表他用力。
天子是若，[6]	天子这就选择他，

明命使赋。[7]	政令使他布侯国。
王命仲山甫，	周王命令仲山甫，
式是百辟。	作为诸侯的法式。
缵戎祖考，	继承祖先的事业，
王躬是保。	保佑王身的业绩。
出纳王命，	接受传达王命令，
王之喉舌。	作为周王的喉舌。
赋政于外，	传布政令在朝外，
四方爰发。[8]	四方诸侯于是发。
肃肃王命，[9]	尊严周王的命令，
仲山甫将之。[10]	仲山甫执行它。
邦国若否，[11]	朝廷上的善恶，
仲山甫明之。	仲山甫辨明它。
既明且哲，	既辨明又聪哲，
以保其身。	用来保全他身子。
夙夜匪懈，	早晚不懈怠难得，
以事一人。	用来侍奉一人责。
人亦有言，	人有这样的话，
柔则茹之，[12]	柔软的吃掉它，
刚则吐之。	刚强的吐出它。

维仲山甫，	只有仲山甫，
柔亦不茹，	柔软的也不吃它，
刚亦不吐。	刚强的也不吐它。
不侮矜寡，	不欺侮孤寡的人，
不畏强御。	不害怕强横的人。
人亦有言，	人有这样的话，
德輶如毛，[13]	道德虽轻像根毛，
民鲜克举之。	人少能够举起它。
我仪图之，[14]	我曾度量它，
维仲山甫举之，	只有仲山甫举起它，
爱莫助之。[15]	可惜没人帮助他。
衮职有缺，[16]	天子的职务有缺点，
维仲山甫补之。	只有仲山甫补救他。
仲山甫出祖，[17]	仲山甫出去祭路神，
四牡业业，[18]	四匹雄马壮又强，
征夫捷捷，[19]	跟随的人喜洋洋，
每怀靡及。[20]	每有怀私顾不上。
四牡彭彭，[21]	四匹雄马声彭彭，
八鸾锵锵。	八个鸾铃响当当。
王命仲山甫，	周王命令仲山甫，
城彼东方。	筑城在那个东方。

四牡骙骙，[22]	四匹雄马真强壮，
八鸾喈喈。[23]	八个鸾铃响当当。
仲山甫徂齐，	仲山甫到齐国去，
式遄其归。[24]	催他速回添荣光。
吉甫作诵，	吉甫作了这篇颂，
穆如清风。	柔和如像清风扬。
仲山甫永怀，	永远怀念仲山甫，
以慰其心。	用来安慰他衷肠。

【注释】 1. 烝（zhēng 蒸）：众。 2. 物：事物，行事。则：法则。 3. 彝（yí 移）：常规，常道。 4. 昭假：明致，精神明显地到达神。 5. 仲山甫：周的诸侯之一，封于樊，今河南济源西南阳城。 6. 若：顺从。 7. 明命使赋：王的明命使他传布。赋，传布。 8. 发：行。 9. 肃肃：庄严。 10. 将：奉行。 11. 若否：善恶。 12. 茹：吃。 13. 輶（yóu 由）：轻。 14. 仪图：度量谋画。仪，度。 15. 爱：惜。 16. 衮职：指天子职。衮，天子的龙衣。 17. 祖：路祭。 18. 业业：指高大。 19. 捷捷（qiè qiè 切切）：指喜乐。 20. 每怀靡及：每人怀其私，无及于事。 21. 彭彭：蹄声。 22. 骙骙（kuí kuí 葵葵）：强壮。 23. 喈喈（jié jié 杰杰）：车铃声。 24. 遄（chuán 船）：速。

【评析】 这诗的解释有二：一是《毛诗序》："《烝民》，尹吉甫美宣王也，任贤使能，周室中兴焉。"二是方玉润《诗经原始》："《烝民》，送仲山甫筑城于齐，怀柔东诸侯也。""诗本美仲山甫，故备举其德性、学行、事业，以及世系、官守，无不极意推美，而总归之于德，且准以则焉而不过，几于《中庸》，至善学，故能使宣圣三复其言而叹美之。"

韩 奕

奕奕梁山，[1]	高大的梁山，
维禹甸之。[2]	禹来治理它。
有倬其道，[3]	宽广的路，
韩侯受命。	韩侯接受王命用它。
王亲命之：	周王亲自命令他：
“缵戎祖考，[4]	“继承你的先祖好，
无废朕命！	不要把我命令废掉！
夙夜匪解，	早晚不要懈怠，
虔共尔位！	虔诚恭敬你职位好！
朕命不易。	我的命令不改变。
榦不庭方，[5]	匡正不朝国的路遥，
以佐戎辟。”[6]	用来辅佐你君的正道。”

四牡奕奕，	四匹雄马气昂昂，
孔修且张。[7]	马身很长又强壮。
韩侯入觐，	韩侯进京来朝见，
以其介圭，	用他大圭来献上，
入觐于王。	进京朝拜见周王。
王锡韩侯，	王赐韩侯有多样，
淑旂绥章，[8]	善旂妥帖显文章，

簟茀错衡。	车帘文采交错光。
玄衮赤舄，	黑袍红鞋都堂皇，
钩膺镂钖，[9]	金钩胸饰兼辔饰，
鞹鞃浅幭，[10]	皮裹车板虎皮张，
鞗革金厄。[11]	皮缰金木饰金黄。

韩侯出祖，	韩侯出门作路祭，
出宿于屠。	路远出宿在屠地。
显父饯之，	显父设席来饯他，
清酒百壶。	清酒百壶在席里。
其肴维何？	他的菜肴是什么？
炰鳖鲜鱼。	烹鳖鲜鱼都在里。
其蔌维何？	他的蔬菜是什么？
维笋及蒲。	有笋和嫩蒲在里。
其赠维何？	他的受赠是什么？
乘马路车。	乘马大车都在里。
笾豆有且，[12]	食器笾豆花样多，
侯氏燕胥。[13]	诸侯参加都在里。

韩侯取妻，	韩侯娶妻要行礼，
汾王之甥，[14]	妻是汾王的甥女，
蹶父之子。[15]	又是蹶父的女子。
韩侯迎止，	韩侯自作迎亲礼，

于蹶之里。	迎亲自到蹶父里。
百两彭彭，	百辆彩车声彭彭，
八鸾锵锵，	八个鸾铃声锵锵，
不显其光。	大显荣耀的光芒。
诸娣从之，	众陪嫁女跟从她，
祁祁如云。	多得像云能飞扬。
韩侯顾之，[16]	韩侯看了心欢喜，
烂其盈门。	光彩满门喜气扬。
蹶父孔武，	蹶父为人很勇武，
靡国不到，	没有侯国不曾去，
为韩姞相攸，	为女儿韩姞相女婿，
莫如韩乐。	没有像韩土快乐可与。
孔乐韩土，	最快乐是韩地可据，
川泽訏訏，	那河川可羡慕，
鲂鱮甫甫，[17]	鲂鱼鱮鱼大而著，
麀鹿噳噳，[18]	麋鹿众多在林下，
有熊有罴，	有熊有罴都可据，
有猫有虎。[19]	有猫有虎胜别处。
庆既令居，	既以为善好居处，
韩姞燕誉。[20]	韩姞安居有好誉。
溥彼韩城，	广大的那韩城，

燕师所完。	燕国人所经营。
以先祖受命，	因为祖先曾受命，
因时百蛮。	统有百蛮的能人。
王锡韩侯，	周王赐地给韩侯，
其追其貊，[21]	那是西戎北狄人，
奄受北国，	统有北方诸侯国，
因以其伯。	以他为霸而称伯。
实墉实壑，[22]	增城墙深城池，
实亩实籍。[23]	清田亩征户籍。
献其貔皮，[24]	献他的白狐皮，
赤豹黄罴。[25]	再献赤豹和黄罴。

【注释】 1. 奕奕（yì yì 亦亦）：高大。梁山：在陕西韩城西北。 2. 甸：治理。 3. 倬（zhuō 桌）：宽大。道：路。 4. 缵（zuǎn 纂）：继承。戎：你。 5. 榦（gàn 干）：匡正。不庭方：不朝见朝廷之国。方，指国。 6. 戎辟：你君。 7. 修张：长大。 8. 淑旂：美丽的画，交龙的旗。绥章：安全挂起。 9. 钖（yáng 阳）：马头上饰物。 10. 鞹鞃（kuò hóng 扩宏）：用皮裹的车中供人凭的横木。浅幭（miè 蔑）：用浅毛皮裹的车上覆盖物。 11. 鞗（tiáo 条）革：皮的马缰绳。金厄：金属环，缠辔头。 12. 笾（biān 边）：盛果脯的竹器。豆：木制食器，高足。且（jū 居）：多。 13. 侯氏：诸侯。燕胥：皆宴。胥，皆。 14. 汾王：周厉王逃到山西汾水附近，人们称他为汾王。 15. 蹶（jué 决）父：周朝的卿大夫。 16. 顾：当时嫁娶的礼。 17. 甫甫：大。 18. 噳噳（yǔ yǔ 雨雨）：众多。 19. 猫：指山猫。 20. 燕誉：安乐。 21. 追：西戎。貊（mò 末）：北狄。 22. 壑：深沟。 23. 籍：税。 24. 貔（pí 皮）：白狐。 25. 罴（pí 皮）：棕熊。

【评析】 这诗的解释有二：一是《毛诗序》："《韩奕》，尹吉甫美宣王也。能锡命诸侯。"《笺》："梁山于韩国之山最高大，为国之镇，所望祀焉，故美大其貌奕奕然，谓之《韩奕》也。梁山今左冯翊夏阳西北。韩，姬姓之国也，后为晋所灭，故大夫韩氏以为邑名焉。幽王九年，王室始骚，郑桓公问于史伯曰：'周衰，其孰兴乎？'对曰：'武实昭文之功，文之祚尽，武其嗣乎？武王之子，应韩，不在，其晋乎！'"二是朱熹《诗集传》："韩侯初立来朝，始受王命而归，诗人作此以送之。《序》亦以为尹吉甫作，今未有据。"

江 汉

江汉浮浮，[1]	长江汉水滚滚流，
武夫滔滔。[2]	武人气势雄赳赳。
匪安匪游，	不是求安不是出游，
淮夷来求。[3]	而是把淮夷来挽救。
既出我车，	既然发出我的车，
既设我旟。	既把鸟旗挡车头。
匪安匪舒，[4]	不是求安不是求舒服，
淮夷来铺。[5]	淮夷来归好怀柔。
江汉汤汤，[6]	长江汉水流洋洋，
武夫洸洸。[7]	武人威风凛凛强。
经营四方，	平定四方叛变国，
告成于王。	报告成功给宣王。
四方既平，	四方叛变既平定，

王国庶定。[8]	王国安定国势张。
时靡有争，[9]	这就没有战争事，
王心载宁。	宣王心里就安康。
江汉之浒，	长江汉水的水边，
王命召虎：	宣王命令召伯虎：
“式辟四方，	“用法开辟四方国，
彻我疆土。[10]	发展我朝的疆土。
匪疚匪棘，[11]	不是有病不求急，
王国来极。”[12]	王国从来用法辅。”
于疆于理，	治好国疆治田地，
至于南海。	一直到达南海土。
王命召虎：	宣王命令召伯虎：
“来旬来宣。[13]	“要巡视要安抚。
文武受命，	文王武王受天命，
召公维翰。[14]	召康公是国的柱。
无曰予小子，	不要自说我是小子，
召公是似。[15]	召康公事业要继嗣。
肇敏戎公，[16]	勉力建立功业成，
用锡尔祉。”	就把福泽赐给你。”
“釐尔圭瓒，[17]	“赐你圭柄好玉勺，

秬鬯一卣。[18]	黑黍香酒一杯焉。
告于文人，	祭告文德人，
锡山土田。	赐你山川和土田。
于周受命，	你在周朝受王命，
自召祖命。”	封同召祖受命焉。”
虎拜稽首，[19]	召虎下拜来叩头，
“天子万年！”	“天子寿命有万年！”

虎拜稽首，	召虎拜谢来叩头，
“对扬王休，[20]	“颂扬周王有美德，
作召公考，[21]	制作召公考上辞，
天子万寿！”	天子万寿多福泽！”
明明天子，[22]	勤奋不已好天子，
令闻不已。	美好声望不能息。
矢其文德，[23]	施行他的美好德，
洽此四国。[24]	协和这个四方国。

【注释】 1.浮浮：强盛貌。 2.滔滔：水广大。当作“江汉滔滔，武夫浮浮”。 3.求：征伐。 4.舒：缓慢。 5.铺：通“抚”，安抚。 6.汤汤（shāng shāng 商商）：水势广。 7.洸洸（guāng guāng 光光）：威武。 8.庶：幸。 9.时：是。 10.彻：开发。 11.疚：病。棘：急。 12.极：准则。 13.来旬来宣：来，语助词。旬，巡视。宣，宣抚。 14.召公：召虎的先祖，指助武王灭商的召公奭，谥康公。维翰：是桢干。 15.似：通“嗣”，继承。 16.肇敏：勉力。戎公：汝功，你的功业。 17.釐：赐。圭

瓒（zàn 赞）：玉柄酒勺。 18. 秬鬯（jù chàng 具畅）：黑黍酒。卣（yǒu 友）：古酒器。 19. 稽（qǐ 起）首：叩头礼。 20. 对扬：颂扬。王休：王的美德。 21. 作召公考：作召穆公辞，这辞刻在庙器上。 22. 明明：勤勉。23. 矢：施行。 24. 洽：协和。

【评析】 这诗的解释有二：一是《毛诗序》："《江汉》，尹吉甫美宣王也。能兴衰拨乱，命召公平淮夷。"《笺》："召公，召穆公也，名虎。"二是方玉润《诗经原始》："盖自铭其器耳。夫淮夷平自是宣王中兴事，然诗非为宣王作，特编《诗》者录之，以见宣王之功也。此中界限不可不明。讵得因其平淮夷，遂漫然以为'美宣王'而无所区别哉？"

常　武

赫赫明明，[1]	声威煊赫又明智，
王命卿士，	宣王命令封卿士，
南仲大祖，[2]	托名太祖封南仲，
大师皇父。[3]	命令皇父做太师。
"整我六师，	"整顿我国的六军，
以修我戎，	用来训练我兵士，
既敬既戒，[4]	既已警惕又戒备，
惠此南国！"	加爱这个南国是！"
王谓尹氏：[5]	宣王告诉尹吉甫：
"命程伯休父，[6]	"命封程伯大司马，

左右陈行。	左右排列好战阵。
戒我师旅，	勤戒我们的队伍，
率彼淮浦，[7]	率领他们到淮浦，
省此徐土。”[8]	视察这个徐国土。”
不留不处，[9]	诛其君来吊其民，
三事就绪。[10]	三卿建立就安抚。

赫赫业业，[11]	军威煊赫向前进，
有严天子。	威严天子不急行。
王舒保作，[12]	宣王舒缓保安是，
匪绍匪游。[13]	军不怠缓不游行。
徐方绎骚，[14]	徐国内部正扰乱，
震惊徐方。	徐国君臣都震惊。
如雷如霆，	像打霹雳像打雷，
徐方震惊。	徐国君臣都震惊。

王奋厥武，	宣王奋起他威武，
如震如怒。	有像打雷像发怒。
进厥虎臣，	进用虎臣领大军，
阚如虓虎。[15]	咆哮有像那猛虎。
铺敦淮濆，[16]	大设阵势淮水边，
仍执丑虏。[17]	就捉那些众俘虏。
截彼淮浦，[18]	截断敌方在淮浦，

王师之所。　　　　送俘直到王师所。

王旅啴啴，[19]　　王师盛大有威力，
如飞如翰，[20]　　好像鸷鸟飞得疾，
如江如汉，　　　　好像长江像汉水，
如山之苞，[21]　　像山本根能确立，
如川之流，　　　　像河水流永不灭，
緜緜翼翼。[22]　　继续接连不断绝。
不测不克，　　　　不可测度不可胜，
濯征徐国。[23]　　大军讨徐一定入。

王犹允塞。[24]　　宣王谋划确信诚。
徐方既来，[25]　　徐国既经来称臣，
徐方既同，　　　　徐国既经来归同，
天子之功。　　　　这是天子立了功。
四方既平，　　　　四方既然已太平，
徐方来庭。[26]　　徐国既然来朝廷。
徐方不回，[27]　　徐国不敢违王命，
徐方还归。　　　　王说回朝不必停。

【注释】　1. 赫赫：威严貌。明明：明智貌。　2. 南仲大祖：在太祖庙里立南仲为卿，表示这是太祖的意思。　3. 大师皇父：命令皇父做太师。　4. 既敬既戒：既是警惕，又是戒备。敬同“警”。　5. 尹氏：指尹吉甫。　6. 命程伯休父：命令程伯，字休父，任大司马。 7. 淮浦：淮水水边。 8. 省：察看。徐土：徐国国土。 9. 不留不处：不，语助词。留同“刘”，杀，即杀其君。处，吊，即吊其民。 10. 三事：指立三个卿。 11. 业业：指军队前进。12. 王舒保作：王行军舒缓安全。即军队不舒缓，王舒缓。 13. 匪绍：不是舒缓，指军队不舒缓。游：遨游，游逛。 14. 绎（yì 亦）骚：乱动，乱扰。15. 阚（hǎn 罕）：虎怒。虓（xiāo 逍）：虎叫。 16. 铺敦：大陈列。濆（fén 坟）：大堤。 17. 仍：就。 18. 截：截断。 19. 啴啴（tān tān 坍坍）：盛大。 20. 翰（hàn 汉）：高飞鸟。 21. 苞：根本。 22. 緜緜：绵绵，连续不断。翼翼：壮盛。 23. 濯（zhuó 浊）：大。 24. 王犹允塞：王谋信实。25. 来：归顺。 26. 来庭：来朝见。 27. 不回：不违反。

【评析】 这诗的解释有二：一是《毛诗序》：“《常武》，召穆公美宣王也。有常德以立武事，因以为戒然。”《笺》：“戒者，‘王舒保作，匪绍匪游，徐方绎骚’。”二是朱熹《诗集传》：“宣王自将以伐淮北之夷，而命卿士之谓南仲为大祖兼大师而字皇父者，整治其从行之六军，修其戎事，以除淮夷之乱，而惠此南方之国，诗人作此以美之。”

瞻　印

瞻印昊天，[1]	抬头望着那上天，
则我不惠。	对我就是不施恩。
孔填不宁，[2]	很久不能来安宁，
降此大厉。[3]	降下这个是大恶。
邦靡有定，	国家没有能安定，
士民其瘵。	士民都是害了病。

蟊贼蟊疾，	禾苗受到害虫病，
靡有夷届。[4]	没有到头没有尽。
罪罟不收，[5]	罪人入网网不收，
靡有夷瘳。[6]	病人没有见病瘳。
人有土田，	人家有田地，
女反有之。	你却反去占有它。
人有民人，	人家有家奴，
女复夺之。	你却又是去夺他。
此宜无罪，	这人应该没有罪，
女反收之。	你却反去逮捕他。
彼宜有罪，	那人应该有罪，
女复说之。[7]	你却再去解脱他。
哲夫成城，	智慧的男子能建筑城墙，
哲妇倾城。	智慧的妇人却能毁城墙。
懿厥哲妇，[8]	唉，那个智慧的妇人，
为枭为鸱。	是枭是鸱都一样。
妇有长舌，	妇人有长舌，
维厉之阶。	是败坏的祸殃。
乱匪降自天，	乱不是从天上降，
生自妇人！	生在妇人的身上！
匪教匪诲，	没人教她做坏事，

时维妇寺。[9]　　她和阉人是一样。

鞫人忮忒，[10]　　奸人巧弄害人术，
谮始竟背。　　谗言开始终背逆。
岂曰不极，　　难道说是不极坏，
伊胡为慝？　　她为什么作恶迹？
如贾三倍，　　好像经商利三倍，
君子是识。　　君子对此有见识。
妇无公事，　　妇人没有做女功，
休其蚕织。　　放弃她们的蚕织。

天何以刺？　　上天为何来责问？
何神不富？[11]　　神道为何不施恩？
舍尔介狄，[12]　　放纵你的大坏人，
维予胥忌。　　只是对我相怨恨。
不吊不祥，[13]　　你是不善又不祥，
威仪不类。[14]　　威仪不修怎样论。
人之云亡，　　好人都说已散去，
邦国殄瘁！　　国家失人更贫困！

天之降罔，[15]　　上天降下那罗网，
维其优矣。　　只是那样宽大了。
人之云亡，　　好人都说已散去，

心之忧矣。	心里真是忧伤了。
天之降罔，	上天降下那罗网，
维其几矣。[16]	只是那样危险了。
人之云亡，	好人都说已散去，
心之悲矣。	心里很是悲伤了。

觱沸槛泉，[17]	沸腾上涌的槛泉，
维其深矣。	是那样的深了。
心之忧矣，	心里有忧伤了，
宁自今矣！	难道从今天生了！
不自我先，	不先从我生，
不自我后。	不后从我生。
藐藐昊天，	广大的上天，
无不克巩。	没有不能固自身。
无忝皇祖，	不要有辱你祖宗，
式救尔后。	要救你后代子孙。

【注释】 1. 瞻卬：同“瞻仰”。 2. 填（chén 尘）：通“陈”，久。 3. 厉：恶。 4. 夷：语助词。 5. 收：逮捕。 6. 瘳（chōu 抽）：病愈。 7. 说：通“脱”，脱罪。 8. 懿：通“噫”，叹词。 9. 寺：寺人，阉人。 10. 鞫（jū 鞠）人：奸人。忮忒（zhì tè 治特）：害人。 11. 富：福。 12. 介狄：元凶。 13. 吊：善。 14. 类：善。 15. 罔：通“网”。 16. 几：危。 17. 觱（bì 必）沸：涌出。槛（jiàn 建）泉：喷涌而出的泉水。

【评析】 《毛诗序》:“《瞻印》,凡伯刺幽王大坏也。”《笺》:“凡伯,天子大夫也。《春秋》鲁隐公七年:‘冬,天王使凡伯来聘。’”又方玉润《诗经原始》:“曹氏粹中曰:‘凡伯作《板》诗在厉王末,至幽王大坏时七十余年矣,决非一人,犹家父也。’然亦不必辩。”

召旻

旻天疾威,[1]	上天急着使威风,
天笃降丧。	天降灾荒使人丧。
瘨我饥馑,[2]	病我粮荒又菜荒,
民卒流亡。	人民到处都流亡。
我居圉卒荒![3]	我的住处尽荒凉!
天降罪罟,	上天降下有罪网,
蟊贼内讧。	贼人内争自相伤。
昏椓靡共,[4]	昏阉完全不供职,
溃溃回遹;[5]	胡乱邪僻多冤枉;
实靖夷我邦。[6]	实在毁灭我家邦。
皋皋訿訿,[7]	态度顽固又懒惰,
曾不知其玷。	不知他们都点污。
兢兢业业,	虽然小心自惊恐,
孔填不宁。	很久不安怎能过。

我位孔贬。　　我的职位贬低过。

如彼岁旱，　　像那年荒有旱象，
草不溃茂，[8]　　百草不能茂盛长，
如彼栖苴。[9]　　像那水中浮的草。
我相此邦，　　我是观察这个邦，
无不溃止。　　没有不是溃烂亡。

维昔之富不如时，　　昔富不像今日贫，
维今之疚不如兹。　　今贫又加今日病。
彼疏斯粺，[10]　　那些吃粗粮今反细，
胡不自替？　　何不自己来告退？
职兄斯引！[11]　　主况更是引长计！

池之竭矣，　　池水枯竭了，
不云自频。[12]　　不说水从滨外来。
泉之竭矣，　　泉水枯竭了，
不云自中。[13]　　不说水从泉中来。
溥斯害矣，　　灾害已经普遍了，
职兄斯弘。　　主况更是扩大哉。
不灾我躬！　　灾害怎不向我来！

昔先王受命，　　从前先王受天命，

有如召公，	贤臣有的像召公，
日辟国百里。	每天开拓国土有百里。
今也日蹙国百里。	如今日减百里中。
於乎哀哉！	呜呼哀哉！
维今之人，	只有今天的人中，
不尚有旧！[14]	不崇尚有旧的事功！

【注释】 1. 昊（hào 浩）天：上天。 2. 瘨（diān 颠）：灾害。 3. 居圉（yǔ 禹）：居御，住处。 4. 椓（zhuó 酌）：宫刑的人，指阉人。郑《笺》："昏、椓皆奄人也。……椓，椓毁阴者也。"共：同"供"，供职。 5. 溃溃：乱。回遹：邪僻。 6. 靖夷：平定。 7. 皋皋：顽固。訿訿（zǐ zǐ 子子）：懒惰。 8. 溃：遂。 9. 苴（chá 茶）：水中草。 10. 疏：糙米。粺（bài 败）：细米。昔贤者禄薄食粗，今反之。 11. 职兄斯引：主况斯引。职，主。兄，况。引，长，延长。指奸佞小人长居高位。 12. 自频：由于海滨。 13. 自中：来自中央。 14. 旧：旧的事功。

【评析】 这诗的解释有二：一是《毛诗序》："《召旻》，凡伯刺幽王大坏也。旻，闵也，闵天下无如召公之臣也。"《笺》："旻，病也。"二是方玉润《诗经原始》："陈氏傅良曰：'《周南》系于周公，《召南》系于召公，岂非化之盛者必有待乎二公也？至于《风》之终系以《豳》，《雅》之终系以《召旻》，岂非化之衰者必有思乎二公耶？'作者虽未必其如是，而编《诗》者岂无意于其间哉？唯《序》云'旻，闵也，闵天下无如召公之臣'，殊穿凿不成文理。……然'昏椓'以下，有曰'实靖夷我邦'，又似非专主褒姒为言。大凡朝政之乱，无不出内以及外。况幽王嬖宠褒姒，而褒姒又工于谗谮，为厉之阶。则一时小人'皋皋訿訿'，因缘幸进，乘隙而弄国家之柄者，又岂少哉？"

卷八

颂

颂是配有音乐又有舞蹈的诗，颂的特点就是有舞蹈。《左传》襄公二十九年称，吴公子季札聘问鲁国，请观周朝赐给鲁国的音乐。他看到颂，加以赞美，说："至矣哉！直而不倨，曲而不屈，迩而不逼，远而不携，迁而不淫，复而不厌，哀而不愁，乐而不荒，用而不匮，广而不宣，施而不费，取而不贪，处而不底，行而不流。五声和，八风平，节有度，守有序，盛德之所同也。"这是讲颂的音乐的。总的说来，颂的音乐是和平的，有节度的，不过分的。《毛诗序》说："颂者，美盛德之形容，以其成功，告于神明者也。"要用音乐来表演盛德，季札的话或可供想象。朱熹《诗集传》："盖颂与容，古字通用，故《序》以此言之。"《序》讲"形容"，提到"美盛德之形容"。对颂讲"形容"，即讲颂的形象，讲颂的舞姿。

周颂清庙之什

清　庙

於穆清庙，[1]	啊，美好的清庙，
肃雍显相。[2]	严敬雍和光显的助祭好。
济济多士，	众多仪容美好的朝臣，
秉文之德，	秉承文王的美德，
对越在天。[3]	颂扬他在天英灵好。
骏奔走在庙，[4]	快些奔走在宗庙，
不显不承，[5]	光荣地继承，
无射于人斯！[6]	对人没什么烦恼！

【注释】　1. 於：叹词。穆：美好。清庙：祭文王的庙。　2. 肃雍：严敬和好。显相：指有明德光显的公卿诸侯助祭。　3. 对越：对扬，报答。　4. 骏：快。　5. 不显不承：不，语助词。显，光耀。承，继承。　6. 射（yì 亦）：同“斁”，厌。

【评析】　《毛诗序》：“《清庙》，祀文王也。周公既成洛邑，朝诸侯，率以祀文王焉。”《笺》：“清庙者，祭有清明之德者之宫也，谓祭文王也。天德清明，文王象焉，故祭之而歌此诗也。‘庙’之言‘貌’也，死者精神不可得而见，但以生时之居立宫室，象貌为之耳。成洛邑，居摄五年时。”

维天之命

维天之命，	只有上天的命令，
於穆不已。	啊！美好不停。
於乎不显，[1]	啊！这是光明啊，
文王之德之纯！	文王的德美而纯！
假以溢我，[2]	借来丰富我，
我其收之。[3]	我来接受它。
骏惠我文王，	快谢厚爱我的文王，
曾孙笃之。[4]	孙辈切实厚待他。

【注释】 1. 显：指光明。 2. 假以溢我：借文王之美德来增我。 3. 收：受。 4. 曾孙：自称。笃：厚行。

【评析】 《毛诗序》："《维天之命》，太平告文王也。"《笺》："告太平者，居摄五年之末也。文王受命，不卒而崩。今天下太平，故承其意而告之，明六年制礼作乐。"

维 清

维清缉熙，[1]	只有清明才光明，
文王之典。	文王的典章是清明。
肇禋，[2]	开始祭祀，

迄用有成，[3]	直到有功业成，
维周之祯。[4]	这是周家的祥祯。

【注释】 1. 缉熙：光明。 2. 肇禋（yīn 音）：开始祭祀。指文王征伐前的祭天。 3. 迄：至。有成：有天下。 4. 祯：吉祥。

【评析】 《毛诗序》："《维清》，奏《象舞》也。"《笺》："《象舞》，象用兵时刺伐之舞，武王制焉。"又方玉润《诗经原始》："凡乐有声有容，是武功固可舞，文德亦未尝不可舞。《序》云《象舞》，非云'象武'，安知其言即为武功乎？……诸儒读《诗》，泥'舞'为'武'，故致疑议滋生，极为可笑。"

烈　文

烈文辟公，[1]	有功烈文德的君公，
锡兹祉福，	赐给这个福泽安康，
惠我无疆，	惠爱我们没有止境，
子孙保之。	子孙永远安保它。
无封靡于尔邦，[2]	不要有大罪对你邦，
维王其崇之。[3]	你们一定要崇敬王。
念兹戎功，[4]	想念他的大功，
继序其皇之。[5]	继承弘扬他的光芒。
无竞维人，	最强的只有得贤人，
四方其训之。	来归顺的有四方。
不显维德，	光显的只有美德，

百辟其刑之。	诸侯都依他作榜样。
於乎前王不忘！	唉，前王美德不能忘！

【注释】 1. 烈：指功。文：指德。辟（bì 必）公：君公。文王起初不称王，为诸侯之一。 2. 封靡：大累，指大罪。封通“丰”。靡为羁縻。 3. 维：乃。崇：尊敬。 4. 戎功：大功。 5. 皇：美好，光大。

【评析】 《毛诗序》：“《烈文》，成王即政，诸侯助祭也。”《笺》：“新王即政，必以朝享之礼祭于祖考，告嗣位也。”

天　作

天作高山，[1]	天生万物在岐山，
大王荒之。[2]	太王治理它。
彼作矣，	太王经营它，
文王康之。[3]	文王安定它。
彼徂矣，[4]	他们到过了，
岐有夷之行，[5]	岐山有了平路，
子孙保之。	子孙安保它。

【注释】 1. 作：生长。高山：指岐山。 2. 荒：大，治理。 3. 康：安定。 4. 徂（cú 殂）：往，到。 5. 夷之行：平的路。

【评析】 这诗的解释有二：一是《毛诗序》：“《天作》，祀先王、先公也。”

《笺》:“先王，谓大王以下。先公，诸盩至不窋。”按：大王即太王，亦名古公亶父，为周文王祖，故以为先王。诸盩至不窋为后稷之子，故称先公。二是方玉润《诗经原始》:“文王治岐为王业之盛；光前裕后，二君为大。故《序》以为‘祀先王先公’，似矣。然何以下乃接云‘彼徂矣岐，有夷之行；子孙保之’，则又似专重在岐，而非‘祀先王先公’之谓也。”认为此诗是“享岐山也”。

昊天有成命

昊天有成命，[1]	上天有明白的命令，
二后受之。[2]	文王、武王接受它。
成王不敢康，	成王不敢求安乐，
夙夜基命宥密。[3]	承受天命日夜信从宽仁安静。
於缉熙，	唉，光明，
单厥心，[4]	专诚他的心，
肆其靖之。[5]	故他得到天下的安定。

【注释】 1. 成命：犹明命。 2. 二后：指文王、武王。 3. 夙夜：日夜。基命：王者始承的天命。宥密：宽宁。宥，通“有”，语助词。 4. 单：同“亶”，信。 5. 靖：安和。

【评析】 《毛诗序》:“《昊天有成命》，郊祀天地也。”《笺》:“昊天，天大号也。有成命者，言周自后稷之生而已有王命也。文王、武王受其业，施行道德，成此王功，不敢自安逸，早夜始顺天命，不敢懈倦，行宽仁安静之政，以定天下。宽仁，所以止苛刻也。安静，所以息暴乱也。”

我将

我将我享，[1]	我献大祭，
维羊维牛，	是用羊用牛来祭，
维天其右之。[2]	只是求上天佑助他。
仪式刑文王之典，[3]	用文王的典章方法，
日靖四方。[4]	天天求安定四方。
伊嘏文王，	伟大的文王，
既右飨之。[5]	既经受祭上天帮助他。
我其夙夜，	我还是日夜不懈怠，
畏天之威，	敬畏上天的威严，
于时保之。[6]	于是保住他。

【注释】 1. 我将我享：我大献祭。将，大。享，献祭。 2. 右：佑助。之：代国家，下同。 3. 仪式刑：则用法。仪，则。式，用。刑，法。 4. 靖：求。 5. 既右飨之：既佑助而祭享之。飨，神来受享。 6. 时：是。

【评析】 《毛诗序》："《我将》，祀文王于明堂也。"《笺》："将，犹'奉'也。我奉养我享祭之羊牛，皆充盛肥腯，有天气之力助。言神飨其德而右助之。"

时迈

时迈其邦，[1]	按时巡视诸侯国，
昊天其子之。	上天对周像爱子啊。

实右序有周，[2]	诚心保佑帮周朝，
薄言震之，[3]	武王威力震天下，
莫不震叠。[4]	没有一国不害怕。
怀柔百神，	再怀安百神，
及河乔岳。[5]	连及河神岳神。
允王维后，	武王不愧是国君，
明昭有周，	明显地保护周朝，
式序在位。	序列在位百官在朝。
载戢干戈，	把干戈聚拢来，
载櫜弓矢。[6]	把弓箭藏起来。
我求懿德，	我求有美德，
肆于时夏。[7]	于是布达到中国。
允王保之。[8]	确实是武王长保这美德。

【注释】 1. 迈：行，指巡视。 2. 右序：保佑帮助。 3. 薄：语助词。 4. 震叠：震动惧怕。叠，借作“慴”，故为惧。 5. 乔岳：高山。 6. 櫜（gāo 高）：藏弓箭的袋，指装袋。 7. 肆：遂。夏：华夏。 8. 允：确实。

【评析】 《毛诗序》：“《时迈》，巡守告祭柴望也。”《笺》：“巡守告祭者，天子巡行邦国，至于方岳之下而封禅也。《书》曰：‘岁二月，东巡守，至于岱宗，柴，望秩于山川，遍于群臣。’”

执竞

执竞武王，[1]	执持自强的是武王，
无竞维烈。[2]	功业无比的是克殷商。
不显成康，[3]	显耀的是成王康王，
上帝是皇。[4]	上帝赞美的君王。
自彼成康，	自从那成王康王，
奄有四方，	统治侯国的四方，
斤斤其明，[5]	考察英明无错差，
钟鼓喤喤。[6]	钟鼓声相和声皇皇。
磬筦将将，[7]	磬管应和声锵锵，
降福穰穰。[8]	降下福泽多穰穰。
降福简简，[9]	降下福泽盛而大，
威仪反反。[10]	威风容仪重堂皇。
既醉既饱，	既醉饱而无礼违，
福禄来反。[11]	福禄复来惠赐长。

【注释】 1. 执竞：执持自强。执，持。竞，自强。 2. 竞：自强。烈：功业，指伐纣克商。 3. 成康：指成王、康王。 4. 皇：美。 5. 斤斤：明察。 6. 喤喤（huáng huáng 皇皇）：指声大而和。 7. 筦：通“管”，指竹制乐器。将将：指管乐器会集声。 8. 穰穰（ráng ráng 瓤瓤）：众多貌。9. 简简：盛大貌。 10. 反反：慎重。反，假作“昄”。 11. 反：反复。

【评析】　这诗的解释有二：一是《毛诗序》："《执竞》，祀武王也。"《笺》："竞，强也。能持强道者，维有武王耳。不强乎其克商之功业，言其强也。不显乎其成安祖考之道，言其又显也。天以是故，美之，予之福禄。"二是朱熹《诗集传》："此祭武王、成王、康王之诗。"

思　文

思文后稷，[1]	后稷的文德，
克配彼天。	能够配享那个上天。
立我烝民，[2]	种粮养活了众民，
莫匪尔极。[3]	没有不是与你德相连。
贻我来牟，[4]	天赐给我瑞麦，
帝命率育。	上帝命令与民种育相连。
无此疆尔界，	没有此疆那界分划，
陈常于时夏。[5]	布陈农政于华夏。

【注释】　1. 思：语助词。文：文德。　2. 立：假借为粒，谷粒。烝民：众民。烝同"蒸"，众也。　3. 极：至德。　4. 来牟：来，小麦。牟（móu谋），大麦。　5. 陈常：布政。时：是。夏：华夏。

【评析】　《毛诗序》："《思文》，后稷配天也。"《笺》："克，能也。立，当作'粒'。烝，众也。周公思先祖有文德者，后稷之功能配天。昔尧遭洪水，黎民阻饥，后稷播殖百谷，烝民乃粒，万邦作乂。天下之人无不于汝时得其中者。言反其性。"

周颂臣工之什

臣　工

嗟嗟臣工！[1]	唉唉！臣子做侯国官，
敬尔在公。	敬谨你们在公家称能。
王釐尔成，[2]	王董理你们的收成，
来咨来茹。[3]	来询问来度称。
嗟嗟保介！[4]	唉唉！保护收成的人！
维莫之春，	在这暮春，
亦又何求？[5]	还有什么要求？
如何新畬？[6]	怎么对新田熟田去耕耘？
於皇来牟，[7]	好美啊天赐的麦，
将受厥明。[8]	大受它的收成。
明昭上帝，	明见的上帝，
迄用康年。[9]	到现在都使年成丰登。
命我众人：	命令我的众人：
庤乃钱镈，[10]	准备好农具，
奄观铚艾。[11]	察看镰刀割麦收成。

【注释】　1. 臣工：臣官，指诸侯的卿士。　2. 王釐尔成：王理汝之收成。釐通“理”，董理。成，指收获。　3. 咨：谋。茹：度。　4. 保介：保护田界的人。介通“甲”，指武士。　5. 又：有。　6. 新畬（yú 于）：新田熟田。耕

耒三年叫新，过三年叫畬。 7. 皇：美。 8. 将受厥明：大受其成。明，成，指收成。 9. 迄用康年：至今用丰年赐我。 10. 庤（zhì 至）：储备。钱（jiǎn 检）：农具，似铁铲。镈（bó 博）：锄。 11. 奄：全，尽。铚（zhì 至）：小镰刀。艾（yì 刈）：割。

【评析】 《毛诗序》："《臣工》，诸侯助祭，遣于庙也。"《笺》："保介，车右也。《月令》：孟春，'天子亲载耒耜，措之于参保介之御间'。莫，晚也。周之季春，于夏为孟春，诸侯朝周之春，故晚春遣之，敕其车右以时事：汝归当何求于民？将如新田畬田何？急其教农趋时也。介，甲也。车右勇力之士，被甲执兵也。"

噫嘻

噫嘻成王，	啊啊！成王，
既昭假尔。[1]	既经招请了您。
率时农夫，	统帅农民百姓，
播厥百谷。	播种那百谷忙耕耘。
骏发尔私，[2]	快开发你们私田，
终三十里。	尽在三十里耕耘。
亦服尔耕，	竭力从事你们的耕耘，
十千维耦。[3]	十千个人是耦耕。

【注释】 1. 昭假：招请。假，通"格"，至，降临。尔：指所请的神，即成王之灵。 2. 骏发：快开发。 3. 耦（ǒu 偶）：两人各持一耜，并肩耕种。

【评析】　《毛诗序》："《噫嘻》，春夏祈谷于上帝也。"《笺》："祈，犹祷也，求也。《月令》孟春'祈谷于上帝'，夏则'龙见而雩'，是与？"

振　鹭

振鹭于飞，[1]	成群的白鹭在飞，
于彼西雝。[2]	在那西边的水泽里。
我客戾止，[3]	我的客人到来，
亦有斯容。[4]	也有这样高洁的容仪。
在彼无恶，[5]	在那个国里没人厌恶，
在此无斁。[6]	在这里没人厌弃。
庶几夙夜，[7]	早晚勤勉差不多，
以永终誉。[8]	永远保持着美誉。

【注释】　1. 振：群飞貌。　2. 雝（yōng 庸）：水泽。　3. 我客：指宋国诸侯微子。戾（lì 吏）：到。　4. 斯容：这样的容貌，指像白鹭一样的高洁。　5. 无恶：无人厌恶。　6. 无斁（yì 亦）：无人厌弃。　7. 夙夜：从早到夜。　8. 永：永远。终誉：终久称誉。

【评析】　这诗的"有客"解释有二：一是《毛诗序》："《振鹭》，二王之后来助祭也。"《笺》："二王，夏、殷也，其后杞也、宋也。"二是方玉润《诗经原始》："《振鹭》，微子来助祭也。""《序》说原有可疑者三：周有三恪助祭，何以独二王后？一也；诗但言'我客'，不言二客，二也；此篇言有'振鹭'之容，白也，《有客》篇明言'亦白其马'，似指殷后而不指夏后，三也。有此三者，故或以为武庚，或以为微子，所自来矣。以今揆之，微子之说较优于武庚，且有《左传》以证。《左传》皇武子曰：‘宋，先代之后，于周为客，天子有事，膰焉，有丧，拜焉。’按周之隆宋自愈于杞，盖一近一远，近亲而远疏，亦理势所自然也。《商颂》亦称‘嘉客’，指夏后。此称‘客’，指殷后也。宋国之臣言宋事，则宜为微子而非武庚也。‘有事膰焉’，亦来助祭之证。……但武庚被诛，虽有诗亦当删黜，微子嗣封，纵能贤尤应箴规，此指微子较优于武庚之说也。”

丰　年

丰年多黍多稌。[1]	丰收年多黍多稻。
亦有高廪，[2]	也有仓库很是高，
万亿及秭。[3]	积粮万万及亿亿。
为酒为醴，	做酒做甜酒都好，
烝畀祖妣，[4]	进献先祖和先妣，
以洽百礼，	用来配合百礼好，
降福孔皆。[5]	降下福禄都是好。

【注释】　1. 稌（tú 途）：稻。　2. 廪（lǐn 凛）：仓库。　3. 秭（zǐ 子）：万万为亿，亿亿为秭。　4. 烝：进。畀（bì 币）：给与。　5. 皆：通“嘉”。

【评析】　《毛诗序》：“《丰年》，秋冬报也。”《笺》：“报者，谓尝也，烝也。”方玉润《诗经原始》：“《丰年》，秋冬大报也。”“《笺》以秋冬报为尝烝，王安石以丰年属天地之功，故以此诗为祭上帝。陈祥道引《丰年》以证《礼》，谓秋报者，季秋之于明堂也。吕祖谦谓以祈为郊（祭天），则季秋大飨明堂，安知不并歌《丰年》之诗以为报欤？曹粹中谓秋冬大飨，及祭四方八蜡，天地百神，无所不报，同歌是诗。”大报，即大祭天地百神。

有瞽

有瞽有瞽，[1]	盲乐师盲乐师，
在周之庭。	在周朝的朝廷。
设业设虡，[2]	设立木版和木架，
崇牙树羽，[3]	崇牙上面饰羽形，
应田县鼓，[4]	小鼓大鼓都悬挂，
鞉磬柷圉。[5]	鞉磬柷圉都可听。
既备乃奏，	既经备齐就可奏，
箫管备举。[6]	箫管齐奏无不灵。
喤喤厥声，[7]	它的声音喤喤响，
肃雍和鸣，[8]	舒缓协调声和鸣，
先祖是听。	先祖神灵下来听。
我客戾止，	我的客人到来后，
永观厥成。[9]	长久观到乐奏成。

【注释】 1. 有：语助词。瞽（gǔ 古）：瞎子，古以瞎子为乐师。 2. 业：大版。虡（jù 俱）：木架。木架上有大版，可以挂钟鼓。 3. 崇牙：设在大版上，像象牙齿，可以挂钟鼓的。树羽：在崇牙上饰的五彩鸟羽。 4. 应：小鼓。田：大鼓。县鼓：应田都是悬挂的鼓。 5. 鞉（táo 陶）：摇鼓。磬：石磬，击之则鸣。柷（zhù 祝）：如漆桶，中有椎柄，令左右击，为开始演奏的信号。圉

（yǔ 语）：状如伏虎，敔击以止乐。　6. 备举：一齐奏乐。　7. 喤喤（huáng huáng 皇）：宏亮和谐。　8. 肃雍：舒缓和谐。　9. 成：乐一终为一成。

【评析】　《毛诗序》："《有瞽》，始作乐而合乎祖也。"《笺》："王者始定，制礼功成。'作乐合'者，大合诸乐而奏之。"

潜

猗与漆沮，[1]	好啊那漆水和沮水，
潜有多鱼。[2]	水里柴堆上有多鱼。
有鳣有鲔，[3]	有大鲤鱼有鲟鱼，
鲦鲿鰋鲤。[4]	有白条鱼、黄颊鱼、鲇鱼、鲤鱼。
以享以祀，	用来献祖用来祭祀，
以介景福。[5]	用来求得大福气。

【注释】　1. 猗（yī 衣）与：好啊。漆沮（jū 居）：岐山下面的两条河，在今陕西省境内。　2. 潜：水中柴堆，供鱼止息，以便捕捉。　3. 鳣（zhān 毡）：大鲤鱼。鲔（wěi 诿）：鲟鱼。　4. 鲦（tiáo 条）：白条鱼。鲿（cháng 尝）：黄颊鱼。鰋（yǎn 偃）：鲇鱼。　5. 介：求。景：大。

【评析】　《毛诗序》："《潜》，季冬荐鱼，春献鲔也。"《笺》："冬鱼之性定，春鲔新来。荐，献之者，谓于宗庙也。"

雝

有来雝雝，[1]	这助祭来的人极和顺，
至止肃肃。[2]	到来以后严肃又恭敬。
相维辟公，[3]	助祭的有诸侯，
天子穆穆。[4]	天子庄严又和顺。
於荐广牡，[5]	啊，进献的大雄牛，
相予肆祀。[6]	助我陈列那祭品。
假哉皇考，[7]	美啊，我的先父，
绥予孝子。[8]	安定我这孝子身。
宣哲维人，[9]	明哲的只有贤人，
文武维后。	能文能武只有君。
燕及皇天，[10]	安抚及到上天意，
克昌厥后。	能够昌盛他的后。
绥我眉寿，	安定我来赐我寿，
介以繁祉。	用多种福气来保佑。
既右烈考，[11]	既然保佑有功业的先父，
亦右文母。[12]	有文德的先母亦保佑。

【注释】 1. 雝雝：和顺貌。 2. 肃肃：严肃恭敬貌。 3. 相：助祭。辟公：诸侯。 4. 穆穆：庄严和气貌。 5. 於（wū 乌）：语助词。荐：进献。广牡：大的雄牛。 6. 肆祀：陈列祭祀。 7. 假哉：美哉。 8. 绥：安定。 9. 宣哲：明哲，指文王为人明哲睿智。 10. 燕：安。 11. 右：保佑。烈

考：有功业的先父。　12. 文母：有文德的先母。

【评析】　《毛诗序》："《雍》，禘太祖也。"《笺》："禘，大祭也。大于四时而小于祫。太祖，谓文王。"按《笺》，以此为成王祭文王之诗，与方玉润意合。但方玉润《诗经原始》："《祭法》，周人禘喾。……周之太祖即后稷也。禘喾于后稷之庙，而以后稷配之，所谓禘其祖之所自出，以其祖配之者也。《祭法》又曰'周祖文王'，而春秋家说三年丧毕，致新死者之主于庙，亦谓之吉禘。……今此《序》云'禘太祖'，则宜为禘喾于后稷之庙矣，而其诗之词无及于喾、稷者；若以为吉禘于文王，则与《序》已不协，而诗文亦无此意，恐《序》之误也。"按以太祖为文王，而兼祭武王，则于诗无不合。

载　见

载见辟王，[1]	开始朝见到君王，
曰求厥章。	礼仪要求合规章。
龙旂阳阳，[2]	龙旗色彩很鲜明，
和铃央央，[3]	和铃发声声央央，
鞗革有鸧，[4]	马辔饰物都有光，
休有烈光。[5]	美好饰物有大光。
率见昭考，[6]	相率来祭那武王，
以孝以享。	用孝思来献祭享。
以介眉寿，	以求长寿的荣光，
永言保之，	永远保有周天下，
思皇多祜。[7]	多种福气沾成王。

烈文辟公，[8] 武烈文德的诸侯，
绥以多福， 天用多福来安定，
俾缉熙于纯嘏。[9] 使有大福作明光。

【注释】 1. 载：开始。辟（bì 必）王：君王，指成王。 2. 龙旂：龙旗，画龙的旗。阳阳：色彩鲜明。 3. 和铃：两种铃，和在车上，铃在旗上。央央：铃声。 4. 鞗（tiáo 条）革：马辔头。鸧（qiāng 枪）：马辔头的金饰有光彩。 5. 休：美。烈光：大光。 6. 率：相率。昭考：指武王。 7. 思皇：指成王。 8. 烈文：有功业，有文德。辟（bì 必）公：诸侯。 9. 俾：使。缉熙：光明。纯嘏（gǔ 骨）：大福。

【评析】 《毛诗序》："《载见》，诸侯始见乎武王庙也。"《笺》："诸侯始见君王，谓见成王也。曰求其章者，求车服礼仪之文章制度也。交龙为旂。鞗革，辔首也。鸧，金饰貌。休者，休然盛壮。"

有 客

有客有客， 客人来客人来，
亦白其马。 他用白马驾车乘。
有萋有且，[1] 有文采又壮盛，
敦琢其旅。[2] 妆饰着他随从人。
有客宿宿，[3] 客人住一宿又一宿，
有客信信，[4] 客人住一信又一信，
言授之絷，[5] 我给他用拴马索，

以絷其马。　　用拴他马不让行。
薄言追之，　　他走了又去追他，
左右绥之。[6]　　左右想法安定他。
既有淫威，[7]　　既然有大的威德，
降福孔夷。[8]　　神把很大福降给他。

【注释】　1. 萋：文采交错。且（jū 拘）：盛，多。　2. 敦（duī 堆）琢：妆饰打扮。　3. 宿宿：住二夜。　4. 信信：住四夜。　5. 言：我。絷（zhí 直）：拴马索。　6. 左右：用计。　7. 淫：大。威：德。　8. 孔夷：很大。

【评析】　这诗的解释有二：一是《毛诗序》："《有客》，微子来见祖庙也。"《笺》："成王既黜殷命，杀武庚，命微子代殷后，既受命来朝而见也。"二是方玉润《诗经原始》："《有客》，箕子来朝见祖庙也。""唯邹肇敏曰：'愚以为箕子也。《书》武王十三祀，王访于箕子，乃陈《洪范》。此诗之作，其因来朝而见庙乎？'"按《序》称"见庙"，则武王已死，见于宗庙也。《史记·宋世家》称武王封箕子于朝鲜，箕子来朝周，在武王生前，武王死后，即不言箕子事。据"庙见"说，当为微子而非箕子。

武

於皇武王，[1]　　啊，伟大的武王，
无竞维烈。[2]　　没有强过他的功业。
允文文王，[3]　　确实讲美德的文王，
克开厥后。　　能够开创后人基业。

嗣武受之，　　　　武王继承接受它，
胜殷遏刘，[4]　　　　战胜殷商遏残杀，
耆定尔功。[5]　　　　致使确定您的功业。

【注释】　1. 於（wū 乌）：叹词。　2. 烈：功业。　3. 允：确实。　4. 刘：残杀。　5. 耆（zhǐ 旨）：致。

【评析】　《毛诗序》："《武》，奏《大武》也。"《笺》："《大武》，周公作乐，所为舞也。"歌颂武王克商大功的乐舞，虽不一定是周公所作。

周颂闵予小子之什

闵予小子

闵予小子，[1]	可怜我小子，
遭家不造，[2]	遭遇家里的不幸了，
嬛嬛在疚。[3]	孤独地在忧伤中。
於乎皇考，[4]	唉，伟大的王考，
永世克孝！[5]	永世能够尽孝！
念兹皇祖，[6]	想念这位伟大的祖考，
陟降庭止。[7]	神灵升降在朝廷了。
维予小子，	我小子一人，
夙夜敬止。	早晚恭敬谨慎。
於乎皇王，	唉，伟大的武王，
继序思不忘！[8]	继承大业永思不忘！

【注释】 1. 闵（mǐn 敏）：可怜。予小子：我小子，成王自称。 2. 不造：不幸。 3. 嬛嬛（qióng qióng 穷穷）：孤独貌。 4. 於乎：呜呼。皇考：指武王。 5. 永世：终于一世。 6. 皇祖：指祖父。 7. 陟降：升降，上下。庭：通“廷”。 8. 继序：继承王业。

【评析】 《毛诗序》：“《闵予小子》，嗣王朝于庙也。”《笺》：“‘嗣王’者，谓成王也。除武王之丧，将始即政，朝于庙也。”

访　落

访予落止，[1]	谋政我开始怎样，
率时昭考。[2]	是遵循显赫的先父之道行。
於乎悠哉，[3]	唉，太遥远啊，
朕未有艾！[4]	我未有经历进行！
将予就之，[5]	我勉强继承王位，
继犹判涣。[6]	继谋恐分散难行。
维予小子，	我小子一人，
未堪家多难。	家有多难不堪担任。
绍庭上下，[7]	神灵继续在朝廷升降，
陟降厥家。	升降在我家进行。
休矣皇考，[8]	美啊，伟大的先父，
以保明其身！[9]	用来保佑我一身！

【注释】 1. 访：访问。指向群臣谋政。落：开始。止：语助词。 2. 率：遵循。时：是。昭考：显赫的先父，指武王。 3. 於乎：呜呼。悠：远。 4. 朕：成王自称。艾：阅历，指成王年幼无知。 5. 就之：接近他，指就位。 6. 继犹：继续图谋。判涣：分散。 7. 绍：继续。上下：或升上或降下。 8. 休：美。 9. 保明：保佑。

【评析】 《毛诗序》："《访落》，嗣王谋于庙也。"《笺》："谋者，谋政事也。"

敬之

敬之敬之，[1]	戒慎啊戒慎啊，
天维显思，[2]	天道善恶是显明，
命不易哉！[3]	秉承天命不易啊！
无曰高高在上！	不说高高在上不显明！
陟降厥士，[4]	升上降下巡察，
日监在兹。	每天监视都在此。
维予小子，	我小子一人，
不聪敬止？	敢不聪达不戒慎？
日就月将，[5]	日有成就月有奉行，
学有缉熙于光明。[6]	学问靠积累到光明。
佛时仔肩，[7]	有人辅佐我担当责任，
示我显德行。	指示我显出德行。

【注释】 1. 敬：戒慎。 2. 天维显：天道善恶明显。思：语助词。 3. 易：容易。 4. 士：《说文》："士，事也。"《笺》："天上下其事，谓转运日月，施其所行，日月瞻视，近在此也。" 5. 日就：每日成就。月将：每月奉行。6. 缉熙：积渐广大。 7. 佛：通"弼"（bì 毕），辅佐。时：是。仔肩：责任。

【评析】 这诗的解释有二：一是《毛诗序》："《敬之》，群臣进戒嗣王也。"二是方玉润《诗经原始》："《敬之》，成王自箴也。""盖此诗乃一呼一应，如自问自答之意，并非两人语也。一起直呼'敬之敬之'，至'日监在兹'，先立一案……故'唯予小子'以下，亦即紧承上文，相应而下，机神一片，何容分作两截，并谓二人语耶？”

小 毖

予其惩而毖后患！[1]	我是警戒而谨防后患！
莫予荓蜂，[2]	不要引我扰乱群蜂，
自求辛螫。[3]	自己惹得蜂来辣刺。
肇允彼桃虫，[4]	开始相信是那桃虫，
拚飞维鸟。[5]	翻飞就是一只鸟儿。
未堪家多难，	不堪忍受我家多难容，
予又集于蓼。[6]	我又落入在蓼草中。

【注释】 1. 惩：警戒。毖（bì 必）：谨防。 2. 荓（píng 萍）蜂：扰动蜂群。 3. 辛螫（zhē 遮）：辛辣痛。 4. 肇：开始。允：相信。桃虫：鹪鹩，小鸟。古人认为桃虫能生雕。 5. 拚（fān 翻）飞：翻飞。 6. 蓼（liǎo 了）：一种有苦味的草。

【评析】 《毛诗序》：“《小毖》，嗣王求助也。”《笺》：“毖，慎也。天下之事当慎其小，小时而不慎，后为祸大，故成王求忠臣早辅助己为政，以救患难。”

载 芟

载芟载柞，[1]	开始除草除树木，

其耕泽泽。[2]	开垦耕地土分崩。
千耦其耘，[3]	一千对耦耕来除草，
徂隰徂畛。[4]	到新开湿地到旧田埂。
侯主侯伯，	国君和他长子，
侯亚侯旅，	国君次子和他众子都来耕，
侯彊侯以。[5]	国中壮人和助耕人。
有嗿其馌，[6]	有送饭和吃饭声，
思媚其妇，	讨好送饭的妇女，
有依其士。[7]	爱悦耕作的男人。
有略其耜，[8]	那锋利的是犁头，
俶载南亩。[9]	始耕向阳的田塍。
播厥百谷，	种下那些百种谷，
实函斯活。[10]	种子饱满能够生。
驿驿其达，[11]	接连不断地出土，
有厌其杰。[12]	美好的苗茁壮生。
厌厌其苗，[13]	美好的是它禾苗，
绵绵其麃。[14]	细密的是它末梢。
载获济济，[15]	开始收割的人多，
有实其积，	果实堆积露天里，
万亿及秭。[16]	多到万万及亿亿。
为酒为醴，	做成清酒和甜酒，
烝畀祖妣，[17]	进献先祖和先妣，
以洽百礼。	用来和协成百礼。

有飶其香，[18]	饭菜缭绕的喷香，
邦家之光。	这为国家增荣光。
有椒其馨，[19]	酒醴缭绕的香气，
胡考之宁。[20]	这使老人得安康。
匪且有且，[21]	不料有此竟如此，
匪今斯今，	不料有今竟如今，
振古如兹。[22]	从古以来都如此。

【注释】 1. 芟（shān 山）：除草。柞（zé 责）：伐树。 2. 泽泽：土地分解貌。 3. 千耦：一千对两人并耕。耘：除草。 4. 徂（cú 殂）：前往。隰（xí 习）：新开垦的低田。畛（zhěn 枕）：以前开垦的田界。 5. 侯主：国君。侯伯：国君长子。侯亚：国君次子。侯旅：国君以外的众子弟。侯彊：国君手下强壮的奴隶。侯以：侯与，其他帮忙的人。 6. 噡（tǎn 坦）：众吃饭声。馌（yè）：送饭。 7. 依：爱悦。 8. 略：锋利。耜（sì 四）：犁头。 9. 俶（chù 触）载：首先耕好。南亩：向阳的田。 10. 实：种子。函：充满。活：生机。 11. 驿驿：接连不断。达：指出土。 12. 有厌：美好。其杰：它的壮苗。 13. 厌厌：美好。 14. 绵绵：细密。麃（biāo 标）：禾苗末梢。 15. 济济：众多。 16. 万亿：万万。秭（zǐ 子）：亿亿。指粮多。 17. 烝（zhēng 蒸）：进献。畀（bì 闭）：给予。 18. 飶（bì 必）：芬香。 19. 椒（jiāo 焦）：香气缭绕。馨（xīn 欣）：芳香。 20. 胡考：老人。 21. 匪且有且：非此有此。 22. 振古：从古以来。

【评析】 《毛诗序》："《载芟》，春藉田而祈社稷也。"《笺》："藉田，甸师氏所掌，王载耒耜所耕之田，天子千亩，诸侯百亩。'藉'之言'借'也，借民力治之，故谓之'藉田'。"

良　耜

畟畟良耜，[1]	深耕入土的好犁头，
俶载南亩。	开始耕种向阳田。
播厥百谷，	播种那百类好谷，
实函斯活。	种子生机满相连。
或来瞻女，	有人前来看望你，
载筐及筥，[2]	载了方筐和圆筥，
其饟伊黍。[3]	他的饭是黄小米。
其笠伊纠，[4]	他的斗笠真结实，
其镈斯赵。[5]	他的犁头真好使。
以薅荼蓼，[6]	用来除去荼和蓼，
荼蓼朽止。	荼草蓼草都朽死。
黍稷茂止，	小米高粱茂盛长，
获之挃挃。[7]	镰刀收割声吱吱。
积之栗栗，[8]	堆积谷物多又多，
其崇如墉，[9]	它的高像城墙起，
其比如栉。[10]	排列紧密像梳齿。
以开百室，	打开上百储藏库，
百室盈止，	装满百室好停止，
妇子宁止。	妇子心里才安止。
杀时犉牡，[11]	杀那公牛来祭祀，

有捄其角。[12]	有那弯曲的犄角。
以似以续，[13]	延续前人来继续，
续古之人。[14]	继续古人讲农事。

【注释】 1. 畟畟（cè cè 册册）：耜深耕入地。耜（sì 四）：犁头。 2. 筐：方形竹器。筥（jǔ 举）：圆形竹器。 3. 饟（xiǎng 响）：送来的饭。黍：黄米饭。 4. 纠：纠结，结实。 5. 镈（bó 博）：锄头。赵（tiǎo 条）：锋利。 6. 薅（hāo 蒿）：除草。荼蓼：陆上或水中的秽草。 7. 挃挃（zhì zhì 至至）：镰刀割禾声。 8. 栗栗：众多貌。 9. 墉（yōng 庸）：城墙。 10. 比：排列。栉（zhì 智）：梳篦齿。 11. 时：是。犉（rún）牡：七尺高的大公牛。 12. 捄（qiú 求）：长而弯曲。 13. 似：通"嗣"，继承。 14. 续古之人：继续古人的做法。

【评析】 《毛诗序》："《良耜》，秋报社稷也。"又方玉润《诗经原始》："案：此诗当秋祭而预言冬获，则前诗当春祭，何不可以预言秋成？是《载芟》为春祈无疑矣。盖二诗皆举农工本末而言。"

丝 衣

丝衣其紑，[1]	丝制祭服多鲜净，
载弁俅俅。[2]	戴了皮帽很恭顺。
自堂徂基，[3]	从堂到阶都查过，
自羊徂牛。	从羊到牛查祭牲。
鼐鼎及鼒，[4]	大鼎小鼎查祭品，

兕觥其觩，　　　　兕角杯弯曲列陈，
旨酒思柔。　　　　好酒想起文德好。
不吴不敖，[5]　　　不喧哗来不骄傲，
胡考之休！[6]　　　故能长寿是美好！

【注释】 1. 丝衣：丝织祭服。紑（fóu）：鲜洁貌。 2. 载：通“戴”。弁（biàn 汴）：皮帽。俅俅（qiú qiú 求求）：恭顺貌。 3. 基：台阶。 4. 鼐（nài 奈）：大鼎。鼒（zī 资）：小鼎。 5. 吴：喧哗。敖：通“傲”。 6. 胡考：长寿。休：美好。

【评析】 《毛诗序》：“《丝衣》，绎宾尸也。高子曰：‘灵星之尸也。’”《笺》：“绎，又祭也。天子诸侯曰绎，以祭之明日。卿大夫曰宾尸，与祭同日。周曰绎，商谓之肜。”又《诗三家义集疏》称：“高子与孟子同时，去古未远，故能确知此诗为祀灵星之作也。”《史记·封禅书》：“其令郡国县立灵星祠。”张晏注：“龙星左角曰天田，则农祥也，晨见而祭。”天田即灵星。

酌[1]

於铄王师，[2]　　　好啊武王的军队，
遵养时晦。[3]　　　遵循时势计韬晦。
时纯熙矣，[4]　　　一朝大光明了，
是用大介。[5]　　　于是用大甲兵。
我龙受之，[6]　　　我的荣宠受天命，
蹻蹻王之造。[7]　　勇武是周王造就成。

载用有嗣，[8]	王用的人有继承，
实维尔公允师。[9]	您的功业确可效法成。

【注释】 1. 酌：言武王能酌量取得祖先之道以养民。 2. 於（wū 乌）：赞美。铄（shuò 朔）：美。 3. 遵养时晦：即遵时养晦。时，时势。晦，韬晦。 4. 纯熙：大光明。 5. 大介：大甲兵。 6. 龙：光荣，荣宠。 7. 蹻蹻（jiǎo jiǎo 矫矫）：勇武貌。造：成就。 8. 嗣：继承。 9. 实：是。维：语助词。尔：你，指武王。公：通“功”。允师：确实效法。

【评析】 《毛诗序》：“《酌》，告成《大武》也。言能酌先祖之道以养天下也。”《笺》：“周公居摄六年，制礼作乐，归政成王，乃后祭于庙而奏之。其始成，告之而已。”

桓[1]

绥万邦，	安定成万诸侯国，
娄丰年，[2]	经常得到丰收年，
天命匪解。[3]	天命对周不懈怠。
桓桓武王，	桓桓的是武王威严，
保有厥士，[4]	保有他的功业，
於以四方。	更四方相连。
克定厥家，	能够安定他的家，
於昭于天，[5]	啊，功德显耀在上天，
皇以间之。[6]	用美德来取代纣天下。

【注释】 1. 桓：桓桓，威武貌。 2. 娄：通“屡”，经常。 3. 解：通“懈”，懈怠。 4. 厥：其。士：犹事，指功业。 5. 於（wū 乌）：叹词。6. 间：代替。

【评析】《毛诗序》：“《桓》，讲武类祃也。桓，武志也。”《笺》：“类也，祃也，皆师祭也。”又方玉润《诗经原始》：“《小序》谓‘讲武类祃’，亦未尽非，但不若邹肇敏云‘祀武王于明堂’之说为较切耳。”

赉[1]

文王既勤止，	文王既然勤劳啊，
我应受之。	我应当继承他。
敷时绎思，[2]	布陈恩泽不断继承他，
我徂维求定，[3]	我去伐纣只求安定，
时周之命。[4]	是上天给周朝的命令。
於绎思！[5]	啊，应该不断继承他！

【注释】 1. 赉（lài 赖）：赏赐。武王赏赐功臣。 2. 敷：布。时：是。绎（yì 亦）：连续不断。思：语助词。 3. 徂（cú 殂）：往。 4. 时：是。周之命：周朝所接受的天命。 5. 於（wū 乌）：叹词。

【评析】《毛诗序》：“《赉》，大封于庙也。赉，予也，言所以锡予善人也。”《笺》：“大封，武王伐纣时封诸臣有功者。”

般[1]

於皇时周，[2]	啊，伟大的是周朝，
陟其高山，[3]	登上四岳的高山，
嶞山乔岳，[4]	还有小山和高山，
允犹翕河。[5]	允水犹水合于黄河。
敷天之下，[6]	普天之下，
裒时之对，[7]	聚集群神来配祭，
时周之命。[8]	是周朝接受了天命啊。

【注释】 1. 般：乐。写周成王的快乐，故称《般》。 2. 於（wū 乌）：叹词。时：是。 3. 陟（zhì 至）：登上。 4. 嶞（duò 舵）山：小山。 5. 允：通“沇”，亦名济水。犹：通“湭”，水名。翕：合。河：黄河。允、犹二水，合于黄河。 6. 敷：普。 7. 裒（póu 抔）：聚集。对：配，指配祭。 8. 时：是。周之命：周朝的命令。

【评析】 《毛诗序》：“《般》，巡守而祀四岳河海也。般，乐也。”《笺》：“於乎美哉，君是周邦而巡守，其所至则登其高山而祭之，望秩于山川。小山及高岳，皆信案山川之图而次序祭之。河言‘合’者，河自大陆之北敷为九，祭者合为一。”

鲁　颂

朱熹《诗集传》："鲁，少皞之墟，在《禹贡》徐州蒙羽之野，成王以封周公长子伯禽。今袭庆、东平府，沂、密、海等州即其地也。成王以周公有大勋劳于天下，故赐伯禽以天子之礼乐，鲁于是乎有颂，以为庙乐。其后又自作诗以美其君，亦谓之颂。"

駉[1]

駉駉牡马，[2]	肥壮的雄马，
在坰之野。[3]	在极远的荒野。
薄言駉者，[4]	肥壮的马是那些，
有驈有皇，[5]	有黑白马和黄白马，
有骊有黄，[6]	有黑马和黄马，
以车彭彭。[7]	用车来驾都是强壮马。
思无疆，[8]	想它们跑得没止境，
思马斯臧。[9]	这些马是很好的马。
駉駉牡马，	肥壮的雄马，
在坰之野。	在极远的荒野。
薄言駉者，	肥壮的马是那些，
有骓有駓，[10]	有苍白马和黄白马，
有骍有骐，[11]	有赤黄马和青黑马，

以车伾伾。[12]	用车来驾都是强壮马。
思无期，[13]	想它们跑得没穷期，
思马斯才。	这些马是有才的马。
駉駉牡马，	肥壮的雄马，
在坰之野。	在极远的荒野。
薄言駉者，	肥壮的马是那些，
有驒有骆，[14]	有青黑马和黑白马，
有駵有雒，[15]	有赤黑马和黑白马，
以车绎绎。[16]	用车来驾都是强壮马。
思无斁，[17]	想它们跑得没厌倦，
思马斯作。[18]	这些马是能够振作的马。
駉駉牡马，	肥壮的雄马，
在坰之野。	在极远的荒野。
薄言駉者，	肥壮的马是那些，
有骃有騢，[19]	有黑白马和赤白马，
有驔有鱼，[20]	有脚胫长毛和眼边长毛的马，
以车祛祛。[21]	用车来驾都是强壮马。
思无邪，	想它们跑得无邪念，
思马斯徂。[22]	这些马是会跑的好马。

【注释】 1. 駉（jiōng 扃）：歌颂鲁侯养马肥壮。 2. 牡马：雄马。 3. 坰

（jiōng 扃）：远郊。城外叫郊，郊外叫牧，牧外叫野，野外叫林，林外叫坰。 4. 薄、言：皆语助词。 5. 驈（yù 浴）：黑马白股。皇：黄白相杂的马。 6. 骊：黑马。黄：黄马。 7. 彭彭：强壮有力貌。 8. 思：思虑。无疆：无止境。 9. 臧：优良。 10. 骓（zhuī 追）：苍白杂色马。駓（pī 丕）：黄白杂色马。 11. 骍（xīn 辛）：赤黄色的马。骐：青黑色的马。 12. 伾伾（pī pī 丕丕）：强壮有力貌。 13. 无期：无穷期。 14. 驒（tuó 佗）：青黑色马。骆（luò 落）：黑鬃白马。 15. 駵（liú 留）：赤身黑鬣的马。雒（luò 洛）：黑身白鬣的马。 16. 绎绎：跑得快。 17. 无斁（yì 亦）：无厌。 18. 作：振作。 19. 骃（yīn 因）：浅黑带白的马。騢（xiá 霞）：赤白色的马。 20. 驔（diàn 店）：脚胫有长毛的马。鱼：二目外长白毛的马。 21. 袪袪（qū qū 区区）：强健貌。 22. 徂：善跑。

【评析】 《毛诗序》："《駉》，颂僖公也。僖公能遵伯禽之法，俭以足用，宽以爱民，务农重谷，牧于坰野，鲁人尊之，于是季孙行父请命于周，而史克作是颂。"《笺》："季孙行父，季文子也。史克，鲁史也。"

有 駜

有駜有駜，[1]	肥壮马肥壮马，
駜彼乘黄。[2]	他驾四匹肥壮黄马。
夙夜在公，[3]	从早到晚在公家，
在公明明。[4]	勤勉在公家。
振振鹭，[5]	群飞白鹭鸟，
鹭于下。	白鹭飞向下。
鼓咽咽，[6]	鼓声有节奏，

醉言舞。	醉醺醺地起舞。
于胥乐兮！[7]	都快乐啊！
有駜有駜，	肥壮马肥壮马，
駜彼乘牡。	他驾四匹肥壮雄马。
夙夜在公，	从早到晚在公家，
在公饮酒。	饮酒在公家。
振振鹭，	群飞白鹭鸟，
鹭于飞。	白鹭振飞下。
鼓咽咽，	鼓声有节奏，
醉言归。	醉醺醺地归去。
于胥乐兮！	都快乐啊！
有駜有駜，	肥壮马肥壮马，
駜彼乘駽。[8]	他驾四匹肥壮青骊马。
夙夜在公，	从早到晚在公家，
在公载燕。	宴会在公家。
自今以始，	从现在开始，
岁其有。	年年有丰收啊。
君子有穀，[9]	君子僖公有善政，
诒孙子。	留给孙子。
于胥乐兮！	都快乐啊！

【注释】 1.駜（bì 必）：马强壮貌。这首诗称为《有駜》，是用诗句的开头两字做题目。 2.乘黄：四匹黄马。乘，指四匹。 3.夙夜：从早到夜。 4.明明：通“勉勉”，勤勉。 5.振振：群飞貌。鹭：白鹭鸟，以比洁白之士。 6.鼓咽咽：鼓声有节奏。 7.胥乐：皆乐。 8.駽（xuān 宣）：青黑色马。 9.穀：善。

【评析】 这诗的解释有二：一是《毛诗序》：“《有駜》，颂僖公君臣之有道也。”《笺》：“‘有道’者，以礼义相与之谓也。”二是朱熹《诗序辨说》：“此但燕饮之诗，未见君臣有道之意。”

泮　水[1]

思乐泮水，	快乐啊泮水，
薄采其芹。[2]	在水中采那芹菜忙。
鲁侯戾止，[3]	鲁侯来到了，
言观其旂。[4]	我看他的旗上有文章。
其旂茷茷，[5]	他的旗在飘扬，
鸾声哕哕。[6]	鸾铃丁当响。
无小无大，	官不论大小，
从公于迈。	跟从僖公前行。
思乐泮水，	快乐啊泮水，
薄采其藻。	在水中采那水藻。
鲁侯戾止，	鲁侯来到了，

其马跻跻。[7]　　他的马勇骁。
其马跻跻，　　他的马勇骁，
其音昭昭。[8]　　他的声音明嘹。
载色载笑，　　脸色和善还带笑，
匪怒伊教。[9]　　不会发怒唯指教。

思乐泮水，　　快乐啊泮水，
薄采其茆。[10]　　在水中采那蓴菜好。
鲁侯戾止，　　鲁侯来到了，
在泮饮酒。[11]　　在泮宫饮酒了。
既饮旨酒，　　既饮了好酒，
永锡难老。[12]　　永久赐给他难老。
顺彼长道，　　顺着他走远征路，
屈此群丑。[13]　　制服这些群丑了。

穆穆鲁侯，[14]　　庄重和善的鲁侯，
敬明其德。[15]　　恭敬修明他的道德。
敬慎威仪，　　敬慎他威严的仪容，
维民之则。[16]　　作为人民的法则。
允文允武，[17]　　确实有文才有武略，
昭假烈祖。[18]　　有功先祖感召到。
靡有不孝，[19]　　家法没个不效法，
自求伊祜。　　自求天赐他福好。

明明鲁侯，	勤勉的鲁侯，
克明其德。	能够修明他的道德。
既作泮宫，	既然造好了泮宫，
淮夷攸服。	淮夷服从来就职。
矫矫虎臣，[20]	勇武如虎的大臣，
在泮献馘。[21]	在泮宫献馘。
淑问如皋陶，[22]	善于断问像皋陶，
在泮献囚。	泮宫审囚献给国。
济济多士，[23]	众多贤良的士子，
克广德心。	能推仁德的心胸。
桓桓于征，[24]	威武军队去出征，
狄彼东南。[25]	扫荡淮夷南到东。
烝烝皇皇，[26]	生气勃勃又威风，
不吴不扬。[27]	不喧哗不宣扬，
不告于讻，[28]	不诉讼不争功，
在泮献功。	只在泮宫献武功。
角弓其觩，[29]	角弓弦松改弦急，
束矢其搜。[30]	众箭成束声搜搜。
戎车孔博，	兵车大又大，
徒御无斁。	步行坐车无倦容。
既克淮夷，	既然战胜淮夷敌，

孔淑不逆。	化为善良不背叛。
式固尔犹，	因为固守你计谋，
淮夷卒获。	淮夷终究得服从。
翩彼飞鸮，[31]	翩翩飞的那鸮鸟，
集于泮林。	停在泮水的树林。
食我桑黮，[32]	吃我的桑葚，
怀我好音。[33]	送给我善德音。
憬彼淮夷，[34]	觉悟的那淮夷，
来献其琛。[35]	来赠他的宝珍。
元龟象齿，	大龟和象牙，
大赂南金。[36]	厚献的是南金。

【注释】 1. 泮（pàn 判）水：泮宫前的半月形水池。泮宫是诸侯国的学宫，这首诗名为《泮水》，即从第一句话中取两字为诗题。 2. 薄：赶快。芹：水芹菜。 3. 鲁侯：指鲁僖公。戾：到来。 4. 言：我。 5. 茷茷（pèi pèi 沛沛）：飘扬貌。 6. 哕哕（huì huì 慧慧）：铃和声。 7. 蹻蹻（jiǎo jiǎo 矫矫）：雄壮貌。 8. 昭昭：嘹亮貌。 9. 伊教：维教，只是教导。 10. 茆（mǎo 卯）：莼菜，蓴菜。 11. 在泮：在泮宫。 12. 难老：长寿。 13. 群丑：对敌人的蔑称，指淮夷。 14. 穆穆：庄重和善貌。 15. 敬明：恭敬修明。 16. 则：法则。 17. 允：确实。 18. 昭假：明至。假通“格”，至也。烈祖：有功业的祖先。 19. 孝：同“效”。 20. 矫矫：壮健貌。 21. 献馘（guó 国）：不服者杀而献其左耳。 22. 皋陶：舜的法官，善于断狱。 23. 济济：众多。 24. 桓桓：威武貌。 25. 狄：扫荡。 26. 烝烝：生气

勃勃。皇皇：声势大。 27. 不吴：不喧哗。 28. 讻（xiōng 凶）：争辩。 29. 觩（qiú 求）：弓弯曲弦松，换弦急的。 30. 束矢：众矢。搜：飕飕发箭声。 31. 鸮（xiāo 销）：猫头鹰。 32. 桑黮：同“桑葚”，桑树果实。 33. 怀：馈。 34. 憬（jǐng 景）：悔悟。 35. 琛（chēn 抻）：珍宝。 36. 南金：南方产的黄金。

【评析】 这诗的解释有三：一是《毛诗序》：“《泮水》，颂僖公能修泮宫也。”《笺》：“言己思乐僖公之修泮宫之水，复伯禽之法，而往观之，采其芹也。辟雍者，筑土雝水之外，圆如壁，四方来观者均也。‘泮’之言‘半’也，‘半水’者，盖东西门以南通水，北无也。天子诸侯宫异制，因形然。”二是朱熹《诗集传》：“此饮于泮宫而颂祷之辞也。”不言僖公，不信其为僖公之诗。三是方玉润《诗经原始》：“诗前半皆饮酒落成新宫，后半乃威服丑夷，故中间云‘既作泮宫，淮夷攸服’，诗旨甚明。何《小序》仅释前半文义，而《集传》又以献馘实事为颂祷虚词，岂不谬哉？”

閟 宫

閟宫有侐，[1]	神秘庙宇是清静，
实实枚枚。[2]	广大而雕饰细密。
赫赫姜嫄，[3]	威赫的姜嫄，
其德不回。[4]	她的德行纯正不邪僻。
上帝是依，[5]	她是依靠上帝，
无灾无害，	无灾又无害，
弥月不迟。[6]	满足十月生产不迟。
是生后稷，	生下了后稷，

降之百福。	天降赐他百种福。
黍稷重穋，[7]	黍稷先后种后先熟，
稙穉菽麦。[8]	豆麦前后栽。
奄有下国，[9]	拥有天下的各国，
俾民稼穑。[10]	使人民都种庄稼。
有稷有黍，	有黍有稷，
有稻有秬。[11]	有稻有秬。
奄有下土，	拥有天下的土地，
缵禹之绪。[12]	继承夏禹的业绩。
后稷之孙，[13]	后稷的后代，
实维大王，[14]	就是这太王，
居岐之阳，[15]	住在岐山的南面，
实始翦商。[16]	谋划开始灭殷商。
至于文武，[17]	到了文王和武王，
缵大王之绪，	继承太王的事业，
致天之届，[18]	执行上天的讨伐，
于牧之野。[19]	在那牧地的原野。
无贰无虞，	没有贰心没有疑虑，
上帝临女！	上帝亲自看着你！
敦商之旅，[20]	消灭商朝的兵力，
克咸厥功。	能够共同建功业。
王曰叔父，[21]	成王说：叔父，

建尔元子，[22]	建立您长子的事业，
俾侯于鲁。	使他在鲁做君侯。
大启尔宇，	大力开发您的侯国，
为周室辅。	做周朝辅助的事业！
乃命鲁公，	于是王命令鲁公，
俾侯于东。	侯国建立在周东。
锡之山川，	赐给他山川，
土田附庸。[23]	赐他土田做附庸。
周公之孙，	周公的后代，
庄公之子，[24]	庄公的儿子，
龙旂承祀，	龙旂承接祭祀礼，
六辔耳耳。[25]	六根辔头柔和下垂。
春秋匪解，	不懈怠春秋祭祀，
享祀不忒。[26]	不差错献祭享祀。
皇皇后帝！	伟大的天帝！
皇祖后稷！	伟大的祖先后稷！
享以骍牺，[27]	祭献用红牛做牺牲，
是飨是宜，	是享用是适宜的祭祀，
降福既多。	天降的福既多。
周公皇祖，	伟大祖先周公，
亦其福女！	也赐福给您！

秋而载尝，[28]	秋天开始行尝祭，
夏而楅衡，[29]	夏天修理牛棚，
白牡骍刚。[30]	白公牛和赤公牛。
牺尊将将，[31]	牛角杯相撞声锵锵，
毛炰胾羹。[32]	带毛烧熟和切块烧羹。
笾豆大房，[33]	笾豆和大杯，
万舞洋洋。[34]	规模宏大《万舞》洋洋。
孝孙有庆，	孝的子孙有吉祥，
俾尔炽而昌，	使您兴旺而盛昌，
俾尔寿而臧！	使您长寿而康强！
保彼东方，	保护那个东方国，
鲁邦是常。	鲁国江山要久常。
不亏不崩，	不会亏损不会崩，
不震不腾。	不会震荡不翻腾。
三寿作朋，[35]	三个寿人作友朋，
如冈如陵。	像山陵像山冈。

公车千乘，	鲁公兵车有千辆，
朱英绿縢，[36]	矛有红缨有绿绳，
二矛重弓。[37]	佩有二矛带二弓。
公徒三万，	鲁公兵有三万人，
贝胄朱绶，[38]	头盔饰贝缀红线，
烝徒增增。[39]	大军密密又层层。

戎狄是膺，	戎狄前来遭击抗，
荆舒是惩，	楚舒前来是戒惩，
则莫我敢承。	没有谁敢来相敌。
俾尔昌而炽，	使您昌大而盛炽，
俾尔寿而富！	使您长寿而富庶！
黄发台背，[40]	黄头发和鲐鱼背，
寿胥与试。	老来相与进言事。
俾尔昌而大，	使您昌盛而强大，
俾尔耆而艾！[41]	使您老而又年轻！
万有千岁，	活到万又千岁年，
眉寿无有害。	虽寿而又无灾害事。

泰山岩岩，[42]	泰山石头高峻，
鲁邦所詹。	鲁国人所仰望。
奄有龟蒙，[43]	拥有了龟山蒙山，
遂荒大东，	于是扩充到极东，
至于海邦，	至于海上的邦国，
淮夷来同。[44]	淮夷纷纷来会同。
莫不率从，	没有不相率来服从，
鲁侯之功。	都是鲁侯立得功。

保有凫绎，[45]	保有凫山和峄山，
遂荒徐宅，[46]	扩充到徐人居处，

至于海邦，　　至于海上各个邦，
淮夷蛮貊，[47]　　淮夷和南蛮北貊，
及彼南夷，　　以及南夷各个邦，
莫不率从。　　没有不相率来服从。
莫敢不诺，　　没有敢不来归从，
鲁侯是若。　　鲁侯命令全顺从。

天赐公纯嘏，　　天赐鲁公以大福，
眉寿保鲁。　　长寿保全鲁士子。
居常与许，[48]　　居住常邑和许邑，
复周公之宇。　　恢复周公的土址。
鲁侯燕喜，　　鲁侯设宴喜庆贺，
令妻寿母，　　有寿母和好妻子，
宜大夫庶士。　　也宴饮大夫众士。
邦国是有，　　国泰民安的鲁国，
既多受祉，　　既多受天赐福祉，
黄发儿齿。[49]　　使他生出黄发儿齿。

徂徕之松，[50]　　徂徕山上的松，
新甫之柏，[51]　　新甫山上的柏，
是断是度，　　是砍下是剖开，
是寻是尺。　　是几寻是几尺。
松桷有舄，[52]　　松树做椽粗又大，

路寝孔硕。[53]	庙堂正殿高又大。
新庙奕奕，[54]	新庙神采飞扬，
奚斯所作；[55]	是奚斯所盖；
孔曼且硕，[56]	广阔而宏大，
万民是若。[57]	万民都说是顺洽。

【注释】 1. 閟（bì 闭）宫：神秘的宫殿，指祭祀后稷母亲姜嫄的庙，这诗也以诗首两字为题。侐（xù 序）：清静。 2. 实实：广大。枚枚：雕饰细密。 3. 赫赫：威严。 4. 回：邪僻。 5. 依：依靠。 6. 弥月：满月，指满足十月。 7. 重：先种后熟的。穋（lù 路）：后种先熟的。 8. 稙（zhí 直）：先种的庄稼。穉（zhì 置）：后种的庄稼。菽（shū 叔）：大豆。 9. 奄有：全有。下国：天下的国家。 10. 俾（bǐ 鄙）：使。 11. 秬（jù 巨）：黑谷子。 12. 缵（zuǎn 纂）：继承。绪：事业。 13. 孙：后代。 14. 大王：太王，指古公亶父。 15. 岐：岐山。阳：南面。 16. 翦商：消灭商朝。 17. 文武：文王、武王。 18. 致：执行。届：通"殛"，罚。 19. 牧：牧野，今河南淇县西南。 20. 敦：通"凋"，凋残。旅：军队。 21. 王：周成王。叔父：指周公旦。 22. 元子：长子。 23. 附庸：附属国家。 24. 庄公：鲁庄公。 25. 耳耳：柔和貌。 26. 不忒（tè 特）：没有差错。 27. 骍（xīn 辛）牺：赤色牛作牺牲。 28. 载尝：始祭，指秋祭。尝，秋祭名。 29. 楅（bì 壁）衡：指修牛栏。 30. 骍刚：红色公牛。 31. 牺尊：牛角杯。将将：杯撞击声。 32. 毛炰（páo 袍）：连毛烧熟的肉。胾（zì 字）：切块的肉。 33. 大房：大杯。 34. 万舞：一种舞名。洋洋：指场面宏大。 35. 三寿：上寿九十，中寿八十，下寿七十。作朋：为友。 36. 朱英：矛头饰的红缨。绿縢（téng 藤）：束弓套的绿绳。 37. 重弓：二弓。 38. 朱綅（qīn 亲）：红线。 39. 烝：众。增增：密密层层。 40. 台背：鲐背，像鲐背，指老人。 41. 艾：青黑。 42. 岩岩：山石高峻。 43. 龟：龟山，在山东泗水县东北。

蒙：蒙山，在山东蒙阴县。 44. 同：会同，朝贡。 45. 凫：凫山，在山东邹城西南。绎（yì 亦）：峄山，在山东邹城东南。 46. 徐宅：徐人居地。 47. 貊（mò 末）：指少数民族。 48. 许：许邑，在鲁西。 49. 儿齿：老人齿落复生。 50. 徂徕：山名，在山东泰安市东南。 51. 新甫：山名，在山东新甫县[①]西北。 52. 松桷：松木椽子。舄（xì 细）：大。 53. 路寝：庙堂正殿。孔硕：很高大。 54. 奕奕：神采飞扬。 55. 奚斯：鲁僖公大夫。 56. 曼：广。 57. 若：顺。

【评析】 《毛诗序》："《閟宫》，颂僖公能复周公之宇也。"《笺》："宇，居也。"又方玉润《诗经原始》："窃意'閟'者，闭也，严肃之谓。凡庙皆然，不必姜嫄庙始称'閟宫'，则其为鲁旧有之庙可知。至僖公始命奚斯葺而新之，诗人于是铺张扬厉，发为兹颂，以致后之儒者，多方考证，毫无实据，焉能符合？亦可哂也。"

---

① 即今山东新泰。——编者注

商　颂

朱熹《诗集传》云 :“契为舜司徒，而封于商，传十四世，而汤有天下。其后三宗迭兴（《史记 · 殷本纪》称“太宗”“中宗”“高宗”使殷国复兴），及纣无道，为武王所灭。封其庶兄微子启于宋，修其礼乐以奉商后。其地在《禹贡》徐州泗滨，西及豫州盟诸之野。其后政衰，商之礼乐日以放失。七世至戴公时，大夫正考甫得《商颂》十二篇于周太师，归以祀其先王。至孔子编《诗》而又亡其七篇（按《诗》非孔子所编）。”方玉润《诗经原始》:“然《颂》之编，不始于孔子。‘颂’之名，自商始有之。……愚谓颂之体始于商，而盛于周。鲁，其末焉者耳。然必合三诗而其体始备，亦犹后世之论唐诗有盛、中、晚三唐之分，此三颂之体所由辨也。而乃先周而后商者，何哉？盖先周者，尊本朝 ；后商者，溯诗源，编《诗》体例应如是耳。”

那

猗与那与，[1]	盛大啊繁多啊，
置我鞉鼓。[2]	设置我的手摇鼓。
奏鼓简简，[3]	敲鼓的声音洪大，
衎我烈祖。[4]	快乐我有功业的先祖。
汤孙奏假，[5]	汤的后代奏报，
绥我思成。[6]	赐我太平好报。
鞉鼓渊渊，[7]	手摇鼓音深深，
嘒嘒管声。[8]	清亮的是管乐声。

既和且平，	既谐和且平正，
依我磬声。	依伴着我的击磬声。
於赫汤孙，[9]	啊，显赫的汤后代，
穆穆厥声！[10]	和美的奏乐声！
庸鼓有斁，[11]	谐和的钟鼓声，
万舞有奕。[12]	《万舞》显得娴熟又有神。
我有嘉客，	我有助祭好客人，
亦不夷怿？[13]	不也喜欢平和声？
自古在昔，	从远古在从前，
先民有作，	先民就是这样作，
温恭朝夕，[14]	从早到晚温良恭敬，
执事有恪。[15]	办起事来谨慎恭敬。
顾予烝尝，[16]	顾念我的冬祭秋祭，
汤孙之将。[17]	扶助汤后代祭祀相延。

【注释】 1. 猗（yī 伊）：盛大。与：叹词。那：繁多，指武功。用“那”做诗题，是赞汤的武功多。 2. 置：设立。鞉（táo 桃）鼓：有两耳的摇鼓，摇时两耳击鼓发声。 3. 简简：和谐洪大声。 4. 衎（kàn 看）：使欢乐。烈祖：有功业的祖先，指汤。 5. 孙：后代。奏假：奏告。假，通“嘏”，告。 6. 绥：安。成：平，太平，指汤取得太平。 7. 渊渊：指鼓声。 8. 嘒嘒（huì huì 惠惠）：清亮声。管声：管乐声。 9. 於（wū 乌）：叹词。赫：显赫。 10. 穆穆：和美貌。 11. 庸：通“镛”，大钟。斁（yì 亦）：洪大调和。 12. 奕：娴熟。 13. 夷怿（yì 亦）：喜悦。 14. 温恭：温文恭敬。 15. 恪（kè 克）：谨慎恭敬。 16. 顾：《笺》：“犹念也。”烝：冬祭。尝：秋

祭。　17. 将：扶助。

【评析】　《毛诗序》："《那》，祀成汤也。微子至于戴公，其间礼乐废坏，有正考甫者，得《商颂》十二篇于周之大师，以《那》为首。"《笺》："'礼乐废坏'者，君怠慢于为政，不修祭祀朝聘养贤待宾之事，有司忘其礼之仪制，乐师失其声之曲折，由是散亡也。自正考甫至孔子之时，又无七篇矣。正考甫，孔子之先也。其祖弗甫何，以有宋而授厉公。"查《史记·孔子世家》："其先宋人也，曰孔防叔。"下引《索隐》："宋襄公生弗父何，以让弟厉公。弗父何生宋父周，周生世子胜，胜生正考父，考父生孔父嘉，五世亲尽，别为公族，姓孔氏。"则"其祖弗甫何"为正考甫之曾祖，为孔子之先祖。

烈　祖

嗟嗟烈祖！[1]	唉唉，有功业的祖先！
有秩斯祜，[2]	天赐大福与功大相连，
申锡无疆，[3]	重重赏赐无边，
及尔斯所。[4]	直到你所在处所。
既载清酤，[5]	既陈设清酒来前，
赉我思成。[6]	赏赐我太平好报。
亦有和羹，[7]	也有和羹极妍，
既戒既平。[8]	既已调和味和平。
鬷假无言，[9]	向神祷告默无声，
时靡有争，	当时肃敬没争喧，
绥我眉寿，	赐我与长寿相连，

黄耇无疆。[10]	我的黄发有寿无边。
约軝错衡，[11]	革束车毂雕饰横木，
八鸾鸧鸧。[12]	八个鸾铃声连绵。
以假以享，[13]	迎神前来受祭享，
我受命溥将。[14]	我受天命大久延。
自天降康，	从天降下安康，
丰年穰穰。[15]	谷物众多又丰年。
来假来飨，[16]	神的到来受享，
降福无疆。	降下的福无边。
顾予烝尝，[17]	顾念我的秋祭冬祭，
汤孙之将。[18]	扶助汤后代祭祀相延。

【注释】　1. 烈祖：有功业的祖先，指成汤。　2. 秩：很大貌。　3. 申锡：反复赏赐。无疆：无穷无尽。　4. 斯所：此地，指宋国。　5. 载：设。酤（gū沽）：酒。　6. 赉（lài 赖）：赏赐。成：平，指太平。　7. 和羹：调和的浓汤。　8. 既戒：既已完备调和。戒，备。平：和平。和羹的调味是和平的。9. 鬷（zōng 宗）假：祷告。无言：指默默祷告。　10. 黄耇（gǒu 苟）：黄发老人。　11. 约軝（dǐ 底）：用皮束车毂。错衡：雕刻车前横木。　12. 八鸾：八个鸾铃。鸧鸧（qiāng qiāng 腔腔）：铃声。　13. 以假（gé 隔）：迎神。以享：神受享。　14. 溥（pǔ 谱）将：广大而长远。　15. 穰穰（ráng ráng 瓤瓤）：丰盛貌。　16. 来假：神来。来飨（xiǎng 享）：神受享。　17. 烝：冬祭。尝：秋祭。　18. 将：扶助。

【评析】　这诗的解释有二：一是《毛诗序》："《烈祖》，祀中宗也。"《笺》：

“中宗，殷王太戊，汤之玄孙也。有桑穀之异，惧而修德，殷道复兴，故表显之，号为中宗。”“嗟嗟乎我功烈之祖成汤，既有此王天下之常福，天又重赐之以无竟界之期，其福乃及汝之此所。汝，汝中宗也。言承汤之业能兴之也。既载清酒于樽，酌以裸献，而神灵来至，我致齐之所思则用成。重言‘嗟嗟’，美叹之深。”二是朱熹《诗集传》:“此亦祀成汤之乐。”

玄　鸟

天命玄鸟，[1]	上天命令燕子，
降而生商，[2]	降下卵来生出商，
宅殷土芒芒。[3]	住在殷土一片茫茫。
古帝命武汤，[4]	上帝命令武王成汤，
正域彼四方。[5]	征服疆域有四方。
方命厥后，[6]	命令各酋长，
奄有九有。[7]	统有九州作他们的王。
商之先后，[8]	商的先王祖先，
受命不殆，	接受天命不懈怠，
在武丁孙子。[9]	武丁是汤后代最贤。
武丁孙子，	武丁是汤贤后代，
武王靡不胜。[10]	武王事业没有不胜任。
龙旂十乘，[11]	打起龙旗车十辆，
大糦是承。[12]	承担大祭行在前。
邦畿千里，[13]	国都附近有千里，
维民所止。	人民所居紧相连。

肇域彼四海，[14]	开始拥有那四海，
四海来假，[15]	四海君主来朝见，
来假祈祈，[16]	来朝见的人众多，
景员维河。[17]	国界与黄河相连。
殷受命咸宜，	殷受天命很相宜，
百禄是何。[18]	天赐百禄担在肩。

【注释】 1. 玄鸟：燕子。 2. 生商：传说有娀（sōng 松）氏女简狄，吞燕子卵有孕，生下商族祖先契（xiè 谢）。 3. 宅：居住。殷土：殷国土地。芒芒：广大。 4. 古帝：上帝。武汤：威武的成汤王。 5. 正域：正其疆域。四方：四方四面，指天下。 6. 方：遍。后：君，指各酋长。 7. 奄：全部。九有：九州。 8. 先后：先王。 9. 武丁孙子：武丁好后代。武丁是汤九代孙，所以孙子指后代。 10. 武王：指汤。 11. 乘：辆。 12. 大糦（chì 斥）：大祭。 13. 邦畿（jī 激）：国都附近。 14. 肇域：开始拥有。四海：四海之内，指中国。 15. 来假：来到。假通“格”，到。 16. 祈祈：众多。 17. 景员：通“广运”，东西为广，南北为运。指大的国界。河：黄河。 18. 何：通“荷”，承受。

【评析】 《毛诗序》：“《玄鸟》，祀高宗也。”《笺》：“祀当为‘祫’。祫，合也。高宗，殷王武丁，中宗玄孙之孙也，有雊雉之异，又惧而修德，殷道复兴，故亦表显之，号为高宗云。崩而始合祭于契之庙，歌是诗焉。古者君丧，三年既毕，禘于其庙，而后祫祭于太祖。明年春，禘于群庙。自此之后，五年而再殷祭。一禘一祫，《春秋》谓之大事。”祫，合祭。

长　发

濬哲维商，[1]	明哲的只是殷商，
长发其祥。	久已发现它吉祥。
洪水芒芒，[2]	大水一片白茫茫，
禹敷下土方。[3]	禹治水理天下四方。
外大国是疆，[4]	京城外划定大国边疆，
幅陨既长。[5]	面积既经增长。
有娀方将，[6]	有娀国正在盛强，
帝立子生商。[7]	上帝立女生殷商。
玄王桓拨，[8]	玄王武勇奋发，
受小国是达，	受封到小国令通达，
受大国是达。	受封到大国令通达。
率履不越，[9]	遵照礼法不超越，
遂视既发。[10]	遂即视察教令发。
相土烈烈，[11]	孙子相土真威武，
海外有截。[12]	在海外整理乱国。
帝命不违，	上帝命令不可违，
至于汤齐。[13]	与汤齐名是一回。
汤降不迟，	汤的降生正适时，
圣敬日跻。[14]	圣敬之德上升时。

昭假迟迟，[15]	向神祷告诚迟迟，
上帝是祗，[16]	上帝是神受敬奉，
帝命式于九围。[17]	上帝命令导九州。
受小球大球，[18]	接受了小玉和大玉，
为下国缀旒。[19]	作为各国的表章一流。
何天之休，[20]	担负上天的美意，
不竞不絿，[21]	不争不急求，
不刚不柔。	不刚也不柔。
敷政优优，[22]	发布政令平和又宽容，
百禄是遒。[23]	百种福禄都聚拢。
受小共大共，[24]	接受小宝玉和大宝玉，
为下国骏厖。[25]	作为各国的庇护公。
何天之龙，[26]	担负上天的光宠，
敷奏其勇，[27]	施展他的英勇，
不震不动，	不震惊不摇动，
不戁不竦，[28]	不胆怯不惊恐，
百禄是总。	百种福禄都来从。
武王载旆，[29]	商汤车子树大旗，
有虔秉钺，[30]	坚强地执着大斧，
如火烈烈，	猛烈得像团烈火，

则莫我敢曷。[31]	没有谁敢阻挡我。
苞有三蘖，[32]	树根生了三枝杈，
莫遂莫达。	不能上长不能大。
九有九截，[33]	九州治理归一统，
韦顾既伐，[34]	韦国顾国既讨伐，
昆吾夏桀。[35]	昆吾夏桀又治理。

昔在中叶，[36]	从前商朝在中叶，
有震且业。[37]	确有威震立大势。
允也天子，	诚然是天以为子，
降予卿士。	天降给他好卿士。
实维阿衡，[38]	这就是阿衡伊尹，
实左右商王。	确能辅佐商王事。

【注释】 1. 濬（jùn 俊）哲：明哲。 2. 芒芒：通“茫茫”，指广大。 3. 敷下土方：治理天下土地。 4. 外大国是疆：夏以外的大国划定疆。 5. 幅陨：面积。长（zhǎng 掌）：增长。 6. 有娀（sōng 松）：国名。方将：正兴盛。 7. 立子：立女子，指姜嫄。 8. 玄王：契的谥号。桓拨：武勇奋发。 9. 率履：遵行。不越：不超出礼法。 10. 发：行，施行。 11. 相土：契的孙子。烈烈：威武。 12. 海外：指遥远处。有截：整治不乱。 13. 汤齐：和汤一样。 14. 日跻（jī 基）：每日上升。 15. 昭假：祷告。迟迟：久久不息。 16. 祇（zhī 知）：尊敬。 17. 式于九围：领导九州。 18. 球：玉。 19. 缀旒（liú 刘）：旗上的飘带，指表识。缀，表。旒，章。 20. 何：通“荷”，承受。休：美。 21. 竞：争。绒（qiú 求）：急。 22. 敷政：发布

政令。优优：宽容。 23. 遒（qiú 求）：聚集。 24. 共：通“珙”，指美玉。 25. 骏厖（méng 蒙）：庇护。 26. 龙：宠。 27. 敷奏：施展。 28. 戁（nǎn 赧）：恐惧。 29. 武王：指商汤。旆（pèi 配）：大旗。 30. 有虔：坚强。钺（yuè 悦）：大斧。 31. 曷：通“遏”，阻挡。 32. 苞：树桩。指夏桀。三蘖：新生的枝，比韦、顾、昆吾。 33. 九有：九州。截：整治不乱。 34. 韦：国名，故址在今河南省滑县东南。顾：国名，故址在今山东省鄄城县东北。35. 昆吾：国名，故址在今河南省许昌市东。夏桀：夏朝的末代君主。 36. 中叶：商朝中期。 37. 业：大。 38. 阿衡：商代官名，指大臣伊尹。

【评析】 《毛诗序》：“《长发》，大禘也。”《笺》：“大禘，郊祭天也。《礼记》曰：‘王者禘其祖之所自出，以其祖配之。’是谓也。”方玉润《诗经原始》：“然愚案，《诗》明言‘有娀方将，帝立子生商’。娀子者，契也。契所自出者，娀氏女也。言娀女即言帝喾也。诗固有意到而笔不到者，此类是已。又况古人文字，类多简质，如《思文》本以后稷配天，而文不及天，自不失为郊天之文，又何疑于此诗禘其祖所自出，而不及于祖所自出之人乎？”

殷 武

挞彼殷武，[1]	神速是那殷商武丁，
奋伐荆楚。[2]	奋起讨伐荆楚。
冞入其阻，[3]	深入到它的险阻，
裒荆之旅，[4]	掳获楚军作俘虏，
有截其所，[5]	整治了他们处所，
汤孙之绪。[6]	汤的后代业绩树。

维女荆楚，	你们荆楚，
居国南乡。	住在我国的南乡。
昔有成汤，	从前有成汤，
自彼氐羌，[7]	从那远方的氐羌，
莫敢不来享，	没有敢不来进贡，
莫敢不来王，[8]	没有敢不来朝见王，
曰商是常。[9]	说对商这是尊崇。
天命多辟，[10]	上天命令众诸侯，
设都于禹之绩。	设立都城禹治地。
岁事来辟，[11]	年年到时来朝见，
勿予祸适，[12]	不过问不谴责，
稼穑匪懈。	不废庄稼不可懈怠田役。
天命降监，	上天命令向下监察，
下民有严。	天下人民谨慎又惊惶。
不僭不滥，	不敢越礼，不敢过度，
不敢怠遑。	不敢暇怠。
命于下国，	施令于诸侯各国，
封建厥福。	分封立国福禄有光。
商邑翼翼，[13]	商朝都邑整饬，
四方之极。	是四方侯国的表率。

赫赫厥声，	威赫的声望，
濯濯厥灵，[14]	光明的威灵，
寿考且宁，	神赐长寿且安宁，
以保我后生。	来保佑我的后生。

陟彼景山，[15]	登上那景山，
松柏丸丸。[16]	松柏挺拔正直。
是断是迁，	于是砍断于是运出，
方斫是虔，[17]	于是用刀削于是用刀琢，
松桷有梴，[18]	松树椽子太长大，
旅楹有闲，[19]	众柱太大实难成，
寝成孔安。[20]	正殿落成很平安。

【注释】 1. 挞：行动迅速貌。挞通“达”。殷武：殷王武丁。 2. 荆楚：荆州的楚国。 3. 罙：“深”的本字。阻：阻碍处。 4. 裒（póu 抔）：俘虏。 5. 截：整治。 6. 汤孙：汤的后代，指武丁。绪：业绩。 7. 氐、羌：古代西北的两个少数民族。 8. 来王：来朝见。 9. 常：通“尚”，尊崇。一说常，指常君。《笺》：“氐羌远夷之国，来献来见，曰商王是吾常君也。” 10. 多辟：多君，指诸侯。 11. 来辟（bì 必）：犹来朝。 12. 祸适：指谴责。 13. 翼翼：整饬，整齐，有条理。 14. 濯濯：指光明。 15. 景山：在商故都西亳（bó 博），今河南偃师。 16. 丸丸：光直。 17. 斫（zhuó 酌）：砍。虔：削。 18. 松桷：松树作椽子。梴（chān 搀）：长貌。 19. 旅楹：众柱。有闲：即闲闲，粗大。 20. 寝：正殿。

【评析】　《毛诗序》:“《殷武》,祀高宗也。”《笺》:“殷道衰而楚人叛,高宗挞然奋扬威武,出兵伐之,冒入其险阻。谓逾方城之隘,克其军率而俘虏其士众。”又方玉润《诗经原始》:“其有功德之君,则后世宗之,虽亲尽而不祧,别立百世不迁之庙,而特祔其主焉。……六章乃作庙以安其灵。然则此固高宗百世不迁之庙耳。庙既落成,故祔其主而祭之,与《玄鸟》又异也。或疑商时无楚,遂谓此诗为春秋时人作。殊不知《禹贡》荆及衡阳为荆州,楚即南荆也。其后成王封熊绎于荆国,以地名,非今日之所谓楚,讵得以是而疑之哉?又况《易》称‘高宗伐鬼方,三年克之’,与此诗‘罙入其阻’者合。鬼方,今之乌蛮,楚属国也。其俗尚鬼,故曰鬼方。说者谓验诸屈原《九歌》,可见高宗之功,当以此为最,故诗首述之。……然则高宗有庙,子孙之所以酬报之者,不亦宜哉!”

《诗经译注》修订本后记

周老去世后，我们从他给挚友山东大学王绍曾教授的信中，得知在两年前，老人家已预感到自己离大限不远了。在信中，说有两件事还没有做完，心里很着急，做完两件事，就可以安心地走了。老人家所说的两件事，其中一件事，就是《诗经译注》。老人家最终战胜了骨癌的折磨，完成了《诗经译注》的工作。书成后，老人家的精力也耗尽了，再也没有气力和时间去修改文稿、核实文献、订正错讹，为此，老人家深感内疚和不安。

这次修订本，我们对诗篇的各章译文，作了文字上的统一；对有的译文和注释，根据周老生前发表的有关文章和老人家讲解《诗经》时我们作的笔录，略作改动；对一些错字和疏漏，作了订正。全书的注音，则由周海兵协助订正。由于我们的水平限制，一定有许多不恰当或失误处，谨请读者批评指正。

徐名翚　周佩兰

2009 年 9 月于北京